Le Désir du Général
Scène sociale de San Diego, Livre #2

Tess Summers
Seasons Press LLC

Copyright 2017 Tess Summers
Traduction française : 2022

Publication : 2017
ISBN: 9798365693692
Publié par Seasons Press LLC
Traduction française : 2022
Copyright © 2016, Tess Summers
Traduit par Capucine Dornois
Traduction française éditée par Elle Debeauvais
Couverture par OliviaProDesign

    Tous droits réservés. Toute reproduction, enregistrement ou transmission, sous quelque forme ou par quelque moyen que ce soit (électronique, mécanique, par voie d'enregistrement ou autre), d'une partie quelconque de cette publication est interdit sans l'autorisation écrite préalable de l'auteur, sauf dans le cas de brèves citations dans des revues critiques et dans la mesure où la loi sur le droit d'auteur le permet. Le présent ouvrage est une œuvre de fiction. Les personnages, événements et dialogues de ce livre sont le fruit de l'imagination de l'auteur et ne doivent pas être considérés comme réels. Toute ressemblance avec des événements ou des personnes réels, vivants ou morts, est totalement fortuite.

    Ce livre est destiné aux lecteurs adultes. Il contient des scènes sexuellement explicites et un langage graphique qui peuvent être considérés comme choquants par certains.

    Tous les personnages sexuellement actifs de cette œuvre sont âgés de dix-huit ans ou plus.

Synopsis

Il est facile de se laisser séduire, mais tomber amoureux est plus difficile qu'on ne l'aurait imaginé.

Brenna Roberts n'a pas eu beaucoup de chance avec les hommes, entre son défunt mari coureur de jupons et le lapin qu'on lui a posé à son dernier rendez-vous, annoncé dans la section des potins du journal. Elle commence à douter que les hommes bien existent encore. Puis elle rencontre le général décoré des Marines, Ron Thompson. Stoïque, séduisant et un vrai mâle alpha... il est littéralement son héros lorsqu'il la sauve d'une mauvaise situation.

Le général décoré des Marines Ron Thompson ne cherche pas l'amour. La luxure peut-être, mais pas l'amour. En tant que star militaire en pleine ascension, il préfère garder la tête froide et se concentrer sur son objectif : sa promotion. Mais lorsque la veuve du joueur de baseball professionnel Danny Roberts s'assied à sa table à la réception de mariage des Sterling, tout change. Heureusement pour lui, il a toujours été du genre à faire les choses en grand, et c'est ce qu'il fait quand il s'agit d'elle.

Mais elle n'est pas sûre d'être faite pour être avec un militaire pour quelque chose de plus qu'une simple aventure. Le sexe est peut-être incroyable, mais les longues périodes de séparation et son incapacité à discuter de son travail pourraient être trop difficiles à supporter pour elle.

Pourtant, il ne cesse de lui sauver la mise et il lui est impossible de rester à l'écart.

Le Désir du Général est un roman d'amour qui met en scène des personnages principaux d'une quarantaine d'années, avec des scènes érotiques et des notes romantiques qui feront fondre votre Kindle et votre cœur.

Il s'agit du deuxième livre de la série Scène Sociale de San Diego. Chaque livre est un livre indépendant avec une fin heureuse et sans mensonges.

Table of Contents

- Synopsis iii
- Prologue 1
- Chapitre Un 6
- Chapitre Deux 17
- Chapitre Trois 27
- Chapitre Quatre 33
- Chapitre Cinq 39
- Chapitre Six 41
- Chapitre Sept 48
- Chapitre Huit 51
- Chapitre Neuf 57
- Chapitre Dix 62
- Chapitre Onze 70
- Chapitre Douze 82
- Chapitre Treize 87
- Chapitre Quatorze 95
- Chapitre Quinze 102
- Chapitre Seize 111
- Chapitre Dix-Sept 115
- Chapitre Dix-Huit 122
- Chapitre Dix-Neuf 125
- Chapitre Vingt 132
- Chapitre Vingt-Et-Un 140
- Chapitre Vingt-Deux 152
- Chapitre Vingt-Trois 160

- Chapitre Vingt-Quatre 170
- Chapitre Vingt-Cinq 182
- Chapitre Vingt-Six 190
- Chapitre Vingt-Sept 195
- Chapitre Vingt-Huit 214
- Chapitre Vingt-Neuf 218
- Chapitre Trente 226
- Chapitre Trente Et Un 232
- Chapitre Trente-Deux 247
- Chapitre Trente-Trois 261
- Chapitre Trente-Quatre 266
- Chapitre Trente-Cinq 274
- Chapitre Trente-Six 280
- Chapitre Trente-Sept 286
- Chapitre Trente-Huit 297
- Chapitre Trente-Neuf 310
- Chapitre Quarante 316
- Chapitre Quarante Et Un 320
- Chapitre Quarante-Deux 328
- Chapitre Quarante-Trois 334
- Chapitre Quarante-Quatre 341
- Chapitre Quarante-Cinq 350
- Chapitre Quarante-Six 359
- Chapitre Quarante-Sept 373
- Chapitre Quarante-Huit 379
- Chapitre Quarante-Neuf 393

Chapitre Cinquante..410
Chapitre Cinquante Et Un................................416
Épilogue 424
Opération Bête de Sexe 428
Prêt à Tout... 430
Cendrillon et le Marine 431
Le Mécano et L'Héritière 433
Le Playboy et la Princesse du SWAT 434
Autres œuvres de Tess Summers:...................... 436
L'élite de Boston : 436
Les Agents d'Ensenada 437
Dédicace 438
Une note de Tess... 438
Remerciements 439
À propos de l'auteure.......................................441
Contactez-moi ! 442

Le Désir du Général

Prologue

Brenna

« Non, il n'a pas fait ça ! C'est une blague ! Brenna, s'il te plaît, dis-moi que tu plaisantes », cria Cassie Sullivan à travers la porte du patio avant de s'affaler sur une chaise longue bleue de la maison de plage que sa grande sœur avait à San Diego. Le temps était anormalement chaud pour un 15 décembre.

Brenna Roberts entra dans le patio avec deux verres de vin blanc et en tendit un à sa jeune sœur.

« Nope. Je ne plaisante pas. Je suis restée plantée là, putain. Pas d'appel, pas de texto, pas d'e-mail, rien. Je suis restée assise là comme une idiote pendant plus d'une heure. »

« Oh mon Dieu, comme c'est gênant ! Je suis vraiment désolée. » Cassie prit une gorgée avant de poser le verre sur une table basse. « Tu crois que le personnel du restaurant a compris qu'on t'avait posé un lapin ? »

Grimaçant mais parvenant tout de même à glousser, Brenna répondit : « Ils n'ont pas voulu me donner une table avant que tous les clients n'aient été installés. Quand personne d'autre n'est arrivé, ils se font fait une petite idée de la situation. »

« Aïe. » Cassie fronça son petit nez plat et se serra contre un coussin orange. « Et tu n'as toujours pas de nouvelles de lui ? »

Brenna secoua la tête et s'assit dans un fauteuil surdimensionné qui était de la même teinte bleuet que la chaise longue. « Pas un signe. Il n'a pas répondu à mon appel ou à mon message. »

« Peut-être qu'il a oublié ? Ou changé d'endroit ? »

Brenna rigola. « Alors pourquoi ne m'a-t-il pas répondu ? »

Sa sœur soupira. « Eh bien, est-ce que tu l'as au moins engueulé ? »

« À quoi ça servirait ? Laisser quelqu'un en plan en dit long. Je ne vais pas lui envoyer un gros « va te faire foutre ». Je ne ferais que gaspiller ma salive. Le fait que je me fâche ne ferait que l'aider à justifier ce qu'il a fait. »

Cassie but une nouvelle gorgée de vin, semblant être perdue dans ses pensées tandis qu'elle absorbait les propos de sa grande sœur.

« Au diable le fait d'être une personne respectueuse. Je balancerais bien une boîte d'œufs sur la voiture de sport de ce connard, et je lui crèverais peut-être un pneu ou deux. Tu ne crois pas que tu mérites mieux que de te faire poser un lapin, sans même une excuse ou une explication ? »

« Oh frangine, je sais que je mérite mieux que ça. J'aurais juste aimé qu'il le fasse au premier rendez-vous, plutôt qu'au cinquième. »

Comme si elle ne voulait toujours pas accepter que quelqu'un ait posé un lapin à sa grande sœur, Cassie suggéra : « Et s'il avait été kidnappé ? »

Brenna fronça les yeux vers Cassie. « Vraiment ? N'importe quoi. Je suis sûre que l'enlèvement d'un riche trader ferait au moins la une des journaux locaux. Nous en aurions déjà entendu parler. Tu crois que les médias ne s'intéresseraient pas à l'histoire de l'enlèvement de Raymond Reitmeier ? C'est quelqu'un d'important, il suffit de lui demander. » Elle accentua la deuxième syllabe du nom de Ray pour se moquer de sa prétention.

Cassie laissa échapper un fou rire à la tentative de plaisanterie de sa sœur. Elle avait le nez fourré dans son téléphone et fit soudain la grimace. « Euh, tu as dit que les gens au restaurant savaient qu'on t'avait posé un lapin ? »

Brenna prolongea ses prochains mots avec un sourcil levé. « Ouaiiiiis. Pourquoi ? »

Cassie brandit l'écran du téléphone devant Brenna. Dans la section « Cancans du moment » du journal local, il y avait une photo de Brenna prise au moins un an auparavant avec le titre « Lui poseriez-vous un lapin ? »

« Apparemment, leurs sources disent que tu étais assez désemparée après avoir été plantée là. »

« J'ai même donné un super pourboire au barman », dit Brenna en s'indignant. Le fait d'être dans la section « Cancans du moment » n'était pas nouveau pour elle, donc elle n'était pas si bouleversée.

Cassie commença à lire la légende de la photo à voix haute. « Brenna Roberts, la superbe veuve du joueur de deuxième base des Padres, Danny Roberts... »

Brenna la coupa. « Ça t'ennuie ? Je l'ai vécu, je n'ai pas besoin de l'entendre aussi. »

Cassie continua sa lecture, mais en silence.

« Mon Dieu, ces gens sont de vrais vautours », déclara-t-elle en jetant son téléphone sur la chaise longue à côté d'elle.

Elle se leva d'un bond et fit les cent pas sur le patio, puis s'arrêta et jeta un regard furieux à Brenna, qui n'avait pas bougé de sa place sur la chaise. « Pourquoi es-tu si calme à propos de tout ça ? »

« Ma chérie, combien de fois Danny et moi avons-nous été dans ce torchon ? Ça ne sert à rien de s'énerver pour quoi que ce soit là-dedans. Tu ne fais que gaspiller ton énergie. »

« Oh, je sais. Personne ne croit ce qu'ils impriment de toute façon. Je parle de la tête de nœud qui t'a posé un lapin. Je veux dire, qui fait ça ? À quel point est-ce dur d'envoyer un simple texto, « Salut je ne peux pas venir », au lieu de te laisser en plan pour que les vautours puissent se délecter. Mon Dieu, j'aimerais que tu écrives encore. J'adorerais te voir tuer ce connard dans ton prochain scénario. » Cassie plissa les yeux et pointa un doigt vers sa sœur. « Tu serais encore capable de faire ça, non ? Tu ne t'es pas ramollie, n'est-ce pas ? »

Brenna esquissa un sourire narquois et replia ses jambes sous elle avant de prendre une gorgée. Tenant le verre de vin à deux mains, elle le laissa sur ses lèvres et murmura : « Disons que je peux imaginer un beau trader en droit des affaires connaître une mort prématurée et douloureuse. »

Cassie disait toujours que sa grande sœur était passive-agressive quand il s'agissait de son écriture, surtout quand certains de ses personnages finissaient par mourir sur grand écran. Brenna préférait penser que c'était cathartique. Si les gens pensaient se reconnaître ou reconnaître d'autres personnes dans ses personnages, elle n'y pouvait rien. Après tout, ses personnages étaient fictifs, et comme le disait le copyright de tous ses livres : toute ressemblance avec des personnes, vivantes ou mortes, était purement fortuite.

« Bren, quand est-ce que tu vas te remettre à écrire, bordel ? »

Chapitre Un

Brenna

Incapable de dormir, elle restait allongée dans son lit à regarder la robe de cocktail noire décolletée accrochée à la porte de sa penderie. Elle assistait à sa première réception en tant que femme célibataire depuis la mort de son mari, Danny, il y avait presque trois ans de cela, et elle était nerveuse. Elle ne savait pas comment elle serait reçue le lendemain soir, mais elle espérait que ce ne serait pas avec pitié. Elle détestait le regard que lui lançaient les gens lorsqu'ils apprenaient qu'elle était veuve - la tête tristement inclinée, la bouche baissée, généralement en cherchant à établir un contact physique.

Son agent immobilier, Ava Ericson, co-organisait un bal en noir et blanc pour le réveillon du Nouvel An avec Travis Sterling, l'un des célibataires les plus éligibles de la ville, bien puisqu'il co-organisait la fête avec une Ava enceinte, Brenna doutait qu'il soit encore très éligible. Elle aimait bien Ava et avait prévu de demander à Ray d'être son cavalier quand elle avait répondu à l'invitation pour deux. Après qu'il lui avait posé un lapin, Brenna avait téléphoné à Ava pour lui dire qu'elle ne pourrait pas venir, mais elle avait fini par accepter d'y aller toute seule avant de raccrocher.

Brenna n'avait pas été tout à fait honnête avec sa sœur quelques semaines auparavant, lors de leur discussion sur son patio, en lui parlant de Ray. La vérité, c'est qu'elle était beaucoup plus blessée qu'elle ne l'avait laissé entendre par le fait qu'il lui ait posé un lapin sans même lui envoyer un SMS ou un appel. Au début, il avait été vraiment déterminé à la convaincre de sortir avec lui, et elle l'avait trouvé beau et charmant. Elle avait rapidement réalisé qu'il était plus intéressé par la drague qu'autre chose. Brenna savait qu'une fois qu'ils auraient couché ensemble, il en aurait fini de la courtiser et qu'il passerait à autre chose, alors elle ne l'avait jamais laissé aller aussi loin. Même si elle savait qu'il n'était pas fait pour le long terme, une part de son ego lui faisait croire qu'une fois qu'il l'aurait mieux connue, il aurait voulu plus que simplement coucher avec elle. Cet abandon soudain l'avait blessée dans son orgueil. Son ego espérait peut-être qu'il appellerait et s'excuserait, qu'il ramperait un peu, mais ce n'était pas arrivé.

Elle regarda la robe longue et sourit. Elle avait enfin repris la plupart des kilos qu'elle avait perdus après l'accident de Danny. Brenna prenait de nouveau plaisir à acheter des robes et des chaussures, et pour la première fois depuis longtemps, elle avait hâte de sortir.

****

On sonna à la porte de Brenna à dix heures et demie du matin, le jour de la fête du Nouvel An. Son labrador, Zona, se précipita vers la porte, aboyant pour l'alerter au cas où elle aurait manqué la sonnette.

Brenna entendit Cassie appeler, « Hey bitch ! » puis la porte se refermer. Sa sœur était à genoux et caressait grossièrement Zona derrière ses oreilles noires quand

Brenna apparut dans l'embrasure de la cuisine, s'essuyant les mains sur un torchon.

« Tu es en avance. Tu n'es jamais en avance. Qu'est-ce qui se passe ? »

« Je n'ai pas de nourriture chez moi. » Cassie sourit en se levant et en passant devant Brenna pour aller vers le frigo.

« Eh bien, sers-toi », murmura Brenna avant de suivre sa sœur dans la cuisine moderne et lumineuse qui surplombait l'océan.

Munie d'un bol de céréales, Cassie prit place sur l'îlot de cuisine et regarda Brenna découper la pâte à cookie en forme de ballon de football sur le comptoir en granit gris.

« C'est quoi ces cookies ? »

« Je les emmène à Tucson avec moi demain. Danielle et moi allons à une fête pour regarder le match de football. Je me suis dit que j'allais essayer d'entrer en contact avec mon côté femme au foyer et apporter quelque chose de fait maison. »

« Est-ce que quelqu'un que tu connais joue demain ? »

Brenna rigola. « Non, ce sont des matchs universitaires le jour de l'an. En plus, je ne connais que des joueurs de base-ball, pas de football. »

« Toujours pas de nouvelles de face de cul ? »

« Non, et honnêtement, je ne m'y attends pas. À ce stade, que pourrait-il bien dire ? Il est bien trop fier pour admettre qu'il a fait quelque chose de mal. Même s'il le faisait, il tournerait ça en sa faveur comme si c'était à prendre ou à laisser. » Brenna resta silencieuse pendant une minute puis haussa les épaules. « Il peut aller se faire foutre. J'ai juré après Danny de ne plus jamais laisser un homme me maltraiter. La seule raison pour laquelle j'ai supporté Danny pendant si longtemps, c'est parce qu'il était un père formidable. »

« Hey, à propos de ma magnifique nièce. Pourquoi Danielle n'est restée qu'une semaine pour les vacances ? Elle est en colère contre toi, ou elle sort avec quelqu'un ? »

Brenna fronça les sourcils. « Elle a dit qu'elle devait travailler. Je ne pense pas qu'elle soit en colère contre moi. Elle m'a demandé de venir la voir. Elle n'a pas dit qu'elle sortait avec quelqu'un. Je suppose que je le découvrirai demain. »

Entre deux bouchées de céréales, Cassie demanda : « Alors, tu rentres à la maison ce soir, ou je vais dormir dans ton lit si confortable ? »

« Non, je reste à l'hôtel ce soir et je pars directement à l'aéroport à midi. »

« Tu as de la chance que je sois une loser, et que les meilleurs plans de réveillon que j'avais ne soient pas comparables à ceux d'être ici sur la plage avec Zona et les feux d'artifice. » Cassie sourit.

« J'apprécie vraiment que tu fasses ça pour moi à la dernière minute. Zona est un vrai bébé quand il s'agit de feux d'artifice. Luke devait rester, mais son boulot a décidé que tout le monde devait être de garde ce soir. Je ne serai partie que pour quelques jours. Tu n'as pas besoin de rester après ce soir. Je pense qu'il prévoit toujours de couvrir les autres nuits. On lui demandera quand il sera là. »

Cassie pointa sa cuillère vers Brenna et l'agita en rond devant elle. « Ouais, j'ai besoin d'en savoir un peu plus sur ce Luke avant de prendre le risque de le croiser seule. »

Brenna ricana. « Chérie, une fois que tu l'auras rencontré, tu chercheras à le croiser seule. Il est délicieux. »

Sa petite sœur pinça les lèvres, peu convaincue. « Eh bien, s'il est si délicieux », dit-elle en mettant ce dernier mot entre guillemets, « pourquoi ne lui as-tu pas sauté dessus ? Je veux dire, c'est M. Altruiste et tout. Il est tout à fait dans tes cordes. »

« Hum, parce qu'il est bien trop jeune pour moi. Si j'avais dix ans de moins, peut-être. Mais comme je suis loin d'avoir encore trente-quatre ans, ça n'arrivera pas. Toi, d'un autre côté, tu as trente ans... »

Cassie la coupa. « On ne te donnerait pas plus que la trentaine, ça compte ? »

Brenna fit un sourire sarcastique. « Ooh, comme tu es gentille. » Puis elle redevint sérieuse. « Je ne te paierai quand même pas. »

« Mon Dieu, tu es vraiment radine », déclara Cassie, en glissant de son tabouret de bar pour verser plus de céréales et en en renversant un peu exprès pour Zona, qui avait attendu patiemment qu'elle fasse tomber quelque chose. « Je ne sais pas pourquoi j'ai accepté de t'aider ! »

Brenna sourit. « Parce que tu m'aimes, et parce que je vis sur la plage. »

Cassie versa encore du lait dans son bol tout en faisant semblant de considérer ce que sa sœur venait de dire. « Oh oui. Sans parler de ton jacuzzi et de ton frigo bien rempli. »

« Tu sais, j'ai du mal à croire que l'industrie pharmaceutique se porte si mal que tu ne puisses pas te permettre de manger. »

« Oh, les affaires marchent bien ! Je viens d'avoir un bonus assez important pour payer ma voiture. » Cassie sourit en sautant sur son siège et en mettant une autre cuillerée dans sa bouche.

« Alors pourquoi tu n'as pas de nourriture chez toi ? »

Cassie secoua la tête en arrière comme si la réponse était évidente. « Je suis trop paresseuse pour aller à l'épicerie. Et puis, j'aime bien me servir chez ma soeur, la riche veuve. »

Brenna mit les cookies dans le four. « Pour info », dit-elle en fermant la porte du four, « je ne suis pas riche parce que je suis la veuve de Danny. Son argent est dans un compte pour notre fille. Je suis riche parce que j'ai écrit un ou deux scénarios de qualité dans ma jeunesse, merci beaucoup. »

Cassie roula les yeux. « Ouais, ouais. J'oublie toujours que tu es une star, jusqu'à ce que je voie un de tes films à la télé et que je me dise : « Hé, c'est sorti de l'imagination de ma sœur ! ». D'une voix plus douce, elle demanda : « Quand vais-je voir quelque chose de nouveau de ta part ? »

Brenna détourna le regard. « Je ne sais pas, Cass. C'est... compliqué. »

« Eh bien, dépêche-toi, tu veux ? Je veux voir cette face de cul se faire torturer ! » Cassie rit et but son lait dans le bol avant de continuer. « Oh, et je veux aller avec toi à l'avant-première. Quand les photos de Danny et toi apparaissaient dans les magazines, je disais aux gens, « c'est ma soeur ! ». Pour une raison quelconque, personne ne m'a jamais crue, même si je te ressemble, mais avec des cheveux plus foncés. Si j'étais ta cavalière sur le tapis rouge, ça me donnerait une sérieuse crédibilité. »

« De la crédibilité pour quoi exactement ? »

« Je ne sais pas, juste comme ça ! » Cassie rigola. « On ne peut jamais avoir trop de crédibilité. »

« Désolée d'être porteuse de mauvaises nouvelles, mais je ne pense pas que je vais t'y aider de sitôt. »

Cassie commença à protester en glissant du tabouret, mais sembla y renoncer.

« Tu as choisi une robe pour ce soir ? » La jeune fille changea de sujet tout en rinçant son bol dans l'évier.

« Oui. Mais je n'arrivais pas à savoir quelles chaussures je préférais, alors j'ai acheté les deux paires pour avoir plus de temps pour me décider. »

« Eh bien c'est ton jour de chance parce que je suis une passionnée de chaussures. Voyons ce que tu as. »

À l'étage, dans la chambre de Brenna, Cassie fouilla dans l'énorme penderie de sa sœur. Prenant les vêtements avec leurs cintres et les tenant contre son corps dans le miroir, elle tomba sur la robe de mariée de sa sœur.

En caressant le tissu satiné, Cassie soupira. « Est-ce qu'il te manque ? »

Brenna était en train de passer la robe noire sur ses hanches. Elle sortit de la penderie et remarqua que Cassie touchait sa robe de mariée.

« Tous les jours. »

Cassie pencha la tête. « Même après tout ce qu'il a fait ? »

« Même après. Ce n'est pas parce que je ne voulais plus être mariée avec lui que j'ai cessé de l'aimer. On a été follement amoureux et on a un enfant génial. Je n'échangerais ça pour rien au monde. »

« Irai-je en enfer pour être contente qu'il soit mort avant que votre divorce ne soit prononcé ? »

Brenna releva ses cheveux sur sa nuque et se retourna pour que Cassie ferme sa robe. « Probablement », dit-elle par-dessus son épaule avec un sourire en coin. « Mais tout ce qui lui appartient va à Danielle de toute façon et c'est ce qu'il aurait voulu. »

Elle se retourna, et Cassie laissa échapper un sifflement. « Waouh ! Tu es sacrément sexy ! »

Elles sortirent du vestiaire pour que Brenna puisse faire un défilé avec les deux paires de chaussures différentes. Alors que Brenna défilait dans sa chambre à coucher avec des talons de hauteurs différentes, Cassie jeta un coup d'oeil par la fenêtre où quelque chose avait attiré son attention. Brenna se mit sur la pointe des pieds pour voir ce que sa sœur regardait, mais n'arriva pas à bien voir.

« Qui c'est, bon sang ? »

Brenna s'approcha en boitillant et ouvrit le rideau pour voir que Luke Rivas s'était garé dans son allée avec sa

Jeep noire sans toit et sans portes. Il portait une paire de Levis bien usée, un t-shirt gris moulant qui collait délicieusement à sa poitrine et à ses bras musclés et des lunettes de soleil d'aviateur sur son visage bronzé. Ses cheveux noirs et courts étaient légèrement en désordre à cause du vent lors du trajet. Sur le siège passager se trouvait son Golden Retriever, Rex.

« C'est Luke et Rex. »

« Ça c'est Luke ?! Bon Dieu, il ressemble à une bombe sexuelle ! Merde, je suis là dans mon pantalon de yoga et mon chignon. Merci beaucoup de m'avoir prévenue. »

Brenna sourit et tapota les fesses de sa sœur. « Je te l'avais dit. Ton pantalon de yoga te fait un beau cul et tu es adorable avec ton chignon, alors sois charmante et va ouvrir la porte. Fais attention à Zona cependant. Si elle sait que Rex est ici, elle te devancera à la porte, même si elle doit te renverser. Elle adore voir son petit ami. »

Zona avait été l'un des chiens dont s'occupait de Luke avant que Brenna ne l'adopte et elle s'était attachée au petit chiot à fourrure de Luke pendant qu'elle vivait avec lui.

Cassie se dirigea vers la porte de la chambre, en secouant la tête. « Ooh, Zona, aussi ? Tout le monde craque par ici ? »

Brenna rit et rappela sa sœur alors qu'elle atteignait le seuil de la porte. « Attends, quelles chaussures ? »

Se retournant pour regarder pendant moins de deux secondes, Cassie répondit, « Les chaussures à bouts ouverts, définitivement. » Elle était sur le point de dévaler les escaliers quand on sonna à la porte.

Après la mort de Danny, Brenna s'était retrouvée avec plus d'argent qu'elle ne pouvait en dépenser et elle avait mis sa vie en ordre. Elle s'était débarrassée de la maison monstrueuse de Rancho Santa Fe sur laquelle son mari avait insisté, avec toutes les voitures et les meubles coûteux qui allaient avec. Elle avait également vendu l'appartement et les voitures qu'ils avaient à Phoenix lorsqu'il partait pour ses entraînements de printemps, ainsi que l'endroit à Miami dont Brenna n'avait même pas entendu parler - sa garçonnière, supposait-elle. Elle avait mis de côté la part de Danny pour Danielle, en avait donné une partie à des associations qu'elle soutenait, et il lui restait plus d'argent qu'elle n'en aurait besoin en quatre vies.

Elle avait également éliminé les faux amis et les personnes qui ne souhaitaient être associées à elle que pour pouvoir utiliser son nom. Elle n'avait plus l'énergie pour cela. Il ne lui restait plus qu'un petit groupe de personnes qu'elle fréquentait parce qu'elle le voulait, et non parce qu'elle y était obligée. Sa petite sœur était l'une de ces personnes - franche, honnête, et avec le plus grand cœur qu'elle connaissait. Elle aimait traîner avec elle.

Sa fille, Danielle, était également une personne à laquelle elle consacrait son temps. Danielle était en première année à l'université de l'Arizona, l'alma mater de son père. Danny avait été un excellent joueur de deuxième base pour les Bat Cats et avait été sélectionné au deuxième tour lors de sa première année. Contrairement à beaucoup de ses pairs, il avait rapidement gravi les échelons après avoir joué en première division et était entré dans la grande ligue. Il était une recrue jouant pour les Padres lorsque Brenna l'avait rencontré il y a presque vingt ans.

Brenna voulait désormais acheter une maison à Tucson pour avoir un endroit où loger quand elle rendrait visite à Danielle. Cassie et Luke devaient se partager la garde des chiens pendant qu'elle partirait chercher une maison à la fin du mois de janvier, c'est pourquoi Brenna les avait invités tous les deux ce jour-là. Elle pensait que ce serait plus facile de les avoir tous les deux devant elle avec un calendrier pour répartir les jours. Sans oublier qu'elle avait voulu les présenter l'un à l'autre d'une manière assez subtile. À en juger par la façon dont ils se souriaient timidement, son instinct avait vu juste.

Et dire que sa sœur se vantait de jouer les difficiles.

Au moins, l'instinct de Brenna fonctionnait toujours lorsqu'il s'agissait des autres. En revanche, elle n'était pas aussi confiante en ses capacités lorsqu'il s'agissait de sa propre vie amoureuse.

Chapitre Deux

Brenna

Elle s'était enfin habituée à être seule, mais ne pouvait s'empêcher d'être triste en pensant aux précédents réveillons avec Danny alors qu'elle se préparait pour le bal. Ils faisaient vraiment la paire parfaite, du moins pour ceux qui les voyaient de l'extérieur. Ken et Barbie du Base-ball, c'est ainsi que la section « Cancans du moment » les appelait chaque fois qu'ils étaient photographiés ensemble en public. Il avait des cheveux brun foncé, des yeux verts et était athlétique, beau et arrogant. Elle était blonde et toujours impeccablement coiffée. Elle était très belle, grâce à un coach personnel qui lui donnait des coups de pied au cul presque tous les jours et à un chirurgien plastique qui lui remontait les seins, cachait sa cicatrice de césarienne et lui injectait régulièrement du Botox. Étant mariée à un joueur de base-ball professionnel pendant toutes ces années, il était de son devoir d'avoir l'air d'une épouse de joueur et de pouvoir rivaliser avec les poupées de luxe - une façon élégante de dire les salopes de groupies.

Malheureusement, elle n'avait pas réussi dans ce domaine. La dernière maîtresse de Danny avait fait en sorte que Brenna soit au courant de son existence, ce qui s'était d'ailleurs retourné contre elle. Danny l'avait larguée pour cela. La perspective de perdre la moitié de ses biens dans un divorce primait sur tout ce que cette autre femme avait pu faire pour lui au lit. Malheureusement pour lui,

Brenna en avait eu assez de fermer les yeux sur les transgressions de son mari et avait demandé le divorce. Elle avait presque cédé face au charme de Danny, qui avait toujours été si doué pour cela. Mais elle s'était autorisée à concevoir une vie sans se demander et s'inquiéter de ce que son mari faisait, ou avec qui il le faisait et elle avait aimé ça. Ce n'était pas encore assez pour se remettre à écrire, mais au moins la perspective était réelle. C'était un début.

Elle mit ses boucles d'oreilles et lissa sa robe en regardant son reflet dans le miroir. Se tournant pour vérifier son derrière, elle prit une profonde inspiration. Quand faut y aller.

****

Ron

Alors qu'il roulait vers le Plaza, le major général Ron Thompson se demandait pourquoi diable se rendait-il à cette fête. Ava l'avait invité, il se sentait donc obligé d'y aller. Il avait été la première personne à qui elle avait parlé de sa grossesse, parce qu'ils avaient envisagé de sortir ensemble avant qu'elle ne l'apprenne. Il se doutait bien qu'elle et le père de son bébé, Travis Sterling, allaient annoncer leurs fiançailles ce soir. Il était heureux pour elle ; c'était une charmante et belle jeune femme qui méritait quelqu'un avec qui elle pourrait s'installer et fonder une famille. Ron avait rapidement réalisé après avoir appris sa grossesse qu'il n'aurait pas été ce qu'il lui fallait au long terme.

Il devait cependant admettre qu'il était très excité ces derniers temps. Il venait de rentrer de deux mois au Moyen-Orient, mais cela faisait presque un an qu'il n'avait pas été avec une femme. Son travail, et pour être honnête, ses critères, l'empêchaient de beaucoup sortir. Il aurait aimé avoir une belle femme avec qui il pourrait avoir une conversation intelligente au dîner, avant de la ramener à la maison et de la baiser sans retenue, mais elles semblaient se faire rares ces temps-ci. Ou peut-être qu'il était juste trop difficile.

Mais avoir de grandes attentes était dans sa nature. Cela lui avait bien réussi dans le Corps des Marines et ce n'était pas quelque chose qu'il pouvait activer ou désactiver. Ce qui était probablement une bonne chose puisqu'il était responsable de la vie de beaucoup de Marines.

Mon Dieu, il espérait qu'il y aurait de l'alcool décent à l'open bar. Connaissant Sterling, ce serait du haut de gamme. Il n'allait pas se plaindre et puis, de toute façon, il n'allait probablement pas rester longtemps.

Dès qu'il franchit les portes, Ava, dans sa robe rose de Cendrillon avec son adorable ventre de femme enceinte, lui prit la main et l'entraîna rencontrer son amie Tracey. Il savait qu'Ava essayait de lui offrir un lot de consolation puisqu'elle n'était pas sortie avec lui. Son amie était mignonne, mais un peu jeune et pas vraiment son type de femme. Il pouvait sentir qu'il n'était pas son type d'homme non plus, et tous deux retournèrent à leurs tables respectives après seulement quelques minutes de bavardage. Travis et Ava annoncèrent que la fête était leur réception de mariage ; ils s'étaient mariés plus tôt dans la journée. Ron les regarda ensemble, visiblement heureux et amoureux, et il ressentit quelque chose qu'il n'arrivait pas à nommer.

Des regrets ? De la jalousie ?

Il avait été marié à sa carrière si longtemps qu'il se demandait si trouver la bonne personne était encore dans ses cordes. Peut-être qu'il avait merdé et raté sa chance quand il était avec Sarah. Peut-être qu'il aurait dû la suivre quand elle était partie. Il pensait qu'il avait fait ce qui était le mieux pour elle. Il ne pouvait pas lui donner ce qu'elle cherchait, alors il l'avait laissée partir. Mais s'il était honnête avec lui-même, elle lui manquait. Il n'avait trouvé personne d'autre qui suscitait son intérêt.

Ron regarda autour de sa table les personnes habillées en noir ou en blanc, sans la moindre touche de couleur. Au moins les gens suivaient les indications - c'était un bal noir et blanc, après tout. Sa propre veste de smoking blanche compensait son nœud papillon et son pantalon noirs. La fille qui la lui avait vendue avait dit qu'il ressemblait à Humphrey Bogart dans *Casablanca.*

Il n'était pas sûr que ce soit un compliment.

Si seulement il pouvait trouver sa Lauren Bacall.

Les gens se saluaient poliment et se présentaient brièvement autour de la table, lorsque la plus belle femme qu'il ait jamais vue s'approcha, regarda les noms sur les cartons de table, puis sourit en prenant place. Elle se présenta comme Brenna Roberts. Il sentit son souffle s'arrêter dans sa poitrine lorsqu'elle baissa les yeux de façon charmante après avoir attiré son attention, ses longs cheveux blonds tombant en avant autour de son visage.

Mme Sewell, une femme plus âgée assise à côté d'elle, posa sa main avec sympathie sur celle de Brenna et dit : « Je suis vraiment désolée pour Danny. » La belle femme rangea ses cheveux derrière son oreille avec un maigre sourire et répondit qu'elle allait bien.

Danny Roberts ? Comme dans, le Danny Roberts, deuxième base des Padres de San Diego ?

Ron savait que Danny avait été tué dans un accident de voiture quelques années auparavant ; les journaux en avaient parlé pendant des semaines. En observant sa veuve, il n'avait aucun mal à croire qu'elle avait été la femme d'un joueur de base-ball professionnel. Elle était presque parfaite, même si certains de ses attributs n'étaient probablement pas authentiques. Aucune femme de son âge n'avait de vrais seins aussi fermes, mais il était parfaitement satisfait de la hauteur des siens.

L'authenticité était surfaite.

Sa peau était comme de la porcelaine, et ses lèvres... Bon sang, ses lèvres. Une image de celles-ci enroulées autour de sa bite défila dans sa tête et il se félicita soudainement de sa décision d'assister à la fête d'Ava et Travis.

Merci, celui qui a fait le plan de table, de l'avoir mise à la mienne.

Il demanda à toutes les personnes présentes s'il pouvait leur apporter quelque chose du bar, et lorsque

Mme Sewell sembla vouloir témoigner encore plus de compassion à Brenna, la belle femme se leva et dit qu'elle l'accompagnerait. Ron admira la vue tandis qu'elle marchait devant lui dans une longue robe noire qui épousait parfaitement ses courbes tout en mettant ses épaules en valeur. Il n'était pas le seul à la remarquer.

Ils venaient de prendre leur verre quand elle lui lança un sourire charmeur. « Alors, y a-t-il une Mme Thompson ? »

Il lui rendit son sourire. « Pourquoi ? Qui le demande ? »

Il fut momentanément distrait lorsqu'elle aspira sa boisson avec une paille, mais réussit à saisir sa réponse taquine. « Au moins toutes les femmes à notre table. Je suis sûre qu'elles ont toutes une sœur, une fille ou une petite-fille avec qui elles mourraient d'envie de vous caser. »

Il haussa un sourcil. « Toutes les femmes à notre table ? »

Elle rougit en lui souriant, mais ne détourna pas le regard.

Il ne la quitta pas des yeux lorsqu'il baissa la voix et dit : « Il n'y a pas de Mme Thompson, présente ou passée. Et il n'y a qu'une seule femme ici avec laquelle j'aimerais être casé. »

Elle baissa les yeux cette fois-ci mais garda le sourire. « Oh ? Quelqu'un que je connais ? »

Il s'apprêtait à répondre lorsqu'il vit ses yeux se rétrécir et une grimace se former sur ses lèvres. Ron jeta un coup d'œil vers l'endroit où elle regardait et remarqua un homme brun avec une barbe poivre et sel et des lunettes à monture métallique dans un costume noir, accompagné d'une femme dodue, mais séduisante, dans une robe blanche qui était probablement d'une taille trop petite. Ses gros bijoux blancs étaient parfaitement assortis à sa robe, et ses cheveux bruns aux reflets blonds étaient coiffés en chignon. Elle se tenait légèrement au bras de l'homme et aurait pu aveugler quelqu'un avec l'énorme diamant à son annulaire gauche. Le couple avait l'air de s'ennuyer confortablement en compagnie de l'autre.

« Ce fils de pute », entendit-il Brenna marmonner en secouant la tête.

Bordel de merde.

Il avait espéré que puisqu'elle était ici seule, elle était disponible. Il semblait que ça ne soit pas le cas.

Ne tire pas de conclusions hâtives. Attends un peu la suite.

S'appuyant contre le bar, il demanda « Des amis à vous ? » en faisant un geste vers le couple avec son verre avant de prendre une gorgée.

Elle restait là à regarder l'homme barbu, presque abasourdie. Elle ne semblait pas se rendre compte que Ron lui parlait et semblait plutôt réfléchir à ce qu'elle allait faire. Finalement, elle le regarda et lui offrit un sourire forcé. « Si vous voulez bien m'excuser, je vois quelqu'un à qui je dois aller dire bonjour ».

Il la regarda se diriger vers le couple. Elle avait vraiment un beau cul.

Putain, j'espère qu'elle n'est pas complètement folle.

Attends, peut-être que si. Ça pourrait être amusant à regarder, aussi.

En effet, le regard de panique qui se dessina sur le visage de l'homme quand il vit Brenna approcher était assez divertissant. Elle se tenait debout et parlait au couple, tendant parfois la main pour caresser le bras de l'homme, et Ron le voyait sursauter et grimacer comme s'il souffrait réellement quand elle le faisait. Pendant ce temps, la femme, que Ron supposait être l'épouse du barbu, lançait à son mari des regards noirs pendant que Brenna parlait. Finalement, Brenna tendit la main à la dame pour qu'elle la serre, puis tapota la joue de l'homme. Elle se retourna avec une expression de satisfaction et de suffisance sur son visage et se dirigea vers l'endroit où se tenait Ron.

Souriant, il n'était pas préparé à ce qu'elle lui dit ensuite.

« Ron, j'ai été ravie de vous rencontrer. J'ai bien peur de devoir partir », déclara-t-elle en posant son verre sur le bar.

Il attrapa son poignet de sa main libre quand elle se tourna pour partir. La tête penchée, elle leva les yeux vers lui, puis les baissa sur son poignet qu'il tenait, et enfin les fixa sur son visage.

Ron prit son temps pour la lâcher, avant de ramasser son verre et d'essayer de le lui rendre.

« Je ne sais pas trop de quoi tout ça s'agissait, mais j'avais hâte de danser avec vous ce soir, alors j'ai bien peur de devoir insister pour que vous ne restiez. »

Il ne lâchait pas son regard.

Putain, elle était magnifique. Il espérait qu'elle ne partirait pas, car il ne voulait pas se ridiculiser en la suivant comme un petit chien.

Ce qu'il ferait si besoin.

Elle le regardait fixement, le jaugeant. Il pouvait presque voir ses méninges tourner dans sa tête, se demandant pour qui il se prenait.

Général Ron Thompson, à votre service, chérie... Votre service complet.

« Eh bien, il s'agissait... », fit-elle d'un geste vers l'endroit où elle venait de parler au couple, « de découvrir que le gars avec qui je sortais depuis un mois est en fait marié, et ce depuis vingt-deux ans. »

« Oh, la vache. » Il regarda le couple qui essayait d'avoir une discussion discrète. Au moins, ils ne semblaient plus s'ennuyer.

« Ouais, donc je ne pense vraiment pas que je serais de très bonne compagnie ce soir », dit-elle comme si elle avait déjà décidé de partir. Elle n'était visiblement pas impressionnée par lui.

Ron se redressa.

« Pourquoi ne me laissez-vous pas en juger ? Je vais vous dire - restez jusqu'à la fin du dîner, dansez un peu. Voyez si votre humeur change. Où est le mal là-dedans ?

De plus, Travis et Ava seront blessés si vous partez maintenant. » Il lui proposa le verre qu'il tenait encore.

Elle fronça les sourcils, mais l'accepta à contrecœur. « Et si je ne passe toujours pas un bon moment ? »

Il lui fit un clin d'oeil et fit tinter leurs verres l'un contre l'autre. « Je vous parie le contraire. »

Chapitre Trois

Brenna

Elle le scruta attentivement en plissant les yeux.

Ok, Ron, je t'accorde que tu es beau et que tu as le meilleur sourire que j'aie jamais vu, même si ton nez est un peu tordu. Et ton accent du Sud est sexy à souhait. Sans oublier que tu es diablement séduisant dans ton smoking. Mais quand même ! Pas ce soir - ne vois-tu pas que je ne suis pas d'humeur ?

Elle venait d'apprendre qu'un type avec qui elle était sortie, bien que brièvement, était ici avec *sa femme,* et qu'elle n'avait été rien de plus qu'un plan cul potentiel pour lui. Elle n'était plus vraiment en état de flirter.

Ron semblait assez arrogant pour croire qu'il pouvait la conquérir. Elle gloussa à cette idée. Il n'avait aucune idée de la personne à qui il avait affaire. Ni lui, ni personne d'autre d'ailleurs, n'allait réussir à lui redonner le sourire.

Sauf s'il s'appellait Jack. Nom de famille Daniels.

En fait, l'attitude sûre de lui de Ron lui donnait envie d'être désinvolte et sarcastique et de le rabaisser d'un cran ou deux. Croyait-il vraiment qu'il avait une chance avec elle *ce soir* ?

Pourtant, il n'avait pas tort. Ce serait mal vu de partir avant même que le dîner ne soit servi. De plus, elle ne voulait pas que Ray pense qu'il l'avait chassée. Cela donnerait l'impression qu'il l'avait blessée. Sa fierté n'allait pas laisser cela se produire.

Puisque l'ego de Ron semblait penser qu'elle serait facile à conquérir, elle n'allait pas se soucier d'être polie. Ou d'être charmante, d'ailleurs. Et elle n'allait certainement pas flirter avec lui, même si elle le trouvait très attirant.

Brenna vida son verre et fit signe au barman d'en servir un autre avant de reporter son attention sur Ron.

« Quarante-quatre ans, femme, San Diego. »

« Quoi ? » demanda Ron. Il semblait confus.

« Oh, j'ai juste pensé que ce serait vos prochaines questions. Vous savez, *âge, sexe, domicile ?* » Elle avait fréquenté suffisamment de sites de rencontres pour connaître la procédure. Lui, en revanche, semblait ne pas le savoir. Il ne relevait pas la plaisanterie et la regardait comme si elle était folle.

« Peu importe », dit-elle en roulant des yeux.

L'expression sur son visage suggérait qu'il avait peut-être changé d'avis sur le fait de vouloir la connaître après tout. Ce qui n'était pas nécessairement ce qu'elle voulait, mais elle n'était toujours pas prête à se la jouer gentille. Cependant, elle se détendit, au moins un peu.

« Alors, Ron Thompson, que faites-vous dans la vie ? » Brenna demanda en prenant son verre au barman.

« Je suis dans le Corps des Marines. »

Ça, elle pouvait le croire. Il avait définitivement un air qui disait qu'il était aux commandes et qu'il contrôlait tout. Il était probablement un de ces sergents instructeurs qu'elle avait vu dans les films.

« Depuis combien de temps êtes-vous en fonction ? »

« Vingt-quatre ans. »

Elle hocha la tête, reconnaissant que c'était une longue période, et dit à contrecœur : « Merci pour votre service. »

« Tout le plaisir est pour moi. » Il sourit et inclina la tête. « Et vous, Brenna Roberts ? Que faites-vous ? »

Putain, elle détestait cette question. Elle n'était jamais sûre de savoir comment y répondre. Depuis qu'elle avait arrêté d'écrire, son identité entière se résumait à être Mme Danny Roberts et la mère de Danielle. Même si elle gagnait plus d'argent que Danny avec ses droits d'auteur sur les films, elle répondait qu'elle était une épouse et une mère. Mais être une riche mère et épouse au foyer n'avait rien à voir avec la gestion de la maison ; ils avaient engagé une aide pour ça.

Et maintenant... eh bien maintenant, quand on lui posait la question, elle ne savait toujours pas quoi dire. Elle ne pouvait plus dire épouse ou mère au foyer, étant donné que son enfant était à la fac dans un autre état et que son presque ex-mari était mort.

Elle créait encore parfois des scénarios dans sa tête, mais jamais d'histoires complètes et elle ne les écrivait jamais. Dernièrement, elle avait imaginé comment un trader pouvait mourir. En regardant ce bâtard avec sa femme, peut-être que le ruiner et le rendre impuissant serait mieux que de le tuer.

Elle décida qu'écrire des histoires dans sa tête comptait, et comme elle recevait toujours des chèques pour les films qu'elle avait écrits...

« Je suis scénariste. »

Ron la surprit en ne posant pas la question habituelle suivante, *des films que je connaîtrais ?* et lui demanda plutôt si elle aimait ce qu'elle faisait. Il semblait sincèrement intéressé par le fait qu'elle aime être scénariste.

« J'ai adoré. » Elle espérait qu'il ne remarque pas qu'elle avait parlé au passé.

Son intérêt la radoucit, et elle demanda, « Et vous ? Vous aimez être un Marine ? »

Son comportement lui donna la réponse avant même qu'il ne la donne. « C'est ce pour quoi je suis né. »

« Je pense qu'il y a probablement beaucoup de choses pour lesquelles vous êtes né », lui dit-elle avec un sourire enjoué avant qu'elle n'ait le temps de réfléchir à ses paroles.

Bon sang, on ne flirte pas, tu te souviens ?

Son commentaire sembla le surprendre, mais il ne manqua pas de la regarder de haut en bas et de répondre : « Vous n'avez pas idée du nombre de choses pour lesquelles je suis très bon ».

Oh merde ! Son estomac fit un petit bond.

Retenait-elle sa respiration ?

Il lui sourit. « La danse en est une. » Il fit un geste vers la piste où d'autres couples dansaient déjà.

Elle aperçut Ray et sa femme, toujours au bar, alors que Ron l'entraînait vers la piste de danse, et elle se rappela que les hommes n'étaient pas son groupe de personnes préféré en ce moment. Autant le Marine semblait déterminé à la charmer, autant elle était résolue à ne pas se laisser faire, mais les deux whiskies qu'elle avait bus ne l'aidaient pas à refuser. Pas plus que les épaules incroyables de Ron ou la main forte qui la tenait tout en marchant.

Alors qu'il la prit par la taille, il la rapprocha pour lui murmurer à l'oreille : « Vous êtes à couper le souffle. »

Elle recula pour regarder son visage et sourit. Elle ne se laisserait pas avoir par les conneries d'un autre type.

« Je parie que vous dites ça à toutes les filles. »

Il arrêta de danser en plein milieu de la piste et souleva son menton pour qu'elle n'ait d'autre choix que de le regarder.

« Brenna, vous devez comprendre quelque chose sur moi. Je ne joue pas de jeu, et je pense tout ce que je dis. »

Son expression sérieuse, et le fait que ses yeux ne quittaient pas les siens, lui firent comprendre qu'il disait la vérité. Elle était soudainement intimidée par lui et se sentait toute petite à côté de sa grande stature musclée.

D'une manière étrangement délicieuse.

Son sourire en coin avait dû se transformer en un regard de surprise parce qu'il lâcha un petit rire quand il la ramena contre lui et reprit la danse.

« Alors essayons encore une fois », dit-il à son oreille. « Vous êtes à couper le souffle. »

Elle posa sa tête contre son épaule et murmura : « Merci. »

Il lui caressa le dos et elle sentit un sourire sur ses lèvres lorsqu'il murmura contre ses cheveux, « Gentille fille. C'est mieux. »

Elle aurait dû être offensée qu'on lui dise qu'elle était une « gentille fille », alors pourquoi diable était-elle si excitée ?

Chapitre Quatre

Ron

Il aimait ce qu'il ressentait en tenant Brenna dans ses bras. À tel point que lorsqu'elle appuya sa tête contre son épaule, il sentit des petits frissons sous sa ceinture. Cette femme faisait ressortir quelque chose de primaire en lui. Il aimait parler et rire avec elle, mais il avait aussi envie de la traîner dans une chambre d'hôtel par les cheveux et de la baiser jusqu'au lever du soleil.

Il devrait probablement s'en tenir à la première pensée, pour le moment.

La chanson se termina et ils retournèrent au bar pour rafraîchir leurs boissons avant le dîner. L'homme marié les regardait fixement de sa place au bout du bar.

« Alors, c'est quoi son histoire ? » Ron fit un geste vers lui pendant qu'ils attendaient leurs cocktails.

Bien qu'il ait deviné qu'elle avait compris de qui il parlait, Brenna se tourna et regarda. Elle fut accueillie par un regard de mort de la part de l'homme.

Elle se retourna vers Ron. « Eh bien, nous sommes sortis quelques fois ensemble jusqu'à ce qu'il me pose un lapin il y a quelques semaines, et je n'avais plus eu de nouvelles de lui depuis, enfin jusqu'à ce soir. Pour l'instant, je ne suis pas vraiment sûre que ce qu'il m'ait dit soit vrai, mais il a dit qu'il s'appelait Ray-mond Reitmeier, » elle accentua la deuxième syllabe de Raymond.

« Apparemment, c'est un trader le jour, et un mari coureur de jupons la nuit. »

« Où avez-vous fait sa connaissance ? »

Brenna eut l'air un peu gênée mais dit avec conviction : « Je l'ai rencontré sur internet. »

Ron la regarda, essayant de ne pas exprimer ce qu'il pensait, c'est-à-dire : Sérieusement ? Qu'est-ce qui ne va pas chez vous ?

Brenna dut lire dans ses pensées car elle se défendit. « Ça semblait être un moyen sûr d'éliminer les gens. J'ai même fait une vérification de ses antécédents. Il n'y avait aucune mention de son mariage. Juste une Jeanie Reitmeier qui était copropriétaire avec lui, mais quand je lui ai posé des questions sur elle, il a dit que c'était sa sœur. »

Ron ne répondit rien, se contentant de secouer subtilement la tête vers elle, et elle continua. « Ce n'est définitivement pas sa sœur. » Jetant un coup d'œil à la femme au bout du bar, elle gémit. « Oui, avec le recul, je suis une vraie débile, mais il était tellement charmant et gentil. »

Elle posa ses mains sur ses sourcils et se frotta les yeux, puis se mit à rire et jeta un coup d'œil à Ron. « J'ai presque envie de retourner le voir et de lui dire, bien joué, parce qu'honnêtement, je ne l'ai pas vu venir. »

Au moins, elle avait le sens de l'humour.

Pourtant, Ron n'aimait pas la façon dont le type les regardait et il se mit entre Brenna et lui.

Les coins de sa bouche relevés, il dit : « Vous devriez peut-être continuer à rencontrer des hommes à l'ancienne. Comme à des mariages. »

« Pourquoi ai-je l'impression que ça pourrait me briser le cœur? »

Il répondit : « Oh non, chérie. Je vais te faire beaucoup de choses, mais te briser le cœur n'en fait pas partie. »

****

Brenna

Merde. Peut-être qu'elle devrait juste lui donner sa culotte et la clé de sa chambre maintenant. Elle ne se souvenait vraiment pas de la dernière fois où elle avait été si attirée par un homme. C'était comme s'il suintait la masculinité. Il était définitivement un mâle viril, un vrai. Elle ne pensait pas qu'ils en faisaient encore. Apparemment, si, et l'un d'entre eux se tenait juste en face d'elle, superbe dans son smoking et promettant de lui faire toutes sortes de choses.

Ses orteils se recourbèrent.

Littéralement.

Ils se recourbèrent.

Et je disais pas de flirt.

Brenna inclina la tête et fit un léger sourire. « Je n'arrive pas à décider si ça a l'air délicieux ou inquiétant. »

Elle espérait qu'il ne pouvait pas voir à quelle vitesse son cœur battait.

Ron se pencha et l'embrassa juste sous son oreille gauche avant de grogner dedans. « Ce ne sera que du bonheur, je te le promets. »

Elle essaya de masquer son souffle.

Prenant sa main, il la ramena à sa place et ils s'installèrent à table. Elle se surprit alors à jeter un coup d'œil vers lui depuis l'autre côté de la table, presque toutes les deux secondes. A chaque fois, elle le trouvait en train de la regarder, même s'il semblait absorbé dans une conversation avec le charmant couple Davenport. Il semblait vraiment intéressé par les exploits de leurs filles en hockey sur glace.

Elle, par contre, avait peut-être accepté d'épouser le petit-fils de Mme Sewell ; elle n'en était pas vraiment sûre.

La seule chose sur laquelle Brenna pouvait se concentrer était le sourire contagieux du beau Marine, qu'il lui offrait volontiers chaque fois qu'elle jetait un coup d'œil vers lui. Elle se demandait également s'il était aussi beau nu qu'elle l'imaginait. Et ce que ça ferait d'être embrassée par lui.

Oh mon Dieu, est-ce que le dîner allait un jour se terminer ?

Heureusement, elle fut tirée de sa misère quand Ava et Travis coupèrent leur gâteau de mariage et que Ron lui apporta une part de vanille. S'asseyant sur le siège vide de Mme Sewell, il lui offrit une bouchée de son morceau de chocolat.

« Je n'étais pas sûr de ce que vous préfériez, alors j'en ai pris un de chaque. »

Elle posa ses lèvres autour de la fourchette qu'il lui offrait et ferma les yeux une fois que la friandise toucha sa langue. Elle murmura « mmm » en retirant lentement ses lèvres et en ouvrant les yeux.

« Je pense que c'est à ça que le paradis doit ressembler. »

Il ne chercha même pas à être subtil en la regardant de haut en bas.

« D'une certaine manière, j'imagine que ça a le goût d'autre chose. »

Oh.

Mon.

Dieu.

Ne devrait-elle pas être offensée ? Il y allait trop fort. *Beaucoup* trop fort.

Mais ce n'était pas dans le sens *voici une photo de bite non sollicitée*. C'était dans le sens *je suis un homme et je te revendique.*

Et putain elle voulait vraiment être revendiquée par lui.

Peut-être que si elle n'avait pas ressenti une alchimie, elle aurait été offensée. En fait, elle savait très bien que si un autre homme avait essayé ça avec elle, elle l'aurait envoyé balader et elle le pensait vraiment. Mais pour l'instant, tout ce qu'elle sentait c'était sa culotte qui devenait humide.

Elle voulait répondre par quelque chose de timide et de spirituel, mais elle craignait que si elle ouvrait la bouche pour parler, rien de plus qu'un charabia étranglé n'en sortirait. Au lieu de cela, elle se contenta de le regarder à travers ses cils et remarqua que ses yeux semblaient s'accorder parfaitement avec ses cheveux châtain clair - la couleur du café avec beaucoup de crème.

Une fois qu'elle fut à nouveau composée, elle demanda : « Vous êtes sûr d'être un Marine ? Vous n'êtes pas censé avoir une coupe rasée ou quelque chose comme ça ? Ce n'est pas une obligation ? »

Il sourit à sa tentative de désamorcer l'insinuation sexuelle. « Non. Je pourrais la porter un centimètre plus long si je le voulais », dit-il en lui offrant une autre bouchée de gâteau.

Elle accepta avec joie la fourchette de gâteau décadent et soupira de plaisir en le dégustant.

« Je dois trouver qui a fait ce gâteau et m'assurer que j'en ai toujours un en stock. Tu m'excites rien qu'en te regardant le manger ».

Les yeux de Ron pétillaient tandis qu'il lui offrait une autre bouchée.

Brenna ne put s'empêcher de rire lorsqu'elle prit une autre bouchée, puis repoussa l'assiette et lui dit : « Je n'en peux plus ! Je vais tomber dans un coma sucré ! »

« Ooh, » il la taquina. Se levant, il lui offrit sa main. « Eh bien, que dirais-tu d'une autre danse alors ? »

Être tenue dans ces bras forts pendant qu'il me fait bouger sur la piste de danse ? Mon Dieu, s'il insiste !

Chapitre Cinq

Ron

Il y avait plusieurs choses qu'il savait pour le moment.

Premièrement, il voulait Brenna plus qu'il n'avait jamais voulu aucune femme.

Deuxièmement, il devait se calmer. Il était un général à deux étoiles des Marines, bon sang, et il se comportait comme un gamin de seize ans plein d'hormones.

Et troisièmement, il n'y avait aucune chance qu'il puisse la jouer cool avec elle.

Ils avaient dansé, parlé, flirté et ri une bonne partie de la soirée, et n'avaient pas réalisé qu'il était presque minuit jusqu'à ce que quelqu'un interrompe la chanson sur laquelle ils dansaient pour annoncer aux invités qu'ils devaient se munir de leurs chapeaux de fête et de leurs petits sifflets trompettes pour fêter la nouvelle année.

Le compte à rebours commença et ils se regardèrent jusqu'à ce que des confettis tombent sur eux tandis que les gens criaient « Bonne année ! ».

Il la prit dans ses bras et lui dit « Bonne année, Brenna », avant de se pencher pour l'embrasser doucement sur les lèvres. Il la sentit soupirer quand il se sépara d'elle.

Elle leva les yeux vers lui, souriant plus qu'il ne l'avait vue faire de toute la soirée.

« Quoi ? », demanda-t-il en levant un sourcil.

Elle secoua la tête. « Je me disais juste que je ne me souviens pas de la dernière fois où j'ai pris autant de plaisir. Merci de m'avoir convaincue de rester. Quelle belle façon de commencer la nouvelle année. »

Ron sourit en posant sa joue contre sa tempe et se remit à danser avec elle. En la serrant fort contre lui, il lui chuchota à l'oreille : « Je suis content que tu passes un si bon moment. As-tu la moindre idée de l'effet que tu as sur moi ? »

« Eh bien, si c'est l'équivalent d'une petite culotte mouillée, je dirais que c'est réciproque. »

Un côté de sa bouche se souleva en un sourire malicieux quand il s'écarta et la regarda avec une surprise simulée.

« Une culotte mouillée ? Je ne t'ai embrassée qu'une fois. » La tirant à nouveau vers lui, il lâcha : « Bon sang, je suis doué. »

Brenna leva les yeux vers lui, amusée par sa fausse arrogance. « C'est ce que tu n'arrêtes pas de dire. Je commence à me demander si tu ne fais que parler. »

Il la fit tourner et sortir de la piste de danse et lui tint la main pour la ramener à leur table.

« Prends ton sac à main », lui conseilla-t-il en se tenant à côté de sa chaise.

Elle s'exécuta en silence, et il plaça sa main dans le bas de son dos tout en l'escortant vers la sortie de la salle de bal.

Chapitre Six

Brenna

Elle était nerveuse tandis qu'ils attendaient l'ascenseur. Elle ne pensait pas avoir été aussi excitée auparavant, mais cela faisait un moment qu'elle n'avait pas fait l'amour. Et encore plus depuis qu'elle n'avait pas fait l'amour correctement. Et si elle était déçue de sa performance ? Ou peut-être pire, si il était déçu par la sienne ?

Le fait qu'elle ait envie de le toucher et qu'elle soit mouillée après une danse, un flirt et un baiser innocent lui disait que ce ne serait pas le cas. Elle était pressée de goûter sa bouche à nouveau.

Les portes de l'ascenseur s'ouvrirent et ils pénétrèrent dans la cabine vide. Comme s'il lisait dans ses pensées, dès que les portes se refermèrent, il l'enveloppa de sa forte étreinte et abaissa doucement sa bouche sur la sienne. Prenant son temps, il suça ses lèvres avant que sa langue n'explore sa bouche, à la recherche de la sienne. Leur baiser devint plus frénétique, leur respiration plus lourde. Elle venait d'enrouler ses bras autour de son cou lorsqu'elle entendit un ding et ils se séparèrent alors que les portes s'ouvraient à nouveau.

Il lui avait presque fait oublier où elle était, et il lui fallut une minute pour se souvenir du numéro de sa chambre.

« Tu es sûre que ta chambre est ici ? », plaisanta-t-il alors qu'ils marchaient dans le couloir tapissé.

Elle se laissa aller à ses plaisanteries. « Je pense que c'est ici que je me suis préparée. Ça me semble vaguement familier. »

Il prit sa clé électronique et ouvrit la porte, lui faisant signe d'entrer en première. La porte n'était pas encore verrouillée qu'il la ramenait déjà dans ses bras et écartait ses cheveux de son visage en la fixant dans les yeux.

« Mon Dieu, tu es éblouissante », dit-il avant de capturer à nouveau ses lèvres avec les siennes.

Elle laissa échapper un gémissement tandis que ses bras s'enroulaient autour de son cou. Sa bouche était fraîche et avait un goût de menthe poivrée, et elle pouvait sentir son eau de Cologne au bois de santal mélangée à son déodorant. Tout en lui était enivrant, et elle ne pouvait pas s'en passer. Elle voulait sentir son corps contre le sien et se pressait aussi près de lui qu'elle le pouvait.

Il embrassait son cou et commençait à défaire sa robe quand il se stoppa soudainement et s'éloigna d'elle, le visage plein d'inquiétude.

« Brenna, est-ce que je vais trop vite ? »

Son esprit hurlait, *de quoi tu parles, putain ? Pourquoi tu t'arrêtes ?* Haletante et confuse, elle répondit : « Je ne comprends pas. Tu as changé d'avis ? »

Il la tenait par les épaules à bout de bras. « Oh, ne te méprends pas, chérie, je te veux. Plus que tout. Mais la dernière chose que je veux, c'est que tu te réveilles demain matin avec des regrets. Je ne veux pas te presser. Si tu n'es pas prête, je peux attendre. Tu vaux la peine d'attendre. »

Elle se sentit soudainement frustrée et fronça les sourcils. « Ron, pourquoi penses-tu que je ne suis pas prête ? »

« Parce que tu trembles, ma puce. »

Elle regarda ses mains. C'était vrai. Elle remarqua que ses jambes tremblaient aussi un peu.

Embarrassée, elle déclara : « Je crois que je suis un peu nerveuse. Ça fait longtemps que je n'ai pas fait ça. »

En fait, j'ai juste vraiment envie de toi !

Ron la ramena près de lui et la prit simplement dans ses bras en lui caressant les cheveux. « Ça fait longtemps pour moi aussi. »

Elle laissa échapper un soupir de satisfaction en appréciant le sentiment de sécurité et de chaleur qu'elle ressentait. Ses bras autour d'elle étaient charmants, vraiment, et elle ferma les yeux pendant une minute alors qu'il la tenait contre lui. Mais à vrai dire, elle avait hâte de se faire baiser, peut-être contre un mur.

Elle frotta sa bite à moitié dressée par-dessus son pantalon de costume et pressa sa poitrine contre lui.

« C'est ce que je veux », murmura-t-elle et elle tourna son visage vers lui, souriant comme si elle avait un secret. Il gémit et ramena sa bouche sur la sienne.

Il était complètement en érection contre sa main, et elle continuait à le caresser tout en lui rendant son baiser. Elle se sentie poussée en arrière jusqu'à ce qu'il la plaque contre le mur avec son corps habillé.

Ron remonta ses mains le long de son corps jusqu'à ce qu'il trouve ses seins, qu'il serra avant de tirer sur le haut de sa robe pour les libérer de l'étroitesse de son soutien-gorge. Il retira ses lèvres des siennes et se pencha pour lui sucer les tétons. Brenna pencha la tête en arrière et ferma les yeux, s'accrochant à lui comme à une bouée de sauvetage tandis qu'il suçait son sein. Elle sentit qu'il commençait à remonter sa robe le long de ses cuisses. Elle était tellement humide.

À ce moment-là, un bruit inconnu interrompit le son de leur passion. Elle ne comprit pas que c'était son téléphone jusqu'à ce qu'il s'éloigne d'elle pour le récupérer dans la poche intérieure de sa veste.

Il répond vraiment à son téléphone à un moment pareil ?

Elle se sentit soulagée quand il baissa les yeux sur l'écran mais ne prit pas l'appel. Elle réalisa alors qu'il essayait simplement de stabiliser sa respiration avant, car il inspira profondément et dit « Je suis désolé, je dois répondre », avant de sortir sur le balcon.

Il avait ses lèvres autour de mon sein à l'instant et il prend un appel ? Sérieusement ?

Peut-être qu'il n'était pas aussi excité qu'elle parce qu'il n'y avait aucune chance qu'elle ait répondu à son téléphone. Sa chatte avait envie d'être remplie, et elle savait qu'il bandait, donc elle était sûre qu'il la voulait aussi.

Pourquoi diable a-t-il répondu au téléphone ? Et qu'y a-t-il de si secret pour qu'il doive quitter la pièce ?

Elle remonta sa robe et son soutien-gorge sur sa poitrine.

Oh putain.

S'il est marié, je jure que je vais le jeter du balcon.

Elle n'eut pas le temps de s'énerver parce qu'il fit un pas en arrière par la porte, mais elle pouvait dire à la forme que prenait sa bouche qu'elle n'allait pas aimer ce qu'il allait dire.

« Je dois aller travailler. »

Il avait l'air sincèrement contrarié. Au moins il y avait ça.

« Maintenant ? Tu dois aller au travail, maintenant ? »

On aurait dit qu'il allait l'embrasser, mais il se ravisa. « Brenna, je suis vraiment désolé. »

Elle ne dit rien et détourna le regard. L'humidité de sa culotte n'était plus qu'un rappel désagréable de ce qu'ils faisaient encore trente secondes auparavant.

Il soupira. « J'ai l'impression d'avoir tout gâché avec toi. »

Elle ne pensait pas ça. Elle avait envie de le revoir, même si elle n'était pas vraiment ravie de la façon dont leur soirée se terminait.

Secouant la tête, elle dit doucement : « Tu n'as pas tout gâché avec moi. Je comprends, ton travail est important. Le gouvernement a besoin de toi. »

Apparemment plus que moi.

Elle espérait qu'il n'y avait pas d'amertume dans sa voix.

« Putain. » Il expira en passant ses doigts dans ses cheveux. « S'il n'y avait pas cette grosse promotion... »

Brenna lui effleura le bras. « Va faire ce que tu as à faire. Je vais à Tucson demain pour quelques jours pour rendre visite à ma fille, mais je reviendrai. Je ne vais nulle part. » Elle sourit. « Je vais même te donner mon numéro de téléphone. »

Il n'avait pas l'air convaincu.

« Mon Dieu, Brenna, je ne pense pas que le timing puisse être pire. J'aimerais pouvoir rester. »

« Tu dois partir. La dernière chose que je veux, c'est me sentir coupable parce que tu n'as pas eu ta promotion. » Elle haussa les épaules. « En plus, l'ambiance est un peu gâchée de toute façon. Il y aura une autre fois. »

Ron la regarda dans les yeux. « Je vais me rattraper. Je te le promets. Merci de ta compréhension. »

Il commença à l'embrasser si fougueusement qu'elle se dit qu'après tout, peu importait sa promotion, du moment qu'il était avec elle ce soir.

« Tu dois partir », chuchota-t-elle quand ils reprirent leur souffle.

Il posa son front contre le sien. « Je sais. » Il déglutit difficilement en reprenant son souffle. « Mais je n'en ai pas envie. »

Brenna sourit. « Je ne veux pas non plus que tu y ailles. Mais tu le dois. »

Elle l'embrassa alors qu'ils se dirigeaient vers la porte.

« Je vais me rattraper », dit-il alors que ses lèvres étaient encore sur les siennes.

Elle rit en se dégageant. « Tu l'as déjà dit ! Je veillerai à ce que tu le fasses. »

Il l'embrassa à nouveau et ouvrit la porte. « Je t'en prie. »

« Au revoir, Ron. Prends soin de toi. »

Une fois qu'il tourna les talons pour marcher dans le hall, elle referma la porte à contrecœur, puis s'appuya contre elle, les yeux fermés, et se toucha la bouche en revivant leur séance d'embrassades. Elle espérait vraiment qu'il était sérieux quand il disait qu'il se rattraperait. Pour l'instant, elle allait se mettre au lit, prétendre que ses mains étaient les siennes et finir le travail qu'il avait commencé.

Juste à ce moment-là, on frappa à la porte. Elle eut un immense sourire et l'ouvrit d'un coup sec. Peut-être qu'elle pourrait vivre avec la culpabilité qu'il n'ait pas été promu.

Seulement ce n'était pas Ron de l'autre côté de la porte.

CHAPITRE SEPT

Ron

Il heurta presque Ray Reitmeier alors qu'il sortait de l'ascenseur. L'autre homme trébucha en essayant de monter alors que Ron était encore en train de sortir de la cabine. Quand le trader reconnut Ron comme l'homme qui avait dansé avec Brenna, il lui lança un regard noir et dit : « Cette salope n'a pas voulu de toi non plus, hein ? »

Ron ne répondit pas, mais il se retourna et empêcha les portes de se fermer. « Heureusement, quand j'aurai Brenna dans mon lit, je n'aurai pas à me soucier de rentrer chez moi avec ma femme, je pourrai donc prendre mon temps et profiter d'elle à fond. »

Il se recula pour laisser les portes se fermer. L'homme ivre afficha un sourire menaçant. « Nous verrons ça », ricana-t-il juste au moment où les portes se refermaient.

Putain, cette nuit a été incroyable.

Il espérait qu'il n'avait pas tout gâché en la quittant si brusquement. Elle avait l'air de comprendre. Mais elle semblait aussi blessée.

Bon sang, j'espère que ce n'est pas un appel de merde basé sur des informations inexactes sinon des têtes vont tomber.

Ron pouvait pratiquement encore la sentir dans ses bras.

Il sentit l'odeur de son parfum sur sa chemise alors qu'il traversait le hall, et il fit tout son possible pour ne pas se retourner. Puis ses pensées allèrent vers Ray. Quelque chose ne collait pas avec lui ; la façon dont l'autre homme avait dit, « Nous verrons ça. » C'était *étrange*.

Il prit son téléphone et composa son numéro. Il sourit quand il vit comment elle avait entré son nom dans son téléphone. *Époustouflante Brenna*. Elle était à couper le souffle, putain.

Pas de réponse. Peut-être était-elle sous la douche ? Il arriva jusqu'à son pick-up et y monta avant de le recomposer. Toujours pas de réponse. Elle était en colère contre lui ? C'est pour ça qu'elle ne répondait pas ? Il démarra son F150 et s'engagea sur la route principale avant de composer une nouvelle fois le numéro. Comme elle ne répondait toujours pas, il fit demi-tour et retourna au Plaza. Sa tête lui disait qu'il devait aller à la base, mais son instinct lui disait que quelque chose n'allait pas à l'hôtel.

Il se remémora son altercation avec Ray pendant tout le trajet en ascenseur jusqu'à son étage. Il essaya de trouver ce qu'il allait lui dire quand elle ouvrirait la porte de l'hôtel dans une serviette et les cheveux mouillés. Il ne pensait pas qu'il pourrait résister à l'envie de rester si elle ouvrait la porte comme ça, mais il devrait le faire.

Peut-être que c'était une erreur ?

Il était sûr qu'elle allait bien, et qu'il devait juste faire demi-tour. Il ne voulait pas qu'elle pense qu'il jouait un jeu. Il lui avait dit qu'il ne faisait pas ça, parce qu'il ne le faisait pas. Le fait qu'il se montre à nouveau le contredirait, n'est-ce pas ? Pourtant, son instinct ne lui permettait pas de faire demi-tour, et il se retrouva à frapper à la porte de sa chambre d'hôtel.

Pas de réponse, tout comme son téléphone.

Il frappa un peu plus fort et bientôt il se retrouva à tambouriner la porte. « Brenna ! Ouvre la porte. »

Il finit par l'entendre dire : « Va-t'en, Ron. »

« Brenna, ouvre cette putain de porte ou je la défonce. »

Après ce qui lui sembla être une éternité, il entendit du mouvement de l'autre côté de la porte, et elle l'ouvrit un peu avec la chaîne. Elle avait pleuré, et il pensa d'abord que c'était à cause de lui, puis il la regarda à nouveau et vit la terreur dans ses yeux.

Réfléchissant à un moyen de lui faire comprendre qu'il savait que quelque chose n'allait pas, il dit d'une voix forte : « Écoute Brenna, je sais que tu as dit que tu n'étais pas intéressée, mais tu dois me donner une chance. Tu dois oublier Ray ; il est marié, et il ne veut pas de toi. »

Elle dévia son regard vers la droite, comme pour indiquer que Ray se tenait à côté d'elle. Son mascara était barbouillé et d'une voix douce, elle dit : « Tu ne peux pas être ici. »

« Je *veux* être ici. Ouvre la porte. »

Elle secoua la tête pour dire non et quand elle le fit, il put voir un bleu commencer à se former sur sa joue.

Ron continua à la supplier tout en lui faisant signe de reculer. Avec ses doigts, il compta à partir de trois, et donna un coup de pied dans la porte lorsqu'il arriva à un, tandis qu'elle sautait en arrière.

CHAPITRE HUIT

Ron

Il la garda à portée de main tout le temps que la police fut là. Quand elle leur expliqua qu'elle avait ouvert la porte parce qu'elle pensait que Ron revenait, il inspira entre ses dents et fit courir sa main le long de son dos en murmurant : « Je suis vraiment désolé. » Il avait l'impression d'avoir reçu un coup de poing dans le ventre.

Elle se tourna vers lui et, devant les officiers, dit : « Pourquoi es-tu désolé ? Tu m'as sauvée. Si tu n'avais pas su que quelque chose n'allait pas et n'étais pas revenu, il aurait... » Sa voix se coupa. Sa lèvre inférieure commença à trembler tandis que les larmes menaçaient de couler sur son visage. Il la ramena contre lui et la retint lorsqu'elles commencèrent à couler. Il ne voulait pas plus qu'elle penser à ce qui aurait pu se passer.

Il laissa la police prendre des photos de ses bleus mais s'opposa à ce qu'elle aille au commissariat pour faire une déposition.

« Elle peut vous la donner maintenant. Si vous avez besoin d'elle pour autre chose, elle viendra demain matin. »

L'officier lui demanda gentiment : « Y a-t-il quelqu'un que vous voulez qu'on appelle ? Vous ne devriez probablement pas rester seule ce soir. »

Avant qu'elle ne puisse répondre, Ron mit son bras autour de sa taille et intervint. « Je vais rester ici avec elle. »

Elle inclina la tête. « Je croyais que tu devais partir ? »

Il soutint son regard. « Tu es ma priorité en ce moment. »

Il rassembla toute sa force pour ne pas l'embrasser devant tout le monde quand ses yeux se remplirent de larmes. Il ne pouvait pas se débarrasser de ces gêneurs assez vite.

L'hôtel les avait installés dans la suite présidentielle, à côté de la suite nuptiale. Elle avait une vue imprenable et il se tenait debout avec ses bras autour d'elle tandis qu'elle s'appuyait contre sa poitrine en regardant la ville.

Elle se tourna vers lui et sourit faiblement. « Tu n'as vraiment pas besoin de rester. Je sais que l'on a besoin de toi à la base. Je peux appeler ma sœur, elle... »

Ron la coupa en posant doucement son index sur ses lèvres. « Brenna, je te l'ai dit, je ne vais nulle part. C'est ici que je dois être. »

Elle avait l'air si vulnérable qu'il ne put s'empêcher de se pencher et de l'embrasser sur les lèvres qu'il venait de réduire au silence. La femme qui se trouvait devant lui était un contraste frappant avec la tigresse qu'il avait presque mise au lit juste après minuit. Il n'arrivait pas à décider par laquelle des deux il était le plus attiré. Même si les circonstances étaient terribles, il se sentait honoré qu'elle lui ait permis de voir les deux côtés d'elle ce soir.

Elle lui rendit son baiser avant d'enfouir son visage contre sa poitrine et de coller son corps aussi près que possible du sien. Il la tint dans ses bras pendant quelques minutes puis murmura, « Viens chérie, on va te mettre au lit ».

Il gémit quand elle leva les yeux vers lui et dit d'une voix douce : « Seulement si tu viens avec moi. »

La prenant dans ses bras, il la porta jusqu'à la chambre.

Ron allongea Brenna sur le lit et se glissa sur le côté, face à elle. Il lui caressa le bras en regardant son visage ; elle aurait une empreinte de main sur sa jolie joue au matin.

Il ne savait toujours pas comment il avait réussi à ne pas tuer ce salaud. Heureusement pour Ray, l'hôtel avait engagé un service de sécurité supplémentaire à cause de toutes les personnes très en vue à la fête de Travis et Ava et ils étaient arrivés en quelques minutes lorsque Brenna avait appelé à l'aide. Sinon, Ron était presque sûr qu'il aurait blessé l'homme bien plus qu'il ne l'avait fait.

Ray semblait avoir bu pour oublier ses soucis et s'être convaincu que ses problèmes conjugaux étaient entièrement la faute de Brenna. Il avait donc décidé de lui donner une leçon. Heureusement, Ron avait suivi son instinct et était revenu. Il avait appris il y a longtemps à faire confiance à son instinct. Il ne l'avait pas encore laissé tomber.

En ce moment, ses tripes lui disaient que la belle femme à côté de laquelle il était dans le lit était sacrément spéciale. Son cœur disait à sa tête : « Ne fous pas tout en l'air. »

« Chérie, je pense que tu as besoin de te reposer ce soir. Tu as eu une expérience assez traumatisante. »

Elle ne répondit pas par des mots, mais l'embrassa le long de sa mâchoire et le long de son cou jusqu'à sa poitrine. Déboutonnant lentement sa chemise, elle embrassa son corps jusqu'à ce que le dernier bouton soit défait. Avec sa chemise ouverte, elle sourit comme si elle approuvait. Il n'était pas trop poilu, mais il avait quarante-cinq ans. Cela allait de pair avec une petite pilosité corporelle.

Elle dessina son index de sa poitrine à son ventre, sa tête reposant contre son épaule. Il attrapa sa main, la porta à sa bouche et embrassa ses doigts.

« Brenna... » Il garda sa main sur ses lèvres.

Retirant sa paume de la sienne, elle caressa son visage.

« Je ne veux pas me reposer », murmura-t-elle en faisant courir ses doigts le long du contour de sa mâchoire.

Sans attendre de réponse, elle roula sur lui et glissa son corps le long du sien jusqu'à ce qu'elle soit blottie entre ses jambes.

Il ne savait pas comment répondre. *Ne devrais-je pas l'arrêter ?* Elle ne pouvait pas avoir les idées claires. Il devait penser pour eux deux.

Mais putain de merde, elle lui faisait tellement de bien.

Comme si elle lisait dans ses pensées, elle souffla : « J'ai juste besoin d'être près de toi. »

Eh bien, putain, que pouvait-il répondre à ça ?

En défaisant facilement sa ceinture et en ouvrant son pantalon, elle trouva sa bite à moitié dressée sous son caleçon. Il protesta quand elle tira sur son pantalon, mais son corps prit le dessus sur son cerveau et il se tut en soulevant ses hanches pour qu'elle puisse l'enlever. Elle prit même le temps d'enlever ses chaussettes avant de poser sa tête sur sa hanche et de souligner son engorgement par-dessus son sous-vêtement.

« Merci d'avoir été là pour moi ce soir ».

Ron prit une profonde inspiration alors qu'il se sentait de plus en plus excité. « Je suis content d'avoir été là. »

« Je suis désolée de t'avoir empêché de travailler. Je sais qu'on a besoin de toi sur la base. »

Il se redressa, donc par défaut, elle fit de même. Prenant son visage dans sa paume, il embrassa ses sourcils inquiets.

« Chérie, on a plus besoin de moi ici, et c'est ici que je reste. »

Avec une moue, elle répondit, « J'espère que je n'ai pas ruiné tes chances de promotion. »

« Pas du tout. Ils ont compris pourquoi je ne pouvais pas venir. »

Le faible sourire qu'elle lui offrit lui fit comprendre qu'elle n'était pas convaincue. Il avait besoin de la rassurer.

Il lui fit un clin d'oeil. « Au contraire, je pense que j'ai gagné des points en restant avec toi. La galanterie est importante, tu sais. » Ses lèvres embrassèrent son épaule exposée. « De plus, ils savaient que si j'étais là-bas, je ne servirais à rien car je ne penserais qu'à toi et je m'inquiéterais. »

Il abaissa ses lèvres sur son cou, et elle inspira vivement, inclinant sa tête pour mieux exposer sa gorge et le tirer plus près.

Putain, elle sent bon.

Ayant une main à la base de son cou, son autre main glissa jusqu'à trouver sa poitrine. Il la massa et la pressa à travers sa robe tout en restant perdu dans le creux de son cou. Il aurait pu se régaler d'elle pendant des heures, mais la main qui frottait sa queue lui donnait envie de passer à l'étape supérieure.

Il passa la main derrière elle pour ouvrir sa robe et remarqua qu'elle était déchirée. S'il revoyait cet enfoiré, il ne pourrait pas se retenir. Ron ne dit rien à propos de la déchirure pendant qu'il descendait la fermeture éclair et fit glisser la robe sur ses épaules. Embrassant sa gorge, il poussa le vêtement jusqu'au bout, tout en caressant ses bras et ses hanches, et la poussa à s'allonger, lui murmurant à quel point elle était belle.

Il faillit jouir dans son caleçon quand il la vit exposée devant lui et ce, malgré son visage meurtri. Avec son soutien-gorge et sa culotte en dentelle noire assortis, et ses cuissardes noires, elle avait l'air d'appartenir à une agence de mannequin et ne semblait rien avoir à faire dans son lit. Cette image à elle seule valait la peine de ne pas être nommé lieutenant général cette fois ci.

Chapitre Neuf

Brenna

Oh mon Dieu, il est si sexy !

Elle aimait le corps musclé de Ron, et ce que cela lui faisait ressentir. Elle voulait connaître chaque centimètre de son corps. Cela faisait longtemps qu'elle n'avait pas été avec un homme. Et encore plus longtemps qu'elle n'avait pas été avec un homme qui la regardait avec autant de désir que Ron.

Il était visiblement en forme. Son corps se terminait par un délicieux V à la taille, son torse était merveilleusement défini. Ses bras qui l'entouraient étaient parfaits, musclés mais pas trop. Elle remarqua le logo des Marines sur son biceps droit. Brenna n'avait jamais pensé que les tatouages étaient sexy jusqu'à ce jour. Et bon sang, le sien était sexy.

Il était vraiment son héros, son Superman à elle. Elle était attirée par lui comme jamais auparavant. Il n'y avait même pas de mots pour quantifier à quel point elle le trouvait sexy à ce moment, et Brenna mourait d'envie de lui montrer sa reconnaissance pour l'avoir sauvée.

Ron la regardait fixement, ses yeux remplis de luxure alors qu'elle était allongée sur le lit. Elle était heureuse de n'avoir pas manqué d'entraînements ces derniers temps.

Il la contempla sans dire un mot pendant ce qui lui sembla être des heures. « Tu es tellement sexy », murmura-t-il finalement avant d'envelopper son corps dans le sien, l'embrassant avec passion tandis qu'il pressait ses hanches contre les siennes. Elle se blottit contre lui, sentant la chaleur de son corps tandis qu'elle pressait ses seins contre sa poitrine excitante. Il ripostait avec force. Ils étaient essentiellement en train de baiser avec leurs sous-vêtements. Sa culotte était poussée à l'intérieur d'elle alors que sa bite essayait de se frayer un chemin à travers, malgré la barrière de tissu entre eux. Ses gémissements de désir augmentèrent, et elle se tordit contre lui. Son besoin d'être comblée par lui la submergeait. Lorsqu'il lui saisit le visage à deux mains, elle grimaça de douleur.

« Oh putain, Brenna, je suis tellement désolé ! »

Cela ralentit le rythme, et il fut très doux lorsqu'il lui embrassa les deux joues.

« Enlevons ça, d'accord ? » Il fit un geste vers ses sous-vêtements. Elle se redressa et fit glisser ses bas de nylon lorsqu'il lui attrapa la main. « Non, laisse ça », dit-il avec un clin d'oeil et un sourire diabolique, puis il passa la main dans son dos et défit son soutien-gorge, l'embrassant sous l'oreille pendant qu'il retirait le vêtement.

Il glissa ses mains jusqu'à ses hanches et souligna le contour de sa culotte avant de la faire glisser jusqu'à ses chevilles. Il remonta le long de son corps, embrassant chaque centimètre sur son chemin.

Hé, je voulais te faire ça !

Lorsqu'elle le sentit prendre son sein droit dans sa paume et faire rouler son mamelon entre ses doigts, elle décida de ne pas protester ; elle aurait le temps d'explorer son corps plus tard.

Il malaxait ses deux seins dans ses mains et les secouait, comme s'il essayait de déterminer leur poids en même temps. Sa bouche retrouva le chemin de ses mamelons sensibles, et elle se cambra sous lui, s'offrant davantage à sa bouche. Il semblait prendre plaisir à raidir ses mamelons rosés, et ils étaient au garde-à-vous pour lui.

Ron fit glisser sa main le long de son ventre jusqu'à ce qu'il soit entre ses lèvres inférieures et sourit en frottant sa fente.

« Tu es si mouillée, chérie. »

Ouais, eh bien continue à m'appeler chérie avec ton accent du Sud et je vais devenir de plus en plus mouillée.

Il observait attentivement son visage lorsqu'il glissa lentement un doigt en elle. Brenna leva les hanches pour pousser contre sa main.

Putain, ça fait du bien.

Il continua à la regarder en glissant un autre doigt à l'intérieur et obtint la même réaction. Il entrait et sortait d'elle en un rythme lent, et elle gémissait, bougeant ses hanches en même temps que ses doigts. Il baissa la tête et lécha ses lèvres pendant que ses doigts continuaient leur rythme régulier. Elle haleta et se tordit contre son visage lorsque sa langue trouva son clitoris. Quand il suça son bouton magique, elle gémit et attrapa une poignée de draps.

« Oh mon Dieu, Ron. C'est tellement incroyable ! », cria-t-elle en cambrant à nouveau son dos.

Les vibrations de son *mmm* la firent presque basculer. Elle se baissa et toucha son visage des deux mains jusqu'à ce qu'il lève les yeux vers elle, le visage luisant de son jus.

« S'il te plaît, arrête. Tu vas me faire jouir », supplia-t-elle.

Il sourit de façon diabolique et plongea à nouveau dans sa chatte avec ferveur, passant sa langue sur son clito tandis que ses doigts plongeaient en elle à un rythme plus rapide. Ses gémissements et les bruits humides entre ses jambes semblaient résonner dans la pièce.

Comme elle avait prédit, elle jouit. Et c'était paradisiaque. Elle resta allongée, savourant le premier orgasme qu'elle avait eu avec une autre personne depuis aussi longtemps qu'elle s'en souvienne, sentant sa peau chaude sur la sienne. Ses bras protecteurs autour d'elle lui donnaient envie de rester comme ça pour toujours.

Elle sentit son pénis entrer en elle alors qu'elle était encore euphorique.

Il était si bon en elle. Il était épais et la sensation d'être remplie pendant qu'il la pénétrait et sortait habilement d'elle, lui donnait l'impression qu'elle allait jouir à nouveau. Quand il accéléra le rythme, s'enfonçant jusqu'aux couilles, elle le supplia de ne pas s'arrêter.

Il grogna et tint ses hanches serrées tandis qu'il la pénétrait violemment. L'impact des poussées contre son bouton déjà sensible la fit jouir de nouveau tandis qu'il la remplissait de son sperme. Son corps entier convulsa avec l'orgasme numéro deux.

Non pas qu'elle comptait les points.

Mais si elle l'avait fait, au moment où ils s'endormirent, le score était de quatre contre deux, en sa faveur.

CHAPITRE DIX

Brenna

Elle se réveilla lorsqu'elle sentit un mouvement dans le grand lit. C'était une sensation qu'elle n'avait pas éprouvée depuis longtemps, et son cerveau comprit que quelque chose était différent. Elle jeta un coup d'œil à l'horloge et vit qu'il était plus de dix heures. Cinq heures de sommeil - elle pouvait se contenter de cela.

Ron s'était manifestement déjà levé, elle sentait l'odeur du café, mais sa peau était chaude contre sa cuisse nue. Elle se rappela avec plaisir qu'il ne portait aucun vêtement quand elle s'était endormie. Quand il remarqua qu'elle s'était réveillée, il lui caressa les cheveux.

« Bonjour », dit-il à voix basse.

« Bonne année. » Elle roula sur le côté afin de blottir ses fesses contre lui pour qu'ils puissent se câliner. Elle grimaça immédiatement lorsque le côté de son visage heurta l'oreiller et se retourna pour lui faire face. Il passa légèrement son doigt sur l'ecchymose.

« On dirait que ça fait mal. Je suis désolé de t'avoir empêché de mettre de la glace dessus hier soir. »

Elle sourit et ramena le drap autour de sa bouche lorsqu'elle lui répondit. « Je ne le suis pas. »

« Ça fait mal ? »

Elle hocha la tête pour dire non, puis parla dans le drap. « Tant que je ne la touche pas. »

« Je suis sûr que tu vas attirer quelques regards dans l'avion. À quelle heure est ton vol ? »

Elle lui fit signe de patienter une seconde, elle n'allait pas poursuivre une conversation avec lui sans s'être brossé les dents. Se glissant hors du lit, nue, elle se dirigea vers la salle de bain.

****

Ron

Ron adorait qu'elle n'essaie pas de couvrir son corps et qu'elle se promène librement nue devant lui. Il mit ses mains derrière sa tête et s'adossa aux oreillers pour profiter de la vue.

Les cheveux brossés, elle revint en portant sa chemise de smoking. Il aimait aussi cette vue.

En souriant, elle se blottit contre lui et mit ses bras autour de sa taille, sa tête sur sa poitrine. Il pouvait sentir le dentifrice.

« Pour répondre à ta question, j'ai décidé de ne pas aller à Tucson aujourd'hui. Je vais juste faire profil bas pendant quelques jours et attendre d'être complètement remise avant de m'aventurer quelque part. Je dois me rappeler d'envoyer un SMS à ma fille pour lui dire que je ne viens pas. Et toi ? Tu as besoin d'aller quelque part ? »

Il se pencha sur elle et commença à déboutonner la chemise qu'elle portait.

« Je pense que j'ai besoin d'être ici », dit-il en l'embrassant entre ses seins.

Brenna commença par glousser, mais elle fut bientôt haletante quand il fit tournoyer sa langue autour de son téton tout en malaxant son autre sein dans sa main. Elle passa ses doigts dans ses cheveux et rapprocha sa tête de sa poitrine.

Ses seins étaient incroyables. Il savait qu'ils étaient faux, mais quel que soit le chirurgien plastique, il méritait une récompense, car ils semblaient vraiment réels.

Quand il lui suça le téton, elle le repoussa. Avec un sourire séducteur, elle ronronna : « Je dois prendre une douche. »

Ron attendit dans le lit quelques minutes jusqu'à ce qu'il entende la douche démarrer. C'était son signal.

Il ramassa la bouteille de gel douche sur le rebord de l'évier et se tint nu dans l'entrée vitrée, admirant son cul pendant que l'eau lui aspergeait la poitrine.

« Besoin d'aide pour laver ton dos ? »

Elle se retourna et sourit, ses cheveux mouillés lissés en arrière. « Puisque tu proposes... »

Ron ne put s'empêcher de remarquer ses tétons durs lorsqu'il s'avança et que la brume commença à mouiller son corps. Elle lui prit la bouteille, versa du gel douche sur une éponge de bain verte qu'elle lui fit mousser sur la poitrine. Ça sentait les fleurs.

Brenna semblait prendre sa tâche très au sérieux, étudiant soigneusement son corps tout en le caressant pendant qu'elle lui savonnait la peau. La poitrine, les bras, la poitrine à nouveau, le ventre - elle s'arrêta pour verser plus de gel douche sur son éponge, puis le retourna pour lui laver le dos. Il sentait que ses seins frottaient contre sa colonne vertébrale quand elle lavait ses épaules. Il se retourna et glissa son bras autour d'elle pour qu'elle soit pressée contre sa poitrine.

« Je crois que tu as oublié un endroit. »

Jouant le jeu, elle haleta, « Oh mon Dieu, je suis vraiment désolée », et pressa la boule verte d'épaule en épaule pour que le savon coule le long de sa poitrine, puis joua à y frotter ses seins.

« C'est mieux ? »

Sa bite était tellement raide qu'elle se dressait toute droite. « Oh, ouais », dit-il dans une profonde expiration.

Après avoir ajouté plus de savon, elle effleura sa bite avec ses seins quand elle s'agenouilla pour laver ses mollets, prenant son temps pour remonter jusqu'à ses cuisses. En utilisant de longs coups fermes, elle atteignit le pli entre sa jambe et sa hanche.

Ron gémit quand elle se pencha sur lui et commença à lui nettoyer les couilles, en faisant des cercles autour de chacune d'entre elles et en passant sous lui pour le frotter légèrement. Elle se leva et pressa l'éponge sur sa queue pour faire tomber plus de bulles de savon sur lui, frottant légèrement sa chatte contre sa cuisse.

En utilisant seulement sa main, elle caressa de haut en bas sa queue moite. Ses doigts étaient petits, et il aimait la façon dont ils semblaient enroulés autour de sa bite.

Elle savait exactement comment le caresser jusqu'à ce qu'il soit sur le point d'exploser, frottant le point sensible sous l'extrémité avec son pouce jusqu'à ce que du liquide préséminal s'en écoule. Elle observait son visage pendant qu'elle le caressait et se frottait plus fort contre sa cuisse quand il l'attira pour l'embrasser langoureusement.

Brenna continua de le caresser pendant qu'ils s'embrassaient, et ses mains se promenèrent sur son corps humide. Elle était douce et courbée à tous les bons endroits, et il passa la main entre ses jambes pour la trouver humide de ses propres jus, et pas seulement de ceux de la douche. Il lui saisit les fesses et la souleva, la poussa contre le mur de la douche et la pénétra avec force. Ron aimait regarder ses seins rebondir alors qu'il la pénétrait encore et encore. Son dos était à plat contre le carrelage, ses jambes autour de sa taille, et son visage se déformait de plaisir tandis que la douche continuait à couler sur eux. Elle était incroyable.

Il eut une idée et la souleva hors de lui. Il mit la pomme de douche en position jet et l'ajusta pour que le jet éclabousse le banc de douche, puis il s'assit et l'attira sur ses genoux, le dos contre lui. En écartant ses jambes, il glissa sa bite à l'intérieur d'elle pour la baiser par en dessous. Brenna gémit bruyamment et rejeta sa tête contre sa poitrine lorsqu'il écarta les lèvres de sa chatte avec ses mains pour que les jets atteignent son clitoris. Ron la maintint fermement en place, bien écartée, lorsqu'elle commença à se tortiller à cause de l'intensité du jet. C'était manifestement une idée brillante, car il ne fallut pas longtemps avant qu'elle ne commence à jouir fort. Il la pompa furieusement lorsque sa chatte eut des spasmes et aspira sa bite, et il sentit bientôt ses couilles se gonfler.

Avec un rugissement, il recouvrit ses parois intérieures de plusieurs jets de son sperme.

Repoussant ses hanches sur le banc, il appuya sa tête contre le mur et essaya de reprendre son souffle. Elle glissa loin de lui et se retourna pour chevaucher ses genoux.

« Oh mon Dieu, c'était incroyable », murmura-t-elle contre ses lèvres en appuyant son front sur le sien.

Il n'avait pas encore repris son souffle et ne put qu'acquiescer.

Elle sourit en se détachant de lui, en remettant le pommeau de douche sur le mode spray et en se mettant sous l'eau pour se nettoyer. La regarder lui permettait de ne pas devenir flasque, et il se posa sur le banc en l'admirant pendant qu'elle passait l'éponge savonneuse sur tout son corps.

Bon sang, elle était incroyable à regarder, à sentir, et à écouter. Quelqu'un avec qui il pourrait avoir une conversation intelligente au dîner, puis ramener à la maison et baiser sans retenue. N'avait-il pas souhaité exactement ça la nuit dernière ?

Ne fous pas tout en l'air, Ron.

Quand elle attrapa la bouteille de shampoing, il se leva et la lui prit des mains. Versant probablement trop de produit dans ses paumes, il les frotta l'une contre l'autre, puis massa son cuir chevelu pendant que le produit moussait dans ses cheveux. Il prit son temps pour le faire passer dans les mèches blondes, appréciant de pouvoir la regarder avec les yeux fermés et la tête inclinée en arrière, un « mmm » occasionnel sortant de ses lèvres.

Ron la tourna pour rincer la mousse, passant ses doigts dans ses longs cheveux pour s'assurer que le savon avait disparu.

Lorsque l'eau s'écoula de ses cheveux, il passa ses bras autour de sa taille par derrière et mordilla son cou. Ses mains glissèrent le long de son ventre pour toucher ses deux seins, les pressant doucement tout en les rapprochant. Ses seins étaient sexy au possible, et il aurait volontiers joué avec eux toute la journée. Sa bite se durcit à cette idée. Avec un doux gémissement, Brenna se colla contre sa poitrine, les yeux fermés, son bras enroulé derrière sa tête, tandis que la douche pleuvait sur eux.

Elle se retourna pour attirer son visage et lui mordre les lèvres. Ron ferma les yeux et lui rendit la pareille. Quand elle retira sa bouche de la sienne, il ouvrit les yeux et la trouva en train de le regarder, les yeux pleins de passion.

Il saisit son visage pour l'embrasser plus fort, et elle respira fortement, comme si elle souffrait.

Putain ! Son bleu.

« Oh mon Dieu, chérie, je suis tellement désolé ! »

Les coins de sa bouche se plissèrent. « C'est bon. »

Ron se pencha et lui embrassa la joue puis attrapa la bouteille de son shampoing fruité. Il se lava rapidement les cheveux avant de fermer l'eau et de sortir avec elle. Il la sécha doucement, mais soigneusement, de la tête aux pieds en utilisant une serviette qu'il avait prise sur le porte-serviettes. Avec un sourire en coin, il veilla à ce que ses seins et sa chatte reçoivent une attention particulière avant de draper le tissu en coton autour de son corps et de le replier sur sa poitrine, tout en lui tapotant les fesses.

« Tu as faim ? » Il enroula une serviette autour de sa taille après l'avoir passée rapidement sur son corps.

« J'ai faim, mais je pense que nous devrions simplement commander au room service », répondit-elle en montrant sa joue meurtrie.

« Bonne idée. »

Chapitre Onze

Brenna

Ron leur commanda un plateau pendant qu'elle envoyait un SMS à Danielle pour lui dire qu'elle ne pourrait pas venir ce jour-là. Quinze secondes plus tard, son téléphone émettait la sonnerie de sa fille.

« Salut chérie », répondit Brenna.

« Maman, tout va bien ? »

Ne voulant pas bouleverser sa fille, elle minimisa l'incident.

« J'ai eu un accrochage à la réception du mariage d'Ava avec quelqu'un avec qui j'avais eu quelques rendez-vous. »

« Le gars qui t'a posé un lapin ? »

Cassie a une trop grande bouche.

« Ouais, lui. »

« Que s'est-il passé ? »

Prenant une inspiration, Brenna répondit : « On a eu une petite altercation et il est allé en prison. »

La voix de Danielle monta d'un octave. « Oh mon Dieu ! Est-ce que tu vas bien ? Il t'a fait du mal ? »

Brenna tenta de rassurer sa fille. « Je vais bien, vraiment, je suis juste un peu secouée alors je vais rester à San Diego aujourd'hui. Mais je prévois toujours de venir à Tucson à la fin du mois pour chercher un appartement, alors je te verrai à ce moment-là. »

« Tu es sûre que tu vas bien, maman ? Cassie est avec toi ? »

Brenna secoua la tête, même si Danielle ne pouvait pas la voir faire. « Non, ça s'est passé à l'hôtel assez tard. Le Plaza m'a transférée dans la suite présidentielle, je vais donc prendre mon temps et probablement rentrer chez moi plus tard dans l'après-midi. » Elle éluda la deuxième question de sa fille.

Peut-être qu'elle ne remarquera pas.

Non, elle remarqua.

Danielle réitéra, « Est-ce que Cassie est avec toi ? »

Hmmm. Que dire...

Brenna savait qu'en disant à Danielle que Cassie n'était pas là, sa fille serait inquiète et voudrait avoir quelqu'un avec elle. Alors comment Brenna pouvait-elle dire qu'elle n'était pas seule, sans trop en dire ?

« Non, elle est avec Zona à la maison. La personne qui est venue à mon secours est ici avec moi. »

Sa fille marqua une pause, puis tira ses prochains mots. « Ettttt, est-ce que cette personne est un homme ? »

« Un homme plutôt mignon, à vrai dire. » Brenna lança un regard à Ron assis sur le canapé. Il lui fit un clin d'oeil.

Danielle se mit à chuchoter, bien que Brenna ne sache pas trop pourquoi, puisqu'elle était au téléphone et qu'il ne pouvait pas l'entendre de toute façon. « Maman ! Il s'est passé quelque chose ? Tu vas le revoir ? »

Brenna mentit. « Ok, chérie, le plateau repas est là, je dois y aller ».

« Vous avez commandé un plateau repas ? » Dani cria.

« Au revoir, ma puce. Je t'aime. » Brenna raccrocha alors que Danielle la bombardait encore de questions. Sept minutes plus tard, la sonnerie retentit à nouveau, indiquant un appel de Cassie.

Brenna gémit : « C'est ma sœur. »

Ron gloussa. Il avait manifestement entendu sa conversation avec Danielle.

« Tu ne vas pas répondre ? »

Elle soupira. Elle savait que si elle ne le faisait pas, sa sœur continuerait à l'appeler.

« Je vais bien, je rentre à la maison plus tard dans la journée », Furent ses paroles en décrochant.

Cassie était pratiquement en train de crier. « Mais qu'est-ce qui s'est passé ? Tu vas bien ? »

« Tu ne m'as pas entendue ? J'ai dit que j'allais bien. Je te raconterai quand je rentrerai à la maison. » Son ton était plus exaspéré qu'elle ne le pensait.

Son ton ne dissuada pas Cassie. « Et qui est cet homme mystérieux avec qui Danielle a dit que tu étais ? Il est venu à ton secours ? Comment ? »

« Cass, on pourra parler de ça quand je rentrerai à la maison ? »

Une fois de plus, sa sœur ne voulait rien entendre. « Est-ce que je vais le rencontrer ? »

Brenna n'avait pas pensé qu'il pourrait rencontrer sa famille. « Je ne sais pas. Peut-être. »

« Quand ? »

Son insistance fit naître un sourire sur les lèvres de Brenna. « J'ai dit que je ne savais pas ! »

« Tu es sûre que tu vas bien ? » Cassie était vraiment inquiète à son sujet.

« Juste un peu meurtrie et secouée ».

« Meurtrie ? Tu as des bleus ? »

Brenna prit une profonde inspiration. « Oui, je suis couverte de bleus. Et si tu le dis à Danielle, je te jure que je ne te dirai plus jamais rien. Je dois y aller, mais je te verrai plus tard. Si tu croises Luke, tu peux lui dire que je serai à la maison ce soir, et qu'il n'a pas à s'inquiéter de rester ? »

La voix de Cassie était bizarre quand elle répondit. « Um, ouais. Si je le vois, je lui dirai. »

*****

Ils passèrent le reste de la matinée dans les peignoirs blancs et moelleux fournis par l'hôtel. Après que Ron avait commandé beaucoup trop de nourriture au room service, ils prirent place autour de la table à manger en verre installée devant la fenêtre de la suite, grignotant, discutant et regardant la ville en dessous d'eux.

Ron semblait très secret sur son travail, alors après qu'il avait répondu à quelques questions par des réponses vagues voire en un mot, Brenna décida de ne pas être indiscrète et laissa tomber. Elle avait des doutes sur le fait qu'il soit un sergent instructeur. Elle apprit cependant qu'il avait grandi en Caroline du Sud, d'où son accent du Sud.

« C'est devenu beaucoup moins perceptible depuis que j'ai déménagé ici. Mais tu devrais m'entendre quand je rentre chez moi. »

« Où est-ce que tu te sens chez toi ? »

« Charleston. »

Cela suscita son intérêt.

« J'ai une maison sur Sullivan's Island. » Brenna lui dit, heureuse de ce lien inattendu, car l'île se trouvait juste à l'extérieur de Charleston.

La maison de la plage et la maison en Caroline du Sud étaient les deux seuls endroits qu'elle avait gardé après la mort de Danny. La maison de Sullivan's Island était dans la famille de Danny depuis deux générations, et elle ne pouvait pas se résoudre à la vendre. De plus, elle aimait vraiment la propriété. C'était un style sudiste à l'ancienne. Une maison blanche de style plantation avec des colonnes et des porches montants jusqu'au deuxième étage. Des arbres matures bordaient la longue allée. Elle s'y échappait parfois lorsque les tabloïds dénichaient une des nouvelles conquêtes de Danny. Depuis sa mort, elle n'y était retournée qu'une poignée de fois. L'entretien lui coûtait cher, mais elle aimait que cela relie Danielle à son père - qui lui manquait terriblement - donc c'était de l'argent bien dépensé, pour Brenna.

Ron sourit. « Sullivan's Island, hein ? »

Elle savait que les maisons étaient chères là-bas, mais elle fit comme s'il savait que son nom de jeune fille était Sullivan et que c'était à cela qu'il faisait référence. « Oui, Sullivan, mais aucun rapport. »

Il gloussa. « Donc tu étais Brenna Sullivan en grandissant ? » demanda-t-il en la regardant. « Ça te va bien », puis il ajouta rapidement « non pas que Roberts ne t'aille pas ».

Elle sourit et pencha la tête en mettant un raisin dans sa bouche. « Comment étais-tu en grandissant ? »

Ron resta un moment pensif. « Probablement un peu comme je suis aujourd'hui, mais plus stupide. J'ai toujours pris des risques, j'ai toujours su différencier le bien du mal, même si parfois je ne faisais pas les bons choix. J'ai toujours été aux commandes, aussi loin que je me souvienne. Mon jeune frère détestait ça chez moi », dit-il en riant.

Preneur de risques, éthique, leader... elle pouvait vivre avec ces qualités, bien que la prise de risques puisse s'avérer être une cause de rupture sur le long terme.

« D'autres frères et sœurs ? »

« Juste mon petit frère, Greg. C'est un pilote de ligne et il est aussi célibataire. Ma pauvre mère est hors d'elle, elle veut des petits-enfants. »

« Tu penses que tu vas lui donner des petits-enfants un jour ? »

« Eh bien, non. Quand j'ai eu quarante-deux ans, j'ai décidé qu'il était hors de question que j'assiste à la remise des diplômes de lycée de mes enfants quand j'aurais soixante ans - ou plus - alors j'ai pris des mesures pour que cela n'arrive pas. »

« Vraiment ? Tu as pris des mesures ? » Elle était sincèrement surprise que quelqu'un sans enfant subisse une vasectomie.

« Brenna, tu ne pensais pas que je serais si négligent alors que nous couchions ensemble, n'est-ce pas ? »

« Eh bien, je n'y avais pas vraiment pensé, puisque j'ai subi une hystérectomie il y a dix ans. »

Il hocha la tête une fois. « Eh bien, je suppose que nous sommes sur la même longueur d'onde en ce qui concerne la procréation, alors. »

« Je suppose que oui. »

Il y eut un petit blanc dans leur conversation et il resta assis, la tête inclinée, la regardant et souriant.

Bon sang, il est sexy.

« Tu veux regarder du foot au lit ? » Elle espérait qu'il avait compris que c'était sa version du "Netflix and chill" à quarante-quatre ans.

S'il avait compris, il ne l'avait pas laissé paraître. Debout, il lui tendit la main, « Quel match veux-tu regarder ? »

Um, celui où tu joues avec ta langue dans ma chatte ?

Ce serait probablement un peu trop grossier.

Haussant les épaules, elle répondit, « Je ne sais pas, voyons ce qu'il y a. » *Ou pas.*

Elle entra dans la chambre avant lui et laissa tomber sa robe de chambre en un tas sur le sol. Avec un sourire complice, elle se dirigea nue vers le lit.

Il ne bougea pas du seuil de la porte, se contentant de la regarder ramper lentement à quatre pattes vers la tête de lit. Elle jeta un coup d'œil par-dessus son épaule vers lui, appuyé contre le montant de la porte, avec un sourire satisfait de ce qu'il voyait.

Elle se tourna sur le dos et demanda, « As-tu la télécommande ? » en mettant son index sur ses lèvres et en les mordant doucement. Elle espérait que son manque de subtilité serait compris dans l'esprit joueur qu'elle souhaitait.

Elle eut sa réponse quand il laissa tomber son propre peignoir et se jeta sur elle. Au début, il la chatouilla brièvement. Elle était contente que ce soit brièvement parce qu'elle détestait être chatouillée, puis il enroula ses bras autour d'elle et se laissa tomber sur le lit avec elle dans un câlin. Roulant sur son ventre, il saisit ses deux poignets dans une de ses grandes mains et les coinça au-dessus de sa tête.

« Voyons comment *tu* aimes être taquinée ».

Elle se prépara à être chatouillée à nouveau, mais fut ravie d'apprendre de quelle forme de taquinerie il s'agissait.

Un indice : ce n'était pas des chatouilles.

Sa poitrine se soulevait à cause de la brève lutte sur le lit, mais surtout à cause de l'excitation qu'elle ressentait lorsqu'il se penchait sur elle. Il se concentra sur sa bouche, dont il traça le contour avec son majeur, prenant son temps avant de se pencher sur elle et de l'embrasser. C'était un baiser lent et passionné qui lui coupa le souffle. Le genre de baiser qui, lorsqu'il se dégageait, la faisait gémir parce qu'elle ne voulait pas que ça s'arrête. Il lui lâcha les poignets, mais elle les laissa au-dessus de sa tête et savoura le moment en fermant les yeux.

Elle les ouvrit et découvrit qu'il la regardait, comme s'il attendait qu'elle le regarde. Brenna fut surprise par cet échange silencieux. Elle inspira ; ce fut comme une décharge d'électricité qui la traversa, et elle sentit ses tétons se raidir tandis que la chair de poule parcourait tout son corps.

Mais qu'est-ce que c'est que ça ? Elle avait l'impression d'avoir des papillons dans l'estomac, une sensation qu'elle n'avait pas connue depuis presque vingt ans.

Tout comme elle savait que la nuit dernière, elle aurait dû être offensée par la force avec laquelle il la draguait, mais ne l'avait pas été, elle savait que les sentiments qu'elle ressentait étaient trop rapides, trop prématurés, et qu'elle devrait se tirer de là.

Mais elle ne le fit pas.

Elle passa la main derrière sa tête et l'attira à elle pour un autre baiser.

Brenna suça doucement sa lèvre inférieure, tirant dessus, avant que Ron n'écarte ses lèvres avec sa langue pour chercher la sienne. Tandis que leurs langues s'entremêlaient, leurs baisers passaient de légers et doux à durs et urgents. Ils restèrent là pendant vingt minutes, à s'embrasser. Chaque fois qu'elle essayait de le toucher sous la taille, il retirait ses mains et les maintenait en place. Ses doigts traçaient légèrement son corps tandis que leurs langues s'entremêlaient, et elle se souvint de l'excitation qu'elle avait toujours trouvée dans les baisers quand elle était adolescente. Quelque part avec le temps, cela avait été mis de côté en faveur *d'autres* choses. Elle réalisa à quel point c'était une belle arnaque. Embrasser Ron était aussi intime, sinon plus, que tout ce qu'ils avaient fait ensemble jusqu'à présent.

Cependant, elle ne protesta pas quand il décida d'intensifier les choses.

Il se mit à lui masser le sein droit alors qu'ils reprenaient leur souffle. « Mon Dieu, chérie, je te veux tellement. »

Elle connaissait ce sentiment.

Brenna le repoussa sur le lit et ne perdit pas de temps pour le monter et glisser sa bite en elle. Elle était si excitée qu'il n'eut aucun mal à trouver son chemin.

Il se redressa et l'embrassa davantage tandis qu'elle commençait à faire rouler ses hanches sur les siennes. Lorsqu'il se pencha pour lui sucer les seins, elle se pencha en arrière et s'agita un peu plus vite, stimulant son clitoris contre son pubis tandis qu'elle s'accrochait à l'arrière de sa tête et poussait son sein plus loin dans sa bouche. Ron dégagea son téton de sa poitrine avec ses dents puis se recula pour frotter son clito avec son pouce. Les mains sur ses cuisses, le dos arqué et la tête en arrière, elle commença à gémir.

Bientôt, elle bégayait ses mots. « Oh-oh mon Di-Dieu ! Oh, oui ! Oh, s'il te plaît, ne t'arrête pas. Ne t'arrête pas, ne t'arrête pas, ne t'arrête pas, ne t'arrête pas ! » alors qu'elle rebondissait sur lui plus rapidement. Elle devint immobile et silencieuse, puis cria de plaisir et se convulsa alors que l'orgasme la traversait. C'était aussi incroyable que le premier qu'il lui avait donné. Ce qui n'est pas peu dire, parce que ça avait été sacrément génial.

Ils avaient tous les deux été plutôt fantastiques.

Ron continua à lui caresser le clitoris jusqu'à ce qu'elle tombe sur sa poitrine.

La faisant basculer sur le dos, il commença immédiatement à la baiser, ce qui ne fit qu'augmenter sa sensation orgasmique et elle sut qu'elle allait jouir à nouveau.

Putain, il est bon !

Il grognait en la pénétrant plus fort. Elle haletait à chaque poussée et bientôt ils se mirent à gémir tous deux. Il semblait essayer de tenir le coup jusqu'à ce qu'elle atteigne à nouveau l'orgasme et lorsqu'elle commença à le faire, il laissa échapper un long grognement en jouissant profondément en elle ; il tenait ses hanches serrées tandis qu'il donnait de courtes poussées en vidant sa semence dans sa chatte. Il se laissa tomber sur sa gauche.

Ils restèrent tous les deux allongés, à bout de souffle, avalant difficilement.

Le front appuyé sur le matelas, il finit par parler. « Oh, Brenna. Ma chérie, tu n'as pas idée de ce que tu me fais. »

Elle avait une main sur son ventre, le sentant monter et descendre tandis qu'elle respirait. En regardant le plafond, elle réussit à dire : « Oh mon Dieu. C'était tellement incroyable. Tu es tellement incroyable. »

Il était toujours en elle et ne fit aucun effort pour se retirer en l'entourant de ses bras et en se blottissant dans son cou. Brenna poussa un soupir de satisfaction lorsqu'il la serra fort dans ses bras.

Elle pensait que son année commençait bien quand son visage se mit à palpiter. Elle avait dû libérer beaucoup d'endorphines, car elle n'avait pas remarqué qu'elle avait mal pendant leurs séances de pelotage ou d'amour, et elle se souvint qu'il tenait souvent son visage.

Et bien, cela valait le coup.

Il remarqua sa grimace et s'occupa immédiatement d'elle ; la nettoyant et récupérant la poche de glace que l'hôtel lui avait donnée la nuit dernière tout en insistant pour qu'elle reste allongée.

« J'ai quelques pilules dans mon sac pour aider contre la douleur. » Ils étaient peut-être périmés, mais elle était prête à tout essayer à ce stade.

Ils l'étaient en effet, mais ils fonctionnaient toujours comme un charme. La dernière chose dont elle se souvint fut que Ron se tenait devant elle, entièrement vêtu de sa chemise et de son pantalon de la nuit précédente.

En la secouant doucement, il dit d'une voix douce, « Viens, chérie. On va te ramener à la maison. »

CHAPITRE DOUZE

Brenna

Elle se réveilla dans son lit et n'avait aucune idée de comment elle était arrivée là.

Était-ce le crépuscule ou l'aube ?

C'était une autre raison pour laquelle la bouteille de médicaments n'avait pas été vidée avant son expiration.

Elle descendit les escaliers et trouva Cassie assise sur le siège de la fenêtre de la cuisine qui donnait sur l'océan. Sauf qu'elle ne regardait pas l'eau, elle regardait son téléphone et souriait.

« Hey, Cass, » dit Brenna d'une voix tremblante.

Sa soeur leva les yeux. « Hey, la belle au bois dormant. Comment te sens-tu ? »

« Un peu désorientée. Um, quelle heure est-il ? »

« Un peu plus de dix-huit heures. Tu veux que je te fasse à manger ? »

Cela répondait à la question du crépuscule ou de l'aube.

« Comment-comment suis-je rentrée à la maison ? »

Cassie sourit. « Ton héros t'a ramenée ici. »

Brenna essaya de paraître nonchalante. « Vraiment ? »

« Oui. » Cassie se leva et se dirigea vers le frigo. Par-dessus son épaule, elle dit : « Il est un peu autoritaire. »

« Pourquoi tu dis ça ? » Brenna gloussa en se glissant sur un tabouret de bar sur l'îlot de cuisine et en regardant sa soeur sortir des ingrédients du réfrigérateur.

Cassie ferma la porte en acier inoxydable. « Je lui ai dit de t'allonger sur le canapé, pour ne pas avoir à te porter dans les escaliers. Il m'a dit que non, il allait te mettre dans ton lit. Puis il m'a tendu une poche de glace à remplir et ne m'a pas laissé la mettre sur toi ; il l'a fait lui-même. Il voulait aussi te préparer quelque chose à manger au cas où tu te réveillerais. Comme si je n'allais pas te nourrir. »

Brenna essaya de déguiser son sourire. *Il faisait attention à moi.*

Encore une fois.

C'était un sentiment merveilleux et étrange.

Elle avait eu des gens qui s'occupaient d'elle professionnellement : un agent, un publiciste, des personnes aux studios et un assistant à temps partiel, pour n'en citer que quelques-uns. Mais, sur le plan personnel, c'était elle qui s'occupait des autres. Danny, lui, ne s'était jamais occupé d'elle. C'était plutôt agréable. Bien qu'elle ne soit pas sûre d'être à l'aise en étant si vulnérable, surtout si peu de temps après l'avoir rencontré.

Elle devait être sûre de lui rendre la pareille quand elle le reverrait.

Un instant. Est-ce qu'elle allait le revoir ?

****

Ron

Ron apprécia le retour à l'hôtel en compagnie de Luke, le type qui gardait le chien de Brenna. Il apprit que Luke était un ancien Marine et qu'il était maintenant sergent du

SWAT pour la police de San Diego. Ron aimait entendre parler des anciens Devil Dogs qui faisaient des carrières prospères en dehors de l'armée. Bien qu'il ait dû rappeler plusieurs fois au gars qu'il n'avait pas à appeler Ron « monsieur ».

Il fut surpris d'apprendre que Luke savait qui il était, mais Ron organisait le Tower Challenge le 11 septembre depuis plusieurs années, et beaucoup de gars des services d'urgence de San Diego y participaient, donc c'était logique. C'était une grande collecte de fonds pour la Fondation des Blessés de Guerre, et c'était quelque chose qui valait la peine qu'il y consacre son temps et son énergie.

Quand ils entrèrent dans le parking du Plaza, Luke demanda : « Vous allez retourner chez Brenna ? ».

Est-ce que je vais y retourner ? Merde, il n'était pas sûr de ce qu'il devait faire. Il ne voulait pas l'étouffer, mais il voulait aussi s'assurer qu'elle allait bien. De plus, il devait lui répéter que la nuit dernière n'était pas juste un coup d'un soir pour lui.

Luke dut sentir son hésitation, car il gara la jeep, baissa les yeux sur son téléphone et dit : « Cassie dit que Brenna est réveillée et a demandé de vos nouvelles. »

Cela fit battre son cœur un peu plus vite.

Comme il avait renoncé à la mission de la veille, il avait quelques jours avant de devoir retourner à la base. Il aimerait les passer avec elle.

Ralentis, champion. Ne fous pas tout en l'air. Joue-la cool.

Pourtant, il ne pouvait s'empêcher de penser que c'est en la jouant cool avec elle qu'il allait tout faire foirer.

Il devait faire confiance à son instinct. Il ne l'avait pas encore mal conseillé.

Ron sortit de la Jeep de Luke. « Je dois rentrer chez moi et me changer, puis je passerai. »

L'ancien Marine sourit. « Je leur ferai savoir. »

« Merci pour le trajet, mec. J'apprécie. »

« Pas de problème. Passez une bonne nuit. » Et avec ça, Luke redémarra.

*****

Ron décida d'appeler Brenna pour s'assurer qu'elle était disposée à accepter sa compagnie.

Elle répondit par « Coucou, toi ».

Il sourit dès qu'il entendit sa voix.

« Bonjour à toi aussi. Que penses-tu du fait que je revienne ? »

« Luke a dit que tu passerais. Tu en as toujours envie ? »

« Bon sang oui, évidemment. »

Il pouvait entendre le sourire dans sa voix. « Bien. Tu devrais probablement apporter ta brosse à dents, tu sais, juste au cas où tu en aurais besoin pour une raison quelconque. »

Une autre nuit dans ses bras ? C'était son jour de chance. Il était trop occupé à penser à quel point il allait aimer s'endormir avec elle et ne réalisa pas qu'il n'avait pas répondu jusqu'à ce qu'elle dise, « Je veux dire, à moins que tu ne puisses pas rester. »

« Oh non, je peux rester. Je pensais juste à quel point je suis gâté de pouvoir me réveiller dans le même lit que toi deux matins de suite. »

Elle taquina : « Ça va être dur, mais je pense que je peux gérer le fait d'être à nouveau allongée à côté de toi toute la nuit. »

Il sourit. « Au moins, moi je ne monopolise pas le lit. »

Elle feint d'être offensée. « Quoi ? Je ne monopolise pas le lit ! La prochaine chose que tu vas me dire c'est que je ronfle ! »

« Eh bien, maintenant que tu le dis... »

« On m'a dit que j'avais un lit d'invité très confortable, si je fais trop de bruit. »

« Chérie, il faudrait bien plus qu'un petit ronflement pour me faire sortir de ton lit. Je te verrai bientôt. »

Elle gloussa. « Je suis impatiente. »

Lui aussi l'était.

Chapitre Treize

Brenna

Quand elle raccrocha avec Ron, elle se retourna pour trouver Cassie qui la regardait.

« Quoi ? » Brenna demanda en faisant le tour de l'îlot, tournant soigneusement le dos à sa sœur.

Cassie ne répondit pas, alors Brenna se retourna finalement pour la trouver avec un sourire en coin.

« *Quoi* ? » demanda-t-elle avec un peu plus d'insistance cette fois.

« Oh rien. » Cassie fit semblant de s'occuper à réarranger les fruits dans le panier en fil de fer noir sur le comptoir. « Je ne me souviens pas de la dernière fois où je t'ai vue sourire autant en parlant à un homme ».

Brenna tenta de se retenir de sourire. C'était impossible. Elle concéda en rigolant : « Il est plutôt génial. »

« Je vois ça. Alors parle-moi de lui. Qu'est-ce que tu sais ? »

Cassie avait le don de gâcher le plaisir de Brenna. Elle ne savait pas grand-chose sur lui, mais elle pouvait quand même le trouver génial.

Elle essaya de paraître décontractée en répondant. « Il a grandi en Caroline du Sud, a été diplômé de la Citadelle et a rejoint les Marines juste après. Il y est depuis vingt-quatre ans. Pas d'enfants. »

« Divorcé ? »

Brenna secoua la tête.

Les sourcils de Cassie se froncèrent. « *Jamais marié ?* »

Elles avaient parlé plus d'une fois du fait que si un homme n'avait jamais été marié à l'âge de quarante ans, c'était un signal d'alarme indiquant que quelque chose n'allait pas chez lui. Elle savait où sa sœur voulait en venir et avait l'intention de l'empêcher de le faire. Cet avertissement ne concernait pas Ron.

« Non, il n'a jamais été marié », répondit-elle fermement.

Cassie ouvrit la bouche pour faire un commentaire et Brenna lui lança un regard dur, la mettant au défi de répondre. Elle la referma théâtralement et haussa à nouveau les sourcils, comme pour signifier que même si elle se taisait, elle n'approuvait pas.

« Et, il possède un sixième sens qui m'a sauvée d'une très mauvaise situation hier soir. »

Brenna voulait étouffer le jugement de sa sœur sur Ron, mais elle réalisa immédiatement son erreur, car en faisant cela, elle ouvrait la discussion sur ce qui s'était passé avec Ray. Quelque chose dont elle ne voulait pas parler.

« Que s'est-il passé la nuit dernière ? »

Brenna prit une profonde inspiration. Elle n'avait vraiment aucune envie de revivre ça, mais elle savait qu'elle devait au moins lui dire l'essentiel.

Elle haussa les épaules. « Ray m'a agressée parce qu'il était furieux que je dise à sa femme qu'il sortait avec d'autres femmes. »

Les yeux de Cassie devinrent énormes, et elle secoua la tête, comme le ferait un personnage de dessin animé après avoir été frappé au visage.

« *Sa femme* ? ! »

« Ouais, sa femme. »

La jeune femme regardait fixement devant elle, essayant d'absorber ce qu'on venait de lui dire.

« Donc il *t'a* frappée parce que... » Elle essayait de mettre les informations en un ordre chronologique. « Il sortait avec d'autres personnes et sa femme l'a découvert, mais selon lui c'est toi qui était en tort ? »

« Je suis sûre que son état d'ébriété n'a pas aidé son processus de réflexion. » Brenna n'aimait pas dire ça parce qu'elle avait l'impression d'aider à justifier ce qu'il avait fait. « Il est allé en prison, même si je suis sûre qu'il a déjà été libéré sous caution. Peut-on parler d'autre chose, s'il te plaît ? »

À sa surprise et à son soulagement, Cassie lâcha l'affaire.

C'est Brenna qui poursuivit en ajoutant : « Je suis sérieuse quand je dis que tu ne le diras pas à Danielle. Je le pense, Cass. Je ne veux pas qu'elle s'inquiète pour moi. »

Sa sœur hocha la tête et dit, « D'accord. »

Les sourcils levés de Brenna indiquaient qu'elle ne la croyait pas.

« J'ai dit d'accord ! » Cassie essaya alors de détendre l'atmosphère en gloussant : « Je ne lui dirai pas que sa mère a l'air de jouer dans le prochain *Rocky*. »

La description fit sourire Brenna. « Oh ferme-la. »

On sonna à la porte. Zona et Rex se précipitèrent tous deux vers la porte pour accueillir Luke qui entrait, en criant « Hello ? ».

« Nous sommes là ! » répondit Cassie, en essayant de dissimuler son propre grand sourire.

Brenna inclina la tête, et sa petite sœur évita son regard.

Hmmm, qu'est-ce qui se passe ici ?

Elle savait que Cass le lui dirait quand elle serait prête, alors Brenna choisit de rester silencieuse. Pour le moment.

Luke apparut dans la cuisine, suivi par les chiens qui le vénéraient.

« Je suis venu chercher Rex. »

Brenna sortit de l'argent de son sac et le tendit à Luke.

« Merci de t'être déplacé. Désolée de ne pas être partie comme prévu. »

Il plissa les yeux et leva les mains comme s'il était offensé.

« Brenna, quand tu as adopté Zona et que je t'ai dit que je serais toujours disponible pour garder les chiens, je voulais dire gratuitement. »

Son embarras était évident. « Je n'avais pas réalisé que c'était ce que tu voulais dire. Mais pour être honnête, Luke, je ne pense pas que je puisse te demander de rester ici si tu ne me laisses pas te payer. »

Cassie ajouta, « Oh, mais tu n'as aucun problème à ne pas me payer ! »

« C'est différent. Tu sais… »

Luke interrompit les deux sœurs. « Brenna, j'adore cet endroit. Être au bord de l'eau dans cette maison est un paiement suffisant. Crois-moi. » Il jeta un coup d'oeil à Cassie et sourit. « Et le jacuzzi est un bon bonus. »

Brenna ne dit rien sur les joues rouges de sa sœur. Elle savait qu'il ne fallait pas bousculer Cassie.

Plus tard, alors qu'ils étaient tous dehors, même Ron remarqua l'alchimie entre Luke et Cassie, commentant « Il se passe quelque chose entre eux ? » quand les deux se levèrent ostensiblement du feu sur le patio et décidèrent de partir en même temps.

« Je ne suis pas vraiment sûre. Mais je ne suis pas en train de me faire des idées, n'est-ce pas ? Ils agissent bizarrement ? Je pense que pour l'instant, je vais m'occuper de mes affaires. »

Ils s'assirent dans un silence confortable et elle appuya sa tête contre son épaule, son bras l'entourant de façon possessive, tandis qu'ils regardaient les lumières des bateaux au loin. Elle aimait la chaleur qu'il dégageait lorsqu'elle se blottissait contre lui et fermait les yeux en respirant son parfum.

Un bâillement lui échappa. Ron se pencha et lui tint le menton tandis que sa bouche effleurait la sienne.

« Allons nous coucher », murmura-t-il en la regardant dans les yeux.

Ron

Ron se leva et tendit la main à Brenna. Elle appela Zona et éteignit les lumières sur leur chemin vers sa chambre. Alors qu'ils montaient les escaliers, il prit son sac qu'il avait laissé au pied du palier.

Il avait vu sa chambre plus tôt dans la journée quand il l'avait ramenée de l'hôtel. Elle était grande mais peu meublée. La vue sur l'océan depuis son lit semblait être la seule décoration dont elle avait besoin. Elle appuya sur quelques interrupteurs lorsqu'ils entrèrent et ses stores commencèrent à se fermer tandis que les lumières s'allumaient.

Il sourit. « Eh bien, c'est pratique. Mais tu n'aimes pas t'allonger dans ton lit et regarder l'océan ? »

Faisant un geste vers les stores qui donnaient sur son balcon vitré, elle répondit : « Je les ouvrirai une fois que nous serons au lit et que les lumières seront éteintes. »

Avant de disparaître dans ce qu'il supposait être sa salle de bain, elle désigna une porte. « Il y a une salle de bain que tu peux utiliser. »

Deux salles de bains principales ?

Il était content que Danny lui ait au moins laissé de l'argent. Lorsque Ron entra dans la pièce, il regarda à sa gauche et remarqua un grand dressing qui était complètement vide, à l'exception de quelques boîtes qui semblaient contenir des décorations de Noël. La salle de bain était décorée de façon masculine, mais sans aucune indication qu'elle avait été utilisée.

Il était déjà au lit, vêtu simplement d'un caleçon lorsqu'elle revint dans la chambre. Il retint son souffle en la voyant se passer de la lotion sur les mains dans une chemise de nuit soyeuse vert clair qui lui arrivait à mi-cuisse.

Merde, je suis un chanceux salaud.

Le simple fait qu'ils se préparent à aller au lit ensemble était si intime, mais pas nécessairement sexuel, et il ne pouvait pas penser à un autre endroit où il aurait préféré être que là avec elle. Il n'allait même pas tenter quoi que ce soit avec elle ce soir ; elle avait besoin de se reposer et il n'aurait pas dû la faire veiller aussi tard la nuit passée. Elle fit une pause et le regarda avant d'appuyer sur les interrupteurs qui éteignirent la lumière et ouvrirent les stores des volets.

Quand il sentit ses bras autour de son corps et sa tête contre sa poitrine nue, il sut qu'elle souriait. Elle sentait la lotion et il pouvait sentir sa nuisette en soie contre son ventre et sa cuisse. Ils regardèrent la lune qui brillait sur les vagues de l'océan, aucun des deux ne parlant tandis qu'il caressait ses cheveux. Peu de temps après, sa respiration lui fit comprendre qu'elle était endormie, mais il continua à caresser ses cheveux, perdu dans ses propres pensées. Il ne se souvenait pas de la dernière fois où il s'était senti si heureux. Comment était-ce possible après moins de trente heures avec elle ?

Toujours endormie, elle se retourna et s'étira. Il l'avait taquinée tout à l'heure sur le fait qu'elle monopolisait le lit, mais il était évident qu'à la manière dont elle s'étalait, elle avait l'habitude de dormir seule. Heureusement, c'était un grand lit, cependant, il veilla à ce que sa main soit sur sa hanche soyeuse en s'endormant. Les dernières pensées qui lui traversèrent l'esprit avant de s'endormir furent, *elle ne porte pas de sous-vêtements*, et *je ne pourrais jamais attendre jusqu'au matin.*

Chapitre Quatorze

Brenna

Elle se réveilla au lever du soleil avec Ron à côté d'elle, et elle était d'humeur joyeuse. Qui n'aimerait pas se réveiller et trouver un homme torse nu, à l'allure incroyable, dans son lit ? Contrairement à la veille, il ne lui fallut même pas une seconde pour se rendre compte qu'elle était dans le lit avec lui ; c'était comme s'il avait toujours été là.

Elle roula sur le côté, croisa ses mains sous son visage et le regarda dormir. Ses cheveux étaient ondulés et châtain clair, et elle avait envie d'y passer ses doigts, mais elle s'en abstint. Au lieu de cela, elle étudia son beau visage et se demanda comment son nez était devenu tordu. Probablement en sauvant la vie de quelqu'un ou en faisant quelque chose d'héroïque. Ou peut-être qu'il avait énervé une de ses recrues en lui criant dessus. Bien qu'il soit de plus en plus difficile pour elle de l'imaginer en train de crier sur quelqu'un.

Quel travail faisait-il pour les Marines ?

Ses yeux tombèrent sur son tatouage. Il lui allait bien. Il était discret, pas du tout tape-à-l'œil, mais il respirait la masculinité sur son bras fort.

Elle regarda à nouveau son visage et le trouva avec les yeux toujours fermés mais souriant.

Ouvrant un œil, il la regarda fixement. « Est-ce que tu apprécies ? »

« Quoi donc ? Ton tatouage ? »

« Ouais. » Il avait les deux yeux ouverts et il y avait une étincelle en eux.

Elle hocha la tête et se concentra sur le dessin sur son biceps.

« Normalement, ça ne m'intéresse pas. Mais je trouve le tien sexy. »

Avec son index, elle dessina légèrement le contour sur son bras.

« Que signifie *semper fidelis* ? »

« Toujours fidèle », dit-il à voix basse en déplaçant son regard du doigt qui caressait son bras vers son visage.

Elle continua à caresser le tatouage tout en se répétant doucement ce qu'il disait, « Toujours fidèle ».

Elle leva les yeux et le trouva en train de scruter ses expressions.

« Penses-tu que cela te décrit ou décrit le corps des Marines en général ? »

Il écarta ses cheveux de son visage. « Les deux. »

Son doigt cessa de tracer le tatouage et ses yeux se rétrécirent. « Et *tu as toujours* été fidèle ? »

En la regardant dans les yeux, il déclara catégoriquement : « Toujours. »

Brenna baissa les yeux et essaya de ne pas faire un trop grand sourire. Sa réponse lui donnait presque le vertige.

Elle ne savait pas exactement ce qui se passait entre eux, mais elle savait qu'il y avait dans son lit un homme délicieux, à moitié nu, qui était toujours fidèle, qui avait pris soin d'elle hier et qui avait été son héros l'avant veille au soir. Elle devait profiter de la situation et lui montrer à quel point elle l'appréciait.

Ses lèvres déposèrent des baisers légers sur son torse, et elle remarqua que ses mamelons se raidissaient, alors elle fit tournoyer sa langue autour des pointes brunes et les suça doucement. Se redressant sur ses genoux, elle continua à descendre le long de son corps, ses cheveux s'étalant sur sa poitrine et son ventre tandis que ses lèvres descendaient le long de son corps. Quand elle atteignit son caleçon, elle ne perdit pas de temps pour l'enlever. Il était complètement nu - et dur - devant elle.

Tout en embrassant l'intérieur de sa cuisse, elle caressa ses couilles avec sa main. Il laissa échapper un petit gémissement, lui faisant comprendre qu'elle était sur la bonne voie. Écartant davantage ses jambes, ses seins frôlèrent sa cuisse tandis qu'elle frottait ses joues contre son paquet, savourant à quel point il était lisse et doux contre son visage. Gémissant en glissant une boule dans sa bouche, elle fit tournoyer sa langue autour d'elle avant de la sucer doucement. Elle tira sa peau avec ses lèvres avant de passer à l'autre. Sa main les poussa plus haut sur sa queue pour qu'elle puisse lécher en dessous.

Il gémit lorsque son attention se porta sur sa queue. De la base, elle fit courir sa langue le long de sa bite jusqu'à ce qu'elle atteigne le bout. Là, elle tourna sa langue autour du gland lisse avant de revenir à sa racine. Elle répéta le mouvement plusieurs fois, puis sans prévenir, elle l'engloutit complètement dans sa bouche.

Il cria « Oh putain » quand son nez heurta son estomac, et elle le retint dans sa gorge avant de l'aspirer.

« Mmm », dit-elle secouant son manche tout en le suçant à l'unisson avec le rythme de sa main. Sa bite était incroyable.

Genre, putain d'incroyable.

Sa longueur était parfaite. Tout comme ses boules douces et faciles à sucer. Et le rasage qu'il avait fait était apprécié.

Elle goûta son liquide préséminal quand il attrapa une poignée de ses cheveux pour guider sa tête de haut en bas sur sa verge. Il n'était pas brutal dans ses manœuvres, bien qu'elle ne pense pas que ça l'aurait dérangée s'il l'avait été. Mais il n'était pas non plus très doux, et elle gémit devant son agressivité. Il maintint la tête de la jeune femme sur lui pendant un moment, puis il poussa ses hanches contre son visage. Sa respiration devint irrégulière, et il lâcha ses cheveux lorsqu'il l'avertit avec un murmure dur, « Brenna, je vais jouir. »

Elle garda le rythme qu'il avait imposé lorsqu'il tenait ses cheveux dans son poing, et il lui répéta qu'il allait jouir tout en touchant son visage, ne repoussant pas tout à fait sa bouche mais attirant son attention, avant de grogner : « Oh mon Dieu, oui ! »

Il éjacula dans sa bouche, et le sperme chaud et salé inonda sa langue. Elle garda la tête immobile pendant qu'il se vidait entre ses lèvres et le laissa s'écouler par les côtés de sa bouche. Elle le caressa jusqu'à ce qu'elle ne sente plus rien de sa queue, puis remua la tête deux fois pour faire bonne mesure.

« Tu as si bon goût », dit-elle en faisant tourner sa langue autour de son extrémité et en faisant sortir le sperme restant.

Ron était allongé, haletant, le dos de sa main sur son front.

« Bon sang, chérie », fut tout ce qu'il put dire entre deux respirations.

En souriant, Brenna grimpa sur son corps pour l'embrasser dans le cou avant de disparaître pour aller lui chercher une serviette.

Il se nettoya, puis jeta la serviette sur le sol en direction de la salle de bain, tandis qu'elle le regardait depuis le bord du lit. Il la ramena vers lui et elle soupira lorsqu'il l'entoura de ses bras et qu'elle se blottit contre son corps nu.

Une pensée surgit dans sa tête : Danny serait déjà debout et sous la douche si elle lui avait fait ça. Ce qu'elle avait cessé de faire après avoir appris qu'il avait des liaisons. Être le second choix de son mari, ou parfois même le troisième, ne la mettait pas vraiment d'humeur à avoir sa bite dans la bouche. Quand ils baisaient, il n'y avait pas beaucoup de préliminaires, et c'était toujours la même chose : par derrière, pour qu'ils n'aient pas à se regarder de manière intime, et qu'elle puisse se masturber pendant que ça se passait.

Elle avait essayé d'être une bonne épouse pour Danny. Ils avaient beaucoup de choses en commun et étaient de bons amis, ce qui le rendait plus facile à vivre au bout du compte. Elle avait fait en sorte d'être toujours belle, même quand tout s'était détérioré. Avant qu'elle ne sache pour les autres, elle aimait faire l'amour avec lui. Elle portait régulièrement de la lingerie, et elle lui faisait des avances avec enthousiasme tout en étant prête à essayer tout ce qu'il lui proposait si elle pensait que cela le rendrait heureux.

Environ huit ans après leur mariage, juste après qu'elle se soit fait refaire les seins, elle avait trouvé une carte de femme dans la poche de son pantalon et avait réalisé qu'elle aurait pu être parfaite et que ça n'aurait pas suffi. Il avait trop d'options à sa disposition, et elle ne pouvait pas rivaliser avec la variété, même si elle essayait.

C'est à peu près au moment où elle l'avait compris qu'elle avait arrêté d'écrire, ce qui était probablement la raison pour laquelle elle en voulait le plus à Danny. Ce qui avait été si facile pour elle auparavant était devenu impossible.

Le sexe avec Ron était, si elle osait le dire, la meilleure sensation qu'elle ait jamais ressentie. Il était dominant et responsable, mais attentif à ses besoins, et il ne laissait aucun doute sur le fait qu'il la désirait. C'était probablement ce qui l'excitait le plus, être le premier choix de Ron.

Sa bite parfaite ne lui déplaisait pas non plus.

****

Ron

Putain de merde, qu'est-ce que cette femme vient de me faire ?

Il avait reçu de bonnes pipes, il avait même reçu de superbes pipes, mais la façon dont elle venait de lui sucer la bite était foutrement incroyable. Elle avait l'air de penser que c'était la meilleure chose qu'elle ait jamais vue ou goûtée. Comme si elle ne pouvait pas s'en passer.

Tu parles d'un coup de pouce à l'ego.

Il frotta sa fente, et la trouva trempée.

Putain de merde ! Elle ne jouait pas la comédie, elle a adoré me sucer !

Elle pourrait bien être la femme de ses rêves.

Pendant qu'il lui caressait la chatte, elle lui massait les couilles.

Si elle me fait rebander dès maintenant, je l'épouse.

Après quelques minutes, il décida que juin était un mois sympa pour un mariage.

« Mmm, Ron, je veux que tu me baises », souffla-t-elle à son oreille.

Ouais, il n'y avait pas de problème avec ça.

Chapitre Quinze

Brenna

Ils se rendormirent après une nouvelle partie de jambes en l'air, et elle se réveilla seule dans son lit. Elle resta allongée quelques minutes, un grand sourire aux lèvres, en revivant les moments passés avec Ron depuis qu'elle l'avait rencontré.

C'était... Comment était-ce ?

Féerique.

Elle gloussa en voyant à quel point cette description était digne d'une écolière.

Trop beau pour être vrai.

Putain !

Il était trop beau pour être vrai. Le retour à la réalité risquait-il d'être dur ?

Elle écouta pour voir s'il était dans « ses » toilettes mais n'entendit pas un bruit, alors elle se leva et se brossa les dents et les cheveux, puis vérifia comment son bleu guérissait. Il avait commencé à prendre une couleur jaune-verdâtre et ne faisait plus aussi mal, mais il était toujours aussi laid. Elle n'arrivait pas à croire que Ron la trouve un tant soit peu séduisante avec son visage qui ressemblait à celui d'une personne ayant fait quelques rounds sur un ring. Et peut-être que ce n'était pas le cas, mais il lui donnait l'impression.

Elle était toujours en nuisette quand elle descendit les escaliers. Elle ne serait pas surprise si M. Trop Beau Pour Être Vrai préparait un petit déjeuner gastronomique.

Elle entra dans une cuisine vide, pas du tout ce à quoi elle s'attendait. Il n'y avait aucun signe de vie nulle part.

Ce bâtard ne serait pas parti sans dire au revoir ?

Ça ne lui ressemblait pas.

Elle franchit la porte d'entrée et vit son pick-up noir toujours dans son allée.

Bizarre.

Appelant Zona alors qu'elle remplissait les gamelles, elle marqua une pause. C'était vraiment bizarre. Zona était habituellement en train de débouler au coin du jardin quand elle entendait qu'on ramassait ses gamelles, et elle aussi était introuvable. *Il a dû emmener Zona faire une promenade sur la plage.*

Brenna se prépara un thé chai et sortit avec sa tasse pour profiter de la magnifique matinée de San Diego. Elle était blottie dans sa chaise bleue géante préférée, les yeux fermés et le visage tourné vers le soleil, quand elle réalisa qu'elle était heureuse.

Elle.

Heureuse.

Oui, voilà qui confirmait tout. Il était définitivement trop beau pour être vrai. Quelque chose devait clocher chez lui.

Elle ouvrit les yeux juste à temps pour voir Ron courir sur la plage avec une Zona très enthousiaste à ses côtés.

Bon sang, il est sexy.

Il était super sexy quand il courait vers elle. Son short de course mettait en valeur ses jambes toniques, et elle aimait la façon dont son tee-shirt gris de l'USMC collait à sa poitrine et à ses bras. Sa peau brillait de sueur.

Elle brillait, putain.

Est-ce qu'il penserait qu'elle était une vraie perverse si elle sautait sur son corps moite juste là sur le patio ? Parce qu'elle ne devrait pas être attirée par lui quand il était tout en sueur et pourtant elle l'était. Elle l'était vraiment, vraiment.

Ron lui sourit sur le sable mouillé et enleva sa chemise puis ses chaussures. Il tourna la tête vers l'océan en levant les sourcils, comme pour lui demander de le rejoindre. Elle était toujours sans culotte dans sa chemise, sans compter que l'océan était glacial à cette période de l'année, alors elle secoua la tête pour dire non et sourit quand il haussa les épaules, comme si elle y perdait, puis courut et plongea dans l'eau.

Il en ressortit tel un dieu. Elle ne pouvait pas détourner le regard de sa démarche alors qu'il coiffait ses cheveux mouillés en arrière et marchait contre les vagues en direction de la plage.

Oh Brenna, c'est mauvais.

Zona avait trouvé un de ses jouets et se jetait dans les vagues pour montrer son prix à son nouveau meilleur ami. Il caressa son visage quand elle laissa tomber la balle rouge à ses pieds, puis il la ramassa et la lança dans les vagues pour qu'elle la rapporte. Il ne s'était pas rendu compte que le chien de Brenna allait s'acharner sur lui pour qu'il lance la balle, car il rit et la lança à nouveau lorsqu'elle la fit tomber sur sa chemise et ses chaussures qu'il ramassait sur le sable. Zona lui fit lancer la balle trois fois de plus avant qu'il ne rentre à la maison.

Il se dirigea immédiatement vers l'endroit où Brenna était assise sur le patio et se pencha pour mettre ses bras de part et d'autre de sa chaise avant de l'embrasser sur la bouche, faisant vibrer ses parties intimes. Il était trempé et torse nu, ce qui ne faisait qu'exacerber les picotements.

« Salut chérie », dit-il avec son accent sexy, ses lèvres étant toujours à quelques centimètres des siennes.

Elle se sentit étourdie.

Étourdie.

Ouais, Brenna, c'est très, très mauvais.

« Comment était ta course ? »

« Super. »

Il l'embrassa à nouveau, puis se leva et attrapa une des serviettes de plage qu'elle gardait sur les étagères extérieures pour se sécher.

« Je pourrais m'habituer à courir sur la plage tous les matins. »

Je pourrais m'habituer à te regarder tous les matins.

Zona, qui avait laissé tomber la balle à ses pieds quelques minutes plus tôt, tapa impatiemment l'arrière de son genou avec son museau. Il la ramassa et dit au chiot : « C'est la dernière fois », avant de faire un long lancer.

« Je vais aller prendre une douche », dit-il, avant de retourner vers la maison avec un clin d'oeil. « Je laisserai la porte déverrouillée. » Puis il disparut à l'intérieur.

« Je ne te rejoindrai pas ! » Brenna lança derrière lui.

Ron réapparut devant la porte avec un regard blessé.

« Qu... ? Pourquoi ? »

Elle se leva et se dirigea vers lui. Elle l'embrassa en glissant son bras autour de son cou, et dit avec une sévérité moqueuse : « Si je te rejoins, il faudra encore deux heures avant de manger, et je suis affamée. Je vais nous préparer un petit-déjeuner tardif. »

Elle l'embrassa à nouveau puis sourit. « Ça devrait être prêt le temps que tu redescendes. »

Il releva sa chemise et pressa ses fesses nues en grognant : « Je préfère t'avoir pour le petit-déjeuner. »

Zona revint en courant avec sa balle, et Ron se baissa pour la ramasser, une main toujours sur les fesses nues de Brenna. Il la lança en répétant au chien : « C'est la dernière fois. »

Brenna sourit. « Tu lui as déjà dit ça. »

Attrapant une poignée de chair de son derrière, il lui dit entre ses dents : « Ne me juge pas », puis il l'embrassa durement sur la bouche avant de poursuivre : « Je ne peux jamais dire non à une belle femme. »

Et juste comme ça, ses ardeurs furent coupées net. Elle avait découvert ce qui n'allait pas chez lui et soudain, elle ne voulait plus qu'il la touche. Elle avait déjà été avec un homme qui ne pouvait pas dire non à une belle femme. Peu importe que Ron l'ait taquiné à propos d'un chien. Ce n'était pas drôle.

« Tu es sûre que tu ne peux pas te joindre à moi ? » demanda-t-il avec un sourire en coin.

Elle le repoussa et grommela « Positif » en le dépassant.

****

Ron

De l'étage, Ron entendit Brenna sortir bruyamment des casseroles et des poêles du placard et les frapper sur le comptoir.

Qu'est-ce qui s'est passé, bordel ?

Une minute, il tenait son magnifique cul dans ses mains et l'embrassait, la minute d'après, elle était furieuse et le prenait d'assaut. Il se creusa la tête sous la douche pour essayer de comprendre, se repassant ce qui s'était passé juste avant qu'elle ne s'énerve.

Il n'en avait pas la moindre idée.

Vêtu seulement d'une paire de Levis, il retourna en bas. Elle était toujours d'humeur revêche lorsqu'elle lui fit signe de s'asseoir sur l'îlot de cuisine, et il passa ses doigts dans ses cheveux mouillés en signe de frustration. Même Zona semblait s'être faite rare.

Au moins, elle n'est pas du genre à dire « tout va bien ».

Elle posa son assiette devant lui. Des saucisses brûlées et des toasts avec des oeufs liquides. Le regard qu'elle lui lança le mit au défi de faire un commentaire, puis elle se servit un bol de céréales granola. Au lieu du lait, elle utilisa du yaourt et coupa une banane en tranches pour la mettre sur le dessus. Il aurait préféré avoir ce qu'elle mangeait.

Ils mangèrent en silence jusqu'à ce qu'il n'en puisse plus.

« On peut rembobiner d'une demi-heure pour que je sache ce que j'ai fait de mal ? »

Sa réponse le prit au dépourvu. Il était persuadé qu'il allait devoir jouer le rôle de l'arracheur de dents pour obtenir une explication.

« Je suis complètement irrationnelle et j'ai honte de moi à cause de ça, mais je suis désolée, je n'ai pas aimé t'entendre dire qu'on ne peut jamais dire non à une belle femme. J'ai été marié pendant seize ans à quelqu'un qui ne pouvait dire non à aucune femme. »

Oh putain.

Ok, oui, en apparence, elle avait raison, elle était irrationnelle, mais il comprenait pourquoi. Mais il n'était pas comme son défunt mari et la comparaison était un peu insultante, parce que franchement, la seule belle femme à qui il ne pourrait pas dire non se tenait juste devant lui avec un visage meurtri et des larmes dans les yeux. L'ecchymose lui rappelait qu'elle n'avait pas eu beaucoup de chance avec les hommes.

Il toucha sa main et elle l'éloigna d'un coup sec.

« Brenna, regarde-moi. »

Comme elle ne voulait pas, il essaya d'incliner son menton vers lui. Elle ne voulait toujours pas établir un contact visuel avec lui.

Elle était vraiment têtue. Et magnifique.

Il tenta une autre approche. Il se leva, passa ses bras autour de sa taille et colla son front contre le sien.

« Brenna », dit-il à voix basse. « Regarde-moi. »

Cette fois, elle obéit, juste au moment où une larme se déversa sur sa joue. Puis une autre. Et une autre encore.

Il mit ses mains autour de son visage, en faisant attention à son bleu, et la regarda dans les yeux.

« Je ne suis pas Danny. »

Elle détourna à nouveau le regard, et il pencha la tête devant l'endroit qu'elle regardait, si bien qu'elle n'eut d'autre choix que de lui rendre son regard alors qu'il continuait.

« Je ne suis pas Danny. Il n'y a que deux femmes à qui je ne pourrais pas dire non, et il se trouve qu'elles vivent toutes les deux dans cette maison. »

Ses larmes continuèrent à couler et il lui sembla qu'une éternité s'écoula avant qu'elle ne murmure, « Je sais que tu n'es pas Danny. Je suis désolée », puis elle étouffa un sanglot. « J'ai honte de m'être énervée pour quelque chose de si stupide. »

Une femme magnifique, avec un bleu sur le visage, avec qui il avait fait l'amour à plusieurs reprises au cours des derniers jours, se tenait devant lui et pleurait parce qu'elle était gênée de s'énerver contre lui. Sans soutien-gorge, dans une nuisette qui couvrait à peine son cul nu, pas moins. Qu'est-ce qu'il était censé faire maintenant ?

L'embrasser, bien sûr.

Et il le fit. Profondément. Essayant de lui laisser aucun doute sur ce qu'il ressentait pour elle.

Merde.

Qu'est-ce qu'il *ressentait* pour elle ?

Comme sa langue cherchait la sienne, il concéda.
Il l'adorait, putain.

Chapitre Seize

Brenna

Elle n'arrivait pas à croire qu'elle n'avait pas fait fuir Ron avec sa petite crise de nerfs ce matin-là. Elle s'était rendue compte du ridicule de son comportement en préparant le petit déjeuner. Elle en fut gênée mais, ne sachant pas comment arranger les choses, elle s'était comportée encore plus comme une enfant irascible.

Et au lieu de se mettre en colère, Ron l'avait embrassée.

Et embrassée.

Et embrassée.

Toujours honteuse d'elle-même, Brenna rompit soudainement le baiser et se dirigea vers le réfrigérateur - pour quelle raison, elle n'en avait aucune idée, elle avait juste besoin de prendre ses distances avec lui. Lorsqu'elle ouvrit la porte, les bras de Ron l'entourèrent de part et d'autre, les paumes contre la porte, son corps coincé entre sa musculature et l'acier inoxydable froid.

Elle sentit sa poitrine nue contre son dos et son souffle chaud sur son cou.

« Je n'en avais pas fini avec toi », grogna-t-il à son oreille.

Elle ferma les yeux quand il attrapa ses deux seins dans ses mains et l'attira contre lui pour que son corps se moule au sien. Il embrassa son cou tout en pétrissant ses seins, et fit glisser ses hanches contre son cul.

Sa bite était dure sous son jean, et elle ne voulait rien d'autre que la libérer. Quand elle essaya de se tourner pour déboutonner son Levi's, Ron resserra sa prise sur ses seins.

« Reste tranquille », chuchota-t-il contre sa joue.

Il tira sur ses tétons par-dessus sa chemise avant de libérer ses seins de sa prise ferme. Elle sursauta lorsqu'il la serra d'une main sous la mâchoire, mais elle fit ce qu'il lui dit et ne bougea pas.

« Gentille fille », murmura-t-il à son oreille, puis il glissa son autre bras autour de son corps et remonta sa nuisette autour de sa taille.

Pourquoi diable aimait-elle quand il lui disait qu'elle était une gentille fille ?

Il glissa sa main de haut en bas de sa fente, et elle ne pouvait pas croire à quel point elle était déjà mouillée. Il explora ses plis avec autorité avant de plonger brutalement deux doigts dans sa chatte humide, tout en continuant à frotter son jean contre son postérieur.

Elle essaya, vraiment, au moins pendant une seconde, de ne pas répondre, mais elle ne put s'empêcher de gémir en se repoussant contre lui tandis que ses doigts travaillaient habilement à un rythme furieux entre ses jambes.

Dedans et dehors, encore et encore, dur et profond en elle.

Peut-être était-ce l'angle et la rapidité de sa main à l'intérieur de sa chatte, ou sa poigne autoritaire sous ses lèvres, ou encore son état d'esprit, quoi qu'il en soit, en quelques minutes, elle sentit son orgasme imminent monter de ses orteils. Elle respirait par petites bouffées.

Il appuya sa paume sur son clito, ce qui suffit à la faire frissonner. Il relâcha sa prise sur ses lèvres et enroula son bras maintenant libre autour de sa taille dans une grande étreinte, pliant son corps avec le sien tandis qu'elle se tordait d'extase, ses doigts continuant à pénétrer dans sa chatte dégoulinante jusqu'à ce qu'elle repousse sa main.

Le prochain bruit qu'elle entendit fut celui de sa fermeture éclair, suivi par celui de son jean qu'il descendait. Il la fit tourner sur elle-même, l'attrapa sous ses fesses nues et souleva son corps. Elle enroula ses jambes autour de lui et sentit la porte lisse du réfrigérateur contre son dos pendant qu'il enfonçait sa bite en elle. Elle avait la bouche ouverte en regardant son visage pendant qu'il la baisait fort.

Durement.

Ses seins rebondissaient à chaque poussée, le son de ses couilles frappant son cul résonnait dans la cuisine.

Elle aimait la profondeur à laquelle il la pénétrait et se demanda combien de temps il pouvait tenir dans cette position. Étonnamment, il fallut un certain moment avant qu'il ne se stoppe et ne la dépose sur le comptoir le plus proche.

Il continua ses coups profonds, mais ils étaient plus longs et plus lents. Prenant son visage dans sa main et approchant ses lèvres des siennes, il continua à plonger en elle. Sa langue explorait sa bouche, et il gémit lorsqu'elle leva les jambes plus haut pour lui. Il la tint sous ses genoux et augmenta sa vitesse. Brenna le regarda dans les yeux juste avant l'orgasme puis ferma les siens, tout en maintenant ses hanches serrées contre lui.

Sa respiration ralentit et il la souleva du comptoir, toujours en elle, puis se laissa tomber sur une chaise de table, Brenna à califourchon sur lui. Il continua à l'embrasser comme il l'avait fait après ses excuses, tandis que ses mains caressaient doucement son dos.

Si c'était sa version du sexe de réconciliation, elle allait se disputer tous les jours.

Chapitre Dix-Sept

Ron

« On peut commander des plats à emporter pour le déjeuner ? »

Ron lui sourit quand elle revint dans la cuisine après sa douche.

« Je sais vraiment cuisiner, tu sais », fut sa réponse offensée.

Ron haussa les sourcils mais ne dit rien d'autre.

« À ton avis, qui a fait ces cookies que tu grignotes depuis hier ? »

Ses mots le poussèrent à en prendre un autre dans l'assiette sur le comptoir et à en prendre une bouchée.

Il retourna le biscuit en forme de ballon de football et l'examina.

« C'est toi qui les as faits ? » dit-il après avoir avalé sa bouchée. « Ils sont délicieux ! »

« Je sais me débrouiller dans une cuisine. Je passais simplement mes nerfs ce matin. »

Son sourire mauvais lui fit comprendre que son petit déjeuner n'était pas un accident.

Il sourit.

Note à moi-même, pas de dispute avant les repas.

Du moins pas si c'est elle qui cuisine.

En fait, il ne considérait pas qu'il s'agissait d'une dispute, mais plutôt d'un besoin d'être rassurée de sa part.

Quel genre de connard avait été son mari pour la rendre aussi peu sûre d'elle ?

Levant la tête vers la porte, il demanda : « Envie d'une promenade sur la plage ? »

« J'adorerais. Laisse-moi prendre un pull. »

Tandis que Brenna se rendait à l'étage dans sa penderie, Ron appela Zona en sifflant, et quand la chienne entendit la porte du patio s'ouvrir, elle dérapa vers lui. Il était difficile pour elle d'avoir de l'adhérence sur le parquet, et elle lui rappelait Scooby-Doo.

« Allez, ma fille ! », appela-t-il, et elle bondit vers la porte, le dépassant sur le patio.

Pendant qu'ils attendaient Brenna, il se mit à genoux pour gratter la chienne derrière ses oreilles et lui dit qu'elle lui avait causé des problèmes tout à l'heure.

« Donc la *dernière* fois signifie vraiment la *dernière fois*, à partir de maintenant. »

« Ooh, ne fais pas ça à cause de moi », déclara Brenna depuis le seuil de la porte.

Ron sourit et se leva. « Prête ? »

Brenna glissa son bras dans le sien. « Prête. »

Il embrassa ses cheveux. « Il y a beaucoup de choses que je ferais à cause de toi. »

La tête sur son épaule, elle étreignit son biceps des deux bras, et ils se dirigèrent vers le sable.

« Est-ce que je t'ai dit aujourd'hui à quel point tu es belle ? »

Elle toucha son visage à son bleu et renifla, « Oh oui, magnifique. »

« Tu l'es. À l'intérieur comme à l'extérieur. »

Il le pensait vraiment. Même avec son visage décoloré, elle était éblouissante. Il aimait passer du temps avec elle. Elle était intelligente et pleine d'esprit, mais plus il apprenait à la connaître, plus il sentait un air de tristesse en elle.

« Alors, tu travailles sur un scénario en ce moment ? »

Elle afficha un faux sourire en secouant la tête. « J'ai le syndrome de la page blanche. »

Il hocha la tête en signe de compréhension jusqu'à ce qu'elle ajoute : « Depuis environ onze ans. »

« Onze ans, c'est long. »

« Oui », dit-elle avec nostalgie. « J'ai perdu mon talent quelque part en cours de route. »

Embrassant sa main, il sourit. « Eh bien, j'espère que tu le retrouveras bientôt. »

Il ne parvint pas à lire son expression lorsqu'elle répondit : « On ne sait jamais, des choses plus étranges sont arrivées. Parfois, l'inspiration se cache à la vue de tous, et il suffit de regarder les choses différemment pour la redécouvrir. »

Ils se promenèrent plus loin sur le sable, et elle ramassa des verres de mer pendant qu'ils marchaient et discutaient.

Des nuages orageux commencèrent à s'approcher et ils firent demi-tour, revenant juste au moment où les premières gouttes de pluie touchaient le sol.

Ce fut sans doute un heureux hasard s'ils décidèrent de passer le reste de la journée sur le canapé à regarder des films avec du vin et des amuse-gueules. Ron feuilletait les chaînes de cinéma quand un film apparut, qu'il connaissait bien, alors il s'arrêta et demanda : « Tu veux regarder celui-là ? ».

Brenna lui lança un regard en coin comme s'il la taquinait.

« Tu veux regarder celui-là ? »

Il ne comprenait pas pourquoi elle demandait. « Eh bien, oui. Je sais que c'est vieux, mais c'est un classique. »

Elle pencha la tête vers lui. « Un classique, hein ? »

« Pourquoi ? Tu ne l'aimes pas ? »

« Oh, je n'ai pas dit que je ne l'aimais pas. Je l'adore. Je suis juste surprise que tu l'aimes. »

Ron avait toujours l'impression de manquer quelque chose. « Pourquoi ça te surprend ? »

Elle rigola. « Parce que je l'ai écrit. »

« Tu as écrit *L'Oasis Bleu* ? »

Elle semblait gênée par sa réaction et se contenta de hocher la tête.

« Tu sais combien de fois dans ma vie j'ai cité des scènes de ce film ? »

« Probablement quelques-unes », reconnut-elle.

« Brenna, je dis littéralement des choses que tu as écrites il y a des années. Ça me sidère. »

Elle gloussa. « Alors, tu veux quand même le regarder ? »

« Putain oui, évidemment ! »

Regarder le film était bizarre maintenant. Il avait dû le voir au moins une douzaine de fois, mais cette fois, assis à côté d'elle, sachant qu'elle était responsable de l'histoire et des dialogues, c'était tellement différent. Il essayait d'imaginer ce qui se passait dans sa vie lorsqu'elle écrivait l'histoire ; qu'est-ce qui la poussait à créer certaines scènes ? Qu'est-ce qui l'inspirait ?

Il la stoppa lorsqu'elle essaya d'éteindre le film avant de voir son nom au générique. Lorsqu'il apparut, il ne put s'empêcher de lui sourire.

Mon époustouflante Brenna est brillante.
Dis-le cinq fois rapidement.

« Je suis époustouflé. Tu as écrit quoi d'autre ? »

Elle jeta un regard pensif vers le haut et poussa un gros soupir. « Eh bien, voyons voir. *La piste d'avertissement*, et... »

Sa voix monta d'un octave. « Tu as écrit *La piste d'avertissement* ? »

Hochant lentement la tête tout en se mordant la lèvre inférieure, elle répondit : « Oui. C'est ma première histoire qui a été reprise par un studio. J'ai rencontré Danny quand je faisais des recherches pour ce film. »

Il était curieux de savoir comment ils s'étaient rencontrés, mais il n'avait pas encore pensé que c'était une question appropriée à poser. Il réalisa également qu'il avait probablement tort de supposer qu'elle avait besoin de Danny pour s'assurer qu'elle était prise en charge financièrement. Elle se débrouillait probablement très bien toute seule.

« Depuis combien de temps étiez-vous ensemble ? »

Il espérait que c'était correct de parler de son mari décédé, mais puisqu'elle l'avait mentionné, Ron pensait que c'était sans danger.

« Techniquement, dix-sept ans au total. Seize mariés et nous sommes sortis ensemble pendant un an avant de nous marier. J'aurais dû partir après neuf ans. »

Penser à elle malheureuse pendant huit ans le rendait triste. Il avait compris d'après son emportement de tout à l'heure que Danny n'avait pas été fidèle. Pourquoi était-elle restée avec lui ?

« Nous étions au milieu d'un divorce quand il est mort. »

Elle voulait donc partir.

Il était content. Pas qu'elle soit en train de divorcer, mais qu'elle ne reste pas dans un mariage de merde. Même si huit ans, c'était beaucoup trop long pour être malheureuse sans faire quelque chose.

Brenna ne dit rien de plus, et il ne voulait pas être indiscret, alors il reporta son attention sur ses réalisations.

« Alors pourquoi tu ne m'as pas dit que tu étais une scénariste célèbre ? »

Brenna éclata de rire. « Eh bien, d'abord, je suis plus *has been* que célèbre. Et deuxièmement, ce n'est pas quelque chose que l'on peut facilement glisser dans une conversation. »

Il sourit et secoua la tête, impressionné par elle. « Honnêtement, je n'en avais aucune idée. Tu es plutôt quelqu'un d'important. »

« Tu pensais que je n'étais qu'un autre joli visage qui avait fait un bon mariage », taquina-t-elle en se levant pour remplir son verre de vin.

Il détestait l'admettre, mais oui, c'est exactement ce qu'il avait pensé.

Elle versa plus de vin et lui demanda s'il en voulait encore. Il finit le contenu de son verre et se leva, se dirigeant vers l'évier.

« Je devrais probablement y aller avant d'abuser de ton accueil », dit-il en rinçant son verre.

Le froncement de sourcils sur son visage indiquait que ce n'était pas le cas.

« Mais je n'ai même pas préparé le dîner ! Je dois prouver que je sais vraiment cuisiner. »

Il se rapprocha d'elle et passa ses bras autour de sa taille pour la tirer vers lui.

« Elle écrit, elle cuisine, elle est incroyable au lit... qu'est-ce que tu ne peux pas faire, belle femme ? »

Elle sourit. « Eh bien, je ne sais pas coudre. »

Ron rejeta la tête en arrière et se mit à rire. « Ah, je savais que tu devais avoir un défaut quelque part. »

Son visage était solennel quand elle releva les yeux vers lui. « J'aimerais beaucoup que tu puisses rester. Tu dois partir ? »

« Je ne veux pas que tu te lasses de moi, chérie. »

Elle posa sa tête contre sa poitrine. « Pas possible », murmura-t-elle.

Chapitre Dix-Huit

Brenna

Elle fut aux anges quand Ron dit qu'il pouvait rester. Elle voulait que ce dîner soit parfait pour compenser l'horrible petit-déjeuner qu'elle lui avait servi ce matin-là. Elle ne savait pas trop pourquoi, mais elle voulait lui prouver sa valeur de femme au foyer.

« Que puis-je te préparer pour le dîner ? Tu dois être affamé. »

Ils avaient opté pour des snacks de cinéma au lieu d'un déjeuner.

« Tu ne me fais rien du tout. On peut faire quelque chose ensemble », répliqua-t-il.

C'est quoi ce bordel ? Il veut cuisiner avec moi ?

Ouaip, trop beau pour être vrai.

« Eh bien, de quoi as-tu envie ? On pourrait griller des filets avec des pommes de terre au four et des légumes, ou on pourrait faire un sauté avec du poulet, des légumes et du riz brun, ou des spaghettis et de la salade ? Ou si tu as autre chose en tête, je suis ouverte à tout. »

Il lui fit un sourire narquois.

« Pour le dîner », gronda-t-elle.

« Ok, ok... » Il embrassa sa nuque et murmura : « Tu seras le dessert. »

Ils optèrent pour un steak. La préparation était facile, sa mission consistait à emballer les pommes de terre dans du papier aluminium.

Pendant qu'il les mettait sur le gril, elle décida de mettre la table dans la salle à manger officielle. Elle y mangeait rarement, sauf pour les vacances et les fêtes, mais pour une raison quelconque, elle pensait qu'être avec lui ce soir était une occasion spéciale qui justifiait la belle vaisselle.

Alors qu'elle disposait l'argenterie autour des couverts, elle leva les yeux en sursaut et le vit, appuyé contre le montant de la porte, en train de la regarder.

« Oh mon Dieu ! Je ne t'avais pas vu », dit-elle en mettant la main sur son cœur.

Ron inclina la tête. « Je suis désolé, je ne voulais pas te faire peur. Je prenais juste plaisir à te regarder. »

Elle fronça les sourcils. « Tu t'amusais à me regarder mettre la table ? »

Il entra dans la pièce et la prit dans ses bras.

« Oui, je m'amusais. J'aime que tu te donnes la peine de nous faire asseoir ici. Je me sens spécial. »

Avec un sourire timide, elle confia : « Tu es spécial. »

Dans sa tête, elle criait : *Alors dépêche-toi de me dire ce qui ne va pas chez toi avant que je ne tombe éperdument amoureuse !*

Il embrassa doucement ses lèvres, puis murmura : « Toi aussi. »

Ils finirent de préparer le dîner. Il ramena les steaks et les pommes de terre du patio sur un plateau et se dirigea directement vers la table pendant que, dans la cuisine, elle mettait les légumes dans un saladier.

Lorsqu'elle entra dans la salle à manger, elle découvrit qu'il avait allumé de longues bougies à cierge et tamisé les lumières.

« Quelle touche parfaite », dit-elle en s'asseyant.

Ils passèrent un merveilleux repas ; le vin et la conversation coulaient facilement, et ce n'est que lorsqu'ils remarquèrent que les bougies avaient brûlé jusqu'au bout qu'ils réalisèrent combien de temps ils étaient restés assis là.

Elle rinça la vaisselle pour la mettre dans le lave-vaisselle pendant qu'il débarrassait la table. Quand il apporta les dernières assiettes de la salle à manger, il se tint derrière elle devant l'évier, les bras autour de sa taille et le menton sur son épaule.

« Merci pour le dîner. Et pour cette merveilleuse journée », murmura-t-il alors qu'elle s'adossait à lui.

Elle sourit en voyant qu'il n'avait pas parlé de sa crise de colère. « Merci de m'avoir laissé préparer le petit-déjeuner pour toi. Je suis heureuse que tu aies pu rester. »

Ce qu'elle voulait dire était, *merci de ne pas m'avoir laissé te faire peur ce matin. Tu es merveilleux, et j'ai adoré passer du temps avec toi.*

« Moi aussi », murmura-t-il en serrant son corps.

Chapitre Dix-Neuf

Ron

En chemin vers sa chambre, ils eurent une conversation animée sur ceux qu'ils considéraient comme les meilleurs artistes musicaux de tous les temps. Il plaida pour les Beatles et la suivit dans sa penderie.

« Je ne suis pas en désaccord avec toi sur l'impact qu'ils ont eu sur la musique », répliqua-t-elle en enlevant son jean. « Mais je pense que tu sous-estimes l'effet qu'ont eu des artistes solo comme Michael Jackson et Elvis. »

Lorsque le jean arriva au niveau de ses cuisses, Ron s'assit sur un banc rembourré et la regarda finir de se déshabiller. En regardant sa peau crémeuse, il n'avait plus rien à foutre de ce qu'il essayait de dire et il arrêta de parler ; il se contenta de la regarder, hypnotisé par elle.

Mon Dieu, elle est magnifique.

Elle dut réaliser qu'il ne parlait plus quand, n'ayant plus que son soutien-gorge et sa culotte, elle tourna la tête vers lui.

Tendant la main, Ron lui fit signe de venir à lui. Quand elle fut à portée de main, il la prit sur ses genoux et caressa ses cheveux. Ils étaient doux et sentaient son shampoing. Il prit une profonde inspiration, essayant de remplir ses poumons de son parfum. Caressant lentement une main de haut en bas de sa colonne vertébrale, il sourit lorsqu'il sentit la chair de poule se répandre sur son corps.

Ses doigts continuèrent à caresser son dos, et il se détacha de ses cheveux pour observer silencieusement son visage. Ses lèvres étaient entrouvertes et ses yeux fermés.

« Tu es vraiment à couper le souffle », murmura-t-il contre sa peau tout en suçant doucement ses épaules. Se souvenant qu'elle avait enregistré son nom dans son téléphone, il murmura : « Mon époustouflante Brenna ».

Il était heureux quand elle soupira et murmura, « Merci. »

« Mmm, ça c'est ma chérie. »

Il aimait la sensation soyeuse de sa peau et n'était pas pressé d'arrêter de caresser son corps. Quand sa main glissa jusqu'à son entrejambe, il la retira.

« Laisse-moi juste profiter de toi, mon sucre. »

Brenna ferma à nouveau les yeux et gémit à son contact, mais il sentit bientôt son corps se raidir et elle se déplaça sur ses genoux. Elle semblait mal à l'aise avec toute l'attention qu'il lui portait.

Il repoussa ses cheveux derrière son oreille. « Qu'est-ce qu'il y a, chérie ? »

Les coins de sa bouche se relevèrent lorsqu'elle avoua : « Je me sens égoïste rien qu'en étant assise ici. Comme si je devais donner au lieu de prendre. »

Avec cette seule déclaration, il eut une bonne idée de ce que devait être sa vie amoureuse avec son mari. L'homme pouvait jouer en seconde base, Ron lui accordait ça, mais il semblait qu'il n'avait pas la moindre idée quand il s'agissait d'apprécier sa femme sexy.

Il passa ses doigts dans ses cheveux et lui dit à voix basse : « Brenna, tu me donnes tout en me laissant te tenir. J'éprouve tellement de plaisir à t'avoir dans mes bras. Je peux toucher ta peau. »

Il embrassa son épaule. « Te sentir. »

Déplaçant ses lèvres vers son cou, il continua. « Te goûter. Te sentir. Tu es incroyable. »

Il enfouit son visage dans ses cheveux tout en faisant courir ses doigts le long de sa colonne vertébrale et entre ses seins.

« Ce serait égoïste de ta part de me refuser ça », lui souffla-t-il à l'oreille.

Il entendit un doux gémissement.

« Laisse-moi juste profiter de toi », lui murmura-t-il à l'oreille.

L'agrafe de son soutien-gorge fut défaite en une seconde, et il le fit glisser le long de ses bras pour le laisser tomber négligemment sur le sol. Manipulant ses fesses pour qu'elle soit à califourchon sur lui, il la regarda dans les yeux avant de se régaler de ses seins.

Son toucher était doux. Il faisait courir son index le long de la partie inférieure de ses seins et déposait de doux baisers sur sa poitrine. Quand il sentit sa respiration s'accélérer, il prit fermement un sein dans sa main et le pétrit tout en continuant à l'embrasser au-dessus de sa poitrine. Avec sa chair douce poussée vers sa bouche, il entendit son souffle lorsqu'il suça son téton raide.

De nouveau, elle essaya de frotter sa bite à travers son pantalon.

Attrapant son poignet, il grogna : « Brenna, ne m'oblige pas à t'attacher. Parce que je le ferai et je vais plutôt aimer ça. »

Il ne pouvait pas dire par sa réaction si l'idée l'excitait ou l'effrayait. Peut-être les deux. Mais elle ne tenta pas de le toucher à nouveau, et il continua à jouir de ses seins.

Elle serra les hanches contre lui quand il passa sa langue sur ses pics roses.

Mmm, quelle est cette merveilleuse odeur ?

Il passa la main entre ses jambes et trouva le tissu satiné de sa culotte complètement trempé.

« Putain, chérie. Tu es si mouillée. »

Elle déglutit difficilement et hocha la tête. « C'est ce que tu me fais. »

Ron gémit et pressa sa bite dure contre la matière humide qui recouvrait sa chatte.

« Ça c'est ce que tu me fais. »

« S'il te plaît, laisse-moi te toucher », supplia-t-elle. « S'il te plaît. »

Ron sourit et se leva. Avec ses jambes enroulées autour de son corps, il la transporta hors de la penderie et dans la chambre, où il la déposa à la tête du lit et se recula pour enlever son jean.

« À moins que ça ne te dérange pas qu'on te l'arrache », dit-il en faisant un geste vers sa culotte. « Je te suggère de la retirer. »

Elle devait avoir un lien de parenté avec Houdini, car lorsqu'il regarda à nouveau, sa culotte avait disparu, et elle était complètement nue, les coudes appuyés sur les oreillers, tandis qu'elle le regardait finir de se déshabiller.

Il grimpa sur le lit à quatre pattes, comme s'il la traquait, et la tira par les chevilles pour la faire glisser sur le dos. Continuant son ascension sur le lit entre ses jambes, il lécha ses cuisses au fur et à mesure. Quand il atteignit son sexe, il écarta ses jambes des deux mains et gémit en voyant à quel point elle était couverte de cyprine.

« Mmm mmm mmm », fredonna-t-il en pressant ses lèvres l'une contre l'autre. « Tu as l'air délicieuse. J'ai hâte de te goûter », dit-il juste avant de plonger sa langue entre les lèvres de sa chatte.

Avec de longs coups plats, il la lécha de haut en bas sur toute sa longueur, faisant une pause pour faire tourner sa langue en rond autour de son clitoris avant de reporter son attention sur ses plis. Quand il revint à son clito, il le suça, et elle poussa un cri en se déhanchant sur son visage. Il travailla sur son petit bouton avec sa langue pendant qu'il faisait entrer et sortir un doigt de son corps. Sa respiration changea, et il glissa deux doigts en profondeur pour localiser son point G. Ron remua ses doigts en même temps que sa langue. Il agitait ses doigts en les enfonçant en elle. Sa bouche continuait son assaut sur son clitoris. Elle se cambrait contre le lit, et il la sentait de plus en plus mouillée.

« C'est ça, chérie. Viens sur mon visage. »

Elle haleta en gémissant son nom.

Il s'occupa de son clitoris plus rapidement avec sa langue tout en enfonçant ses doigts dans sa chatte. Le son de sa mouille pendant qu'il la baisait avec ses doigts était immensément satisfaisant.

Brenna cria en se déhanchant et il la sentit jouir; sa chatte se contracta autour de ses doigts tandis que sa délicieuse douceur inondait sa main.

Il lécha ses cuisses où sa mouillure s'était étalée.

« Tu as un goût de bonbon », gémit-il en léchant avidement ses jambes. « Putain, c'est délicieux. »

Elle saisit les deux côtés de son visage, l'attira vers sa bouche et l'embrassa passionnément. Il n'avait pas pensé qu'il était possible pour sa bite de devenir plus dure.

Apparemment, il avait tort.

Il se positionna à son entrée, et quand elle aspira sa langue dans sa bouche, il poussa sa bite en elle. Elle était aussi bonne que la première fois qu'il avait mis sa bite dans sa petite chatte. Elle avait la Boucle d'Or des chattes... ni trop grande, ni trop petite. Sa bite entrait juste parfaitement.

Elle répondit à sa poussée en mettant ses mains dans ses cheveux et en le regardant dans les yeux.

« Tu es si bon », murmura-t-elle. « Ta bite est incroyable. »

Ils avaient un rythme agréable et régulier tandis qu'il la baisait. Il n'avait pas envie de finir, il aimait trop ça. Mais quand elle leva ses jambes en l'air et commanda, « Baise-moi plus fort », les jeux furent faits.

Se redressant sur ses genoux, il saisit l'arrière de ses cuisses et accéléra son rythme. Ses seins se balançaient à chaque poussée, et elle gémissait : « Oh mon Dieu, oui ! Ne t'arrête pas ! »

Il savait qu'elle avait encore joui, et il continua à la pénétrer, se retirant juste à temps pour déverser sa charge sur sa poitrine. Il avait imaginé son sperme sur ses seins dès la première minute de leur rencontre. Elle ne semblait pas s'en préoccuper, car elle l'étalait sur ses seins comme une lotion onéreuse, avec un sourire.

Cette femme est vraiment réelle ?

CHAPITRE VINGT

Brenna

Elle reçut un appel de Cassie le lendemain matin.

« Quoi de neuf, petite sœur ? »

« Comment va ton visage ? »

Elle toucha distraitement son bleu. « Mieux, merci. »

« Tu as des nouvelles de ton héros ? »

Brenna jeta un coup d'œil à Ron à côté d'elle dans le lit, qui lisait des e-mails sur son téléphone.

« Hum, oui », répondit-elle de façon énigmatique.

Avec un sourire, Ron se pencha vers elle et l'embrassa en murmurant : « Je vais emmener Zona faire un tour. »

Brenna mit sa main sur le micro et murmura, « Ok. »

« *Oh mon Dieu*, il est toujours là, n'est-ce pas ? » Cassie dit assez fort pour que Brenna jette un coup d'oeil à Ron, qui lui sourit et lui fit un clin d'oeil.

« Peut-être », fut la seule réponse de Brenna. Du moins devant Ron.

« Est-il au moins rentré chez lui ? »

« Non. »

« C'est trop génial ! » Cassie hurla. Puis elle chanta comme si elle était dans la cour de récréation : « Brenna a un petit ami. »

Brenna ne put s'empêcher de rire du comportement juvénile de sa sœur.

« Mais quel âge as-tu ? », réprimanda-t-elle.

« J'ai l'âge de savoir ce que tu as fait ces derniers jours », lui rétorqua Cassie.

Elle n'avait pas de réplique, alors Brenna demanda simplement avec un soupir, « Y a-t-il une raison pour laquelle tu as appelé ? »

« Oui, mais je veux en savoir plus sur G.I. Joe. Comment est-il au lit ? Combien de fois t'a-t-il fait jouir ? Est-ce qu'il embrasse bien ? Est-ce qu'il... »

Brenna interrompit la jeune fille. « Fantastique. J'ai perdu le compte. Et définitivement. »

« *Tu as perdu le compte ?* Tu es sérieuse, putain ? Je te déteste, salope. »

« Bref... » Brenna voulait changer de sujet. « Pourquoi tu me déranges si tôt le matin ? »

« J'espère que je n'ai rien *interrompu.* »

Brenna ne mordait pas à l'hameçon. « Non. Pas encore. »

« Tu es une vraie pute ! Je vais le dire à maman ! » Cassie la taquina.

« Vas-y, et je lui parlerai du Dr. Feelgood. »

« Aah, pourquoi il a fallu que tu le ramènes sur le tapis ? Il m'a brisé le coeur. »

« Cassandra Jo Sullivan, si je pensais une seconde que c'était vrai, je me sentirais mal pour toi. Mais je te connais. Ce n'est pas ton cœur qui a été brisé dans cette relation. »

« Eh bien, il m'a un peu brisé le cœur. Je veux dire, on s'amusait tellement et puis il a fallu qu'il parle de sentiments et de toutes ces conneries. Ça m'a brisé le cœur d'arrêter de le voir ! C'est un pédiatre sexy qui s'occupe d'enfants toute la journée, pourquoi diable en voulait-il aussi à la maison ? »

C'était sa sœur. Dragueuse en série. À la minute où quelqu'un s'attachait trop, elle partait.

« Um, probablement parce qu'il était amoureux de toi, crétine ! »

« Ouais, eh bien, je l'ai échappé belle. J'ai entendu dire qu'il s'est marié, a eu trois bébés, et s'est fait prendre en train d'avoir une liaison avec son infirmière. »

« Vraiment ? » Brenna demanda incrédule.

« Non. Il ne ferait jamais ça, voyons. Mais il s'est marié et a eu un enfant. »

« Tu es vraiment une merde. Pourquoi tu m'as appelée ? »

« Eh bien, c'est drôle que nous parlions de rencards... » commença Cassie.

« Ouais ? »

« Sais-tu par hasard si Luke sort avec quelqu'un ? »

Victoire. Brenna avait du flair.

« Je ne suis pas sûre à 100%, mais je ne pense pas. Je suppose que tu veux que je le découvre ? »

« Si tu peux sans qu'il soit évident que tu demandes pour moi, alors oui. Si tu ne peux pas, alors non. »

« Je vais voir ce que je peux trouver. »

Cassie gloussa au téléphone. « Mon Dieu, j'ai l'impression d'avoir seize ans, de te demander de te renseigner sur un garçon pour moi. »

« C'est un type bien, sans compter qu'il est magnifique. Je ne t'en veux pas. Je pense que vous vous entendriez très bien tous les deux. »

« Hey, en parlant de s'entendre. Je veux traîner avec toi et G.I. Joe, et m'assurer qu'il est assez bien pour ma grande sœur. »

« Alors de un, arrête de l'appeler G.I. Joe, il s'appelle Ron, et de deux, qu'est-ce que tu fais ce soir ? »

« *Vraiment* ? Je plaisantais. Je ne pensais pas qu'il y avait une chance que tu dises vraiment oui. »

Brenna concéda : « Je l'aime bien, et je veux que tu apprennes à le connaître. »

« Oooh, on dirait que ça devient sérieux ! Je suis disponible pour que tu me nourrisses ce soir. À quelle heure ? »

Brenna raccrocha le téléphone et se demanda comment elle allait demander à Ron de dîner avec sa sœur. Elle espérait que ce n'était pas trop tôt et qu'elle ne le ferait pas paniquer.

« Il n'y a qu'une seule façon de le savoir », murmura-t-elle en se dirigeant vers la douche.

****

Ron

Brenna était debout devant l'îlot de cuisine, en train de cuisiner et de fredonner quand Ron arriva de la plage, mouillé par son rapide plongeon dans l'océan pour se rafraîchir. Zona, excitée par leur course, essayait de le faire jouer à la balle.

Il aimait ce chien loufoque. Elle semblait encore grandir et ne s'était pas encore habituée à ses longues jambes. Pourtant, pour être encore si jeune, elle obéissait très bien à ses ordres. Bon sang, elle écoutait mieux que la moitié des nouvelles recrues.

Brenna était douchée et habillée, et on aurait dit qu'elle était maquillée car son bleu était à peine visible.

« Hé ma belle, tu as quelque chose de prévu aujourd'hui ? » demanda-t-il depuis le seuil de la porte en attrapant une serviette sur le porte-serviette du patio et en la frottant vivement sur son corps avant de rentrer.

« Non, j'avais juste envie de me lever et de me faire jolie. Tu as faim ? »

Il s'arrêta de l'autre côté de la table et la regarda remuer ce qui ressemblait à de la pâte à crêpes.

« J'ai faim. Laisse-moi passer sous la douche et je redescends. Je pense que je ferais mieux de rentrer à la maison après, je suis sûr que le courrier est empilé et le pauvre chat est probablement affamé. »

« Tu as un chat ?! »

Il hocha la tête et lui lança un regard qui disait qu'elle aurait dû connaître la réponse.

« Brenna, je pars à l'étranger pendant des mois, bien sûr que je n'ai pas de chat. Je te taquinais. »

« Oh », répondit-elle les joues roses.

Il fit le tour de l'îlot avec un sourire en coin et se frotta entre ses jambes. « Je ne veux qu'une seule chatte dans ma vie. »

Elle secoua la tête et lui rendit son sourire narquois. « Tu es incorrigible ! »

Il lui donna un doux baiser sur la bouche et caressa ses hanches en murmurant : « Peut-être que tu peux me sauver. »

Elle se mit sur la pointe des pieds et l'embrassa en retour. « Peut-être. »

Avec ses yeux pétillants et son visage à quelques centimètres du sien, il lui fit un clin d'oeil. « Je pense que tu devrais au moins essayer. Tu le dois à ton pays. »

Elle joua le jeu. « Eh bien, je suis une bonne patriote. Si c'est pour mon pays... »

Le coin du côté droit de sa bouche se souleva. « Mmm, tu es définitivement une bonne... » Il fit une pause en embrassant son cou. « Patriote. La meilleure patriote que j'ai jamais connue, en fait. »

Il tira doucement sur sa lèvre inférieure avec sa bouche.

Elle pressa son corps contre le sien. « Comment pourrais-je ne pas l'être ? Tu es un Marine... tellement incroyable. »

Leur baiser devint plus intense, et sa langue glissa entre ses lèvres. Elle se serra contre lui plus fort, et il savait qu'elle pouvait sentir combien elle l'excitait.

Se retirant, il gémit : « Si tu continues à m'embrasser comme ça, chérie, je n'irai nulle part ailleurs que dans ton lit. »

Avec un sourire diabolique, elle répliqua, « Ce serait si mal ? »

« Pas le moins du monde. C'est dommage que tu aies déjà pris une douche. »

« Mmm, c'est dommage. Mais c'est une chance pour toi car je vais te préparer un bon petit déjeuner pendant que tu prends la tienne. Tu aimes les crêpes ? Des oeufs ? Des saucisses ? »

Il sourit. « Eh bien, oui, normalement j'aime toutes ces choses, mais hier... »

« Je te l'ai déjà dit ! C'était un jour sans ! Je vais me racheter ce matin. Je te le promets. »

Elle se racheta. Le petit déjeuner était délicieux, et il se sentait un peu mélancolique en l'aidant à nettoyer ; il allait bientôt partir.

Alors qu'il chargeait le dernier plat dans le lave-vaisselle, elle lui demanda : « Je peux te convaincre de dîner ce soir avec ma sœur et moi ? Je fais des lasagnes. »

Dîner avec elle ce soir ? Putain ouais, elle pouvait le convaincre de faire ça. Elle pourrait presque le convaincre de lui donner un rein à ce stade.

« Ça me paraît super. À quelle heure ? »

« Je pensais à 18h30, mais tu peux venir quand tu veux avant. Les lasagnes mettent du temps à cuire. »

« J'apporterai le vin et le dessert. »

Ça rendait le fait de la quitter beaucoup plus facile. Le fait de savoir qu'il serait de retour avec elle dans moins de six heures lui donnait un coup de fouet, mais il n'allait quand même pas laisser passer l'occasion de lui donner un vrai baiser d'adieu.

Ils restèrent dans son entrée pendant au moins dix minutes pour se dire au revoir. Chaque fois qu'il s'approchait un peu plus de la porte, l'un d'eux se rapprochait pour « juste un dernier baiser. »

Il sourit pendant tout le trajet du retour, et quand il regarda dans le rétroviseur et vit son rouge à lèvres sur son visage, il ne l'effaça pas. Il considérait ça comme un insigne d'honneur. Mieux que n'importe quelle médaille qu'il avait reçue, c'était sûr.

Ron passa son après-midi à s'occuper de sa maison et à penser à Brenna. Ils avaient été gâtés par le temps qu'il pouvait passer avec elle. Comment réagirait-elle quand il partirait pour un mois entier ? Non seulement il serait absent, mais il serait parfois impossible pour lui de communiquer. Que se passerait-il ?

Il ne pouvait pas dire combien de tendresse elle pouvait exiger de sa part mais il savait qu'elle méritait tout ce qu'elle demandait. Il devait juste s'assurer de la choyer et de la gâter quand il était à la maison et espérer que cela compenserait ses absences.

Putain, il priait pour que ce soit suffisant.

Parce qu'il était fichu quand il s'agissait d'elle.

CHAPITRE VINGT-ET-UN

Brenna

La sonnette retentit et Zona se précipita vers la porte. Cassie venait de partir pour aller au supermarché à sa place, empruntant au passage la voiture de sport de Brenna, bien entendu. En pleine préparation de lasagnes, elle cria de la cuisine : « Entrez ! »

Zona poussa son cri de bienvenue, celui qu'elle réservait aux personnes qu'elle aimait. Brenna ne put s'empêcher de sourire, pensant que Ron était arrivé plus tôt. Alors lorsque Luke franchit le seuil de la cuisine, elle secoua la tête de surprise. Elle se demanda si ses yeux étaient brûlés par sa conversation avec Cassie.

« Hey ! Qu'est-ce que tu fais là ? »

« Désolé de venir sans appeler. Je suis sorti faire des courses et j'ai réalisé que j'ai ramené la laisse de Zona chez moi par accident l'autre soir, alors j'ai pensé que je devais te la déposer. »

« Tu n'avais pas besoin de faire un voyage spécialement pour ça, mais c'est très gentil de ta part. Tu es bien habillé. » C'était le moment idéal pour lui demander subtilement s'il voyait quelqu'un. « Tu as un rendez-vous galant ? »

Luke sourit et secoua la tête. « Non, je rencontre des amis du travail au bar plus tard. Je ne rentre pas chez moi avant de sortir, alors je me suis préparé avant de partir. »

« Eh bien, tu es très beau. Les femmes vont se battre pour toi. »

Il haussa les épaules mais garda son sourire. « J'espère que non. Je ne veux pas avoir à faire des arrestations ce soir. » Il regarda autour de lui. « Cassie est là ? J'ai vu sa voiture devant. »

« Elle vient de se rendre au supermarché pour moi. »

Zona gémissait à ses pieds, il se pencha donc pour la caresser.

« A-t-elle besoin de sortir ? » demanda-t-il alors que le chiot continuait à gémir.

« Peut-être. Tu veux bien ? Mes mains sont un peu sales. »

Luke emmena Zona dehors sans l'attacher. Personne ne lui mettait de laisse, elle était si gentille et restait près des siens.

C'est étrange. Comment s'est-il retrouvé avec la laisse de Zona ? Et n'est-ce pas une coïncidence que la voiture de ma sœur soit garée devant quand il décide de passer ?

Lui et le chien rentrèrent à l'intérieur au moment où Brenna mettait le plat au four.

« Ma mère faisait des lasagnes tous les dimanches quand j'étais petit », dit Luke en se glissant sur un tabouret de bar.

« Tu veux rester pour le dîner ? Il n'y a que moi, Ron et Cassie, alors il y a de quoi faire. »

Il bougea sur son siège en entendant le nom de sa sœur. « Cassie reste ? »

Brenna se retourna pour cacher son sourire. « Oui. Elle devrait être de retour très bientôt. » Jetant un coup d'oeil à l'horloge, elle ajouta : « Je suis un peu surprise qu'elle ne soit pas encore là. »

Et comme si c'était un signe, la porte du garage s'ouvrit, et sa petite sœur cria dans sa meilleure imitation de Ricky Ricardo, « Lucy, je suis rentré ! » Zona se précipita vers la porte. Le labrador était au paradis : toutes ses personnes préférées étaient là en même temps. Le chiot se mit à faire des tours de sprint dans la maison ; elle était excitée et avait besoin de brûler son énergie. Elle passa en trombe devant Cassie et faillit la renverser.

« Bon sang, Zona ! » Cassie cria en s'agrippant au châssis de la porte pour ne pas tomber.

Luke avait jailli pour aider sa sœur avant que Brenna ne puisse sourciller.

« Oh, hey. Quand es-tu arrivé ? » Demanda-t-elle en prenant la main qu'il lui tendait.

« Je me suis juste arrêté pour déposer la laisse de Zona. Je l'ai ramenée à la maison par accident. »

Brenna eut un petit sourire en coin.

Mais bien sûr. Par « accident ».

« Je l'ai invité à rester pour le dîner, mais il ne m'a jamais répondu », taquina Brenna.

Luke reporta son attention sur elle. « Je suis désolé. Je serais ravi de rester. »

Zona sprinta une fois de plus, et Luke s'agenouilla pour la saisir par le col et la calmer.

Cassie adressa à sa sœur un sourire excité en levant les sourcils.

« Wow, je n'ai pas remarqué tout à l'heure, mais ton visage semble en super forme », dit-elle en passant devant Brenna pour aller vers le réfrigérateur. En l'ouvrant, elle demanda, la tête dans la porte : « Je peux avoir du vin maintenant ? »

« Ouais, plus de courses pour toi. C'est sur l'étagère à ta droite. Sers-moi un verre aussi, tu veux bien ? Luke ? Vin ? Bière ? Eau ? Soda ? »

« Je vais prendre une bière. »

La sonnette retentit, et une fois de plus, Zona bondit vers la porte.

Brenna se lava rapidement les mains et les sécha sur son tablier en se dirigeant vers la porte d'entrée. Zona avait dû voir Ron par les fenêtres latérales, car elle aboyait avec excitation, incitant sa maîtresse à ouvrir la porte et à le laisser entrer.

Je connais ce sentiment, ma fille.

Brenna ouvrit la porte avec un sourire et, sans un mot, Ron l'embrassa sur le seuil avant de pénétrer à l'intérieur.

Il tenait du vin et une boîte rose de la boulangerie quand il entra et éclata en un grand sourire quand il vit Brenna la regarder.

« C'est ce que je pense ? » demanda-t-elle d'une voix pleine d'espoir.

Il lui fit un clin d'œil et répondit : « Je t'avais dit que j'allais les garder en stock. » Après l'avoir embrassée à nouveau, il la regarda de haut en bas, et sourit. « Joli tablier. » Se rapprochant de son oreille, il baissa la voix pour murmurer : « Ça ne me dérangerait pas de rentrer à la maison pour te voir avec rien d'autre que ça et une paire de talons ».

« Oh, il faudrait aussi que je porte des perles », dit-elle par-dessus son épaule en se tournant vers la cuisine.

Il secoua la tête en riant et la suivit.

Cassie se jeta sur Ron à la seconde où il entra dans la pièce, l'embrassa sur la joue et lui prit le vin et le dessert. Il fit un signe de tête à Luke, assis sur l'îlot.

« Je me demandais à qui appartenait la voiture qui était dans l'allée. Pas de Jeep ce soir ? »

« Non, pas ce soir. Il est censé faire froid plus tard. »

Ils passèrent un excellent dîner, et Brenna ne put s'empêcher de remarquer l'électricité dans l'air entre Cass et Luke. La vaisselle était mise dans le lave-vaisselle, et ils étaient tous assis à table, riant et buvant en attendant le dessert, quand le téléphone de Ron sonna.

Il baissa les yeux sur l'écran et grimaça. Brenna reconnut la sonnerie. C'était la même qu'elle avait entendue le soir du Nouvel An, quand il avait été appelé au loin juste au moment où les choses avaient commencé à devenir plus chaudes entre eux.

« Je vous prie de m'excuser. Je dois prendre cet appel », déclara-t-il en se levant de table et en se dirigeant vers le patio.

Pourquoi ne peut-il pas répondre à ce foutu téléphone devant moi ?

Elle sourit à Cassie et Luke, en essayant de ne pas montrer qu'elle était ennuyée. Elle était passée maître dans l'art de faire semblant de ne pas s'inquiéter, elle l'avait fait pendant tant d'années avec Danny. Sauf que sa sœur la connaissait trop bien et la regardait avec méfiance.

Elle avait besoin de s'éloigner du regard dur de Cassie, alors elle vida le contenu de son verre et se leva de table, demandant « Quelqu'un veut encore du vin ? » sans attendre de réponse.

Le téléphone toujours à l'oreille, Ron passa la tête par la porte. « Hé Bren ? Est-ce que tu possèdes la propriété entre la maison et l'eau ? »

Quelle drôle de question.

« Oui... pourquoi ? »

Il lui répondit simplement : « Merci », puis retourna sur le patio.

Brenna et Cassie échangèrent un regard discret : *C'est quoi ce bordel ?* Luke ne disait rien tout en observant les deux femmes.

Ron revint à l'intérieur tandis que Brenna se versait un autre verre de vin. Elle savait ce qui allait suivre.

Il s'approcha, entoura sa taille de ses bras par derrière et murmura contre ses cheveux : « Chérie, je dois y aller. »

Les coins de sa bouche se baissèrent tandis qu'elle posait la bouteille sur le comptoir à côté de son verre, mais elle hocha la tête et soupira. « Je m'en doutais. »

Il la fit tourner et la coinça entre lui et le comptoir. Elle lui caressa les bras en lui offrant un faible sourire. « As-tu le temps pour un dessert, ou dois-tu partir tout de suite ? »

Il étudia son visage avec attention. « J'ai le temps. Ils vont venir me chercher. Je peux laisser mon 4x4 ici ? »

Brenna se mit sur la pointe des pieds et embrassa sa mâchoire. « Bien sûr. »

Il sourit et lui caressa le dos. « Merci. J'ai besoin de prendre quelques affaires, je reviens tout de suite. »

Cassie entra dans la cuisine et sortit du réfrigérateur le gâteau que Ron avait apporté.

« Très bien, qu'est-ce que ce gâteau a de si spécial ? » demanda-t-elle en soulevant le couvercle de la boîte rose.

Brenna posa une pile de petites assiettes sur le comptoir et offrit à Cassie un couteau et une cuillère à gâteau. Elle tenait une poignée de cuillères à dessert dans sa main tout en souriant au souvenir de la première fois qu'elle y avait goûté.

« Il vient de la boulangerie qui a fait le gâteau de mariage de Travis et Ava. Ron et moi avons partagé une part à leur réception, et j'ai pratiquement tout mangé. »

Sa soeur gloussa. « Ouais, c'est du chocolat, je te vois très bien faire ça. »

« La voir faire quoi ? » demanda Ron en passant la porte avec un sac de sport militaire.

Brenna secoua la tête. « Manger toute la part de gâteau que j'étais censée partager avec toi. »

Il se dirigea vers la porte du patio et posa le sac, en rigolant. « J'ai volontiers abandonné ma moitié. J'ai éprouvé plus de plaisir à te regarder que je n'en aurais eu à la manger. Pourquoi penses-tu que j'en ai apporté plus ce soir ? Je ne pouvais pas attendre de te voir en remanger. »

Elle se souvint qu'il avait dit au mariage que la voir le manger l'excitait.

« Je m'assurerai d'en garder un morceau pour quand tu reviendras », ronronna-t-elle.

Ron la regarda fixement pendant un moment, puis la prit par la main et l'entraîna dans le couloir. Dès qu'ils furent au coin du couloir sombre, il la serra contre lui et plaça sa bouche sur la sienne, attrapant une poignée de ses cheveux au passage. Elle écarta avidement ses lèvres tandis que sa langue cherchait la sienne. Lorsqu'il la poussa contre le mur et plaqua sa bite à travers son pantalon contre sa chatte, elle ne pensa qu'à une chose : avons-nous le temps pour un petit coup rapide ?

Elle eut sa réponse quand il s'éloigna d'elle.

« Il faut qu'on s'arrête avant que je t'emmène en haut et que je m'occupe de toi. Et que j'aille en cour martiale parce que je refuse de sortir de ton lit et d'aller travailler. »

Sa poitrine se souleva et elle hocha la tête, acquiesçant. Il posa son front contre le sien.

« Chérie, je déteste devoir te quitter. Je ne sais pas quand je reviendrai. »

Elle effleura sa joue de sa main et la caressa de haut en bas. « Ce n'est pas grave. Je comprends que le gouvernement ait besoin de mon petit ami. »

Dès qu'elle eut prononcé ces mots, elle fut mortifiée qu'ils soient sortis de sa bouche.

Mon petit ami ? Oh mon Dieu, est-ce que la terre peut juste m'avaler, s'il vous plaît ? Comment je vais pouvoir me sortir de cette situation ?

Elle ne voulait pas qu'il panique parce qu'elle l'avait appelé son petit ami après moins d'une semaine de relation.

Qui fait ça ?

Seulement les femmes en manque d'affection et collantes, voilà qui. Elle ne voulait pas qu'il la considère comme collante.

« Enfin, pas mon *petit ami*. Je veux dire, juste mon ami qui... »

Il la coupa en se penchant vers elle et en l'embrassant doucement.

« Crois-moi, je préférerais être ici avec ma *petite amie* », dit-il avec un sourire tendre, ses lèvres à quelques centimètres des siennes.

Sa bouche l'avait à nouveau enveloppée lorsque la voix de Cassie l'interrompit depuis l'autre pièce. « Hé les tourtereaux, vous voulez un peu de ce gâteau, ou on commence sans vous ? »

Ils rompirent le baiser en riant, et Brenna cria : « On arrive ! »

Ses lèvres retrouvèrent les siennes une dernière fois avant qu'ils ne retournent à la table.

Ron lui tendit sa chaise, puis s'assit.

« Je m'excuse d'avoir été impoli », dit-il en s'adressant à sa sœur qui préparait les desserts. Avec une étincelle dans l'œil, il continua : « Je pensais que tu n'apprécierais pas de me voir embrasser ta sœur pour lui dire au revoir ».

Cassie roula les yeux en s'approchant de la table, mais sourit à Brenna quand elle posa leurs parts de gâteau devant eux. « Merci de m'avoir épargné ça. »

Ron sourit et saisit la main de Brenna. En la regardant, il approcha ses doigts de sa bouche et murmura : « Tout pour la sœur de ma petite amie. »

Brenna sentit ses joues rougir tandis que Cassie écarquillait les yeux, mais elle ne dit rien et se contenta de sourire à Ron.

Soudain, elle perçut ce qui ressemblait à un hélicoptère planant au-dessus de sa maison.

Mais qu'est-ce qui se passe ?

« Mon chauffeur est là », dit Ron en se levant.

Brenna se leva avec lui. « *Ton chauffeur est un hélicoptère ? Ils viennent te chercher en hélicoptère ?* »

Il lui fit un clin d'œil. « Ils sont un peu pressés de me ramener à la base. »

Elle l'accompagna jusqu'à l'embrasure de la porte, où elle le fixa, sourcils levés et lèvres pincées, en secouant légèrement la tête d'un air incrédule. « Um, tu es en quelque sorte quelqu'un d'important ? »

C'était plus une question qu'une affirmation. Il lui avait dit les mêmes mots hier encore, sauf qu'il semblait être celui qui était le plus important.

Un côté de sa bouche se souleva, mais il ne dit rien, se pencha pour essayer de l'embrasser une dernière fois, mais elle recula la tête.

Elle fronça les sourcils et demanda : « Ne serait-ce pas une chose qu'une fille devrait savoir sur son petit ami ? »

Elle ne plaisantait qu'à moitié sur le fait qu'elle était contrariée. Mais une partie d'elle était ennuyée. Comment pouvait-elle ignorer cela sur lui ?

Il ramassa son sac d'une main, puis l'attrapa par la taille de l'autre et l'attira vers lui.

« Reste à l'intérieur. Le vent va soulever beaucoup de sable », fut tout ce qu'il dit avant de l'embrasser à pleine bouche.

Son baiser rendit ses genoux faibles et elle fut heureuse qu'il la tienne contre sa forte poitrine. Luke essaya poliment de ne pas la dévisager, mais Cassie la regarda sans broncher, la bouche ouverte.

« Prends soin de toi », dit-il avec un autre clin d'œil en regardant son état désorienté. Elle ne pouvait que lever les yeux vers lui avec un sourire hébété.

Ron fit un signe de tête à Luke et dit à Cassie qu'il était content de la rencontrer, puis il sortit.

Ils restèrent tous les trois devant les portes-fenêtres pour regarder l'hélicoptère atterrir et Ron monter à bord. Il fallut moins d'une minute pour que l'hélicoptère atterrisse et reprenne son envol.

Après son décollage, ils restèrent silencieux jusqu'à ce qu'ils ne puissent plus l'entendre au loin. Finalement, Luke rompit le silence.

« Une sorte de personne importante ? Brenna, c'est une putain de personne importante. C'est un général deux étoiles en pleine ascension. Tu ne le savais vraiment pas ? »

Cassie la regarda d'un air incrédule : « Comment as-tu pu ignorer une chose pareille ? »

Brenna se tourna pour regarder les deux. Elle se demandait la même chose.

CHAPITRE VINGT-DEUX

Brenna

Cela faisait une semaine que Ron avait été récupéré par hélicoptère chez elle, et elle n'avait pas eu de nouvelles de lui depuis cette nuit-là. Il lui avait envoyé un message trois heures après son départ, lui disant qu'il avait apprécié ces moments avec elle, et qu'il quittait le pays, sans savoir quand il reviendrait ou quand il pourrait la contacter. C'était la dernière communication qu'elle avait reçue.

Elle pensait à toutes les choses qu'elle ne savait pas sur lui. Comment pouvait-elle se soucier autant de quelqu'un qu'elle connaissait si peu ?

Puis l'inquiétude à son sujet prit le dessus. Était-il en danger ? Que ferait-elle si quelque chose lui arrivait ? Leur relation ne faisait que commencer, et si l'univers décidait de lui jouer un tour cruel et de le lui arracher ? Cette seule idée lui donnait la nausée.

Un matin, elle se retrouva à pleurer sous la douche alors que son imagination de scénariste prenait le dessus et qu'elle l'imaginait blessé. Elle essayait de s'interdire de penser au pire.

C'était étrange qu'il lui manque autant, alors qu'ils ne s'étaient rencontrés que le soir du Nouvel An. Mais c'était le cas. Chaque matin en se réveillant, elle souhaitait qu'il soit là pour se tortiller contre ses fesses, et chaque nuit elle rêvait de l'avoir dans ses bras. Oh, et boire son thé en le regardant courir le matin... elle devenait moite rien qu'en se remémorant comment il sortait de l'océan, torse nu, avec la démarche d'un homme qui était définitivement aux commandes. Il devait revenir sain et sauf jusqu'à elle, et vite.

Apparemment, elle n'était pas la seule à qui Ron manquait. Zona avait machouillé une paire de ses chaussures préférées la nuit précédente. Le chien n'avait pas abîmé ses affaires depuis qu'elle avait été furieuse que Danielle parte pour l'université. Brenna ne pouvait même pas être en colère contre elle. Elle comprenait que le chiot était contrarié et c'était sa seule façon de l'exprimer. Brenna aurait aussi mâchouillé une paire de chaussures si elle avait pensé que cela l'aiderait à se sentir moins mal.

Il était constamment dans son esprit. Elle se rappelait comment ils faisaient l'amour, enfin, comment ils baisaient, mais aussi comment elle aimait être avec lui, son rire, son intelligence, comment il l'appelait toujours « chérie », et comment il lui donnait toujours, toujours, le sentiment qu'on prenait soin d'elle. Sans oublier que l'alchimie entre eux était différente de tout ce qu'elle avait jamais connu.

Un après-midi tranquille, après avoir fait une promenade sur la plage, souriant tout en pensant à lui, elle fit quelque chose qui la surprit au plus haut point.

Elle se posa et commença à écrire.

Brenna savait qu'elle avait besoin d'un exutoire pour ses sentiments. Même si elle était triste de ne pas être physiquement avec Ron, et qu'il lui manquait énormément, elle était aussi heureuse. Vraiment heureuse. Il l'avait fait se sentir désirée et convoitée. Peut-être même aimée ? Elle n'avait pas ressenti cela depuis si longtemps, et ce faisant, il avait réveillé quelque chose en elle, quelque chose qu'elle avait craint d'avoir perdu à jamais.

Elle n'en revint pas quand elle leva les yeux et réalisa qu'il était presque minuit. Elle avait écrit pendant onze heures d'affilée. Ses muscles lui faisaient mal après avoir travaillé si longtemps, mais c'était une bonne douleur. Le genre de douleur qu'un athlète ressent après une séance d'entraînement intense. Cette sensation lui avait manqué. Même s'il ne se passait rien de plus entre eux, Ron l'avait en quelque sorte aidée à déclencher un changement, et elle lui en était incroyablement reconnaissante.

Penser à lui la faisait sourire. Il était le genre d'homme qui rendait ceux qui l'entouraient meilleurs rien qu'en le connaissant. Elle se sentait privilégiée qu'il l'ait appelée sa petite amie.

Maintenant, qu'il le pense vraiment ou non, c'était une autre histoire. Plus le temps s'écoulait depuis la dernière fois qu'elle avait eu de ses nouvelles, plus elle se posait des questions. Elle détestait ne pas se sentir en confiance, mais elle n'était qu'humaine.

Un après-midi, en rentrant de l'épicerie, elle découvrit que son 4x4 n'était plus dans son allée. Une partie d'elle était heureuse qu'il soit rentré sain et sauf, mais une partie d'elle était triste qu'il ne semble pas vouloir la voir. Et il y avait aussi une petite partie d'elle qui était furieuse qu'il ne l'ait pas appelée.

La petite partie énervée devenait un peu plus grande chaque jour où elle n'avait pas de nouvelles de lui. Elle pensa à lui envoyer un message ou à l'appeler mais décida de ne pas le faire. Elle avait sa fierté ; s'il voulait la voir, il savait comment la contacter. Le quatrième jour, elle n'en revenait pas qu'il ne lui ait toujours pas donné de nouvelles. Avait-elle imaginé cette connexion ? Était-ce vraiment juste un coup d'un soir prolongé pour lui ? Elle aurait juré qu'il y avait quelque chose de spécial entre eux.

Elle n'était vraiment pas dans son assiette. D'abord Ray, maintenant Ron.

Après avoir vérifié son téléphone pour la millionième fois, elle se dit « Rien à foutre » et décida d'avancer son voyage de prospection. Elle n'allait pas rester à San Diego à attendre qu'il veuille la voir. Il n'était visiblement pas aussi intéressé par elle qu'elle ne l'était par lui.

« Comment ai-je pu être aussi stupide ? » murmura-t-elle, les yeux embués, en faisant ses bagages.

À quoi s'attendait-elle ? Qu'il reviendrait aux Etats-Unis et voudrait reprendre là où ils s'étaient arrêtés ? Qu'il voudrait passer chaque moment de son temps libre avec elle ?

Eh bien, oui.

C'était exactement ce à quoi elle s'attendait. Elle n'avait certainement pas prévu d'être ignorée à son retour. Elle pensait mériter au moins un texto ou un coup de fil. Bon sang, même un plan cul aurait été mieux que d'être complètement ignorée.

****

Ron

Ron avait hâte de retrouver Brenna dans ses bras. Il dut s'empêcher de taper furieusement du pied pendant son débriefing, puis courut pratiquement jusqu'à son 4x4 une fois celui-ci terminé. Il avait demandé à l'un des majors d'aller chercher son véhicule chez Brenna et de le ramener à la base pour qu'il l'attende à sa descente d'avion.

Il voulait la surprendre, donc il n'avait pas appelé, et sur le chemin de sa maison, il remettait en question cette décision. Et si elle n'était pas chez elle, ou pire, si elle avait de la *compagnie* ? Elle n'avait pas l'air du genre à l'appeler son petit ami, puis à voir d'autres hommes une fois qu'il était parti. Elle n'avait pas fait l'amour depuis la mort de Danny. L'attendre pendant trois semaines aurait dû être un jeu d'enfant.

Sauf s'il avait réveillé la bête.

Parce qu'elle était un chat sauvage au lit, c'était sûr, et elle semblait apprécier le sexe autant que lui. Ce qui n'est pas peu dire car, putain, il adorait ça. Surtout avec elle.

Il sonna à la maison sur la plage et attendit, souriant quand Zona vint à l'entrée, aboyant avec excitation quand elle le reconnut. Cassie ouvrit la porte en fronçant les sourcils et saisit le collier vert citron du labrador noir.

« Brenna n'est pas là », dit-elle froidement en essayant de retenir le chiot. « Oh. Quand doit-elle rentrer ? » Ron s'agenouilla pour caresser Zona, alors Cassie relâcha sa prise et le chien s'élança vers lui, gémissant et se tortillant tout en lui léchant le visage.

« Hum, la semaine prochaine. Elle est à Tucson. » Cassie répondit comme s'il était un idiot et qu'il aurait dû le savoir.

Il se leva mais garda ses mains sur la tête de Zona. « Je pensais que c'était la semaine prochaine ? »

Elle semblait peser le pour et le contre de lui en dire plus. Il ne comprenait pas quel était son problème.

Waouh, la mini Brenna. Du calme.

D'un ton narquois, elle lui dit : « Elle a décidé de partir plus tôt. Tu l'aurais su si tu l'avais appelée en rentrant en ville. »

Être absent pendant de longues périodes faisait partie de son travail, et il n'allait certainement pas répondre à la sœur de Brenna pour avoir fait son travail.

« Je suis revenu en ville il y a deux heures et demie. Quand est-elle partie ? »

Elle semblait confuse et lui faisait toujours la tête.

« Hier matin. Comment est-il possible que tu sois revenu il y a deux heures et demie, alors que ta voiture est partie depuis la semaine dernière ? »

Ah, c'est pour ça qu'elle se comporte comme une morveuse.

Pourtant, une partie de lui ne pensait pas qu'il lui devait une explication. Mais la partie de lui qui adorait sa sœur savait qu'elle cherchait juste à protéger Brenna.

« J'ai envoyé des instructions pour qu'on vienne le chercher afin qu'il m'attende à mon arrivée. Ils auraient dû parler à Brenna quand ils sont venus. Je suppose qu'ils ne l'ont pas fait. »

Quelqu'un allait entendre parler de ça.

Son explication sembla la détendre, et elle se pencha sur le côté pour gratter le dos de Zona. « Non, ils sont venus pendant qu'elle était sortie. Elle pensait que tu étais de retour et ne voulait pas te donner la peine de la voir. »

« Cassie, je n'ai même pas été dans ma propre maison. Je suis venu directement ici après le débriefing, c'est dire à quel point je suis soucieux de la voir. »

Elle ne pouvait pas supprimer son sourire. « Elle est à l'hôtel JW Marriott de Starr Pass, chambre 436. »

Ron fronça les sourcils et secoua la tête. « Je ne peux pas, je dois être de retour à la base demain à midi. »

Cassie ne manifesta aucune sympathie. « Appelle-la au moins pour qu'elle sache que tu ne l'as pas laissée tomber. »

Elle pense vraiment que je l'ai envoyée promener ?

Il pouvait comprendre pourquoi elle pensait ça, en quelque sorte. Mais elle aurait aussi du le connaître assez bien pour savoir qu'il ne lui ferait jamais ça. Bien que, en chemin, il s'inquiéta de savoir si elle ne serait pas seule.

C'était la partie des nouvelles relations qu'il détestait.

« Oh, au fait. » Cassie regardait son téléphone. « Le vol pour Tucson ne dure que 45 minutes. Il y en a un qui part dans 90 minutes, et un autre qui revient dans la matinée. Il y a assez de temps pour y aller, l'emmener dîner, et être de retour avant midi. Je dis ça comme ça. »

Il lui embrassa la joue. « Je crois que je ferais mieux d'y aller alors. »

Après un dernier grattement de tête à Zona, il tourna les talons et retourna à son 4x4. Avec un peu de chance, il arriverait à l'aéroport à temps pour prendre un vol pour l'Arizona.

Chapitre Vingt-Trois

Brenna

Elle était épuisée après une autre journée de recherche de maison avec Graham Turner, un agent immobilier recommandé par Ava Sterling. C'était un bel homme d'une trentaine d'années, très branché et stylé, et désireux de vendre à Brenna une maison beaucoup plus grande que celle qu'elle voulait.

Après le troisième pseudo-manoir, elle refusa de remonter dans la voiture jusqu'à ce qu'elle soit sûre qu'il comprenne que s'il lui montrait une autre maison comme les dernières, il serait viré. Elle voulait une maison de caractère avec une vue sur la ville et les montagnes, ou un loft en centre-ville dans un immeuble accueillant pour les chiens, et tout ce qui faisait plus de 250 mètres carrés était hors de question. Elle savait qu'avec son budget, Graham n'aurait aucun problème à trouver exactement ce qu'elle voulait.

Ils en examinèrent cinq qui correspondaient exactement à ce qu'elle recherchait, et elle les réduisit à trois. Elle était assise au bureau de sa chambre d'hôtel, dressant une liste des avantages et des inconvénients de chaque propriété, lorsqu'on frappa à la porte. Elle hésita un peu à répondre, se remémorant son altercation avec Ray le soir du Nouvel An, alors elle demanda « Qui est-ce ? » avant de faire glisser le verrou.

« C'est Ron. »

Un million de pensées traversèrent son cerveau en même temps.

Est-ce que j'imagine des choses ? Est-ce qu'il a dit Ron ?

J'espère qu'il a dit Ron.

Je crois que j'ai des papillons !

Attends, je suis énervée. Je dois ouvrir la porte ?

Et enfin, *qu'est-ce qu'il fait là, bordel ?*

« Brenna... » Il avait l'air menaçant, comme s'il la prévenait qu'elle ferait mieux de le laisser entrer.

Elle déverrouilla la porte et trouva son superbe Marine avec ses mains posées de chaque côté du montant de la porte, regardant par terre en attendant qu'elle ouvre la porte.

Il porta son regard au sien et putain de merde sa chemise couleur camel était parfaitement assortie à ses cheveux et à ses yeux. Il était sexy dans son pantalon de camouflage rentré dans ses bottes lacées. Et oh mon dieu, ces bras musclés avec son tatouage qui dépassait de ses manches courtes étaient sexy comme l'enfer.

Elle ne put s'empêcher de sourire en le voyant se tenir là. En un mouvement, il était à l'intérieur avec son visage dans ses mains et sa bouche sur la sienne. Il referma la porte d'un coup de pied derrière lui et l'embrassa comme si elle était sa réserve d'oxygène.

Elle savait qu'elle était censée être en colère contre lui pour l'avoir laissée tomber, mais elle se sentait si bien dans ses bras qu'elle décida qu'elle pourrait être en colère plus tard. Pour l'instant, elle allait simplement profiter de son corps contre le sien et de sa bouche qui caressait ses lèvres. Après tout, il avait fait un long chemin pour la voir.

« Chérie », dit-il entre deux baisers.

Elle ne répondit pas verbalement, se contentant de se cambrer contre son corps et de l'attirer plus près.

« Brenna. »

Non, je ne t'entends pas. La la la. Continue juste à m'embrasser.

Finalement, il s'écarta.

Merde.

Avec son visage toujours dans ses mains, ses yeux scrutaient les siens. « Tu m'as tellement manqué », chuchota-t-il.

Des larmes jaillirent dans ses yeux.

Si je t'ai tant manqué, pourquoi n'as-tu pas appelé ou n'es-tu pas venu me voir plus tôt ?

Elle savait qu'elle ne pouvait pas parler sans éclater en sanglots.

Ron la serra contre lui et caressa son dos en embrassant sa tête dans ses cheveux.

« J'ai parlé à Cassie. Brenna, je n'étais pas en ville. Je suis rentré cet après-midi et je suis venu directement te voir. Comment as-tu pu penser que je serais capable de rester loin de toi ne serait-ce qu'un jour, et encore moins cinq ? »

Des larmes coulaient sur ses joues. Au fond de son cœur, elle savait qu'il n'aurait pas fait ça. Mais elle ne faisait plus confiance à son instinct.

« Je ne savais pas quoi penser », dit-elle d'un ton étouffé. « Tout ce que je savais, c'est que ton 4x4 avait disparu et que je n'avais pas de nouvelles de toi. »

Il fit un pas en arrière et inclina son menton pour qu'elle le regarde. À travers ses larmes, elle pouvait voir qu'il lui souriait et secouait la tête.

« Chérie, je ne pense pas que tu réalises le charme sous lequel tu me tiens. Tu es la première chose à laquelle je pense quand je me réveille le matin et la dernière chose à laquelle je pense avant de m'endormir. Il n'y a pas moyen que je ne sois pas sur le pas de ta porte à la seconde où j'arrive en ville. Bon sang, je suis sur le pas de ta porte, et tu es dans un autre État. »

Elle renifla et sourit, puis le serra plus fort dans ses bras. « Je suis si heureuse que tu sois là. »

« J'ai promis à ta sœur de t'emmener dîner. Je dois prendre un vol à 9 heures demain matin, mais tu m'as toute la nuit. »

Brenna fit un sourire malicieux. « Que dirais-tu d'un room service ? »

En déboutonnant son chemisier, il soupira. « Mon Dieu, j'espérais que tu suggères ça. »

Elle ferma les yeux quand elle sentit sa bouche à la base de sa gorge. Il gémit en descendant vers sa poitrine. « Putain, tu sens si bon. »

En passant ses doigts dans ses cheveux, elle répliqua : « Tu es si bon. »

Il lui enleva son chemisier et son soutien-gorge et la tira vers le canapé. Elle pensa à le taquiner mais chassa rapidement cette idée ; elle avait trop besoin de le sentir en elle. Après avoir brièvement frotté sa bite sur son pantalon, elle le déboutonna, le dézippa et le mit à nu avant de le pousser sur le canapé. Elle souleva sa jupe à sa taille et se mit à cheval sur lui. Il tira sa culotte sur le côté pendant qu'elle se laissait aller sur lui, gémissant tandis qu'il remplissait sa chatte.

Elle le chevaucha pendant environ trente secondes avant qu'il ne lui grogne dans l'oreille : « Ma puce, je vais tenir encore cinq secondes comme ça. »

Il la souleva et la coucha sur le dos, puis lui enleva sa culotte, avant de prendre le relais pour dicter le rythme. Tout en contrôlant le tempo et le rythme, il descendit et frotta son clito pendant que sa délicieuse queue entrait et sortait d'elle. Il faisait des cercles avec sa main sur son petit bout, accélérant la vitesse en réponse à ses cris.

« Oh mon Dieu, bébé, juste comme ça », gémit-elle en se rapprochant de l'extase.

« Ça m'a manqué de baiser cette chatte humide », grogna-t-il en augmentant la pression de ses doigts. Poussant en elle, encore et encore, il manipulait sa main à l'unisson avec sa bite.

Faisant passer une jambe par-dessus le canapé pour être complètement étalée devant lui, Brenna leva ses hanches pour rencontrer les siennes. Ron se pencha sur elle et lui suça les seins tout en maintenant son attention sur sa chatte. Il était si bon, putain, et elle sentit les muscles de son estomac se contracter lorsque son orgasme imminent commença à se manifester au bout de ses orteils.

« Oh mon Dieu, Ron, ne t'arrête pas ! », haleta-t-elle.

Lorsqu'il lui mordit doucement le téton, elle se cambra contre lui et s'accrocha à son dos en poussant des cris d'extase. Ses mouvements devinrent désordonnés, et elle se mit à convulser en jouissant.

« Ohhhh ouuuuuiii ! » gémit-elle à plusieurs reprises.

Il continua à la baiser et enfouit sa tête dans son cou, la serrant contre lui tandis qu'elle surmontait sa vague orgasmique. Elle embrassa sa bouche et répondit à ses mouvements. Toutes les terminaisons nerveuses de son corps étaient sensibles, et elle savourait la sensation de sa peau sur la sienne tandis qu'il continuait à plonger profondément en elle.

Ron se mit à genoux et lui tint les jambes pendant qu'il la pénétrait furieusement. Elle pouvait voir à sa respiration et à ses gémissements qu'il était sur le point de jouir. Il la pénétra violemment, puis saisit ses hanches et s'immobilisa avant de laisser échapper un rugissement. Elle sentit les jets de sperme frapper l'intérieur de ses parois et prit un grand plaisir à savoir qu'elle l'avait fait jouir.

Il resta immobile et silencieux pendant quelques secondes, les yeux fermés, puis sourit lorsqu'il les ouvrit et se pencha pour l'embrasser sur la bouche.

« Merci d'avoir fait tout ce chemin pour me voir », murmura-t-elle quand il rompit le baiser.

« Chérie, je ramperais jusqu'ici pour te voir. »

Elle ne put s'empêcher de sourire. Il avait une façon de la faire se sentir si importante et spéciale. Elle se demandait si elle lui faisait ressentir la même chose, parce qu'il était définitivement important et spécial pour elle. Elle espérait qu'elle faisait un travail à moitié aussi bon que celui qu'il faisait pour le lui faire comprendre.

« Allez, bébé, je dois te nourrir. Je parie que tu es affamé et fatigué d'avoir voyagé toute la journée. »

Il lui offrit un sourire en se levant. « Je plaide coupable. »

Ils commandèrent le service d'étage et mangèrent en pyjama. Enfin, Ron était en sous-vêtements, et Brenna avait mis un ensemble pyjama en soie bleu roi avec un short court.

Après avoir terminé leur repas, ils s'allongèrent sur le lit. Ron entoura ses bras autour de sa taille et posa sa tête sur sa poitrine tandis qu'elle lui caressait les cheveux.

Il ne pouvait pas lui dire grand-chose sur l'endroit où il était allé ou ce qu'il avait fait, aussi cette partie de leur conversation fut-elle brève. Il lui dit qu'il ne savait pas quand il devrait repartir, mais qu'il savait que ce serait bientôt.

L'idée qu'il reparte la rendait mélancolique, alors elle changea de sujet.

« J'ai trouvé quelques maisons dans mes recherches. J'aimerais que tu puisses rester et me laisser te les montrer demain. »

Il la serra plus fort dans ses bras et embrassa distraitement la peau de sa poitrine.

« Viens à la maison avec moi demain matin. Nous reviendrons ensemble vendredi soir et nous les visiterons samedi », proposa-t-il.

C'était tentant, vendredi n'était qu'après-demain. Elle voulait passer plus de temps avec lui, surtout s'il allait bientôt repartir. Ne pas le voir pendant trois semaines avait été une torture.

« J'en ai envie, mais j'ai peur qu'elles soient vendues avant le week-end. »

Elle sentit qu'il hochait la tête. « Je comprends. »

Ils restèrent là en silence jusqu'à ce qu'il lève la tête : « Alors, quand reviens-tu à San Diego ? »

Il avait un tel regard de petit garçon perdu sur son visage que son cœur fondait.

« Et si je te montrais en ligne celles que j'ai retenues, et que toi et Danielle m'aidiez à prendre une décision ce soir. Je ferai une offre à la première heure demain matin et je prendrai l'avion avec toi. J'aurai besoin de revenir ce week-end, si tu es toujours prêt à venir avec moi. J'aimerais te montrer la maison en personne, et te présenter à ma fille. »

Il souriait comme un enfant heureux le matin de Noël. « Je pense que c'est un plan génial. »

****

Ron

Brenna lui montra les propriétés qui l'intéressaient. Cette femme avait un goût impeccable. Il aimait qu'elle sache exactement ce qu'elle voulait et qu'elle souligne les points forts et les points faibles de chaque propriété. Il y en avait une vers laquelle elle penchait visiblement, même si elle ne le réalisait pas elle-même.

« Je pense que tu devrais choisir celle sur la montagne. Tu n'as pas seulement une vue incroyable depuis ton jardin, mais aussi une vue spectaculaire sur la ville. La maison et le jardin semblent nécessiter relativement peu d'entretien, ce qui pourrait être particulièrement important si tu n'es pas là tout le temps pour t'en occuper. Et je pense que tu voudras la piscine dans la chaleur du désert. »

Il pouvait s'imaginer là avec elle, regardant les lumières de la ville le soir depuis le patio tout en la serrant contre lui, prenant le petit-déjeuner au bord de la piscine, ou se prélassant sur le canapé à lire dans la grande salle face aux montagnes.

« C'est la préférée de Danielle », rayonna-t-elle.

Ron se pencha vers elle et l'embrassa sur la joue. « Chérie, c'est aussi la tienne. Tu devrais entendre comment tu en parles. »

Elle haussa les épaules d'un air penaud. « Oui, je pense que tu as raison. »

Il la serra dans ses bras autour des épaules. « C'est un endroit génial. J'ai hâte de le voir en personne. »

Elle ajouta qu'elle allait écrire un e-mail à son agent immobilier, Graham, pour lui exposer ses conditions, et lui expliquer qu'elle aurait besoin qu'il vienne au bureau plus tôt pour qu'elle puisse signer les papiers avant de prendre l'avion. Il ferma les yeux pendant qu'elle tapait sur le clavier. Il dut s'endormir, car l'instant d'après, elle se blottissait contre lui et les lumières étaient éteintes. Il entendit son murmure : « J'ai mis un réveil, alors dors bien, bébé. »

Avec elle dans ses bras, il savait qu'il allait enfin pouvoir le faire. Cela faisait trois longues semaines qu'il n'avait pas eu une bonne nuit de sommeil.

Chapitre Vingt-Quatre

Brenna

Ils étaient à l'aéroport lorsqu'elle reçut un texto de Graham lui annonçant que l'offre avait été acceptée.

Ron sourit. « Tu aurais dû proposer moins. »

Brenna secoua la tête. « Non, mon offre était juste, et c'était le maximum que j'étais prête à payer. Graham a dû bien le faire comprendre, c'est probablement pour ça qu'ils n'ont pas riposté. »

Il glissa son bras autour de sa taille et embrassa sa tempe.

« Eh bien, félicitations. » Il baissa la voix et lui dit à l'oreille : « J'ai hâte de t'aider à baptiser chacune. Des. Pièces. »

« Même la buanderie ? » Demanda-t-elle avec un sourcil levé.

« *Surtout* la buanderie, tu te moques de moi ? Le lave-linge est à la hauteur parfaite pour t'asseoir dessus et faire un petit cycle d'essorage à ma façon. »

Elle secoua la tête en riant. « Oh, génial. Maintenant, à chaque fois que je vais faire la lessive, je serai excitée en pensant à ça. »

« Attends de t'en souvenir vraiment, et pas seulement de l'imaginer. »

« Tu dois avoir des vêtements sales dans ton sac à dos », dit-elle.

« Au moins deux kilos. Tu veux aller chez moi et les laver avant que j'aille à la base ? »

« Je ne vois pas ce que je pourrais faire de plus que de t'aider à faire ta lessive. »

Il se pencha à nouveau plus près d'elle. « On parle de faire l'amour, n'est-ce pas ? »

« Ton linge blanc n'aura jamais été aussi blanc, Général », lui chuchota-t-elle à l'oreille.

Elle sourit quand elle l'entendit marmonner dans un souffle, « Puuutainn. »

« Ouais, bébé, c'est l'idée. »

Les coins de sa bouche se relevèrent, et il secoua la tête. « Chérie, je crois que j'ai des problèmes quand il s'agit de toi. »

Elle soupira et grimaça légèrement. « Pareil, bébé », murmura-t-elle. « Pareil. »

Ron saisit sa main et l'embrassa. « Hé, ce n'est pas une mauvaise chose. En tout cas, pas pour moi. »

Avec un léger sourire, Brenna pressa sa main. « Pas une mauvaise chose du tout. »

Pourtant, elle n'était pas convaincue que son cœur allait s'en sortir en un seul morceau.

****

Leur avion arriva tôt à San Diego, et ils furent chez Ron en un rien de temps. Le fait qu'il ait accéléré pendant tout le trajet n'y était pas pour rien.

Elle ne savait pas trop à quoi s'attendre avec sa maison, mais en regardant autour d'elle, elle réalisa que, comme pour tout ce qu'il possédait, elle lui convenait parfaitement. Elle était très masculine, avec du bois sombre et des couleurs riches, un contraste frappant avec sa maison de plage claire et lumineuse. Son bureau était de loin sa pièce préférée, avec ses étagères du sol au plafond ; il avait même une échelle roulante que l'on faisait glisser le long des murs pour atteindre les différents livres des étagères supérieures.

« Oh mon Dieu. Je ne quitterais jamais cette pièce ! » Brenna s'exclama en entrant et en tournant sur elle-même pour tout absorber.

En parcourant sa collection, elle découvrit que la majorité de ses livres étaient des ouvrages sur l'Histoire. Ce qui lui allait très bien également. Il y avait aussi plusieurs classiques, et elle se demanda s'ils avaient été placés là pour qu'il ait l'air moins unidimensionnel dans ses goûts.

« *Orgueil et Préjugés* ? », plaisanta-t-elle.

« Hé, j'ai dû le lire à l'université, et il s'avère que j'ai vraiment apprécié, à ma grande surprise. Il contenait quelques leçons de vie précieuses sur le fait de ne pas juger trop vite ou de se comporter trop fièrement. » Il fit une pause avec un sourire en coin. « Et comment trouver un juste milieu lorsque les vies des gens sont très différentes. »

Il poursuivit avec un clin d'œil. « Veux-tu l'emprunter ? »

Bien vu, Général.

« Non, j'ai été occupée. À *écrire*. »

Il sourit d'une oreille à l'autre, la prit dans ses bras et la fit tourner sur elle-même. « Brenna, c'est formidable ! Il faut vraiment fêter ça. Et si on allait chez Evangeline ce soir ? »

Elle pencha la tête, les pieds toujours suspendus au sol. « Tu ne dois pas travailler tard puisque tu rentres tard ? »

L'embrassant avant de la déposer, il répondit : « Non, j'aurai fini à cinq heures. Crois-moi, l'oncle Sam a eu plus que sa part de mon temps ces dernières semaines. »

Il poursuivit la visite de sa maison, l'arrêt suivant étant sa chambre. La première chose qu'elle remarqua fut le magnifique lit à colonnes, sans baldaquin.

« C'est dans ma famille depuis quelques générations. Je ne sais pas si je l'aurais nécessairement choisi autrement », lui dit-il lorsqu'elle passa ses doigts sur le bois lisse, visiblement impressionnée.

Caressant sa couette à carreaux tout en faisant le tour du lit pour l'examiner, elle déclara : « Vraiment ? Je pense qu'il te va bien. »

Il hocha la tête, surpris. « Oh ? Comment ça ? »

Brenna sourit. « Il s'intègre parfaitement au reste de ton décor. Très masculin, mais toujours élégant. C'est une œuvre étonnante qui attire le regard dès que l'on entre dans la pièce, et quand on s'approche, on peut vraiment voir le savoir-faire. Tu sais que c'est un vrai objet d'art et pas une contrefaçon. »

Elle passa sa main sur la colonne au pied du lit. « Pas étonnant que ça ait duré pendant des générations. »

Ses yeux pétillaient tandis qu'il la regardait admirer son lit, et il combla la distance qui les séparait.

« Je sais que je t'ai promis l'essorage, mais tu viens de me convaincre qu'il n'y a pas de meilleur endroit que mon lit. Je pense que nous devrions nous allonger dedans et admirer le savoir-faire. Nus, bien sûr. »

En frottant sa bosse grandissante sur son pantalon, elle lui dit : « Je ne pense pas que je pourrai admirer autre chose que ton travail si nous sommes nus. »

Ron passa ses bras autour de sa taille et l'attira contre lui. « Ah oui ? Alors tu aimes le travail du bois ? »

Elle gloussa.

Bon sang, cette conversation avait vite dégénéré.

Essayant de rester classe, elle réussit à dire : « Mmm hmm, c'est une pièce très impressionnante. »

Il souriait quand ses lèvres trouvèrent les siennes. Entre deux baisers, il dit : « C'est un bois dur, il a tendance à être assez résistant. »

Ils furent nus en un rien de temps, et alors qu'elle se tourna pour monter sur le lit, il l'arrêta et la pencha sur le matelas tout en lui embrassant le cou et les épaules. Elle réalisa à quel point elle était exposée, et à la hauteur parfaite pour qu'il la baise quand il pressa sa bite contre son vagin. Sa bouche descendit le long de sa colonne vertébrale et de son cul tandis qu'il caressait son corps de ses mains dans un large mouvement circulaire.

« Mmm, ça fait du bien », murmura-t-elle les yeux fermés.

Il plongea son visage dans sa chatte par derrière.

Ca c'est nouveau.

Et oh mon Dieu.

Alors qu'il léchait entre ses plis, elle se surprit à pousser contre sa bouche, ce qui l'incita à utiliser ses deux mains pour l'écarter pendant que sa langue travaillait.

Oh putain, ça fait du bien.

Elle haleta lorsqu'il commença à la baiser avec sa langue. Les choses qu'il lui faisait ressentir étaient incroyables, et elle resta allongée là, sans se soucier que son cul était en l'air et ses jambes écartées pour que son visage plonge plus profondément dans sa chatte. À ce moment-là, elle comprit ce que signifiait vraiment ne pas avoir d'inhibitions. C'était étrange et merveilleux qu'elle se sente ainsi avec un homme qu'elle connaissait depuis moins d'un mois, mais jamais avec l'homme auquel elle avait était mariée pendant seize ans.

Et elle n'avait même pas bu.

Ron prit les choses en main et commenca à masser son clito avec son majeur. Elle sentit son corps tout entier se détendre, et elle fondit contre lui, se sentant comme un bout de gélatine sur son lit. Tout ce qu'il lui faisait était... parfait. Est-ce que ça le dérangerait si elle lui demandait de faire ça pendant, disons, les deux prochaines heures avant qu'il aille travailler ? Parce que bon sang, elle ne voulait pas qu'il s'arrête. Peut-être même jamais.

Comment dit-on ? Toutes les bonnes choses ont une fin ?

Heureusement pour Brenna, le prix de consolation pour cette fin était un orgasme.

Il enfonça plus rapidement sa langue dans sa chatte tandis que ses doigts accéléraient. Son corps, auparavant détendu, se tendit alors que la sensation de jouissance envahissait tout son être. Avec un plongeon profond de sa langue et un coup rapide sur son clitoris, l'orgasme le plus incroyable de sa vie la saisit. Son corps trembla au plus fort de son orgasme, et elle eut l'impression que ça durait une éternité. Dans le bon sens du terme.

Qu'est-ce qu'il venait de lui faire ? En plus de la ruiner pour n'importe quel autre homme.

Et comment diable était-elle censée faire pareil pour lui ?

Il lui mordit le cul avant qu'elle ne sente sa bite entrer en elle.

Elle resta allongée les yeux fermés et savoura la sensation merveilleuse qui émanait de lui. Elle se sentait presque coupable d'être une baiseuse si paresseuse. Presque. Mais c'était sa propre faute pour avoir fait ce qu'il venait de lui faire.

Il rapprocha ses jambes tout en continuant à faire entrer et sortir sa queue d'elle. Ce simple changement rendit toutes ces sensations différentes. Mais toujours de manière hallucinante. Peut-être même mieux ?

Son clitoris était stimulé d'une toute nouvelle manière et, comme sorti de nulle part, un autre orgasme l'envahit.

C'est ça, ce lit est vraiment magique. Il ne s'en débarrassera jamais.

Ses grognements étaient ceux qu'elle avait appris à connaître et qui signifiaient qu'il allait jouir. Il poussa en elle avec force et murmura durement « Putain ! » plusieurs fois avant qu'elle ne le sente répandre sa semence au plus profond d'elle.

Se jetant sur elle, il enveloppa son corps dans le sien et la tint dans ses bras. En embrassant son dos, ses épaules et son cou, il lui murmura à quel point elle était sexy avant de se retirer et de se diriger vers la salle de bain. Elle ne bougea pas jusqu'à ce qu'il lui apporte une serviette pour se nettoyer, puis se réfugia sous les couvertures.

Ron la rejoignit et, comme toujours après l'amour, il la prit dans ses bras.

C'est alors qu'elle se mit à pleurer.

Mais qu'est-ce qui ne va pas chez moi ?

Il devait se demander la même chose, mais il se contenta de la serrer fort dans ses bras et de la laisser continuer sans dire un mot, tout en lui caressant le dos et les cheveux.

Finalement, elle arrêta.

« Ça va mieux ? », demanda-t-il.

« Oui », dit-elle d'un air penaud en s'essuyant les yeux avec le drap.

« Tu veux m'en parler ? »

Pas vraiment, mais elle lui devait probablement une sorte d'explication.

« Je ne pense pas avoir réalisé à quel point ces dernières semaines m'avaient affectée, à quel point j'étais inquiète, pas seulement pour nous, mais aussi pour ta sécurité. Ou à quel point tu m'as manqué. » Elle hésita.

« Ou à quel point je tiens à toi. Tout m'a frappé d'un coup, et je suppose que c'est la façon dont mon cerveau a réagi. »

Il fronça les sourcils et sembla choisir ses mots avec soin.

« Pour info, peu importe à quel point je t'ai manqué, tu m'as manqué dix fois plus. Mais je déteste que tu te sois inquiétée, et que je n'aie pas pu te rassurer en te disant que j'allais bien. Que nous allions bien. Malheureusement, je ne vois pas ma situation changer dans un futur proche. J'ai peur de trop t'en demander pour que tu restes avec moi. »

Elle se redressa comme une flèche.

« Qu'est-ce que tu es en train de dire ? »

« Chérie, je sais que cette vie n'est pas faite pour tout le monde... »

Elle l'interrompit. « Ne t'avise pas de me faire ça, Ron Thompson. Si tu romps avec moi alors que je viens de te dire à quel point je tiens à toi, ce serait la chose la plus cruelle qu'on ait jamais faite. »

Il lui caressa le visage, puis se redressa pour être plus près d'elle, souriant d'une façon qu'elle n'avait jamais vue auparavant. Traçant sa lèvre inférieure avec son pouce, il semblait perdu dans ses pensées et ne dit rien.

Oh putain. Est-ce que je viens de tout foutre en l'air ?

Finalement, il parla.

« Brenna, tu représentes plus pour moi que je ne l'aurais jamais cru possible. Mais je veux que tu aies les yeux grands ouverts sur ce que c'est que d'être avec moi. Ce dernier mois peut être considéré comme assez typique. Oui, parfois je sais à l'avance que je vais partir, et parfois je suis même capable de communiquer pendant mon absence. Mais il arrive souvent que je sois appelé et que je quitte le pays en quelques heures. Je ne veux pas que tu m'en veuilles dans six mois, quand j'aurai manqué ton anniversaire, ou quand tu seras à nouveau seule pendant des semaines sans un mot de moi. Je préfère qu'on reste amis maintenant plutôt que tu me détestes dans un an. »

Elle comprenait exactement ce qu'il voulait dire, mais son âme voulait croire qu'elle pouvait se satisfaire de ce qu'il pouvait lui donner. Qu'elle était assez forte pour supporter ses absences. Elle l'avait fait avec Danny toutes ces années. Oui, c'était différent, parce que tout ce qu'elle avait à faire pour savoir qu'il était en sécurité était d'allumer la télévision, mais elle avait passé de nombreuses nuits à s'inquiéter, quoique pour des raisons différentes. Être avec Ron ne valait-il pas tout le reste?

Ou allait-il juste lui briser le cœur à la fin, aussi ?

« Je vais être honnête, ton absence a été une torture. En partie parce que je ne savais pas si tu allais bien, mais surtout parce que tu m'as manqué. Je ne peux pas imaginer ma vie sans toi. Mais j'admets que je ne sais pas exactement à quoi ressemble le fait de t'avoir dans ma vie à l'avenir. Est-ce que je joue le rôle de la petite amie dévouée d'un major général et je fais semblant de bien aller en me languissant de mon marine ? Ou est-ce que je continue ma vie, et quand on est tous les deux libres, on est ensemble ? Et si oui, qu'est-ce que ça veut dire ? Sommes-nous monogames ? Est-ce que je peux même te demander ça, sans rien savoir des conditions dans lesquelles tu vis quand tu es parti ? Quand tu es à la maison, est-ce que nous sortons ensemble, c'est-à-dire que tu m'appelles pour m'inviter à sortir, ou est-ce que nous vivons ensemble pour profiter de notre temps limité ? Si nous vivons ensemble, où le faisons-nous, et à quoi cela ressemble-t-il ? »

Il prit une profonde inspiration. « Bon sang, tu aimes vraiment avoir toutes les cartes en main. »

« J'ai juste besoin de savoir où nous en sommes. »

Il regarda l'horloge sur la table de chevet. « Je suis désolé de faire ça, mais peut-on en parler davantage ce soir ? Prenons tous les deux l'après-midi pour comprendre ce que nous voulons l'un de l'autre et comment nous pouvons faire en sorte que ça marche. Tu canalises ton Elizabeth Bennet intérieure et je canaliserai M. Darcy et nous trouverons un juste milieu. »

Elle esquissa un faible sourire et hocha la tête.

« Brenna, je tiens à toi, mais je veux être sûr que tu comprennes ce que cela implique d'être avec moi. »

Elle ferma les yeux et soupira. « Je tiens à toi, moi aussi. Je sais que ce sera difficile. »

« Ça n'a pas à l'être. Nous avons juste besoin de mettre les choses au point. Je sais que je t'en demande beaucoup, étant donné mon poste dans le Corps, mais si tu es prête à le faire, je pense que ce que nous avons vaut la peine de faire des efforts pour que ça marche. »

Elle se blottit contre sa poitrine. « Ça en vaut la peine. »

Il la prit dans ses bras et lui caressa les cheveux jusqu'à ce qu'elle soit à moitié endormie. Elle le sentit sortir du lit mais était trop épuisée émotionnellement pour faire de même.

Après quelques minutes, il murmura contre sa joue : « Je vais à la base, mais dors aussi longtemps que tu veux. Je t'appellerai plus tard pour le dîner. »

Elle confirma d'un air hagard qu'elle l'avait entendu, puis se retourna et s'enfouit dans les couvertures. Elle ne voulait plus penser, elle voulait juste s'allonger dans son beau lit qui sentait comme lui et ne plus s'inquiéter de rien.

Et c'est exactement ce qu'elle fit. Au moins pendant une heure.

CHAPITRE VINGT-CINQ

Ron

Oui, elle rentre avec moi ce soir.

Il regarda un groupe d'hommes d'affaires qui observaient Brenna dès qu'elle entra dans le hall d'Evangeline. Elle ne leur prêta aucune attention lorsqu'elle pénétra dans le bar et regarda autour d'elle, puis sourit largement lorsqu'elle le trouva assis à une table haute.

Il ne reprochait pas aux hommes de la regarder. Elle ressemblait à un mannequin lorsqu'elle glissa vers lui ; ses cheveux blonds étaient mis en valeur par son pull en cachemire vert émeraude boutonné. Il se demandait si cela coûterait cher de faire recoudre tous ces boutons, car il avait des visions qui incluaient de déchirer son pull-over. Son pantalon de tailleur couleur crème n'allait pas s'en sortir beaucoup mieux. Elle pouvait garder ses talons de 10 cm. Et le collier.

Elle se rapprocha de l'endroit où il était assis, et il glissa son bras autour de sa taille quand elle l'embrassa sur la bouche. Il ne s'attendait pas à ça, mais il ne s'en plaignait pas.

Elle ne bougea pas vers le siège vide et resta entre ses jambes, à hauteur de ses yeux.

« Tu attends depuis longtemps ? » demanda-t-elle en effleurant les cheveux au-dessus de son oreille.

« Je viens d'arriver. Notre table devrait être prête sous peu. »

« Oh bien, j'avais peur de t'avoir fait attendre. Je ne m'attendais pas à ce que le trafic soit si dense à cette heure-ci, un jeudi soir. »

« Vu comment tu es, chérie, j'aurais pu attendre toute la nuit. »

Elle caressa son visage fraîchement rasé. « Ooh, la flatterie te mènera partout. »

Ron sourit. « Je compte bien là-dessus. »

« Tu es très beau toi-même. »

Il était content qu'elle ait dit ça. Il ne savait jamais quoi porter quand il ne sortait pas en uniforme, ce qui n'était plus très fréquent. La plupart des dîners et des événements auxquels il avait assisté dernièrement étaient ceux où il représentait le Corps des Marines, ce qui rendait le choix de la tenue plutôt facile. Devait-il porter son uniforme bleu ou son autre uniforme ? Il était un peu rouillé en ce qui concernait les tenues civiles. Il pensait qu'un pantalon noir et un pull gris uni avec la montre coûteuse que son frère lui avait achetée étaient un choix sûr.

L'hôtesse apparut pour leur dire que leur table était prête, et Ron vida son scotch. Il appréhendait ce que la conversation de ce soir allait apporter. Son intention était de lui faire comprendre plus clairement ce que signifiait une relation avec lui, afin d'éviter de la blesser en cours de route. Il savait, cependant, que peu importe ce qui serait dit ce soir, il y aurait inévitablement des sentiments blessés à un moment donné. Cela semblait être un effet secondaire de son travail et c'était probablement l'une des principales raisons pour lesquelles il était toujours célibataire.

Sauf qu'elle était différente. Il n'allait pas pouvoir se consoler avec la vieille rengaine du « je t'avais prévenue depuis le début » quand elle serait contrariée. Il avait détesté la voir pleurer tout à l'heure, et s'était senti impuissant, incapable de tout arranger pour la rendre heureuse. Le fait qu'il ne puisse pas le faire lui pesait lourdement. Si elle voulait partir parce qu'elle était malheureuse, au lieu de hausser les épaules comme il le ferait normalement, il remuerait ciel et terre pour qu'elle reste.

Si on lui demandait pourquoi elle était différente des autres, il n'aurait pas de bonne réponse. Elle l'était tout simplement.

Il en avait pris conscience une nuit où il essayait de dormir dans une tente quelque part au Moyen-Orient. Il avait essayé de déterminer le moment exact où il pensait être tombé amoureux d'elle et avait décidé que c'était la nuit où elle était sortie de sa salle de bain dans sa nuisette vert clair en se frottant les mains avec de la lotion. Il ne savait pas pourquoi ce moment ressortait, peut-être parce qu'à ce moment-là, il se souvenait l'avoir regardée et avoir pensé qu'il n'y avait pas d'autre endroit au monde où il aurait voulu être que là, avec elle.

Ils étaient assis sur une banquette d'angle discrète du restaurant. Le maître d'hôtel avait semblé reconnaître Brenna et avait changé d'avis sur leur table initiale où ils auraient été plus visibles.

Ron ne savait pas comment entamer la conversation, alors il opta pour le bavardage.

« Tu as fait une bonne sieste ? »

« Oh mon Dieu, oui ! Ton lit est magique. » Elle eut un sourire sournois. « À plus d'un titre. » Elle regarda autour d'elle et baissa la voix. « C'était le meilleur orgasme que j'aie jamais eu de toute ma vie. C'est peut-être en partie pour ça que j'ai commencé à pleurer. J'ai entendu dire que ça arrivait. »

« Je préfère que ce soit la raison plutôt que d'être contrariée par moi ou par nous. »

Elle lui prit la main. « C'est nouveau pour moi. Je vais manquer d'assurance, je suis comme ça. Et je vais m'inquiéter pour toi. Comment peux-tu espérer que je ne le fasse pas ? Je n'ai aucune idée d'où tu es ou de ce que tu fais, et pour couronner le tout, j'ai une imagination débordante. »

Il lui prit la main. « Je sais que c'est idiot de ma part de penser que tu ne vas pas t'inquiéter. J'essaierai de faire mieux pour au moins te faire savoir régulièrement que je vais bien. »

Elle sourit. « Eh bien, c'est un début. »

C'est parti.

« J'ai besoin de savoir que tu iras bien quand je ne serai pas là. Je ne peux pas être distrait en m'inquiétant pour toi. Trop de vies de Marines dépendent de ma concentration à 100% sur la mission. Je peux cependant te promettre que lorsque je serai à la maison, je serai avec toi et tu auras toute mon attention. C'est le mieux que je puisse t'offrir pour le moment. Tu dois être honnête avec toi-même si cela te suffit pour le moment. »

Elle marqua une pause, comme si elle digérait ce qu'il venait de dire.

« Ron, je t'ai déjà dit que je voulais que ça marche. Tu m'as dit de prendre la journée, de canaliser Elizabeth Bennet et de décider ce dont j'avais besoin. Pour résumer, j'ai besoin de toi. Peu importe comment je peux t'avoir. »

Il secoua la tête. « Tu dois être sûre de toi. Sûre que tu peux accepter que je parte pendant des semaines, sûre que... »

Elle posa son index sur ses lèvres. « M. Darcy, arrête de parler. Nous essayons de trouver un juste milieu, tu te souviens ? » Elle se pencha et embrassa sa joue. « Je suis sûre de vouloir être avec toi, c'est ce dont je suis sûre. Toutes les autres choses, pas vraiment. Mais toi-même, tu as dit que ça ne devait pas être si difficile. Il y a deux choses que je peux te promettre. Je te promets que j'irai bien quand tu seras parti. J'ai été mariée à un joueur de baseball professionnel, être seule n'est pas nouveau pour moi. Et je te promets que je vais probablement avoir besoin de beaucoup de réconfort. »

Il avait des doutes, mais il acceptait pour l'instant. C'était simplement mieux que l'alternative.

****

Brenna

Elle s'était réveillée de sa sieste dans le lit de Ron et avait décidé qu'il avait raison ; ça n'avait pas besoin d'être compliqué. Elle n'avait pas besoin d'avoir toutes les réponses à cette seconde. De plus, l'amour triomphait de tout, n'est-ce pas ?

Ils finirent à sa maison de la plage après le dîner. Ron avait été adorable de la sortir et de fêter le fait qu'elle écrivait à nouveau. Après leur discussion sur leur relation, qui ne fut en fait qu'un engagement à essayer de faire fonctionner les choses, il voulut tout savoir sur ce qu'elle écrivait.

Malheureusement, elle était secrète quand elle travaillait sur quelque chose de nouveau.

Les secrets, ça craint, n'est-ce pas, M. le marine ?

Elle lui dit exactement ça, et il eut le culot de faire l'offensé et de ne pas savoir de quoi elle parlait.

« Vraiment, bébé ? Un putain d'hélicoptère a atterri chez moi sans même que je le sache. Tu n'es pas vraiment un livre ouvert. »

« Eh bien, il y a beaucoup de choses dont je ne peux pas parler, et franchement, il y a beaucoup de choses que tu ne veux pas savoir. »

« Eh bien, il y a des choses que je veux savoir », répliqua-t-elle.

« Comme quoi ? »

« Est-ce vrai que tu seras lieutenant général à la fin de l'année ? C'est la grande promotion dont tu as parlé le soir du Nouvel An ? »

« C'est de ça que je parlais, et je ne suis toujours pas sûr de ce qui va se passer. »

« Qu'est-ce que ça veut dire ? Devras-tu déménager ? Tu voyageras moins ? »

« Je ne devrai pas déménager, mais je voyagerai probablement plus. Sauf que je voyagerai surtout à Washington et seulement occasionnellement à l'étranger. »

« Chercheras-tu un appartement à D.C. ? »

« Je pourrais. Pense à tous les endroits parmi lesquels nous pourrons choisir où séjourner. San Diego, Tucson, Sullivan's Island, Washington D.C., Grand Forks... »

« Grand Forks ? »

« Mon ranch dans le Dakota du Nord. La ville la plus proche est Grand Forks. »

« Tu as un ranch ? Avec des chevaux et tout ? »

Il rit. « Mon frère et moi avons acheté un ranch de bétail de quatre cents hectares il y a environ dix ans. Il fait un petit profit, et nous avons un éleveur qui supervise les choses pour que nous n'ayons pas à mettre la main à la pâte. »

« C'est là que tu veux prendre ta retraite ? »

« Eh bien, quand nous l'avons acheté, c'était le plan. Mais plus je vieillis, moins je suis convaincu de vouloir passer ma retraite à pelleter de la neige en hiver. »

Brenna sourit. « Non, allons dans un endroit plus proche de l'équateur. Peut-être Belize ou le Costa Rica. »

« Je ne sais pas », taquina-t-il. « Je pense que je pourrais apprécier d'être enseveli sous la neige avec toi. »

« Oui, mais je porterai beaucoup moins de vêtements si nous sommes dans un endroit chaud. »

« Chérie, si nous étions sous la neige, tu ne porterais *aucun* vêtement. »

La façon dont il lui dit ça, comme s'il avait son mot à dire, l'excitait, et c'était une telle énigme pour elle. Elle était fière d'être indépendante, mais elle trouvait ça super excitant quand il avait le contrôle. Surtout au lit.

CHAPITRE VINGT-SIX

Brenna

Ron et elle retournèrent à Tucson le vendredi soir à temps pour emmener Danielle dîner. Elle était nerveuse à l'idée que sa fille rencontre Ron, craignant que Danielle ne l'apprécie pas par loyauté envers son père. Finalement, son inquiétude se dissipa vite : à la fin de la soirée, les deux compères étaient comme larrons en foire. En les regardant plaisanter, le coeur de Brenna sourit.

Danielle voulait les accompagner lorsqu'ils iraient visiter la maison le lendemain matin.

« Et si on passait te prendre pour le petit-déjeuner ? » Ron suggéra.

« C'est une super idée. » Danielle répondit.

« C'est une super idée ? *Super* ? Depuis quand tu te lèves pour le petit-déjeuner ? » Répliqua Brenna.

« Depuis que je suis devenue une adulte. »

« Tu n'as pas vraiment été une adulte pendant les vacances de Noël ? »

« C'est différent, maman. Quand je suis à la maison avec toi, je me sens comme une enfant, mais quand je suis ici dans mon propre appartement et que je dois faire sortir les araignées moi-même, eh bien, ça fait de moi une adulte. »

Ron intervint. « Tu fais sortir les araignées ? »

Brenna rigola. « Bien sûr ! Il n'y a pas besoin de les tuer, elles mangent d'autres insectes. »

Ron ne dit plus rien, se contentant de serrer Brenna par les épaules et d'embrasser sa tempe.

« Ne me juge pas ! », se moqua-t-elle.

« Chérie, c'est l'une des nombreuses choses que j'aime chez toi. »

Les yeux de Danielle s'écarquillèrent à l'expression « j'aime chez toi », et elle regarda sa mère avec un sourire.

« Donc comme je le disais, M. Thompson, avant que ma mère ne m'interrompe, j'aimerais beaucoup prendre le petit déjeuner avec vous deux. »

« Tu dois m'appeler Ron, et nous viendrons te chercher à 8h30. »

Ils veillèrent à ce que Danielle arrive à sa voiture sans encombre, et sur le chemin du retour, Ron serra les fesses de Brenna.

« Vous risquez d'avoir du mal à être prête pour le petit-déjeuner à huit heures et demie, Mme Roberts, parce que j'ai prévu de vous garder éveillée toute la nuit. »

Brenna sourit. « Je ne suis pas inquiète, Général. J'ai l'intention de vous épuiser avant minuit. Il restera beaucoup de temps pour dormir. »

Il se pencha pour lui grogner à l'oreille : « Oh, mon sucre, défi accepté. »

****

Ron

Brenna ne l'épuisa que vers une heure. Il était très fier de l'avoir fait jouir si fort, plusieurs fois, qu'elle s'était endormie comme une masse.

Ron était ravi de rencontrer sa fille. Elle était belle comme sa mère, mais il pouvait voir les traits de Danny en elle, aussi. Danielle était la première preuve réelle que Brenna avait été amoureuse avant de le rencontrer. Il n'était pas forcément jaloux, l'homme était mort, mais cela lui rappelait à quel point leurs vies avaient été différentes.

Il se demanda ce qu'il ferait en ce moment s'il avait décidé de ne pas aller à la fête d'Ava et Travis. *Rien de mieux que ça*, pensa-t-il en embrassant ses cheveux.

Elle se blottit contre lui. Elle partageait mieux le lit qu'avant, mais il savait que ce n'était qu'une question de temps avant qu'elle ne se retourne et ne s'étale. Il aimait quand elle faisait ça. C'était un moment où elle était totalement inconsciente du monde qui l'entourait, et il pouvait la voir complètement vulnérable. Il ne l'avait vue vulnérable éveillée que deux fois - après qu'elle se soit énervée et qu'elle ait fait la comparaison merdique entre lui et Danny, et le soir du Nouvel An. Et il aurait préféré ne pas la voir comme ça au Nouvel An.

Dans l'avion, elle lui avait dit que le procureur avait appelé plus tôt dans la journée pour lui annoncer que Ray avait plaidé sans contestation aux accusations d'agression et qu'il était en liberté surveillée. La nouvelle irrita Ron, mais Brenna haussa les épaules et dit que sa femme avait demandé le divorce et que sa réputation avait été ruinée, donc c'était justice en ce qui la concernait.

Oui, non, ça ne l'était pas.

Il pensa à la façon dont elle avait pu laisser ça passer ; il ne savait pas s'il l'admirait ou s'il lui en voulait pour cela. Toute cette épreuve l'avait secoué, il ne pouvait qu'imaginer ce qu'elle avait dû ressentir en le vivant.

En y pensant, sa tension artérielle augmenta, et il savait qu'il n'allait pas pouvoir s'endormir de sitôt. Il regarda Brenna qui dormait paisiblement. Peut-être qu'elle avait raison de laisser tomber.

Se glissant prudemment hors du lit pour ne pas la déranger, il prit son téléphone et fit défiler les e-mails. Il y avait un expéditeur qui attira immédiatement son attention.

Sarah Jennings.

Son ex. Ils avaient mis fin à leur relation de manière assez civile et continuaient à se parler à l'occasion ; la dernière fois, ils avaient fini par se retrouver au lit. Puis elle s'était mise en colère en réalisant qu'il ne changerait pas pour devenir comme elle voulait qu'il soit. Leur communication avait cessé après ça.

Il se demandait souvent s'il avait pris la bonne décision, s'il aurait dû essayer de changer pour elle. Sarah était intelligente, drôle, belle et bonne au lit, mais il n'était toujours pas prêt à faire des sacrifices pour elle. Il reconnut que s'il l'avait fait, il n'aurait pas eu Brenna dans sa vie.

Et il était prêt à mettre son monde sens dessus dessous pour cette femme.

Il cliqua sur l'e-mail de Sarah. C'était son message habituel demandant comment il allait, s'il y avait du nouveau, et un résumé des événements qui s'étaient produits dans sa vie depuis la dernière fois qu'ils s'étaient vus. Il se terminait par une invitation à lui faire à dîner, ce qui, il en était sûr, était un code pour passer la nuit ensemble.

Il était sur le point de répondre quand il entendit Brenna dire doucement, « Bébé ? »

Il ferma l'écran et reposa son téléphone sur le bureau.

« Je suis là, chérie. »

Il se remit dans le lit à côté d'elle.

« Tout va bien ? » demanda-t-elle.

« Oh oui, tout va bien. Je n'arrivais pas à dormir alors j'ai fait l'erreur de consulter mes e-mails. »

Elle gloussa en se blottissant contre lui. « Maintenant tu ne vas jamais t'endormir, idiot. »

« Nan, rien de trop important qui ne peut pas attendre jusqu'à lundi ».

« Bien, » dit-elle d'une voix boudeuse. « Je te veux pour moi toute seul ce week-end. » Il sourit quand elle ajouta : « Mais je vais te partager avec Danielle. »

« Va dormir », murmura-t-il, « Je suis tout à toi jusqu'à lundi ».

Il était tout à elle, mais pas seulement jusqu'à lundi. Jusqu'à ce qu'elle soit fatiguée de lui, ou qu'il soit mort, selon ce qui arriverait en premier.

Chapitre Vingt-Sept

Brenna

Ils passèrent tous les soirs ensemble pendant presque deux semaines et elle en aima chaque minute. Parfois ils restaient à la maison de la plage, et parfois ils emmenaient Zona chez lui. Ron avait même acheté un lit pour le chiot.

Il fut appelé à D.C. tôt le matin avant la St Valentin. Elle reçut un texto de sa part.

Ron : Bren - en route pour DC ; prendra un vol de retour demain matin.

Brenna : Bien ! Je te prépare le dîner de la Saint-Valentin.

Ron : Tu vas le préparer nue ?

Brenna : Tu ne sais même pas ce que je prépare ! Et si c'était du poulet frit ? Ou du bacon ?

Ron : Ne fais pas de poulet frit ou de bacon alors. Tu pourrais me faire des flocons d'avoine pour le dîner, du moment que tu es nue en le faisant.

Brenna : GY. On se parle ce soir ?

Ron : GY ?

Brenna : Je fais les Gros Yeux (à toi ! vilain monsieur).

Ron : Je vais te faire quelque chose d'autre demain.

Ron : À ce soir. xoxo

Bon sang, il la rendait heureuse.

****

Ron

Il appela Brenna une fois que son avion eut atterri à San Diego.

« Salut chérie. Je suis de retour en ville. »

« Hey bébé ! Comment était ton voyage ? »

« Exactement ce à quoi je m'attendais. »

Elle soupira. « Oh, un vrai livre ouvert. »

Ron rit et changea de sujet. « À quelle heure veux-tu que je sois là pour le dîner ? »

« Je pense que tout devrait être prêt à six heures. Tu m'appelles quand tu es en route ? »

« J'apporterai le dessert, et oui, je t'appellerai quand je quitterai la maison. »

« Ok. J'ai hâte de te voir et d'entendre parler de ton voyage ! » Elle le taquina.

« Joyeuse Saint-Valentin, petite coquine », grogna-t-il avant de raccrocher.

Il espérait qu'elle aimerait ce qu'il lui avait trouvé pour la Saint-Valentin. En plus des roses clichées qui devraient lui être livrées dans la journée, et de la lingerie rouge et sexy qui, avouons-le, était plus pour lui que pour elle, il avait trouvé un bracelet tennis qui lui rappelait le verre de mer qu'elle aimait ramasser lors de leurs promenades sur la plage.

Leur relation était trop récente pour une bague, et elle portait les mêmes boucles d'oreilles en diamant tous les jours, alors il avait pensé à un collier. En parcourant les vitrines, un bracelet avait attiré son attention. Il aurait pu avoir sa place dans le bol de verre de mer qui trônait sur la table d'entrée de Brenna. Quand il vit l'étiquette de prix, il conclut qu'il n'était probablement pas en verre. La vendeuse lui avait dit que les pierres étaient des émeraudes, des rubis, des saphirs, des diamants et un tas d'autres dont il ne se souvenait pas du nom. Avec un peu de chance, Brenna saurait.

Sur le chemin de la boulangerie pour aller chercher le gâteau qu'elle aimait, il remarqua qu'il ne comprenait toujours pas pourquoi les gens faisaient tout un plat de cette journée, et qu'il avait tendance à être d'accord avec ceux qui n'aimaient pas cette « fête inventée par les grands magasins », comme il l'avait toujours appelée.

En riant tout seul, il reconnut que Brenna lui avait vraiment retourné le cerveau, car il comprenait maintenant pourquoi les gens l'aimaient.

Il l'appela de la voiture pour lui dire qu'il était en route.

Avec une bière à la main pour lui, elle le salua à la porte dans son tablier.

Et des perles.

Et des talons.

Et rien d'autre qu'un sourire.

Elle était la version porno de Barbara Billingsley, la mère dans la série *Leave It to Beaver*, et jouait parfaitement le rôle en lui tendant sa boisson et en lui prenant le gâteau.

« Comment s'est passée ta journée, chéri ? », demanda-t-elle en lui donnant une petite tape sur la joue.

« Elle vient de s'améliorer infiniment », répondit-il avec un sourire en la lorgnant ouvertement.

« J'étais sur le point de mettre le dîner dans le four. Tu as besoin de quelque chose ? »

Elle se tourna et se pavana vers la cuisine, et il la suivit, les yeux rivés sur ses fesses nues.

« En fait, oui. »

« Qu'est-ce que je te sers ? », demanda-t-elle par-dessus son épaule, puis elle serra les lèvres comme si elle essayait de réprimer un sourire narquois.

Il prit une gorgée de sa bière pendant qu'il réfléchissait à ce qu'il allait faire ensuite et décida qu'il allait s'amuser un peu. Se dirigeant vers une chaise dans la salle familiale adjacente, il l'appela. « Tu veux bien m'apporter mes pantoufles, ma chérie ? »

Elle se tourna vers lui avec un sourire entendu. « Bien sûr, mon chéri », puis elle disparut dans le hall, pour revenir avec un sac cadeau à la main, qu'elle lui apporta rapidement.

À l'intérieur se trouvait une paire de pantoufles neuves.

Oh, elle est forte.

Il fit semblant d'avoir du mal à enlever ses chaussures. « Chérie, tu peux m'aider ? »

Elle se mit à genoux devant lui, lui offrant une vue exceptionnelle sur ses seins nus sous son tablier, et prit son temps pour lui enlever ses chaussures.

Passant ses mains le long de l'intérieur de ses cuisses, elle demanda : « Autre chose pendant que je suis là ? « .

Il ne répondit rien, et elle le caressa plus haut, mordant sa lèvre inférieure en le regardant d'une manière très séduisante.

« Maintenant que tu le mentionnes, j'aimerais bien une bonne pipe. »

« Mmm, j'ai cru que tu ne demanderais jamais », ronronna-t-elle en débouclant sa ceinture. Elle descendit sa fermeture éclair, et il leva les hanches pour qu'elle retire son pantalon et son caleçon. Quand il sentit sa main sur sa queue, il se pencha en arrière et ferma les yeux.

Les gens qui n'aiment pas la Saint-Valentin sont fous.

Elle le caressa de haut en bas et plongea sa tête entre ses jambes pour lécher ses couilles. Il adorait quand elle faisait ça ; peu de ses anciennes amantes s'étaient intéressées à ses couilles, alors la première fois qu'elle avait léché les siennes, il avait cru mourir et aller au paradis.

Il la sentit pousser ses jambes vers le haut.

Putain, qu'est-ce qu'elle fait ?

Sa langue était à plat contre son gland, et il laissa échapper un long gémissement.

Putain, ça fait un bien fou.

Elle continua à le lécher rapidement, puis elle ralentit et fit tourner sa langue avant de sucer sa peau. Ses gémissements doux l'excitaient encore plus ; il aimait qu'elle ne soit pas timide quand elle lui donnait du plaisir. Elle fit glisser sa langue jusqu'à ses couilles, remonta le long de sa tige, puis redescendit à nouveau. Avec son paquet dans la bouche, elle leva les yeux vers lui et caressa sa queue avec sa main droite.

« Puuuutain », gémit-il quand elle le prit entre ses lèvres. « Oh c'est ça, chérie, suce mes couilles. »

« Mmm », répondit-elle en suçant, faisant un bruit de claquement avec ses lèvres lorsqu'elle en relâcha une et la remplaça par l'autre.

« Oh mon Dieu », grogna-t-il en rejetant sa tête en arrière, les yeux fermés. Sa bouche était le nirvana.

Elle fit glisser ses lèvres jusqu'à son manche et attira sa queue qui coula dans sa bouche. Il poussa ses hanches contre son visage.

« Oui, mon sucre, prends-moi bien profondément. »

Quand il sentit sa queue dans sa gorge, il gémit, « Mmm, voilà une gentille fille. Juste comme ça. »

Elle remuait la tête de haut en bas sur sa queue glissante, la secouant à l'unisson avec sa bouche. Il attrapa une poignée de ses cheveux en grognant.

« Suce-la. Oh ouais, suce ma bite », dit-il en serrant les dents.

Son excitation semblait l'encourager car elle augmenta le rythme tout en remuant son cul.

« Oh putain, » il gémit quand il sentit son orgasme. Son corps se tendit. « Tu vas me faire jouir. »

« Oh, viens sur mes seins », gémit-elle.

Hum, quoi ? Venir sur tes seins ?

Et c'était à peu près tout ce qu'il lui fallut. Il se leva et caressa sa bite pendant qu'elle détachait son tablier et le laissait tomber sur le sol.

« Mmm, ouais bébé. Viens partout sur eux », dit-elle en serrant ses seins ronds et en les lui offrant.

Joyeuse putain de Saint-Valentin à moi, pensa-t-il alors qu'il giclait sur ses seins parfaits. Il se sentit mal quand un jet s'égara et toucha ses lèvres et sa joue, mais il s'en remit rapidement quand il vit à quel point elle était sexy avec le liquide qui dégoulinait sur son menton.

En utilisant sa bite, il étala son sperme sur elle. Elle leva les yeux vers lui, saisit son manche et le remit dans sa bouche pour le nettoyer.

Il sourit et caressa sa joue avec son pouce, en murmurant, « Tu es tellement sexy. »

Ron tendit la main pour l'aider à se relever. Elle était toute nue, les genoux rouges et les seins couverts de sperme, en talons hauts et portant deux colliers de perles. Et il allait se réveiller avec sa main sur son cul demain.

Ouais, je suis vraiment un chanceux salaud.

****

Brenna

Elle était heureuse de la façon dont leur soirée de Saint-Valentin se déroulait. C'était encore mieux que ce qu'elle avait prévu. Elle avait eu un peu peur qu'il ne joue pas le jeu de la ménagère des années 50 et qu'il la prenne pour une folle lorsqu'elle avait ouvert la porte comme elle l'avait fait. Qu'il demande ses pantoufles avait été parfait.

Elle aimait comment il la faisait se sentir sexy. Elle ne s'était pas sentie comme ça depuis si longtemps. En fait, peut-être jamais. Chaque fois qu'il la regardait ou la touchait, elle ne doutait pas du désir qu'il avait pour elle. Le sentiment était réciproque.

Après s'être nettoyée avec un torchon, toujours vêtue de son tablier et de ses talons, elle mit le dîner au four.

« Merci pour les roses. Elles sont magnifiques. » Elle désigna d'un geste le bouquet de roses sur le comptoir.

Ron avait remis son pantalon, mais pas sa chemise, et jeta un bref coup d'oeil au vase de fleurs avant de retourner son regard vers elle. Elle se sentit un peu gênée par l'intensité avec laquelle il la fixait.

« Je suis content qu'elles te plaisent », dit-il en s'approchant du côté de l'îlot où elle se tenait. Il se dirigea lentement vers elle, comme s'il traquait sa proie, et elle eut une soudaine envie de reculer. Elle atteignit la table avant qu'il ne la rattrape.

« Qu'est-ce que tu fais ? » Elle gloussa quand il glissa son bras autour de sa taille et attira son dos nu contre sa poitrine chaude.

Il tira sur le nœud qui retenait le tablier autour de son cou puis tira sur celui qui entourait sa taille. « Qu'est-ce que j'ai l'air de faire, *chérie* ? »

« Je dois mettre la table et préparer la salade. »

Il souleva son corps nu sur la table, ses fesses sur le bord de la dalle et la repoussa doucement en arrière sur ses coudes. Assis sur une chaise, il écarta ses jambes comme si sa chatte était un festin devant lui, sauf que ses seuls ustensiles étaient ses mains et sa bouche.

« Non, tu n'as pas besoin de faire ça maintenant », murmura-t-il en caressant l'intérieur de ses cuisses avec le bout de ses doigts. Ses mamelons réagirent instantanément à son contact. Il observa son visage lorsqu'il fit courir son pouce de haut en bas sur toute la longueur de sa fente. Elle pouvait voir à la facilité avec laquelle il glissait qu'elle était déjà toute mouillée.

Comment fait-il pour me faire mouiller si vite ?

Il sourit et elle se demanda s'il pensait la même chose.

Son pouce fit le tour de son clito, et elle laissa échapper un gémissement en se cambrant et en soulevant légèrement ses hanches.

« Je crois que je vais devoir prendre mon dessert de la Saint-Valentin avant le dîner », dit-il en écartant les lèvres de sa chatte avec ses mains. Elle haleta quand sa langue explora ses plis. Il prit son temps, léchant toute sa longueur à plusieurs reprises avant de glisser un doigt en elle. Elle pouvait entendre à quel point elle était excitée alors qu'il la baisait lentement avec son doigt.

« Mmm, tu as un goût si doux », murmura-t-il tout en continuant à la laper ; les vibrations de son « mmm » la poussèrent à presser ses hanches contre sa bouche.

Il glissa un deuxième doigt en elle et aspira son petit bouton entre ses dents. Elle pencha la tête en arrière et il plongea ses doigts au plus profond d'elle, les recourbant pour trouver son point G. Elle était à bout de souffle.

« Oh mon Dieu », elle haletait.

Sa bouche accordait toute son attention à son clito en même temps que ses doigts poursuivaient leurs efforts. Ron passa sa langue sur son point sensible, et elle sentit son corps se contracter tandis qu'elle gémissait de plaisir. Elle était proche et se cambrait contre sa bouche. Il saisit l'allusion et la doigta à un rythme effréné jusqu'à ce qu'elle crie, tout son corps se contractant en jouissant.

Il resta entre ses jambes jusqu'à ce qu'elle le repousse et presse ses cuisses l'une contre l'autre. Elle entendit sa chaise reculer de la table, et leva les yeux pour le voir se pencher sur elle avec un sourire.

« Waouh », dit-elle en expirant profondément.

« Joyeuse Saint-Valentin », dit-il en embrassant son nez. « Je reviens tout de suite. »

Elle resta allongée sur la table jusqu'à ce qu'elle entende la porte d'entrée s'ouvrir et se fermer, puis se redressa et sauta.

Elle était encore nue et se demandait si elle devait remettre le tablier ou trouver des vêtements quand il entra dans la cuisine, l'admirant avec un sourire, et demanda : « Où est Zona ? »

« Cassie l'a emmenée. Elle ne voulait pas être seule le jour de la Saint-Valentin. » Brenna rit en se plaçant derrière le comptoir pour protéger partiellement son corps nu de sa vue.

Ron sourit. « Je croyais qu'il y avait un truc entre elle et Rivas ? »

« Je le croyais aussi, mais apparemment non. »

Il haussa les sourcils mais ne dit rien.

À ce moment-là, un frisson lui parcourut l'échine. Ron fit le tour du comptoir, lui prit la main et l'attira contre lui tout en lui serrant les fesses. Son corps était chaud contre sa peau fraîche, et elle eut la chair de poule quand ses bras l'entourèrent.

« Va t'habiller, Mme La Maligne », dit-il avec un sourire en coin et la faisant tourner sur elle-même avant de la renvoyer avec une tape sur le derrière.

Alors qu'elle se dirigeait vers les escaliers, elle remarqua deux sacs cadeaux roses débordant de papier de soie sur la table de l'entrée. Souriant tout le long du chemin jusqu'à sa chambre, elle ne se souvenait pas d'un moment où elle s'était sentie aussi aimée.

*****

Ron

Ron eut une révélation trente secondes après le départ de Brenna.

Je viens de dire à la plus belle femme du monde d'aller s'habiller. Putain, à quoi je pense ?

Il prit les escaliers deux par deux et la trouva dans sa penderie, toujours nue.

« Oh bien, je suis arrivé à temps. »

Elle commença à rire. « À temps pour quoi ? »

Il lui tendit l'un des sacs cadeaux roses. « Pour te donner le cadeau de la St Valentin que tu m'as offert. »

Elle fronça les yeux d'un air perplexe et sortit le papier de soie du sac. Les coins de sa bouche se soulevèrent lorsqu'elle regarda la dentelle rouge pliée proprement au fond.

Tenant la culotte et le bustier à jarretelles contre son corps, elle se regarda dans le miroir. « C'est magnifique. » Après l'avoir admiré pendant une minute, elle fronça les sourcils et le regarda, la suspicion s'insinuant dans sa voix lorsqu'elle demanda : « Mais pourquoi est-ce ton cadeau ? Tu veux l'essayer ? »

Il éclata de rire.

« Bon sang non, je ne veux pas l'essayer ! C'est mon cadeau parce que, eh bien, je peux te regarder le porter. »

Elle parut soulagée en riant, « Oh, bien », puis plia soigneusement les vêtements et les remit dans le sac.

Ça ne va pas se passer comme ça.

« Essaie-les. »

Elle secoua la tête et sourit. « Je dois encore faire la salade et mettre la table. »

« Je vais t'aider pour ça. »

Enroulant ses bras autour de son cou, elle pressa ses lèvres contre sa joue et murmura « Plus tard. »

Ron sentit combien sa peau était froide lorsqu'elle s'appuya contre lui.

Ok, j'ai compris.

Ce n'était probablement pas une tenue dans laquelle une femme se prélassait par une fraîche nuit d'hiver.

Ron frotta ses bras de haut en bas et dit doucement : « Je suis désolé, chérie, je pensais avec la mauvaise tête.

Mets quelque chose de chaud, tu es gelée. » Puis il embrassa le haut de son crâne avant de descendre les escaliers.

Quand elle entra dans la cuisine dans un jean et un pull rouge, il décida qu'elle pourait rendre un sac de pommes de terre sexy si elle le portait.

Elle le surprit en train de la fixer. « Quoi ? » demanda-t-elle en baissant les yeux comme si elle s'attendait à trouver une tache sur ses vêtements.

Il sourit et secoua la tête. « Rien. Tu es juste à couper le souffle. »

Ses lèvres pincées indiquaient qu'elle pensait que c'était une réplique, mais elle ne discuta pas, elle sourit simplement et dit « Merci ».

Ça c'est ma chérie.

Elle apprenait à accepter ses compliments.

Il fit la salade pendant qu'elle mettait la table dans la salle à manger. Il allait lui proposer de l'aider, mais il réalisa qu'elle était bien meilleure que lui. Il supposait qu'elle avait organisé beaucoup plus de dîners que lui.

Ça le fit réfléchir, est-ce qu'ils organiseraient un jour une fête ensemble ? Que penseraient ses amis de lui ? Que penseraient ses amis d'elle ? Hormis l'envie de la baiser.

Ce qu'ils feraient bien d'oublier rapidement, car il n'hésiterait pas à assommer quelqu'un.

Demandez à Ray Reitmeier.

Après le dîner, ils s'assirent dans le patio près des braises du feu de bois. Elle avait sorti une couverture et la mit sur eux tandis qu'elle se blottissait contre lui, un verre de vin à la main. Il avait un verre de cognac et faisait tournoyer le liquide en regardant le feu.

« À quoi penses-tu ? » demanda-t-elle doucement.

« Je me demandais quel serait le meilleur moment pour te donner ton dernier cadeau. »

Son corps se remua alors qu'elle se redressait sur ses genoux. Comme un petit enfant, les bonbons et les cadeaux l'enthousiasmaient.

« Eh bien, je vote pour maintenant ! »

Il sourit et se leva pour entrer dans la maison, elle lui emboîta le pas, sauf qu'elle se tourna vers son bureau lorsqu'il passa dans la cuisine pour récupérer le sac rose posé sur la table d'entrée. Elle en ressortit avec une pyramide de paquets carrés en papier cadeau bleu marine maintenus ensemble par des rubans. Une carte était collée sur le plus gros paquet.

« Asseyons-nous sur le canapé », proposa-t-elle, à peine capable de contenir son excitation.

Elle lui tendit ses cadeaux et applaudit lorsqu'il lui tendit le paquet cadeau qu'il avait apporté avec lui dans la chambre.

« Toi d'abord ! » s'exclama-t-elle.

Ron sourit et ouvrit l'enveloppe qui portait son nom. C'était une carte sexy avec des sentiments à l'eau de rose, très similaire à celle qu'il lui avait achetée, mais le mot écrit à la main à l'intérieur lui coupa le souffle.

Ron,

Depuis que je t'ai rencontré, ma vie est infiniment plus lumineuse. Tu m'as apporté plus de bonheur et de joie que je ne l'aurais cru possible, et je remercie Dieu chaque jour de t'avoir fait entrer dans ma vie.

Joyeuse Saint-Valentin.

Brenna

Il remarqua qu'elle n'avait pas signé « Avec Amour », ce qu'il avait aussi soigneusement évité d'écrire dans sa carte. Mais s'il était honnête avec lui-même, il était amoureux d'elle, et ce depuis un bon moment. Elle lui avait fait quelque chose dès qu'il avait posé les yeux sur elle, et il n'avait fait que tomber de plus en plus amoureux depuis.

Il ne lui dit pas ça, bien sûr. Tout était déjà assez compliqué alors qu'ils essayaient de comprendre comment faire fonctionner les choses avec ses absences prolongées. Heureusement, il pouvait voir le bout de cette situation. Son voyage à Washington signifiait qu'il était un peu plus près de sa promotion. Gagner une autre étoile signifierait beaucoup de temps à D.C., mais il espérait qu'elle serait prête à y aller avec lui, et qu'il pourrait être au lit avec elle tous les soirs.

Juste un peu plus de temps avant que la décision ne soit définitive.

Il glissa la carte dans l'enveloppe et s'approcha pour caresser sa joue avec le dos de ses doigts.

« Merci, chérie », murmura-t-il doucement. « Je ressens la même chose. »

Brenna eut un sourire gêné, puis frappa à nouveau dans ses mains. « Ouvre tes cadeaux ! »

Il commença par la plus petite boîte. A l'intérieur, il y avait une médaille qui ressemblait à une vraie. Elle était gravée : « Coeur de Brenna Roberts. Veillez à ce qu'elle soit bien rapportée. »

« Tu dois la porter avec le reste de tes médailles », dit-elle en souriant.

Il n'y avait aucune chance qu'il porte quelque chose avec son nom dessus au cas où il serait capturé, mais il aimait l'intention et n'allait pas la gâcher.

« Je l'adore, chérie », dit-il en se penchant pour l'embrasser. « Je la porterai à chaque fois. »

La boîte suivante contenait un porte-clés avec le logo du corps des Marines qui contenait plusieurs clés. Il hocha la tête vers elle, ne comprenant pas vraiment.

« Ce sont les clés de mes maisons, où tu es toujours le bienvenu. La bleue est pour ici, l'orange pour Tucson, et la verte pour Sullivan's Island. J'ai essayé d'assortir la couleur de la clé au paysage pour t'aider à te rappeler laquelle est laquelle. »

Bon sang. Une clé pour sa maison de San Diego était énorme, mais pour les trois ? Pas du tout ce à quoi il s'attendait.

« Brenna, je ne sais pas quoi dire. Je- »

Elle le rabaissa d'un cran ou deux. « N'y attache pas trop d'importance, bébé. Tu es là tout le temps, c'est logique que tu aies une clé. »

Il gloussa. « Je ne lisais rien là-dedans. Tu as raison, je suis ici très souvent. Une clé serait pratique. »

Sauf que c'est quoi le truc avec les autres clés ?

Le dernier cadeau était l'autobiographie de John Glen.

« Merci, chérie. » Il avait besoin d'un nouveau livre pour sa bibliothèque, même s'il était sûr de l'avoir déjà.

« Regarde à l'intérieur ! »

Il sourit et ouvrit la première page qui portait l'inscription « *Au Général Ron Thompson. D'un Marine à un autre, merci pour votre service. Semper Fi.* » Puis il y avait la signature de John en dessous.

« Waouh », fut tout ce qu'il put trouver à dire.

Elle sourit et demanda avec empressement : « Tu aimes ? »

« Je l'adore. Comment as-tu... ? »

Elle fit un clin d'oeil et prit son meilleur accent new-yorkais. « Je connais un type. »

Il la laisserait avoir ses secrets. Pour l'instant.

« C'est un cadeau incroyable. Merci. » Il serait d'ailleurs encore plus précieux après la mort du Colonel Glenn.

Le baiser qu'il lui donna débuta de manière assez chaste, mais comme d'habitude quand il s'agissait d'elle, il se chauffa rapidement et en un clin d'œil il se retrouva allongé sur elle sur le canapé, poussant son érection contre son jean.

« Désolé », dit-il avec un sourire penaud en se redressant. « Tu as tendance à avoir cet effet sur moi. »

« Je sais. Et c'est réciproque », dit-elle en souriant.

Ron ramassa le sac cadeau rose sur la table et le lui tendit. Ses yeux s'illuminèrent et elle sortit théâtralement l'enveloppe en premier. Il n'avait rien ajouté d'autre à la carte, à part sa signature. Il l'avait envisagé, mais pensait que les mots fournis par Hallmark étaient suffisants. Après avoir lu sa note personnelle sur la sienne, il regrettait de ne pas avoir ajouté quelque chose après tout.

Elle prit son temps pour lire le message de la carte, et quand elle eut terminé, elle le regarda avec une expression sérieuse.

« Merci », murmura-t-elle, puis elle embrassa sa joue.

« Ouvre ton cadeau. »

Elle sortit la boîte du bijoutier avec un sourire dubitatif, puis ouvrit lentement le couvercle avec un souffle.

« Ron, c'est magnifique », dit-elle en soulevant le bracelet et en l'examinant à la lumière.

« Je le trouvais à couper le souffle, comme toi », répondit-il en le lui prenant et en fixant le fermoir autour de son poignet.

Elle continua à le regarder. Les couleurs scintillaient sous la lumière.

« Ça me rappelle le verre de mer que tu aimes collectionner, alors j'espérais que tu l'aimerais. »

« Bébé, c'est parfait. »

Bien. Ça irait bien avec la lingerie rouge qu'elle avait ouverte plus tôt. Elle devrait probablement aller l'essayer.

Elle rampa le long de son corps et le repoussa contre les coussins du canapé, son petit corps étalé sur le sien. Elle suça ses lèvres, puis embrassa son cou, son sternum et l'autre côté avant de revenir à sa bouche.

« Merci pour la meilleure des Saint-Valentin », murmura-t-elle contre ses lèvres.

Se retournant pour qu'elle soit à nouveau sous lui, il grogna : « Oh, on n'a pas encore fini. »

Chapitre Vingt-Huit

Brenna

Le lendemain matin, alors qu'elle venait de se mettre à genoux après leurs ébats sous la douche, elle entendit la redoutable sonnerie de son téléphone. Avec sa bite dans sa main et sa bouche à quelques centimètres de ses couilles, elle lui lança un regard noir quand il s'excusa en regardant son téléphone sur la table de nuit.

« N'y pense même pas », grogna-t-elle.

« Chérie, je dois répondre. »

Il attrapa la serviette à ses pieds qu'elle venait de lui arracher et l'enroula autour de sa taille tandis qu'il s'approchait pour prendre le téléphone qui sonnait avec insistance.

On aurait dit qu'il se moquait plutôt d'elle.

Elle soupira, se rassit sur ses talons et le regarda se retirer sur le balcon. Elle savait que l'appel allait arriver ; elle était honnêtement surprise que cela ait pris si longtemps. Mais le fait qu'il y ait répondu alors que sa bite était dans sa main, littéralement, ne lui laissait aucun doute sur la place qu'elle occupait dans sa vie.

Il revint et lui tendit la main pour l'aider à se lever.

« Une chance que tu puisses venir avec moi chez moi ? Je dois me préparer à partir, mais si je fais mes bagages rapidement, je devrais avoir un peu de temps libre avant d'être à la base. Tu peux prendre un Uber pour rentrer et venir avec moi ? »

Elle faisait la moue devant son rejet et faillit lui dire non juste par rancune. Mais elle réalisa qu'elle ne voulait pas qu'il parte pour qui sait combien de temps sur une mauvaise note, alors elle ravala sa fierté et accepta. Elle n'avait pas eu à faire ça depuis que Danny était vivant, et ça lui laissait un goût amer dans la bouche.

Alors elle bouda encore pendant le trajet jusqu'à sa maison.

Se passant les doigts dans les cheveux en signe de frustration, il soupira lorsqu'il la regarda en changeant de voie.

« Ma puce, tu savais que j'allais devoir partir à un moment. Je ne comprends pas pourquoi tu es si contrariée. »

Elle se retourna et lui lança un regard incrédule.

« Tu es sérieux ? Tu ne comprends pas pourquoi je suis contrariée ? J'étais *à genoux* sur le point de *te sucer* et tu as pris un *appel téléphonique*. As-tu la moindre idée de comment je me sens indésirable ? »

« Tu sais que ça n'a rien à voir avec le fait que je te désire. Ou à quel point je tiens à toi. »

« Pourquoi je le saurais ? »

Ron resta silencieux alors elle continua. « Et si les rôles avaient été inversés ? Aurais-tu répondu au téléphone en ayant ta tête entre mes jambes ? »

Elle espérait que cette analogie l'aiderait à comprendre.

La remarque fut sans appel lorsqu'il répondit d'un ton las : « Oui. »

Elle resta assise en silence, stupéfaite. Ce n'était pas la réponse qu'elle attendait.

Ils entrèrent dans son garage, et elle dut faire appel à toutes les fibres de son être pour sortir du 4x4 lorsqu'il s'approcha d'elle et lui tendit la main pour l'aider à descendre.

Il ferma la porte et la plaqua contre l'acier noir du 4x4, appuyant ses paumes à plat de chaque côté d'elle et déplaçant son visage à quelques centimètres du sien.

« Cela fait partie de mon travail, Brenna. La vie des gens dépend de ma réponse au téléphone. »

Honnêtement, elle pensait qu'il était un peu mélodramatique. Le fait qu'elle soit venue chez lui avec lui semblait le prouver.

« Tu as le temps maintenant, quelle aurait été la différence si tu avais attendu qu'on ait fini pour les rappeler ? »

« Parce que je ne sais pas combien de temps j'ai avant d'avoir répondu au téléphone, chérie. »

Oh.

Elle n'avait pas pensé à ça.

Elle détourna le regard et essaya de créer une certaine distance entre sa bouche et la sienne.

« Peux-tu au moins me dire où tu vas ? Tu sais combien de temps tu seras parti cette fois ? »

Avec un froncement de sourcils, il secoua lentement la tête et se redressa plus haut, retirant le poids de ses paumes.

« Je ne peux pas. Je suis désolé. Je ne sais pas combien de temps cette fois-ci. »

Brenna évita son regard alors que des larmes lui piquaient les yeux. Elle se sentait vulnérable et n'aimait pas ça du tout. Les mauvais souvenirs de Danny, toujours aussi secret, lui revenaient en mémoire, mais elle savait qu'il valait mieux ne pas faire la comparaison à voix haute avec lui.

« J'ai une heure avant de devoir partir », dit-il en effleurant du bout des doigts les cheveux sur son front. « Je préférerais vraiment ne pas la gaspiller à me disputer avec toi, et à te voir en colère. »

Il avait raison, bien sûr. La menace qu'il ne revienne pas, la possibilité que ce soit la dernière fois qu'elle le voit et qu'ils la passent en se disputant étaient au premier plan de son esprit. Elle ne pouvait pas le laisser partir en la voyant en colère. Elle avait besoin de se ressaisir.

Elle offrit un sourire d'excuse. « Je ne veux pas la passer comme ça non plus. Allons faire tes valises pour qu'on puisse s'embrasser avant de partir. »

Il se pencha et l'embrassa doucement avant de murmurer : « Bonne idée. »

Chapitre Vingt-Neuf

Ron

Il était appuyé contre l'appui-tête et regardait l'aile de l'avion qui descendait vers Miramar. Il n'était parti que depuis un peu plus de deux semaines, et il avait pu parler à Brenna quelques jours auparavant, mais à vrai dire, il n'en avait pas eu envie.

Elle avait été heureuse d'avoir de ses nouvelles et avait jacassé joyeusement jusqu'à ce qu'elle se rende compte qu'il ne disait pas grand-chose. Il n'avait pas l'énergie de lui dire qu'une de ses escouades avait été touchée par une bombe artisanale, alors il lui avait dit qu'il était juste fatigué quand elle lui avait demandé ce qui n'allait pas. Il savait qu'elle ne l'avait pas cru.

Ils avaient laissé les choses plus instables qu'il ne l'aurait souhaité lors de son dernier départ, et il ne voulait pas ajouter plus de stress à leur relation, alors il omit l'explosion de l'engin explosif improvisé qui avait tué deux de ses hommes et blessé trois autres. Il savait que le lui dire ne ferait que l'inquiéter davantage.

La mission avait été épuisante et la perte de ses hommes n'avaient pas aidé. Même s'il avait envie de se glisser dans son lit ce soir et de l'entourer de son corps, il n'était pas mentalement prêt à interagir avec elle, à part la serrer dans ses bras. Il n'était pas d'humeur à interagir avec qui que ce soit, franchement.

Ron pensait que plus il était haut dans la chaîne de commandement, plus il lui serait facile de supporter les pertes. En fait, la seule chose que cela signifiait, c'était plus de douleur à mesure que sa responsabilité augmentait.

Il avait déjà subi un débriefing à Washington, il voulait juste se débarrasser du suivant, mais il savait qu'il devait aux gens de sa base plus qu'un compte-rendu médiocre de ce qui était arrivé à leurs frères, alors il prit une profonde inspiration et fit bonne figure.

****

Brenna

Elle avait compris que quelque chose n'allait pas dès qu'elle avait entendu sa voix lorsqu'il l'avait appelée quelques jours auparavant. Il disait qu'il était fatigué, mais elle savait que c'était plus que ça. Puisqu'il ne voulait pas lui dire ce qui se passait, et qu'il ne disait pas grand-chose, elle s'était sentie responsable d'entretenir leur conversation et de la rendre joyeuse. Sur le coup, elle avait eu l'impression d'être une idiote qui jacassait.

Le reportage du lendemain sur les troupes de Camp Pendleton tuées et blessées avait expliqué beaucoup de choses. Pourquoi ne lui avait-il pas simplement dit ce qui le contrariait ? Pensait-il qu'elle ne comprendrait pas ?

Elle se souciait de Ron. Beaucoup. Mais elle était déjà passée par là ; ne connaître qu'une facette d'un homme, ne pas partager complètement sa vie... Ce n'était pas quelque chose qu'elle avait envie de revivre.

Pourtant, vu à quel point il lui avait manqué ces deux dernières semaines, elle admettait qu'il n'était pas question qu'elle n'essaie pas au moins de faire tout son possible pour qu'il la laisse entrer dans sa vie.

Brenna savait que Ron arrivait à San Diego cet après-midi. Elle n'était pas sûre de savoir comment jouer les choses. Est-ce qu'elle allait le chercher, lui faisant savoir à quel point elle tenait à lui et qu'il pouvait tout lui dire ? Ou bien le laissait-elle venir à elle ? Et si elle attendait, que ferait-elle s'il ne venait pas ?

Elle choisit de se mettre en retrait et de voir ce qu'il déciderait de faire ensuite.

Elle n'apprécia pas vraiment son choix.

****

Ron envoya un message à Brenna le soir de son arrivée à San Diego pour lui dire qu'il était fatigué et qu'il voulait rentrer se coucher. Elle aurait aimé qu'il lui demande de le rejoindre pour qu'elle puisse le réconforter et lui faire savoir qu'elle était là pour l'écouter s'il avait besoin de parler. De manière plus égoïste, elle avait besoin de sentir son corps près du sien. Il lui avait tellement manqué, ça lui faisait mal qu'il n'ait ni besoin ni envie d'elle.

Il avait une excuse pour ne pas la voir le jour suivant aussi. Le troisième jour, quand il fit tout son possible pour décliner des retrouvailles, elle répondit simplement : **Pas de problème. Je vais à Sullivan's Island demain matin. Je te verrai peut-être à mon retour. Sinon, fais attention à toi**.

Il ne répondit pas, et elle n'était pas surprise.

Elle en avait fini avec ces conneries. Elle comprenait qu'il souffrait, mais l'exclure n'allait pas arranger les choses.

Malheureusement, lorsqu'elle appela Cassie pour lui demander si elle pouvait rester avec Zona, elle apprit que sa sœur était en route pour une conférence. Luke ne répondait pas à son téléphone.

Et maintenant ?

La dernière fois qu'elle avait mis Zona en pension dans un chenil, le chiot avait été capricieux pendant une semaine, et Brenna s'était jurée de ne pas recommencer, alors à moins qu'elle ne puisse convaincre Kyle de garder son chien, il semblait qu'elle n'irait nulle part.

Kyle Montgomery était le coéquipier de Danny et le témoin de leur mariage. Il était aussi le parrain de sa fille et s'était beaucoup investi à la mort de Danny. Chaque fois qu'il y avait un événement dans la vie de Danielle auquel son père aurait dû assister, Kyle avait été là, à chaque fois. La remise des diplômes, la soirée d'honneur, les matchs de volley-ball, la soirée des parents, les rencontres avec ses cavaliers du bal de fin d'année - tout ce qui était important, il y assistait. Elle l'aimait pour ça. Tout comme Danielle.

Il savait que Brenna sortait avec quelqu'un, mais elle avait été volontairement vague la dernière fois qu'ils en avaient parlé. Elle savait que si elle l'appelait et qu'il lui faisait cette faveur, elle se sentirait obligée de lui en dire plus. Incapable de décider si elle était prête à le faire, elle choisit de ne plus y penser et d'y réfléchir le lendemain matin.

Elle regarda la cuisine et eut soudain l'impression qu'elle allait devenir folle si elle restait là une minute de plus.

Tucson n'était qu'à six heures de route... et elle pouvait emmener Zona avec elle.

Le problème était résolu.

Brenna courut dans les escaliers pour faire son sac. Quand elle eut une valise sur son lit pour commencer à la remplir, elle se souvint qu'elle devait recharger son téléphone, qui était toujours sur le comptoir de la cuisine. Elle descendit en courant dans la cuisine, attrapa le téléphone sur l'îlot et remonta à toute vitesse. À ce moment-là, Zona, excitée par toutes ces courses sans elle, décida de se joindre à Brenna jusqu'à l'étage, bousculant sa propriétaire pour arriver la première. Brenna tomba à la renverse, incapable de se rattraper alors qu'elle dévalait les escaliers et atterrit à deux marches du bas.

Elle revint à elle, ignorant combien de temps elle avait été inconsciente. L'écran fissuré de son téléphone lui indiqua l'heure, et elle sut que cela n'avait pas été long. Elle eut du mal à se relever, et lorsqu'elle fit un mouvement pour pousser son corps vers le haut, elle sentit la douleur la plus atroce qu'elle n'avait jamais ressentie de sa vie lui traverser l'épaule.

Elle resta là une seconde avant de se pencher sur les escaliers et de vomir.

Ce n'est pas bon.

La douleur était presque insupportable et, les dents serrées, elle essaya de déterminer ce qu'il fallait faire ensuite. Appeler les secours était l'option la plus intelligente, mais elle savait que cela conduirait d'une manière ou d'une autre à ce que sa photo soit dans la section « *Cancans du moment* » dès le lendemain. Cassie était déjà partie, Danielle était à 500 km, ce qui lui laissait deux options : Kyle ou Ron.

Elle refusait d'être à nouveau la demoiselle en détresse de Ron.

Faisant défiler son téléphone du mieux qu'elle pouvait avec l'écran cassé, elle trouva les coordonnées de Kyle et appuya sur « appeler ».

Il répondit à la troisième sonnerie. « Hey, c'est une bonne surprise ! »

En entendant sa voix, elle sut qu'il allait l'aider, alors son mode survie se dissipa, et c'est là qu'elle commença vraiment à ressentir la douleur. Brenna a réussi à dire ce qui était arrivé et Kyle lui dit : « J'arrive », avant de raccrocher.

Son épaule lui faisait si mal qu'elle pleurait. Mon Dieu, elle devait être le personnage le plus pathétique de San Diego. Elle était sûre que son maquillage s'était étalé sur son visage, que son épaule pendait, qu'un tas de vomi était à côté d'elle, et vu la façon dont sa tête avait commencé à lui faire mal, elle avait probablement quelques bons nœuds.

Putain, est-ce que j'ai fermé la porte d'entrée ?

Si c'était le cas, elle allait devoir se rendre jusqu'à l'entrée pour laisser Kyle entrer. Brenna pensa à toutes les fois où elle s'était allongée dans son lit en se demandant si elle avait pensé à fermer la porte à clé. Pour la première fois, elle espérait ne pas l'avoir fait.

Zona embrassa son visage avec un gémissement.

« C'est bon, ma fille », dit-elle en posant sa tête contre le mur. Elle commençait à se sentir fatiguée, ce que Brenna savait être mauvais.

On sonna à la porte, et elle fut surprise de la rapidité avec laquelle Kyle était arrivé. S'était-elle endormie et avait-elle perdu la notion du temps ? Lorsque Zona commença à péter les plombs au son de la sonnette, elle s'irrita.

Sérieusement, Kyle ? Tu sonnes comme si tu t'attendais à ce que je réponde à la porte ?

Elle pouvait voir l'entrée de là où elle était allongée et espérait qu'il aurait assez de bon sens pour regarder à l'intérieur et réaliser qu'elle ne pouvait pas se lever. Enfin, pas sans ramper dans le vomi.

« Entre », supplia-t-elle.

S'il te plaît, ouvre-toi.

Elle entendit qu'il essayait la porte.

Non, verrouillée.

Merde.

Peut-être qu'il pouvait casser une fenêtre.

Elle resta allongée là, les yeux fermés, sans bouger un muscle.

Espérons qu'il puisse trouver un moyen d'entrer. Kyle est un gars intelligent.

Peut-être juste une petite sieste pendant ce temps là.

Quand elle entendit la porte d'entrée se déverrouiller, elle voulut ouvrir les yeux, mais ils ne coopérèrent pas. Une voix appela : « Chérie, oh mon Dieu, que s'est-il passé ? »

Kyle ne l'appelait jamais « chérie ». Peut-être qu'elle rêvait.

Son épaule lui faisait mal. Sa tête aussi.

Quelqu'un était-il vraiment là ?

Elle sentit des bras passer sous elle et la soulever doucement.

Putain, tu me fais mal !

Elle se cria à elle-même d'ouvrir les yeux et de dire quelque chose !

Il y avait maintenant deux voix. Elle savait qu'elle était allongée sur une banquette arrière lorsqu'elle comprit que c'était une ceinture de sécurité qui s'enfonçait dans son flanc. Quelqu'un lui caressait les cheveux. Elle se pencha et vomit à nouveau.

« Désolé pour ça. » Elle n'était pas sûre de l'avoir vraiment dit ou juste pensé. Il lui semblait que tout lui faisait mal, et elle sentit les larmes couler, mouillant les cheveux près de son oreille. Elle était appuyée contre quelque chose. Ou quelqu'un ?

Les vibrations profondes de la voix lui étaient familières.

Tout comme l'odeur.

Danny ?

Attendez, non, ça ne peut pas être Danny.

Si ?

Chapitre Trente

Ron

Il faisait les cent pas dans la salle d'attente, incapable de rester assis. Kyle était au téléphone avec Danielle, il avait le numéro de sa fille. Ron ne l'avait pas. Il ne put s'empêcher d'entendre leur conversation lorsqu'il s'arrêta à un mètre de l'endroit où était assis Kyle.

« Non, mon cœur, je ne pense pas que tu doives venir. »

Pause.

Donc il est assez proche pour avoir son numéro et l'appeler « mon cœur ».

« Non, Dani- »

Une autre pause.

Sa voix devenait sévère. « Écoute moi. Je suis ici avec elle. Son ami, Ron, est ici avec elle. Nous avons tout prévu. »

Son ami ? Je suis son putain d'ami ?

« Oui, il est juste là. »

Il regarda Ron et lui tendit son téléphone. « Elle veut vous parler. »

Bien sûr qu'elle veut. Elle sait que je ne suis pas l'ami de sa mère.

« Hey, petite. »

Il pouvait voir qu'elle pleurait.

« Ron, tu dois me dire la vérité. Est-ce qu'elle va s'en sortir ? Oncle Kyle dit que je n'ai pas besoin de venir, mais je sens que je devrais être là. »

Oncle Kyle ?

« Dani, je n'ai pas de réponse à te donner pour l'instant. Ils ne nous ont pas laissé la voir, donc on ne sait pas encore ce qui se passe. Pourquoi ne pas attendre jusqu'à ce qu'on en sache plus ? »

« Tu m'appelleras dès que tu sauras quelque chose ? »

« Je n'ai pas ton numéro, chérie. »

« Donne-moi le tien et je t'enverrai un SMS pour que tu l'aies. »

Il donna son numéro et sentit son téléphone bourdonner dans sa poche trois secondes plus tard. Comment avait-elle réussi à faire ça tout en continuant à lui parler ? Il secoua la tête.

Les jeunes et la technologie.

« Ok, je te ferai savoir à la seconde où nous aurons des nouvelles. Je te rends ton oncle. » Il rendit le téléphone à Kyle au moment où le médecin apparut dans la salle d'attente.

Kyle le vit aussi et dit à Danielle qu'il devait y aller. Ils se rapprochèrent tous les deux du médecin en même temps.

« Comment va-t-elle ? » demanda Ron d'un ton pressant.

« Eh bien, elle souffre beaucoup en ce moment. Nous avons remis son épaule en place mais nous n'avons pas pu lui donner de médicaments contre la douleur parce que nous évaluons si elle a une commotion. Je dirais qu'au vu des vomissements et de l'incohérence de son discours, il y a de fortes chances qu'elle en ait au moins une légère. »

Putain de merde. Remettre son épaule en place sans analgésiques ? Elle doit être à l'agonie.

Kyle demanda : « On peut la voir ? »

Le docteur secoua la tête. « Pas encore. Elle est en train de passer un scanner. Dès qu'elle aura terminé, j'enverrai l'infirmière vous chercher. »

Ils le remercièrent tous les deux et s'assirent dans les fauteuils inconfortables en vinyle vert.

Ron n'avait pas réussi à comprendre ce que Kyle faisait à la maison de la plage. Il venait juste de récupérer Brenna dans les escaliers quand l'homme s'était précipité à travers la porte, comme s'il savait déjà qu'elle était tombée.

« Vous saviez qu'elle était blessée en arrivant ? »

Kyle envoyait des textos sur son téléphone, mais il se stoppa et regarda Ron. « Oui, c'est pour ça que j'étais là. Elle m'a appelé après que Zona l'ait renversée dans les escaliers. »

Elle avait appelé Kyle à l'aide.

Kyle.

Pas moi.

« Vous avez les clés de sa maison ? »

« Non. » Kyle lui lança un regard qui semblait dire : *Pourquoi tu me poses une telle question, bordel ?.*

« La porte était fermée quand je suis arrivé. C'est pour ça que je demandais. »

Kyle ricana. « Alors comment êtes-vous entré ? »

Ron espérait qu'il n'avait pas l'air aussi suffisant qu'il le pensait en répondant. « J'ai une clé. »

Il n'était pas sûr de savoir comment il s'attendait à ce que Kyle réagisse, mais un simple hochement de tête et un sourire ne l'étaient certainement pas.

« Vous êtes le frère de Brenna ? Danielle vous a appelé Oncle Kyle. »

Kyle ricana encore. « Non, certainement pas son frère. »

Qu'est-ce que ça veut dire, putain ?

« Le frère de Danny ? »

L'expression de l'autre homme prit une forme de tristesse. « Non. Danny était mon meilleur ami. On jouait au ballon ensemble. »

C'est là que Ron le reconnut. Kyle Montgomery. Lui et Danny étaient le duo dynamique des Padres dans leurs jours de gloire.

« Arrêt-court, c'est ça ? »

« Ouais », Kyle hocha la tête et baissa les yeux sur son téléphone qui bourdonnait. « Bon sang, ma filleule est aussi acharnée que l'était son père. » Mettant le téléphone à son oreille avec un sourire, il dit : « Chérie, on ne sait toujours rien. Il lui font passer un scanner en ce moment même. »

Kyle ferma les yeux et se pinça l'arête du nez en écoutant Danielle à l'autre bout du fil.

Avec un soupir, il dit : « Danielle. Tu es une adulte, et tu peux faire ce que tu veux, mais je suis confiant en te disant que ta mère ne voudrait pas que tu viennes. »

L'ancien arrêt-court fronça les sourcils en entendant ce que la fille de Brenna disait à l'autre bout.

« Je la connais mieux que tu ne le penses. »

Oh vraiment ? Explique-moi ce que ça veut dire.

« Dee, je ne vais pas me disputer avec toi à ce sujet. Fais ce que tu veux, mais quand ta mère sera énervée que tu sois là, tu ne pourras pas dire que je ne t'avais pas prévenue. »

Elle dit un mot, et les yeux de Kyle se dirigèrent vers Ron. « Ouais, il est juste là. »

Pause.

« Probablement parce qu'on ne sait encore rien. »

Pause.

« Je viens de te dire pourquoi. »

Une autre pause s'ensuivit et Kyle sembla exaspéré quand il répondit, « Je n'en ai aucune idée. »

Kyle posa sa main sur le microphone du téléphone. « Elle veut savoir quand vous allez l'appeler. Elle ne veut pas m'écouter. »

Elle est la fille de sa mère.

Ron sortit son téléphone et lui envoya un message : *J'attends les résultats du scan avant d'appeler. Écoute ton oncle.*

Le Marine se leva et se dirigea vers le distributeur automatique. Il ramena deux tasses de café et en tendit une à Kyle, qui avait enfin raccroché le téléphone.

« Merci. » L'homme aux cheveux blonds lui prit le gobelet en polystyrène. Il souffla sur le liquide chaud avant d'en prendre une gorgée. « J'apprécie que vous me souteniez auprès de Dee. »

Ron haussa les épaules. « Je pense que vous avez raison. Brenna ne voudrait pas qu'elle fasse tout ce chemin. »

Kyle soupira. « Dee n'est pas seulement belle comme sa mère, elle est aussi sacrément têtue. Les femmes Roberts savent comment s'y prendre. Elles ont été la source de nombreux maux de tête ces dernières années. » Il rit doucement : « Et elles m'ont rendu plus heureux que je ne l'aurais cru possible. Toutes les deux. »

Whoa, mon pote. Où veux-tu en venir ?

Une infirmière était dans la salle d'attente et appela : « Brenna Roberts ? »

« Nom de Dieu », il entendit Kyle marmonner.

Ron pencha la tête, ne comprenant pas pourquoi Kyle était contrarié.

« L'hôpital entier n'a pas besoin de savoir qu'elle est là et qui l'attend. Préparez-vous à avoir votre photo dans la section potins de demain, avec une histoire formidable sur le fait qu'elle est dans un triangle amoureux avec nous et qu'elle s'est effondrée à cause du stress que ça lui cause. Et ça, c'est si on a de la chance. »

« Et si nous sommes malchanceux ? » demanda Ron alors qu'ils se dirigeaient vers l'infirmière qui attendait.

« L'un de nous l'a poussée dans les escaliers. »

Ça serait bon pour sa promotion, tiens.

« Super », dit Ron avec sarcasme. En passant devant Kyle pour suivre l'infirmière, il ajouta avec un sourire en coin : « J'espère que c'est vous qui l'avez poussée. »

Chapitre Trente Et Un

Ron

Brenna avait bien une commotion cérébrale et allait pouvoir sortir, à la condition qu'elle ne reste pas seule et qu'elle soit réveillée toutes les trois heures.

Kyle regarda Ron et hésita une seconde, avant de déclarer : « Elle peut rester chez moi. »

Brenna hocha la tête, attrapa la main de Kyle et leva les yeux vers lui avec un maigre sourire.

Ouais, c'est ça.

« Non. Je vais la ramener chez elle pour qu'elle puisse dormir dans son lit et qu'elle n'ait pas à s'inquiéter de Zona », dit Ron avec autorité. Le ton de sa voix suggérait qu'il ne serait pas sage de discuter avec lui, et pourtant, Kyle le fit quand même.

« C'est bon. Je peux passer la nuit chez elle, j'avais oublié Zona. Tu dois probablement travailler demain matin. Je suis à la retraite, je peux m'assurer de la réveiller toutes les trois heures comme l'a dit le médecin, et être avec elle toute la journée, sans problème. »

Ron secoua la tête. « Non, je ne dois pas travailler demain, et je la ramènerai à la maison. » Avec un sourire malin, il ajouta : « En plus, ta voiture sent le vomi. »

Kyle répondit. « Au moins, j'ai une voiture ici. »

« J'en ai une aussi. Et un chauffeur. »

Kyle leva les sourcils. « Oh ? »

Ron haussa les épaules. « Des avantages du travail dont je profite rarement. »

Fidèle à sa parole, une voiture attendait pour ramener Ron et Brenna à la maison de la plage.

Ron aida à installer Brenna avec son harnais sur la banquette arrière. Cela l'ennuyait qu'elle ne se soit pas blottie contre lui, même s'il avait mis son bras le long des appuie-tête, indiquant qu'elle devait le faire.

Non, ça ne marche pas.

Il se glissa à côté d'elle et passa son bras autour d'elle, en faisant attention à son épaule. Il était douloureusement conscient qu'ils n'avaient pas parlé depuis qu'elle était cohérente, si ce n'est ce qu'elle avait répondu lorsqu'il lui avait demandé si elle se sentait mieux. Les médecins avaient finalement réussi à lui donner des médicaments contre la douleur, alors elle avait indiqué que oui.

Il embrassa sa tempe et la rapprocha de lui.

« Tu vas bien, chérie ? »

Elle secoua la tête négativement alors que des larmes commençaient à couler.

« As-tu mal ? »

Encore une fois, elle secoua la tête pour dire *non*. C'est ce qu'il pensait.

« Es-tu en colère contre moi ? »

Elle acquiesça. « Que faisais-tu chez moi ? »

« Tu as dit que tu allais à Sullivan's Island demain matin. J'avais besoin de te voir pour te convaincre de rester. Ou de m'emmener avec toi. »

« Mais pourquoi ? Tu n'as pas voulu me voir depuis ton retour. »

Il baissa la voix, conscient que le chauffeur pouvait l'entendre. « Les choses ont été chaotiques, Bren. »

Elle semblait avoir compris qu'il ne voulait pas en parler et ne dit rien de plus. Mais les larmes continuèrent à couler sur son visage jusqu'à ce qu'ils arrivent devant chez elle.

Il la fit entrer avec précaution par la porte d'entrée et l'aida à monter les escaliers jusqu'à sa chambre. Une fois là, il la fit tourner pour qu'elle lui fasse face.

« C'était une mission difficile. J'ai perdu deux Marines et trois autres ont été gravement blessés, et je m'en suis remis. Ce n'est pas que je ne voulais pas te voir, je savais juste que je n'aurais pas été de très bonne compagnie. »

Elle soupira puis se souleva sur ses orteils pour l'embrasser, caressant sa mâchoire avec sa main valide.

« Je me serais moquée de ta bonne compagnie, je voulais juste être avec toi », murmura-t-elle. « Tu m'as manqué. »

« Tu m'as manqué aussi. Je suis désolé d'avoir été un tel con. »

« Tu es ici maintenant, donc tu es pardonné », dit-elle avec un sourire.

Il posa son front sur le sien. « Merci de ta compréhension. »

Elle ferma les yeux et hocha la tête.

« Nous devons te mettre au lit. »

« Je crois que j'ai du vomi dans les cheveux », dit-elle en fronçant le nez.

Ron vérifia ses cheveux. « Je n'en vois pas. »

« Je peux le sentir », dit-elle en lui faisant signe de l'aider à déboutonner son chemisier.

Il essaya de cacher son sourire quand elle demanda s'il pouvait l'aider avec son soutien-gorge.

Ses bras vinrent autour d'elle et attirèrent son corps. Sa peau était fraîche au toucher. Frottant ses mains de haut en bas de son dos, il embrassa sa tempe et défit son soutien-gorge. Il espérait qu'elle n'avait pas remarqué qu'il était excité quand il le fit glisser sur elle et regarda ses seins parfaits.

Il remarqua cependant sa chair de poule et ses tétons raides.

Elle avait déjà disparu dans la salle de bain quand Ron comprit pourquoi elle voulait de l'aide pour son soutien-gorge.

Frappant à la porte, il dit à voix haute pour qu'elle puisse entendre à travers la porte en bois : « Bren, je ne veux pas que tu te douches sans que je sois là pour t'aider. »

****

Brenna

Elle savait qu'elle provoquait l'ours en ouvrant le robinet, mais elle était prête à prendre le risque. Non seulement elle voulait enlever l'odeur de ses cheveux, mais elle voulait aussi voir comment il réagirait à son défi. Elle était intriguée et nerveuse, mais surtout excitée. Il lui avait manqué ces deux dernières semaines, et il était enfin là et s'excusait. Et une fois de plus, il était son héros. Il était tellement sexy, et les soins et l'attention qu'il lui portait, combinés à sa personnalité alpha, le rendaient irrésistible.

Maintenant si seulement il la laissait entrer dans sa vie.

Les médicaments qu'ils lui avaient finalement donnés à l'hôpital étaient remarquables. Elle savait qu'il pensait qu'elle souffrait, mais elle ne se sentait rien d'autre que fantastique en ce moment. Et après avoir été tenue dans ses bras à nouveau, elle était excitée.

Brenna pensa à verrouiller la porte, mais réalisa que ce ne serait pas drôle. Elle essaya de ne pas rire en pensant à l'expression de Ron lorsqu'il découvrirait qu'elle avait délibérément désobéi à son ordre de ne pas prendre de douche sans sa présence.

Il semblait être apparu de nulle part, et elle sursauta lorsqu'elle le vit dans l'entrée de la douche.

« Qu'est-ce que j'ai dit à propos de la douche ? » grogna-t-il.

« Tu aimes quand je suis propre ? » répondit-elle en simulant la confusion.

Il était nu et derrière elle en ce qui semblait être un fragment de seconde; ses bras autour de sa taille, il murmura à son oreille, « Non, mon sucre. Je préfère quand tu es sale. »

Ça lui fit frissonner les orteils.

« Mais tu as besoin de te reposer, alors je vais t'aider à te laver les cheveux et ensuite tu iras au lit. Pour dormir. »

C'est ce qu'on va voir.

Elle se tourna pour lui faire face et tendit sa main valide pour caresser sa queue qui volait en berne. L'attrapant par le poignet, il la détourna de lui pour la mettre face à la douche.

« Je suis sérieux, Brenna. »

Il versa du shampoing dans sa main et lui fit mousser les cheveux, tandis qu'elle repoussait ses fesses contre lui et se trémoussait.

« Sale petite tentatrice », marmonna-t-il en lui donnant une tape sur les fesses avec sa main moite.

Elle laissa échapper ce qui ressemblait à un mélange entre un râle, un cri et un gémissement.

Ron continua à lui laver les cheveux, et elle passa la main derrière elle pour essayer de caresser sa queue à nouveau. Elle reçut une nouvelle claque sur les fesses, mais comme elle s'y attendait, elle ne fit pas de bruit.

La piqûre sur sa peau humide était étrangement érotique. Il la retourna pour qu'elle lui fasse face pendant qu'il lui rinçait les cheveux. Elle soupira comme si elle avait abandonné et appuya sa tête contre sa poitrine.

« Gentille fille », chuchota-t-il en passant ses doigts dans ses cheveux, s'assurant que tout le shampoing avait été rincé.

Pas vraiment.

Brenna embrassa doucement son cou, poussant ses seins contre sa poitrine, ses tétons raides caressant sa peau. Elle passa la main derrière son cou et attira son visage vers elle.

Il hésita seulement une seconde avant que ses lèvres ne rencontrent les siennes. Elle aimait l'embrasser. Il était incroyable dans ce domaine ; la façon dont il amadouait sa langue pour qu'elle se mêle à la sienne, la pression de sa bouche, l'intensité... elle aimait le tout. C'était comme s'ils étaient synchronisés, à chaque fois.

Sauf cette fois.

Elle attrapa une poignée de ses cheveux mouillés pour intensifier les choses, et il se retira, respirant lourdement.

« Bon sang », il cracha et coupa l'eau.

Attrapant une serviette, il la passa grossièrement sur lui avant de l'enrouler autour de sa taille et de s'occuper d'elle. Avec une approche beaucoup plus légère que celle qu'il venait d'utiliser sur son corps, il sécha Brenna de la tête aux pieds, tout en refusant de regarder son visage.

Son rejet lui faisait mal, mais son apparente colère à son encontre l'énervait.

Il ouvrit sa robe de chambre, lui indiquant qu'elle devait l'enfiler, mais elle ignora le geste et le regarda fixement en passant devant lui, son corps nu, pour se rendre dans la chambre. Elle continua à le regarder quand elle s'assit sur le lit mais refusa de se mettre sous les couvertures. Elle avait froid et avait vraiment envie de se blottir sous les couvertures, mais elle n'allait pas lui donner cette satisfaction. Elle voulait qu'il soit mal à l'aise de devoir la regarder nue.

Ron se dirigea vers le lit. À la façon dont il se pencha, elle pensa qu'il allait la caresser, mais au lieu de cela, il sortit un tee-shirt qu'il mit sur sa tête avant de l'aider à se remettre en écharpe. Il n'avait toujours pas regardé son visage.

Mais qu'est-ce qui se passe ?

Si elle n'avait pas été si offensée et énervée, et franchement, sa fierté blessée, elle aurait demandé pourquoi il était en colère contre elle. Mais pour l'instant, il pouvait aller se faire foutre.

« Tu as besoin de quelque chose ? »

Il venait à peine de prononcer ses mots qu'elle le coupa d'un « Non » et s'allongea, roulant sur son côté indemne, ce qui, heureusement, signifiait qu'elle lui tournait le dos.

Elle le sentit hésiter, puis les couvertures furent repliées autour d'elle, et elle l'entendit s'éloigner.

Une larme coula sur sa joue.

Puis une autre.

Elle avait besoin de renifler mais il n'y avait aucune chance qu'elle lui fasse savoir qu'elle pleurait.

Pourquoi était-il comme ça ?

« Si tu as mal et que tu as besoin de tes cachets, je serai sur la chaise longue. » Sa voix était distante.

Elle fronça les sourcils et roula sur le dos pour lui faire face. « Tu restes ? »

« Bien sûr que je reste. Tu ne peux pas rester seule. »

« Alors pourquoi tu dors là-bas ? » C'était le plus proche qu'elle ait été de demander pourquoi il était en colère contre elle.

Il revint vers son lit avec un soupir et s'assit à côté d'elle. Enfin, il la regarda dans les yeux et toucha son nez du bout du doigt. « Parce que tu as besoin de te reposer, et je ne suis pas sûr que je pourrais garder mes mains loin de toi si nous étions dans le même lit. Je ne vais pas être le gars qui baise sa copine alors qu'elle a une commotion cérébrale. »

Oh, c'est ça son problème.

Elle commença à protester, mais il la coupa. « Je te réveillerai dans trois heures comme le médecin l'a ordonné. »

Brenna décida de réessayer et caressa sa cuisse avec son index. « Je me sens vraiment mieux. Ce n'est pas grave. Tu n'es pas obligé de dormir sur la chaise longue. »

Il fit semblant de ne pas l'entendre et attrapa un oreiller dans le lit avant de tirer une couverture d'une étagère du placard et d'enfiler son caleçon.

Elle était presque sûre qu'il était devenu plus sexy depuis la dernière fois qu'elle l'avait vu. Le V à sa taille semblait plus défini, et sa poitrine et ses bras plus musclés. Ou peut-être que c'était parce qu'elle s'était cognée la tête. Ou elle était excitée. Quoi qu'il en soit, il était sexy en diable.

« Bonne nuit chérie », dit-il en l'embrassant sur la joue avant d'éteindre la lumière.

C'était une nuit sans lune, donc la pièce était noire, et elle entendit un juron quand il se heurta à quelque chose en allant vers la chaise longue près des portes du balcon.

« Tu vas bien ? » demanda-t-elle dans l'obscurité.

« Bien », grommela-t-il.

Ça en faisait un d'entre eux.

C'était une torture de savoir qu'il était à quelques mètres d'elle mais qu'elle ne pouvait pas le toucher. Comment pouvait-il espérer qu'elle dorme ? Il lui avait tellement manqué, et sa colère et sa douleur s'étaient atténuées lorsqu'il avait révélé qu'il était venu chez elle pour la convaincre de rester, ou au moins de l'emmener avec elle à Sullivan's Island. Elle comprenait, en quelque sorte, pourquoi il ne lui avait pas tendu la main avant ce soir.

Brenna se tournait et se retournait. Les analgésiques faisaient encore des merveilles, mais ce qu'elle voulait vraiment, c'était sentir sa queue contre son cul et ses bras autour d'elle. Le fait qu'elle puisse l'entendre se déplacer n'aidait pas.

Elle laissa échapper un gros soupir et entendit sa voix dans l'obscurité. « Tu as mal ? »

Oui, mon corps me supplie pour que tu me touches.

« Non, je n'arrive pas à me mettre à l'aise », dit-elle doucement.

« Je peux te trouver des oreillers pour soutenir ton bras, ça pourrait aider. »

Elle décida de se la jouer un peu cochon.

« C'est peut-être parce que je ne porte pas de sous-vêtements. J'ai un peu froid, je sens les draps frais sur mon corps, sans rien entre les deux. »

Le silence planait dans l'air.

Finalement, il demanda : « Veux-tu que je t'aide à mettre une culotte ? »

« Non, j'aime bien cette sensation. Mais mes tétons dépassent de mon T-shirt. »

Elle savait qu'elle venait de lui donner une belle image et réprima un rire.

Une fois de plus, elle se heurta au silence.

Rompant le silence, elle bougea dans le lit et laissa échapper un petit gémissement. Faisant glisser ses seins sur sa chemise, elle murmura, « Mmm, bonne nuit Ron. »

Il ne répondit pas, alors elle retint son souffle en écoutant pour voir si sa respiration indiquait qu'il s'était endormi. Elle ne perçut rien, alors elle laissa échapper un autre petit gémissement lorsque le bout de ses doigts effleura son ventre.

Il n'y avait pas un bruit dans la pièce quand elle gémit à nouveau doucement. Elle entendit Ron dire « Oh et puis merde » et ses couvertures être jetées.

Elle ne pouvait pas le voir mais sentit le poids de son corps sur le matelas avant de sentir ses bras autour de sa taille. Ses lèvres trouvèrent les siennes et elle enroula son bras indemne autour de son cou tout en passant ses doigts dans ses cheveux.

Le baiser commença de manière pressante, mais comme elle moulait son corps au sien, il ralentit le rythme. Leurs langues se touchèrent et se retirèrent, et il suça ses lèvres. Sa bouche lui rendait avidement l'exploration, et bientôt ses baisers redevinrent exigeants. Elle souleva son dos du matelas pour essayer de rapprocher son corps du sien. Elle pouvait sentir son érection contre sa taille.

Oh, comme cette bite lui avait manqué !

Sa bouche se détacha de la sienne pour explorer son cou et elle attira sa tête plus près d'elle, toujours en se pressant contre son corps.

Brenna avait besoin de le sentir en elle. Maintenant.

« S'il te plaît », murmura-t-elle.

Ron dégagea sa tête de son cou. Ses yeux s'étaient adaptés à l'obscurité et elle pouvait voir qu'il souriait quand il répondit, « S'il te plaît quoi ? »

« S'il te plaît, fais-moi l'amour. Tu m'as tellement manqué que je n'en peux plus. J'ai tellement envie de toi. »

Il se redressa sur un coude pendant qu'il retirait ses sous-vêtements avec sa main opposée. Quand elle sentit sa bite chaude et lisse contre son corps, elle poussa un long gémissement et se pressa contre lui, les yeux fermés. Elle était humide d'impatience quand il aligna sa bite avec sa chatte.

Seulement, il ne la pénétra pas.

Ses yeux s'ouvrirent brusquement, et elle le trouva en train de la regarder.

Quand ses yeux se fixèrent sur les siens, il poussa sa bite dans son entrée accueillante. La sensation était fantastique alors que sa tige épaisse s'enfonçait en elle, la laissant s'adapter à sa circonférence.

Lorsque toute sa longueur était profondément dans sa chatte, il se tint tranquille. Brossant ses cheveux derrière son oreille, tout en continuant à regarder son visage, il chuchota, « Tu devrais te reposer. »

« Je ne veux pas », dit-elle en souriant et en bougeant ses hanches. Elle voulait qu'il la baise. Le sommeil pouvait venir plus tard.

Il bougeait avec elle, mais ses yeux ne quittaient pas les siens. « Je n'ai aucune volonté quand il s'agit de toi. »

Pour l'instant, elle était heureuse. Elle se sentait proche de lui et c'était tout ce qui comptait pour le moment.

« Tu es si bon », gémit Brenna quand il plongea profondément en elle.

Elle levait ses hanches à l'unisson avec les siennes, ils étaient en parfaite synchronisation l'un avec l'autre. Il écarta ses cheveux de son front avant de l'embrasser à nouveau.

C'était un baiser lent et passionné. Le genre qui aurait fait fondre sa culotte, si elle en avait porté une. Il y avait beaucoup de choses qui se disaient sans que les mots soient échangés. Des choses qu'elle avait trop peur de dire à voix haute.

Je t'aime.

J'ai besoin de toi.

Je suis perdue sans toi.

S'il te plaît, laisse-moi entrer dans ta vie.

Alors qu'il lui faisait l'amour, c'était comme si son corps répondait à ses mots non exprimés.

Il l'aimait.

Il avait besoin d'elle.

Il était désolé de l'avoir blessée.

Il ne pouvait pas la laisser entrer.

Brenna chassa la dernière pensée de son esprit et se concentra sur les trois autres. Il ne lui avait jamais rien promis et ne lui avait jamais fait croire le contraire. Elle n'avait pas le droit d'en attendre plus.

Mais elle voulait plus. Elle l'aimait et voulait être capable de l'aimer en entier. Le connaître, et pas seulement ce qu'il la laissait voir.

C'était compliqué. Plus compliqué qu'elle ne l'aurait cru quand ils avaient commencé à s'amuser à la réception d'Ava et Travis.

Putain, elle était si bien. Il la serrait contre lui en insistant pour que son corps réponde à son toucher, lui murmurant des mots doux à l'oreille. Bientôt, toutes les pensées qui ne se rapportaient pas à ce qu'il lui faisait s'envolèrent de son esprit.

Comment parvenait-il à la faire se sentir comme la femme la plus désirable de la planète ?

Elle sentit son orgasme monter, tandis qu'il frottait son clito en cercle, en murmurant, « C'est ça chérie, viens partout sur ma bite. »

Oh putain.

Son estomac se contracta et elle poussa ses hanches contre lui, haletant et criant. « Oui ! Oh mon Dieu, oui ! Oh, c'est tellement bon. »

Ron continua à lui faire l'amour, accélérant le rythme quand elle commença à jouir. Il s'agrippa plus fermement à ses hanches, la pénétrant rapidement et profondément, et bientôt elle entendit son gémissement guttural lorsqu'il atteignit son propre orgasme.

Il la baisa immédiatement, tenant son visage entre ses mains pendant qu'il finissait de la pénétrer. À ce moment-là, Brenna se sentit plus liée à lui qu'elle ne l'avait jamais été à quiconque, et elle fut remplie de tristesse lorsqu'elle réalisa que cette connexion était éphémère. Il allait bientôt recommencer à ne partager que des bribes de sa vie avec elle.

Comment allait-elle lui faire comprendre ?

Elle n'en avait aucune idée, mais elle savait qu'elle devait le faire. Il était devenu trop important pour elle pour ne pas le faire.

Chapitre Trente-Deux

Ron

Il mit un réveil et réveilla Brenna toutes les trois heures, comme il l'avait promis au personnel de l'hôpital. La dernière chose qu'il avait prévu de faire la nuit précédente était de lui faire l'amour, mais elle avait rendu le refus difficile.

Au début, il s'en voulait d'avoir même envisagé cette idée. Il devrait être capable de mieux se contrôler, mais il était une cause perdue quand il s'agissait d'elle.

Il savait qu'elle était blessée qu'il l'ait évitée à son retour aux États-Unis. Il ne savait pas comment lui expliquer que cela n'avait rien à voir avec elle ou avec ce qu'il ressentait pour elle. Il avait juste besoin de temps pour faire le point et faire le deuil des pertes subies par l'une de ses escouades. Il ne savait pas comment s'y prendre avec elle, alors il avait choisi de ne pas s'y prendre du tout et même de ne pas communiquer avec elle. Il savait maintenant que c'était une erreur, mais en analysant les derniers jours, il n'était pas nécessairement sûr qu'il agirait différemment si c'était à refaire.

Peut-être qu'il l'aurait appelée. Ou au moins qu'il lui aurait envoyé plus de textos qu'il ne l'avait fait.

Le fait qu'elle lui ait dit qu'elle partait en Caroline du Sud l'avait poussé à se sortir la tête du cul. Dieu merci, parce qu'il n'était pas sûr qu'il aurait su qu'elle était tombée dans les escaliers autrement.

Puis il y avait le problème de Kyle Montgomery. Elle avait appelé Kyle au lieu de lui quand elle avait eu besoin d'aide. C'était troublant.

« *Je la connais mieux que tu ne le penses.* » C'est ce que l'homme avait dit à Danielle. Et qu'avait été ce rire quand il avait dit à Ron « *Certainement pas son frère* » ?

C'était drôle, il n'était pas jaloux de Danny, l'homme avec qui elle avait été mariée pendant seize ans, mais il était putain de jaloux du meilleur ami de Danny.

Il glissa sa main autour de sa taille nue et se colla à son derrière.

Ouais et bien, devine qui est dans son lit, Kyle ? Certainement pas son « ami ».

Ron était encore furieux que Kyle l'ait appelé comme ça quand l'arrêt-court avait parlé à la fille de Brenna.

Elle commença à remuer et Ron se sentit immédiatement coupable que sa jalousie l'ait poussé à la tenir possessivement dans son sommeil. Entre leur séance d'amour et le fait de devoir la réveiller toutes les trois heures, elle n'avait pas eu beaucoup de repos bien mérité. Il veillerait à ce qu'elle reste au lit aujourd'hui. Seule. Peu importe les efforts qu'elle déploierait pour qu'il la rejoigne à nouveau.

Il savait qu'il était totalement dans la merde. Il n'y avait aucun moyen de lui résister si elle lui faisait des avances. Elle l'avait prouvé la nuit précédente.

La prochaine alarme ne sonnerait pas avant vingt minutes ; il allait lui apporter le petit déjeuner au lit.

Se glissant en dehors des couvertures, il enfila son caleçon et sortit Zona avant de se mettre au travail dans la cuisine. Il prépara son repas matinal habituel, composé de yaourt, de granola et de fruits coupés en tranches pour eux deux, et le posa sur un plateau avec des verres d'eau et de jus avant de retourner dans sa chambre. Zona le suivait mais semblait particulièrement prudente dans les escaliers autour de lui, comme si elle avait appris sa leçon.

Elle est intelligente. Encore nerveuse, oui, mais une fois l'étape du chiot passée, elle allait devenir un sacré bon chien.

Ron et Zona entrèrent discrètement dans la chambre, Ron éteignit le réveil avant qu'il n'ait le temps de sonner, puis il secoua doucement Brenna. Il lui fallut une seconde pour ouvrir les yeux, mais lorsqu'elle le fit, un grand sourire se répandit sur son visage en le voyant.

« Je ne peux pas imaginer une meilleure façon de commencer ma journée que de me réveiller dans le lit avec toi. » Soupira-t-elle.

« Je pensais la même chose. »

Ils restèrent assis à se regarder, souriant comme des idiots, jusqu'à ce que Ron pose le plateau à côté d'elle sur le lit.

« On va ajuster ton écharpe et te faire manger. J'ai apporté ton petit déjeuner. »

Elle saisit sa main et l'embrassa. « C'est tellement gentil de ta part. Je n'arrive pas à croire que tu aies fait ça. »

Ron aimait qu'elle apprécie son geste. « Tu as envie de manger ? »

« J'ai plutôt faim. J'ai un peu perdu ce que j'ai mangé hier dans les escaliers. »

« Et dans la voiture de Kyle », ajouta-t-il avec un sourire en coin.

Brenna gémit. « Oh mon Dieu. J'espérais que ce n'était qu'un rêve. Je vais lui devoir une fière chandelle. »

Lui devoir quoi, exactement ?

« Je suis sûr qu'il comprend. Tu n'étais pas vraiment lucide quand on est arrivés. »

Elle hocha la tête. « J'étais plutôt effrayée. Je n'ai jamais vécu quelque chose comme ça. »

« Tu m'as fait peur aussi. »

Il voulait demander pourquoi elle avait appelé Kyle au lieu de lui, mais il pensait que ce n'était pas le bon moment. Pas besoin de se jeter sur elle alors qu'elle venait de se réveiller.

Elle lui sourit pendant toute la durée du petit déjeuner. Ce n'était pas seulement génial pour son ego, mais c'était contagieux. Il ne pouvait s'empêcher de sourire en retour. Brenna le rendait si heureux, putain. Il se sentait enfin à l'aise. Son effet sur lui était indéniable.

Quand ils eurent terminé, Ron rassembla leurs plats sales et les mit sur le plateau, et Brenna attrapa sa robe de chambre comme si elle allait le suivre en bas.

« Retournez au lit, jeune fille. Ordre du médecin. »

Brenna fronça les sourcils. « Le docteur n'a pas dit que je ne pouvais pas sortir du lit. »

« D'accord, alors, ce sont *mes* ordres. »

Elle marcha jusqu'à lui, se mit sur la pointe des pieds, enroula son bras indemne autour de son cou, et leva son visage à quelques centimètres du sien. Elle était assez audacieuse pour une personne aussi petite qu'elle. « Tu es peut-être le boss de beaucoup de Marines, Ron Thompson, mais tu n'es pas mon boss. »

Il ne bougea pas.

Levant les sourcils, il lui lança un regard qui suggérait, *tu veux parier ?*

« J'ai nettoyé ton vomi, donc aujourd'hui, je *suis* ton boss. Remets ton cul parfait dans ce lit avant que je ne te donne la fessée et que je t'y remette moi-même. »

Ron ne pouvait pas décider si elle avait écarquillé les yeux par défiance ou intrigue. Quoi qu'il en soit, elle répondit par un soupir : « Je peux au moins aller aux toilettes ? »

Avec un sourire en coin, il répondit : « Tu peux. »

Brenna fit une fausse révérence et dit « Merci, monseigneur ».

Elle se dirigea vers la salle de bain quand il lui cria : « Mais pas de douche sans mon aide. Je suis sérieux cette fois. »

Il n'attendit pas sa réponse et retourna à la cuisine pour préparer le petit-déjeuner, gloussant en entendant la douche démarrer alors qu'il finissait de charger le lave-vaisselle. Elle avait eu une commotion cérébrale et une épaule déboîtée moins de vingt-quatre heures auparavant et elle était toujours aussi fougueuse.

Il aimait ça chez elle.

****

Brenna

Fidèle à sa parole, Ron la fit rester au lit et se reposer toute la journée. Brenna n'eut pas de mal à obéir : elle était vraiment épuisée et les médicaments contre la douleur la rendaient somnolente. Plusieurs fois, elle se réveilla pour le trouver allongé à côté d'elle, la main sur sa hanche. Un sourire satisfait se formait sur ses lèvres et elle soupirait de bonheur avant de retomber dans un sommeil paisible.

Le soir venu, elle fut totalement réveillée. Ron l'était aussi et lui demanda de l'accompagner chez lui pour qu'il puisse se changer et trouver quelque chose à porter le lendemain.

Il la poussa dans son 4x4 et ouvrit la porte arrière pour que Zona y monte. Son chien était toujours heureux d'aller faire un tour.

La familiarité de sa maison quand ils entrèrent dans le garage était réconfortante, et l'odeur leur rappela les fois où ils avaient séjourné là avant sa dernière mission. Ils s'étaient beaucoup amusés ensemble. Elle voulait plus que du plaisir, cependant.

Elle savait qu'il la rendait heureuse, et elle pensait qu'elle pouvait le rendre heureux. Si seulement il la laissait entrer dans sa vie.

C'était quelque chose dont ils allaient devoir discuter. Bientôt, avant qu'elle ne tombe encore plus amoureuse de lui et ne dépasse le point de non-retour. Elle ne lui demandait pas de divulguer des secrets d'État, mais bon sang, elle avait besoin de plus de lui. Tellement plus.

Elle se leva du canapé pour regarder les livres dans son bureau pendant qu'il se changeait. À côté de son bureau, elle vit le lit pour chien qu'il avait acheté à Zona, exactement au même endroit que la dernière fois. Ce petit geste de sa part avait signifié beaucoup pour elle. C'était comme s'il les accueillait, elle et son chien, dans sa maison.

Quelque chose sur le bureau de Ron attira son attention. C'était une carte d'anniversaire. Elle se sentit indiscrète en la regardant, mais la curiosité prit le dessus et elle la prit pour lire les mots à l'intérieur. C'était de sa mère.

Comme c'est gentil. Il garde une carte de sa mère sur son bureau.

Elle ne l'avait jamais remarquée auparavant, les autres fois où elle était dans sa tanière. Elle regarda où la carte était posée et découvrit une petite pile de cartes d'anniversaire. La suivante était d'une certaine Sarah, avec qui il avait manifestement eu une relation, et il était clair qu'elle n'en avait pas fini avec lui d'après ce qu'elle écrivait, se terminant par le fait qu'elle voulait lui faire à dîner et l'aider à « fêter ça ».

Ne sait-elle pas qu'il sort avec moi ? Elle ne devait pas le savoir, sinon pourquoi lui aurait-elle envoyé une carte comme ça ? Pourquoi ne lui avait-il pas dit ?

La suivante était de sa tante Phyllis, et elle portait une date avec son message - le 1er mars de cette année.

Le 1er mars, c'était il y a deux putains de jours.

Ç'avait été son anniversaire et ne l'avait pas fêté avec elle.

Avec qui l'avait-il fêté ? Sarah ?

Non seulement Brenna ne l'avait pas fêté avec lui, mais elle n'était même pas au courant.

Mais Sarah l'était, apparemment.

Sa tête se mit à tourner, et elle eut l'impression qu'elle allait vomir. Elle avait déjà suivi cette route, elle la connaissait si bien qu'elle aurait pu en être guide touristique. Il n'y avait aucune chance qu'elle le refasse. Elle s'était fait une promesse lorsqu'elle avait demandé le divorce : plus jamais elle ne serait le second choix de quelqu'un.

Elle avait besoin d'un verre et elle se foutait de savoir qu'elle n'était pas censée mélanger l'alcool avec ses médicaments contre la douleur.

Après avoir descendu un whisky, elle mit le verre dans le lave-vaisselle pour que Ron ne s'en aperçoive pas et vit un verre à vin à l'intérieur.

Depuis quand Ron boit-il du vin ?

Puis elle vit les empreintes de rouge à lèvres.

C'est.

Quoi.

Ce.

Bordel.

Elle fit tout ce qu'elle put pour ne pas s'écrouler sur le sol et s'effondrer en un tas de sanglots. Comment avait-il pu lui faire ça ? Ça faisait presque aussi mal que la première fois qu'elle avait trouvé du rouge à lèvres sur le col de Danny. Tu parles d'un cliché.

Elle essayait de donner un sens à tout cela quand Ron entra en trombe dans la cuisine, vêtu de son treillis, le téléphone à l'oreille et son sac à dos militaire dans l'autre main. Zona était juste à côté de lui, le regardant comme si c'était lui qui avait créé la recette des friandises pour chiens.

Il n'est pas aussi génial que tu le penses, Zona.

« Ouais, si vous pouvez nous rejoindre là-bas, ce serait génial », dit-il dans le téléphone en changeant d'oreille avec lui.

Pause.

« Ok, ouais. Environ vingt minutes. À tout à l'heure. »

Il raccrocha et lui lança le regard qu'elle connaissait déjà trop bien.

En soupirant, il dit : « Chérie, je dois y aller. Kyle va rester avec toi ce soir. »

Elle ne dit pas un mot en sortant par la porte d'entrée. Elle ne pouvait pas. Si elle parlait, elle savait qu'elle s'effondrerait. Pour l'instant, c'est sa colère qui lui permettait de fonctionner. Le temps de se mettre en boule et pleurer viendrait plus tard.

Tout ce qu'elle pouvait penser pendant qu'elle était assise sur le siège avant de son 4x4, regardant par la fenêtre, c'était qu'elle avait été une idiote.

Encore une fois.

Est-ce que tous les hommes étaient infidèles, ou seulement ceux qui l'attiraient ?

Elle devait admettre que celui-ci l'avait prise au dépourvu. Avec Danny, elle avait toujours le sentiment que quelque chose n'allait pas, et il avait fini par devenir paresseux et en oubliant de couvrir ses traces, et ses soupçons s'étaient confirmés.

À part le fait que Ron soit absent pendant de longues périodes, il n'y avait rien de suspect jusqu'à ces derniers jours.

Pas étonnant qu'il ne l'ait pas laissée entrer dans sa vie, il ne voulait pas d'elle. Pas de façon permanente en tout cas. Pas assez pour lui faire savoir que c'était son putain d'anniversaire. Il avait évidemment quelqu'un d'autre pour l'aider à le fêter. Quelqu'un qui portait du rouge à lèvres rouge foncé.

Semper fi, mon cul, espèce de fils de pute.

Alors qu'était Brenna pour lui ? La maîtresse dont personne ne connaissait l'existence ? Elle pensait que ça expliquerait certaines choses, comme pourquoi elle n'avait jamais rencontré sa famille ou un de ses amis. Pourquoi il était si secret à propos de son travail. Pourquoi il ne la laissait pas en savoir beaucoup sur lui. Si Luke n'avait pas confirmé son identité, elle se poserait même des questions.

Elle resta silencieuse pendant tout le trajet jusqu'à sa maison, sautant du 4x4 avant même qu'il ne l'ait garé. Kyle était déjà là, attendant sur le banc près de la porte d'entrée. Brenna savait qu'il pouvait voir qu'elle était bouleversée quand elle passa devant lui, les clés de sa maison à la main.

Elle ouvrit la porte pour laisser passer Kyle, qui fit une pause pour relever son menton afin qu'elle le regarde.

« Tu vas bien ? »

Elle secoua légèrement la tête et jeta les yeux vers Ron qui remontait l'allée avec Zona, qui galopa vers eux dès qu'elle reconnut le parrain de Danielle.

Il inspira profondément et lui serra la main.

« Je serai dans l'autre pièce si tu as besoin de moi », lui murmura-t-il à l'oreille avant de disparaître à l'intérieur avec Zona.

Brenna se tenait dans l'embrasure de la porte quand Ron approcha. Il avait l'air confus.

« Chérie, je suis... »

Elle secoua la tête pour l'empêcher de continuer. « Je ne peux plus faire ça », souffla-t-elle, des larmes coulant dans ses yeux.

Sa mâchoire se contracta comme si elle venait de le frapper.

« Juste quelques mois de plus. Tiens bon avec moi. »

Il pensait qu'elle était contrariée qu'il parte à nouveau. Elle secoua à nouveau la tête.

« On peut en parler à mon retour ? » Il s'approcha pour replacer ses cheveux derrière son oreille.

Brenna se dégagea de son contact. « Je crois qu'il n'y a plus rien à dire. »

« Il y a beaucoup de choses à dire », grogna-t-il.

« Comme quoi ? Que la vraie raison pour laquelle tu n'as pas pu venir me voir à ton retour, c'est parce que tu étais trop occupé à baiser Sarah le jour de ton anniversaire ? »

L'expression de surprise sur son visage lui procura une satisfaction momentanée.

Il la fixa une seconde, le temps de se ressaisir, avant de répondre : « Ce n'est pas du tout ce qui s'est passé. »

Elle ricana d'incrédulité.

« Brenna, tu dois m'écouter. Je n'ai pas baisé Sarah. »

« Mais elle était avec toi le jour de ton anniversaire. »

Il baissa les yeux et dit doucement : « Laisse-moi t'expliquer. »

Sa confirmation la frappa comme un coup de poing à l'estomac. « Il n'y a rien à expliquer. » Elle haussa les épaules en signe de défaite. « Tu étais avec quelqu'un d'autre le jour de ton anniversaire. Je ne suis pas assez importante pour le passer avec toi, et, pour couronner le tout, tu as inventé une excuse bidon pour expliquer pourquoi tu ne pouvais pas me voir. »

Il ferma les yeux et secoua légèrement la tête, comme si elle mettait sa patience à l'épreuve. « Tu es loin du compte. »

« Ne m'insulte pas comme si j'étais une idiote », souffla-t-elle.

Il ne répondit rien, se contentant de baisser les yeux et de soupirer.

« Je ne veux plus te voir », dit-elle doucement.

Il releva la tête pour la regarder. « C'est vraiment ce que tu veux ? »

Elle fut surprise de voir à quel point il avait l'air blessé en demandant cela.

Brenna ferma les yeux et hocha la tête alors que les larmes coulaient sur son visage.

« Chérie, tu as tout faux, ce n'est pas... »

Elle sauta en entendant la voix de Kyle derrière elle. « Je pense que tu ferais mieux de partir », dit-il sévèrement à Ron en posant sa main sur le bas du dos de Brenna.

Ron regarda Kyle, puis Brenna.

« Je t'appellerai à mon retour. Nous allons en parler », dit-il avant de faire un signe de tête à Kyle et de tourner les talons pour partir.

Brenna tint bon jusqu'à ce que la porte d'entrée se referme, puis elle éclata en sanglots tandis que Kyle la tenait serrée contre lui.

****

Ron

Il était en colère.

Enervé que Kyle soit intervenu et ait essayé de jouer les durs et les sauveurs pour Brenna. *J'emmerde ce type.*

Enervé que Sarah se soit pointée à l'improviste le jour de son anniversaire, alors qu'il avait bu et que sa garde était baissée. Elle avait apporté le dîner et un gâteau. Quand elle avait laissé entendre que son corps était le cadeau qu'il était censé déballer, il avait été mis dans une terrible position.

Il s'en voulait d'être resté à l'écart, contre son gré, et d'avoir laissé Sarah entrer chez lui.

Il en voulait aussi à Brenna d'avoir si peu confiance en lui.

Mais surtout, il était furieux de se sentir si impuissant. Il était sur le point de monter dans un avion et de s'envoler à des milliers de kilomètres de San Diego pour Dieu sait combien de temps, alors que ce qu'il devait faire était mettre les choses au clair avec sa magnifique petite amie. Et peut-être botter le cul de Kyle par la même occasion.

Sa putain de promotion ne pouvait pas arriver assez tôt.

Chapitre Trente-Trois

Brenna

Kyle se mit avec elle sur le canapé et la laissa pleurer dans ses bras pendant qu'il lui caressait le dos. Quand sa respiration se calma, il embrassa ses cheveux et se sépara d'elle. Essuyant ses larmes, il lui demanda : « Que s'est-il passé ? »

Les larmes remplirent à nouveau ses yeux et elle haussa les épaules. « C'était comme avec Danny, une fois de plus. »

Il plissa les yeux et pencha la tête. « Qu'est-ce que tu veux dire ? »

« Vraiment, Kyle ? Qu'est-ce que tu crois que je veux dire ? » Elle ne voulait pas se fâcher, mais elle ne pouvait pas s'en empêcher. Il savait très bien de quoi elle parlait, allait-il vraiment la forcer à le dire à voix haute ?

« Bren, je n'essaie pas d'être insensible. J'aimais Danny, mais c'était un idiot. Il n'avait aucune idée de la chance qu'il avait de t'avoir pour femme. Il te considérait comme acquise. »

Kyle ne lui avait jamais dit quelque chose comme ça avant. D'une certaine manière, le fait qu'il reconnaisse que Danny avait eu tort la confortait dans son choix.

« Mais, je dois te dire, Bren. Je n'ai pas eu cette impression avec Ron. Il semble comprendre à quel point tu es spéciale. C'est pour ça que je te demande *ce que tu veux dire.* »

Brenna grimaça en signe de désaccord. « Pffff. Tellement spéciale qu'il a passé son anniversaire avec son ex. Un anniversaire dont, d'ailleurs, je n'étais même pas au courant. »

Kyle grimaça. « T'es sûre ? »

« Oui, je suis sûre ! Il l'a même admis dehors juste avant que tu ne t'interposes. »

« Eh bien maintenant, je regrette de ne pas l'avoir envoyé promener. Ce n'est pas le type qui t'a posé un lapin il y a quelques mois, n'est-ce pas ? »

Elle eut le souffle coupé. « Comment tu as su ça ? Dee t'a dit quelque chose ? »

Il gloussa. « Donc *Cancans du moment* a eu raison sur quelque chose pour une fois. C'était lui ? »

Brenna secoua la tête. « Non, il s'appelait Ray. »

« Eh bien, ce type est aussi un idiot. C'est quoi ton problème avec les idiots ? »

Elle hocha la tête. « Je ne sais pas. J'ai juste de la chance que *Cancans du moment* n'ait jamais eu vent de mon agression par Ray le soir du Nouvel An. »

« *Quoi* ?! » Kyle rugit.

« Ouais. En fait, c'est Ron qui m'a sauvée. Il savait que quelque chose n'allait pas et est revenu à ma chambre d'hôtel alors qu'il était censé se rendre à la base. Il a dit que son instinct lui avait dit de faire demi-tour, et qu'il faisait toujours confiance à son instinct. »

Il laissa échapper un petit sifflement. « Eh bien, son instinct n'a pas fonctionné quand il a passé son anniversaire avec son ex ? ».

Les larmes remplirent à nouveau les yeux de Brenna et elle ramena ses épaules vers ses oreilles. « Je ne comprends pas. Il m'a toujours traitée comme si j'étais spéciale, la femme la plus sexy de la planète. Puis il est rentré de sa dernière mission et m'a évitée. Il m'a envoyé à peine un texto jusqu'à hier. Il s'est seulement montré parce que je lui ai dit que j'allais à Sullivan's Island. »

« Je sais qu'il était assez inquiet pour toi après ta chute. »

« Il l'était ? »

Kyle rigola. « Euh, ouais. Il refusait que le personnel de l'hôpital ne t'emmène, et il était assez énervé quand ils ont refusé qu'il aille au bloc avec toi. »

« Vraiment ? »

« Il est évident qu'il tient à toi. Peut-être que tu devrais écouter ce qu'il a à dire quand il reviendra. »

« Kyle, j'ai juré de ne plus jamais revivre ce que j'ai vécu avec Danny. »

Il soupira. « Tu sais que je t'aime et j'ai toujours regretté d'avoir fait en sorte que Danny te fasse visiter le stade lorsque tu faisais des recherches pour ton film. J'étais censé te faire visiter mais Danny me devait une faveur alors je lui ai demandé. Si j'avais su que tu étais si belle, à l'intérieur comme à l'extérieur, j'aurais agi différemment, et tu n'aurais jamais rencontré Danny avant notre retour de lune de miel. »

Elle sourit en voyant à quel point il était gentil. « Tu sais que... » Elle commença à l'interrompre mais il leva la main.

« Laisse-moi finir. Ce n'est pas avec moi que tu as fini, c'est avec Danny. Il n'était pas digne de toi, mais je n'ai jamais rien dit parce qu'il était mon meilleur ami. Ron n'est pas mon ami, et je ne l'ai rencontré qu'une fois, mais d'après ce que j'ai vu, et d'après ce que Dee m'a dit sur la façon dont il te rend heureuse, je dois dire qu'il semble mériter de pouvoir au moins raconter sa version de l'histoire. »

Merde. Kyle avait-il raison ? Venait-elle de faire une énorme erreur ? Et si quelque chose arrivait à Ron avant qu'elle ait eu la chance de l'écouter ?

Elle tendit le bras et toucha sa joue. « Pourquoi ce n'est pas toi qui m'a fait visiter le parc ce jour-là ? » demanda-t-elle avec nostalgie.

Il saisit son poignet et l'embrassa. « Ça ne devait pas se faire. Je t'aurais engrossée cette nuit-là, et tu n'aurais jamais écrit *La piste d'Avertissement*, ni rien d'autre parce que je t'aurais gardée nue et enceinte. »

Brenna sourit. « Tu es vraiment un con. Mon Dieu, je t'aime. Mais tu as raison, si tu m'avais engrossée, tu n'aurais jamais mis Evelyn enceinte, et tu n'aurais pas Zach. Et je n'aurais pas Danielle. »

Ses yeux devinrent plus grands. « Je n'ai jamais mis Evelyn en cloque. Zach n'est pas mon fils, c'est celui d'Alan. »

Elle roula les yeux. « Toi et moi savons tous les deux que c'est des conneries. Je me fiche de ce que dit l'acte de naissance de Zach, ce garçon te ressemble exactement, et je sais aussi que toi et Evelyn avez eu une histoire d'amour torride au moment où elle est tombée enceinte. »

« Oh, tu le sais, c'est ça ? Et comment sais-tu que c'est un fait ? »

« Parce qu'elle me l'a dit. »

Cela sembla lui couper l'herbe sous le pied.

« Elle t'a dit que Zach était de moi ? », murmura-t-il.

« Non. Mais tu sais qu'il l'est, n'est-ce pas ? »

Il ferma les yeux et soupira. « Je ne sais pas, Bren. J'ai beaucoup de regrets sur la façon dont j'ai géré les choses. »

Elle haussa les épaules. « Alors répare-les. Tu peux toujours le faire, tu sais, tu n'es pas mort. »

Un lent sourire se forma alors qu'il la fixait tout en assimilant ce qu'elle venait de dire. « Hum, on s'occupe de ta vie amoureuse ce soir. Pas de la mienne. »

Elle se pencha vers lui et l'entoura d'un bras. « Nous sommes une paire d'âmes pathétiques, hein ? »

Il eut un sourire en coin. « L'un de nous est plus pathétique que l'autre. »

« Hé ! » dit-elle en poussant son épaule avec indignation.

« Je n'ai pas dit lequel d'entre nous ! » Il rigola et leva les bras comme pour se protéger des coups.

Brenna posa son poing sur la poitrine de Kyle et s'appuya contre son épaule.

« Qu'est-ce que je dois faire ? » soupira-t-elle.

« Suis ton cœur. »

Elle leva les yeux vers lui avec un sourire malicieux. « Tu devrais pratiquer ce que tu prêches, tu sais. »

CHAPITRE TRENTE-QUATRE

Brenna

Elle était nerveuse. Elle savait que Ron devait rentrer à la maison aujourd'hui ; les infos en avaient parlé partout. L'escouade qu'il ramenait avait participé à une fusillade intense, et tous ses hommes s'en étaient sortis vivants. Ils étaient les héros de leur ville natale et tout San Diego était impatient de les accueillir à nouveau.

Personne ne pouvait être aussi excité qu'elle. Elle aurait aimé être là quand il descendrait de l'avion. Elle imaginait son regard lorsqu'elle courrait vers lui, les bras grands ouverts. Il la soulèverait et la ferait tourner avant de l'embrasser. Ses belles lèvres sur les siennes, ses bras autour d'elle, tous deux ravis d'être à nouveau ensemble.

Elle l'imaginait avoir l'explication la plus parfaite et la plus raisonnable sur la raison pour laquelle il avait passé son anniversaire avec Sarah. Il la supplierait de lui pardonner, et ils ne pourraient pas s'empêcher de se tenir la main en partant vers sa maison, leur corps presque nus au moment où ils franchiraient la porte. Une fois qu'ils seraient à l'intérieur.... Elle laisserait son corps dire à quel point elle était désolée d'avoir douté de lui.

Si seulement la vie était aussi belle que son imagination.

Ils n'avaient communiqué que brièvement depuis qu'il était parti en mission. Après sa conversation avec Kyle le soir du départ de Ron, elle avait envoyé au Marine un message lui demandant d'être prudent. Il avait répondu qu'il le serait, et qu'ils parleraient quand il rentrerait. Il lui avait envoyé un autre message juste après la bataille dans laquelle ses hommes étaient engagés, lui faisant savoir qu'il était en sécurité, et elle avait été reconnaissante qu'il ait pensé à elle. Il lui avait envoyé un autre message pour lui faire savoir quand il rentrerait et lui en avait profité pour l'inviter à dîner le lendemain soir de son retour.

Elle était déçue qu'il ne lui ait pas demandé d'être à Miramar avec les familles pour accueillir les hommes à la maison. Elle comprenait, vu comment ils s'étaient quitté, mais le fait qu'il n'ait pas voulu qu'elle soit là laissa le doute s'insinuer dans son esprit. Leur communication avait été brève, et elle ne savait pas si c'était à cause de ce qu'elle lui avait dit la nuit de son départ ou parce que c'était tout le temps qu'il avait.

Toutes les chaînes d'information de la ville étaient présentes sur la base, filmant le moment où les Marines posèrent le pied sur le tarmac et celui où ils prirent leurs proches dans leurs bras. Elle se sentait mal pour Ron. Bien qu'il n'ait pas été à l'étranger aussi longtemps que cette unité, il avait vécu sa part d'enfer avec eux. L'idée de le voir descendre de l'avion sans personne pour l'accueillir alors que ses Marines étaient embrassés et serrés dans les bras de leurs proches lui donnait envie pleurer. Tout le monde devrait être accueilli avec amour à son retour. Surtout après ce qu'il avait traversé.

En le regardant à la télévision, elle aurait aimé y aller, même s'il ne le lui avait pas demandé. Elle faillit franchir la porte deux fois pour se rendre à la base, mais l'incertitude s'immisça à chaque fois. Il ne lui avait pas demandé d'être là, et elle ne voulait pas en faire trop. Ils avaient été séparés plus longtemps qu'ils n'avaient été ensemble, et leur statut de couple était discutable. Et si quelque chose se passait avec Sarah ? Peut-être que c'était ce qu'il devait expliquer ?

En pensant à ce que Kyle, et plus tard Cassie, avaient dit, elle secoua la tête avec véhémence, essayant de faire disparaître les doutes.

Elle sourit en imaginant son visage lorsqu'il la reverrait. Il avait une telle façon de la faire se sentir désirée. Mon Dieu, elle était si pressée de le voir. Bien qu'il ne soit pas nouveau pour elle d'être séparée de son amant, elle l'avait vécu avec Danny chaque année une fois que l'entraînement de printemps avait commencé, elle était novice en matière de séparation avec peu de contact. À vrai dire, elle était déçue que Ron veuille attendre jusqu'au lendemain pour la voir. Qu'il soit *capable* d'attendre.

Elle scrutait anxieusement les informations, dans l'espoir de l'apercevoir. Son cœur fit un bond quand elle le vit marcher dans le fond de la séquence. Elle aurait reconnu cette démarche n'importe où. *Mon Dieu qu'il était beau* ! Puis elle vit ce qui ressemblait à une version plus jeune de Ron, s'approcher de lui et l'embrasser pendant un long moment, enfin, long pour une étreinte entre hommes, puis ils se séparèrent, riant tout en se tapotant le dos.

Brenna sourit devant la tendresse de l'échange.

Ensuite, elle vit ce qu'elle supposait être ses parents faire de même. Elle était contente qu'il y ait eu quelqu'un pour l'accueillir après tout, mais elle ressentit aussi un pincement au cœur de ne pas avoir été invitée à être là.

Sortie de nulle part, une brune bronzée aux cheveux longs, vêtue d'un haut bleu ciel et d'un short blanc, lui sauta dans les bras, enroulant ses longues jambes autour de sa taille et ses bras autour de son cou, avant de planter des baisers partout sur son visage. Brenna reconnaissait cette nuance de rouge à lèvres.

La caméra pivota alors que ses mains venaient sous ses fesses.

Brenna resta assise, stupéfaite, à regarder la télévision pendant quelques minutes. Elle ne savait pas si elle voulait être malade, pleurer ou casser quelque chose.

Peut-être que ce n'était pas Ron, mais quelqu'un qui lui ressemblait ?

Heureusement, elle avait enregistré le reportage, elle put donc revenir en arrière et faire une pause. C'était bien le général Thompson. Malheureusement, elle avait la possibilité de repasser la séquence en boucle, ce qu'elle fit.

Elle envoya un message à Cassie : **Tu peux venir ? S'il te plaît ?**

Cassie : **J'arrive tout de suite.**

Elle aimait ça chez sa sœur. Cass ne demandait jamais pourquoi, elle était juste toujours là quand Brenna avait besoin d'elle.

Quand Cassie arriva, Brenna avait pleuré jusqu'à enlever son maquillage et était assise sur le canapé sous un plaid.

« Qu'est-ce qui se passe, Bren ? »

Brenna ne dit rien, se contentant d'appuyer sur la touche « *play* » du magnétoscope numérique pour lancer le journal télévisé. Cassie regarda les premières secondes, confuse, puis dit : « C'est Ron ? »

Elle continua à regarder jusqu'à ce que la caméra ne le filme plus.

Brenna éteignit la télé. « Alors, voilà ce qu'il y a. »

Cassie semblait presque plus stupéfaite que Brenna.

« Je suis vraiment désolée, Bren. »

Brenna pinça les lèvres et soupira. Elle était toute éplorée. « Oui, moi aussi. »

« Je n'arrive pas à croire que j'ai essayé de te convaincre qu'il devait y avoir une bonne explication à son anniversaire. Mon Dieu, je suis un trou du cul. »

« Tu n'es pas un trou du cul. Nous voulions tous croire qu'il y avait plus que ça dans cette histoire. »

Sa petite sœur secoua la tête. « J'aurais parié de l'argent là-dessus. Je suis choquée, franchement. Il ne semblait pas être ce genre de type. »

« Je suis tellement stupide », chuchota Brenna. « Est-ce que je voulais tellement ce conte de fées que j'ai négligé les signes, *encore* une fois ? Putain, pourquoi je n'ai pas encore appris ? »

« Appris quoi exactement ? Ce n'est pas ta faute. Il nous a tous trompés. Comment aurais-tu pu savoir ? »

Sa sœur avait raison, elle n'avait aucun moyen de le savoir. Il ne donnait aucun des signes révélateurs : pas de disparition pendant des heures, pas d'appels téléphoniques au milieu de la nuit, pas de douche dès son retour à la maison. Quand il était avec elle, elle se sentait comme la personne la plus importante au monde, comme s'il n'y avait pas d'autre endroit où il aurait voulu être qu'avec elle.

« Je ne me doutais même pas qu'il y avait quelqu'un d'autre. Avec Danny, j'ai toujours senti un creux dans l'estomac que quelque chose n'allait pas. Mais comme je voulais garder la face devant Danny, je n'ai jamais rien fait. »

« Tu as fini par réagir. »

Brenna fit un demi-sourire. « C'est drôle comme le fait de s'apprêter à avoir quarante ans vous fait réaliser que vous ne vous souciez plus de ce que les autres pensent. Bien sûr, Lisa Weber me faisant savoir qu'elle couchait avec mon mari ne m'a pas vraiment laissé le choix de garder la tête dans le sable. »

« Beurk, ne dis plus jamais le nom de cette salope à voix haute. » Cassie fit un faux mouvement de crachat vers le sol, comme pour maudire le nom de la dernière maîtresse de Danny. « Sérieusement, c'est une horrible sorcière. Le fait qu'il ait couché avec quelqu'un qui ressemble à une sorcière me dépasse. »

Brenna se souvenait douloureusement que sa sœur avait harcelé Lisa en ligne pour savoir à quoi ressemblait la maîtresse de Danny après qu'elle ait contacté Brenna. Cassie n'en revenait pas de trouver cette femme si peu attrayante.

« Au moins, Ron a meilleur goût », tenta de plaisanter Brenna.

Cassie roula les yeux. « S'il te plaît, elle ressemble à une salope. »

Brenna savait que sa sœur essayait juste de la faire se sentir mieux. La femme avec ses jambes enroulées autour de Ron était plutôt attirante et n'avait pas l'air d'une salope.

En y réfléchissant bien, le fait qu'elle ait les jambes enroulées autour du petit ami de Brenna la faisait bel et bien ressembler à une traînée.

La fierté de Brenna ne lui permit pas d'être d'accord avec Cassie à voix haute.

« Je suis sûre qu'elle a une personnalité charmante », fut le dernier mot qu'elle prononça.

Elles restèrent assises en silence avant que Cassie ne se lève d'un bond du canapé et ne se dirige vers la cuisine. « Prenons un verre. »

Après trois verres de vin, Brenna commença à s'ouvrir.

« Tu sais, j'avais l'habitude d'être bouleversée par le temps que j'avais gâché avec Danny. Je pensais que l'univers essayait de se racheter en m'envoyant Ron. Je me disais que j'étais restée avec Danny au lieu d'avancer, pour que quand Ron serait prêt à me trouver, je serais disponible pour lui. Je n'arrive pas à croire que je sois tombée dans le piège de sa connerie de *Toujours fidèle*. Je voulais y croire. Il m'a fait me sentir si spéciale. »

Cassie lui donna une accolade compatissante.

Brenna prit une autre gorgée de vin avant de déclarer : « Ça y est. Je ne veux plus jamais d'hommes ! »

Malheureusement, Ron lui avait fait réaliser à nouveau combien le sexe pouvait être merveilleux. Cette partie d'elle s'était en quelque sorte desséchée lorsqu'elle était avec son mari. Peut-être qu'elle accepterait une de ces offres non sollicitées de photos de bites si elle était excitée, mais c'était tout. Juste une rencontre, rien de plus.

Sauf qu'au fond de son esprit, elle savait très bien qu'elle ne pourrait jamais faire ça. Mais elle était énervée et blessée en ce moment, bon sang ! Donc, si elle se disait que c'était ce qu'elle allait faire, c'est ce qu'elle allait faire. Elle allait commencer à swiper vers la gauche, ou était-ce vers la droite ?

CHAPITRE TRENTE-CINQ

Ron

Il était heureux d'être de retour aux États-Unis et était content que sa famille ait pu venir pour son retour. Il avait pensé demander à Brenna d'être là - il l'avait prévu, jusqu'à ce que son petit frère, Greg, lui envoie un e-mail pour lui dire qu'il allait rentrer à la maison et que ses parents voulaient qu'il les emmène à la base pour être là quand Ron descendrait de l'avion. Ron n'était pas encore prêt à faire subir à Brenna le spectacle de *la rencontre avec les parents*.

Puis Sarah lui avait sauté dessus, littéralement. Il ne s'attendait vraiment pas à ça et n'était pas content. Il le fit clairement comprendre lorsqu'il la déposa et la repoussa littéralement. Elle avait contacté les parents de Ron pour savoir s'ils allaient à Miramar pour accueillir Ron, et bien sûr, ils lui avaient proposé de se joindre à eux. Sa mère aimait Sarah et la considérait comme son meilleur espoir d'avoir des petits-enfants. Sa mère était loin de se douter que cela n'arriverait jamais.

Ron était agacé par la présomption de Sarah. Non, c'était plus que de la présomption, c'était une putain de sournoiserie dans sa façon de faire. Appeler sa mère pour une invitation ? Surtout après qu'il lui ait demandé de partir le jour de son anniversaire quand elle lui avait fait des avances. Elle semblait penser qu'elle pourrait le faire changer d'avis en mettant sa mère de son côté.

Ça n'arriverait pas. Oui, il avait été un gentleman et ne l'avait pas embarrassée devant sa famille, mais ils allaient avoir une conversation sérieuse parce que ce qu'elle avait fait était inacceptable. C'était fini entre eux, plus vite elle l'accepterait, mieux ce serait.

Il écouta Sarah jacasser tout au long du dîner et du dessert. Elle était agréable à regarder, mais pas à entendre. Ses parents ne semblaient pas avoir remarqué, bien que son frère ait lancé à Ron quelques regards qui indiquaient le contraire.

Putain, Brenna lui manquait.

Il l'avait invitée à dîner le lendemain soir pour pouvoir expliquer qu'il ne s'était rien passé avec Sarah. Il n'avait toujours pas d'excuse valable pour ne pas lui avoir parlé de son anniversaire, sinon qu'il n'y avait pas vraiment pensé, même le jour même. La dernière fois, il avait juste voulu être seul en rentrant chez lui.

Il ressentait tout le contraire aujourd'hui. S'il était sûr qu'elle allait comprendre et lui pardonner, il irait se glisser dans son lit ce soir pour se réveiller avec elle dans ses bras. Il ne voulait pas perdre une minute de son congé sans elle et voulait être au lit avec elle toute la journée. Et, bien sûr, toute la nuit, aussi. En fait, le week-end entier semblait sacrément parfait. Il ne pouvait pas attendre de la tenir, de la sentir, de la goûter, et oui, de la baiser de six façons différentes jusqu'à dimanche. Si elle voulait toujours de lui.

****

Ils se tenaient tous sur le parking du restaurant après le dîner. Ron avait promis qu'il serait chez ses parents pour le brunch du dimanche. Il envisageait de demander à Brenna de l'accompagner ; il devait la présenter à sa famille. Son frère, Greg, suggéra qu'ils jouent au golf dans quelques semaines, lorsqu'il serait de retour en ville.

« Je vais être plus souvent à la maison, alors prévois de suivre une formation sur le parcours », dit Greg en tapant dans le dos de Ron et en lui serrant l'épaule, l'éloignant de tout le monde.

« Ah ouais ? Pourquoi ça ? Tu sors avec quelqu'un ? » Ron le taquina.

Son frère se contenta de sourire.

« Putain de merde ! Tu sors avec quelqu'un. C'est quoi son nom ? »

« Frankie ; c'est une mère célibataire. Je ne l'ai pas dit à maman, alors ne dis rien encore, mais je veux que tu la rencontres. Peut-être qu'on pourrait dîner ensemble. »

Sa mère le lâcherait peut-être un peu si Greg lui donnait des petits-enfants déjà tout faits.

« Ça a l'air génial, je suis impatient. Il y a quelqu'un que je veux que tu rencontres aussi, » dit Ron tranquillement.

Greg regarda Sarah. « Oh ? »

Ron secoua la tête avec dégoût. « Je ne sais pas qui a eu l'idée, » il fit un geste vers Sarah, « mais c'était une mauvaise idée. »

« Désolé. Ce n'était certainement pas la mienne. »

Ils retournèrent vers l'endroit où ses parents et Sarah discutaient encore et le groupe se dirigea vers la voiture de Greg. Tout le monde monta, sauf Sarah et Ron. Ron lui lança un regard qui suggérait qu'elle devait monter dans la voiture de son frère. Il commença à prendre la poignée de la porte pour lui ouvrir, quand elle dit avec un sourire, « Peux-tu me ramener à la base pour que je puisse récupérer ma voiture ? Ce n'est vraiment pas sur le chemin de ton frère, mais tu passeras juste à côté. »

Sa mère avait baissé sa fenêtre, autrement il lui aurait peut-être dit ce qu'il pensait. En serrant les dents et en faisant un faux sourire, il réussit à dire « Bien sûr. »

Greg haussa les épaules dans un geste d'impuissance, et sa famille partit, le laissant seul avec Sarah. Sans un mot, il se retourna et se dirigea vers son véhicule, tandis qu'elle se précipitait pour le suivre. Il n'allait pas lui ouvrir la porte, il ne se sentait pas particulièrement chevaleresque, mais c'était trop ancré en lui, et il tira sur la poignée, lui faisant signe de monter. Au moins, il ne l'avait pas poussée.

Ron était agacé en montant dans la voiture. Il n'aimait pas être manipulé, et c'est exactement ce que Sarah faisait. Il allait démarrer le moteur quand elle le saisit par la manche et dit : « On peut parler une seconde ? »

Juste une seconde parce que je ne suis pas d'humeur à supporter cette connerie.

« Ron, quand j'ai appris que tu étais là-bas dans cette fusillade, je n'avais jamais eu aussi peur. J'ai pensé, et *si je n'avais jamais la chance de le tenir à nouveau dans mes bras et de lui dire ce que je ressens* ? Je sais que tu as dit le jour de ton anniversaire qu'on n'était pas faits l'un pour l'autre, mais je suis toujours amoureuse de toi. Je veux que tu reviennes dans ma vie. Je me fiche d'avoir une famille. Je te veux juste toi, peu importe comment je peux t'avoir. On était si bien ensemble, je sais qu'on peut l'être à nouveau. »

Bien qu'il n'avait pas eu le cœur brisé lorsqu'elle était partie un an plus tôt, il tenait à elle. Si elle lui avait dit tout cela quatre mois auparavant, il aurait envisagé de la faire revenir dans sa vie - et dans son lit. Mais depuis qu'il avait rencontré Brenna, tout avait changé.

Il empêcha Sarah de faire courir sa main le long de son bras et la replaça sur ses genoux.

Ils allaient avoir cette discussion difficile, mais il devait essayer d'être plus doux que ce qu'il avait initialement prévu.

« Nous ne pouvons pas, Sarah. Nous savons tous les deux comment cela se terminerait à nouveau. Je ne suis pas ce que tu cherches. Tu as besoin d'un homme qui peut t'épouser et te donner une famille. Je ne peux pas faire ça. »

« Je me fiche de tout ça, Ron ! Je me soucie juste de toi, de nous. »

Il secoua la tête. « On ne peut pas. »

« Si, si, on peut ! Nous étions un si beau couple ! Je sais que je peux te rendre heureuse ! »

Comment allait-il la laisser tomber gentiment ? Il décida finalement d'être honnête.

« Je vois quelqu'un d'autre. Et je suis amoureux d'elle. »

La fille brune secoua la tête comme s'il l'avait physiquement giflée. Putain, il n'aimait pas être dans cette position.

Hé la famille, revenez !

Avec des larmes dans les yeux, elle réussit à dire « Tu-tu l'aimes ? »

Merde, il devrait probablement le dire à Brenna avant de le dire à Sarah.

Il essaya d'avoir l'air aussi gentil que possible quand il répondit. « Je l'aime. Je suis fou d'elle. »

****

Le soir même, Ron envoya un SMS à Brenna pour lui dire qu'il était bien rentré à San Diego.

Pas de réponse.

Il essaya à nouveau.

Ron : « Je passe te prendre à six heures demain » était le message suivant qu'il lui envoya.

Brenna : Je ne pourrai pas venir.

Ça n'allait pas marcher. L'ignorant, il lui répondit.

Ron : Je te verrai demain.

Elle allait l'écouter. Il n'allait pas la laisser partir si facilement.

Il l'aimait, bon sang.

CHAPITRE TRENTE-SIX

Ron

Il se présenta à la maison de la plage à six heures moins le quart, des roses à la main. Il était habillé comme s'ils allaient encore dîner, un pantalon gris foncé et une chemise boutonnée vert sauge, même si il ne pensait pas qu'ils allaient vraiment sortir.

Zona était à la fenêtre de l'entrée avec son aboiement excité mais personne ne vint à la porte. Il sonna à nouveau et pensa à utiliser sa clé, quand Cassie apparut avec un froncement de sourcils.

« Elle n'est pas là », fut tout ce que la jeune sœur dit quand elle ouvrit la porte d'un coup sec et n'essaya même pas de retenir Zona de le charger à toute vitesse.

Avec un « Ouch » lorsque le chien lui rentra dedans, Ron demanda quand elle serait à la maison.

« Aucune idée. » Elle répondit comme si elle s'ennuyait.

Ah, les proches de Brenna l'aiment et prennent vraiment grand soin d'elle.

Pour l'instant, ils pensaient que Ron était l'ennemi public numéro un.

« Cassie, on va encore faire ça ? Tu sais à quel point je tiens à ta sœur. J'ai besoin de lui parler ; dis-moi où elle est. »

« *Tu tiens à elle ?* » Cassie rugit. « C'est comme ça qu'ils font dans le corps des Marines ? Montrer aux gens qu'ils se soucient d'eux en voyant d'autres personnes ? »

Il n'avait pas envie de se battre avec la mini-moi de Brenna. Il devait à Brenna une explication sur son anniversaire, pas à sa version plus jeune.

« Cassie, dis-moi où elle est. » Il prit sa meilleure voix de général, celle qui, pour la plupart des gens, signifiait qu'il ne rigolait pas. Il aurait dû savoir que ça ne marcherait pas avec la jeune sœur Sullivan.

« Va te faire voir », ricana-t-elle avant de tenter de claquer la porte, oubliant que Zona était toujours dehors avec lui.

Il posa son pied sur le seuil pour l'empêcher de se refermer et entra avec le chiot.

« Tu as beaucoup de culot... » recommença-t-elle jusqu'à ce que la voix de Brenna vienne du hall.

« C'est bon, Cass », dit-elle doucement en apparaissant pieds nus, dans un jean bleu clair et un pull en cachemire rose layette, serrant ses bras autour de son corps.

Cassie ne savait visiblement pas quoi faire. Elle regarda tour à tour Ron et Brenna, tout en faisant la grimace à Ron.

« Tu es sûre ? »

Brenna hocha la tête. « Ça va aller. »

Quand Cassie hésita, Brenna fit un faible sourire et la rassura. « Je te le promets. »

Cassie adressa une dernière fois un regard noir à Ron, puis répondit : « Je serai sur le patio quand tu auras besoin de moi. »

Quand Brenna aurait besoin d'elle. Ce n'était pas prometteur, comme si Cassie savait quelque chose que Ron ne savait pas.

Ron offrit les fleurs à Brenna, qui les accepta à contrecœur et se tourna vers la cuisine, où elle les posa sur le comptoir sans les mettre dans l'eau.

Il resta dans l'embrasure de la porte, la regardant, les mains dans les poches. Son pull rose avait l'air duveteux et doux, et il avait envie de faire courir ses mains le long de son dos.

Elle ne lui offrit rien à boire, ce qui ne lui ressemblait pas, et ne dit rien.

Il pensait, au vu des textos qu'ils avaient échangés depuis la dernière fois qu'ils étaient ensemble, qu'elle serait plus réceptive à l'écouter. Comme si elle avait compris qu'il ne s'était rien passé avec Sarah, et que les choses étaient plus innocentes qu'elles ne le semblaient au départ. Il avait manifestement tort. Il semblait qu'elle avait pris le temps, pendant leur séparation, d'être plus en colère contre lui.

Faisant un geste vers le canapé de la salle familiale, il demanda : « Pouvons-nous nous asseoir ? »

Brenna haussa les épaules mais se dirigea vers le canapé, où elle s'assit avec une jambe repliée sous elle de sorte qu'un genou dépassait, comme pour créer une autre barrière entre eux. Il saisit le message et prit place à quelques centimètres d'elle.

Les coudes sur les genoux et les mains entre les jambes, il laissa échapper une longue expiration avant de lâcher : « Il ne s'est rien passé avec Sarah. »

Elle le regarda pendant ce qui lui sembla être une éternité avant de finalement hocher la tête une fois. « Mais tu étais avec elle le jour de ton anniversaire. »

« Elle est venue sans être invitée. »

« Mais elle était avec toi. Elle l'était, pas moi. Le jour de ton anniversaire. »

Il n'avait pas d'autre réponse que : « Oui. »

« Tout comme elle était avec toi hier quand tu es descendu de l'avion. »

« Comment as-tu... ? »

Elle secoua la tête. « Ça n'a pas d'importance. »

« Il ne s'est rien passé. Elle est venue avec mes parents. Je ne savais même pas qu'elle venait. »

Elle prit une grande inspiration mais ne répondit pas.

« Tu dois me croire, Bren. »

Avec un haussement d'épaules, elle dit : « Je te crois. »

Il poussa un soupir de soulagement. Soulagement qui fut de courte durée.

« Nous avons eu une merveilleuse histoire d'amour, Ron, mais elle est arrivée à son terme. C'est trop dur. Tu avais raison, et je suis désolée de ne pas avoir écouté quand tu m'as prévenue que je serais malheureuse. »

Pourquoi utilisait-elle le passé ?

« Chérie, Sarah ne signifie rien pour moi. C'est toi qui es importante à mes yeux. »

« Et pourtant, c'est Sarah qui a rencontré tes parents. C'est elle qui a passé ton anniversaire avec toi. C'est elle qui était là hier avec ta famille et les autres familles quand tu es descendu de l'avion. »

« Brenna, je ne voulais pas qu'elle soit là. Je- »

Elle le coupa alors que des larmes remplissaient ses yeux. « Cela n'a pas d'importance. J'ai commencé à voir quelqu'un d'autre pendant que tu n'étais pas là. Je suis désolée. »

Il avait l'impression d'avoir reçu un coup de batte de base-ball dans l'estomac.

« Qui ? » grogna-t-il.

« Ça n'a pas d'importance. »

« *Qui* ?! »

« Kyle. »

Il le savait. La façon dont Kyle avait posé sa main dans le bas de son dos, la façon dont il était protecteur, les choses qu'il avait dites qui laissaient entendre que leur relation était plus qu'une amitié... Ron avait fourni à Kyle l'occasion parfaite d'être là pour elle. Kyle n'était pas idiot, il l'avait saisie.

Il resta silencieux un moment avant de se lever. « J'espère que tout se passera bien pour toi », dit-il avant de se diriger vers la porte.

« Ron, attends ! »

Il se retourna et regarda l'endroit d'où elle s'était levée.

Elle ne dit rien d'autre, se contentant de rester debout, la lèvre inférieure frémissante. Il lui fallut toute sa force pour ne pas la prendre dans ses bras et embrasser sa bouche tremblante. Mais ce n'était plus sa bouche à embrasser.

Il offrit un petit sourire. « Si tu as besoin de quelque chose, tu sais que je serai là. » Il se retourna ensuite et partit.

Il devait sortir de là avant de faire ou de dire quelque chose qu'il n'aurait pas dû. Elle était à Kyle maintenant, pas à lui. Et contrairement à Kyle, Ron respectait ça. Même si ça faisait un mal de chien.

S'il se dépêchait, il pouvait encore arriver à temps pour sa réservation au restaurant.

Chapitre Trente-Sept

Brenna

Cela faisait six semaines qu'elle n'avait pas vu Ron. Elle pensait à lui tous les jours et priait pour qu'il soit en sécurité, et, bien sûr, se demandait s'il était avec Sarah, ou s'il sortait avec quelqu'un d'autre.

Elle n'avait pratiquement pas quitté la maison depuis qu'elle lui avait menti et dit qu'elle était avec Kyle. Chaque fois qu'elle revivait cette nuit-là et qu'elle revoyait son regard blessé, elle était remplie de remords et se demandait si elle avait fait le bon choix. Elle n'aurait pas dû mettre fin à sa relation par un mensonge.

Cela la motiva à terminer le scénario qu'elle avait commencé pendant qu'il était à l'étranger. Elle ne fut pas surprise de la facilité avec laquelle il sortit d'elle ; il était inspiré de son histoire d'amour avec Ron, excepté que les personnages avaient la fin heureuse qu'elle et Ron n'avaient pas eue.

L'agent de Brenna envoya la première version aux studios, avant même qu'il n'aille aux éditeurs - un geste qui surprit Brenna, compte tenu du temps écoulé depuis la dernière fois qu'elle avait envoyé quelque chose. C'était prometteur. Puis arriva le coup de fil qu'elle redoutait et pour lequel elle priait : elle avait une réunion prévue le lendemain avec les dirigeants du studio.

Elle avait évidemment prié pour que quelqu'un soit intéressé afin que son travail soit validé, mais aussi parce que, pour une raison quelconque, le scénario devenant un film lui confirmait en quelque sorte que leur relation avait été réelle. Elle se permettait de pleurer sa perte, mais ce faisant, elle reconnaissait à quel point le temps passé avec lui avait été merveilleux, même s'il avait été bref.

Elle redoutait ce moment parce qu'il lui rappelait qu'ils étaient séparés et qu'il montrait à quel point leur histoire s'était mal terminée. Ils ne connaitraient pas de fin heureuse.

Néanmoins, elle n'aurait pas changé ce qu'ils avaient vécu ensemble, même si cela signifiait qu'elle n'aurait pas à souffrir. La douleur s'était atténuée, remplacée par le regret et l'interrogation sur ce *qui aurait pu se passer* si les circonstances avaient été différentes. Et puis il y avait la solitude.

Elle espérait que son prince charmant existait. Ron lui avait fait comprendre qu'il y avait de la place dans sa vie, et dans son lit, si jamais elle le trouvait. Peut-être qu'il avait un nez tordu, mais elle doutait que le sourire de qui que ce soit puisse être comparable à celui de son Marine.

Brenna considérerait toujours Ron comme *son* Marine. Bien qu'il n'ait probablement jamais été à elle, il lui avait donné l'impression d'être à lui. Même si ce n'était pas réel, elle en chérissait le souvenir, même s'il était doux-amer.

La réunion avec les dirigeants du studio eut lieu à Los Angeles, alors Luke passa ce soir-là et ramena Zona à la maison avec lui. Brenna regrettait que les choses ne se soient pas arrangées entre lui et Cassie, mais vu les antécédents de Cassie, c'était peut-être mieux ainsi.

Luke arriva à l'heure. Brenna espérait à moitié que sa sœur serait avec lui. Il franchit la porte seul et elle dut se ranger à l'avis que Cassie avait eu lors de sa première rencontre avec le sergent du SWAT, il était à croquer. Non seulement il était sexy comme le diable, mais il faisait partie des mecs biens.

« Hey ! Merci d'être venu jusqu'ici pour prendre Zona. J'apprécie vraiment. »

« Pas de problème. C'est mon jour de congé. C'était sympa de faire un tour en voiture. »

« Pas de Rex avec toi ? »

Luke secoua la tête. « Je ne lui fais pas confiance dans la Jeep avec Zona. J'ai peur qu'il fasse le malin devant elle et qu'il saute de la voiture. »

Cela fit naître un sourire sur les lèvres de Brenna.

« Pas de rencard avec toi ? »

Le regard peiné qu'il lança lui fit immédiatement regretter d'avoir posé cette question irréfléchie.

« Je n'en ai pas trouvé une qui ne risque pas de sauter de la Jeep. »

« Hypothétiquement, si tu en trouvais une qui n'était pas du genre à sauter, mais qui s'y risquerait quand même, tu lui courrais après ? »

Il fit un sourire en coin. « Si je pensais que c'était la bonne, tu peux être sûr que je le ferais. »

« Je me demande ce que ça donnerait dans la vraie vie », songea-t-elle à voix haute en regardant dans le vide, comme si elle l'imaginait. Elle n'avait jamais eu quelqu'un qui lui faisait la cour, bien qu'elle ait écrit plein d'histoires d'héroïnes à qui c'était arrivé, alors elle pouvait l'imaginer.

Luke la ramena à la réalité. « Hey, félicitations pour ton scénario. »

« Merci, ça a été long à venir », dit-elle avec un sourire modeste.

« Qu'est-ce qui a pris si longtemps ? »

« J'avais perdu mon inspiration, mais heureusement, Ron m'a aidée à la retrouver. Au moins, j'ai eu mon tout est bien qui finit bien sur papier. »

Il lui jeta un regard interrogateur.

« C'est semi-autobiographique. Sauf que j'ai pu écrire la fin avec Ron que je voulais, pas celle que j'ai eue. »

« Si ça peut t'aider, je l'ai vu hier à une réunion de planification pour la collecte de fonds pour la Fondation des Blessés de Guerre, et il avait une sale tête. »

Elle se rappelait que la FBG était une organisation caritative proche du cœur de Ron.

« Il avait une sale tête ? Pourquoi dis-tu ça ? »

« C'était comme s'il avait vieilli de dix ans depuis la dernière fois que je l'ai vu. Je sais qu'il est stressé par sa prochaine promotion et qu'il doit s'assurer que cet événement soit un succès, mais je pense qu'il y a peut-être plus que ça. »

Elle feignit l'ignorance face à son allusion. « Oh ? Comme quoi ? »

Il lui lança un regard. « Je pense que ça a un rapport avec une certaine écrivaine qui vit dans une maison sur la plage. »

Elle n'avait pas envie de demander. C'était trop « lycéen ».

Mais elle le fit quand même.

« A-t-il parlé de moi ? »

Luke sourit. « En fait, oui. Je lui ai dit que tu allais à Los Angeles demain pour discuter de ton scénario. J'espère que ça ne te dérange pas ? »

« C'est bon, ce n'est pas un secret. Qu'est-ce qu'il a dit ? »

« Honnêtement, il avait l'air surpris, mais en même temps, fier de toi. Il a dit de te féliciter, il savait que tu y arriverais. »

Brenna se souvenait de son enthousiasme lorsqu'elle lui avait dit qu'elle s'était remise à écrire. Il l'avait même invitée à dîner pour fêter ça. Ça lui faisait chaud au cœur d'entendre qu'il était fier d'elle.

« Ooh, dis-lui merci pour moi la prochaine fois que tu le verras. »

« Ou tu pourrais le lui dire toi-même », dit Luke doucement. « Il a fait tout son possible pour que je sache qu'il ne sortait avec personne. »

Elle secoua la tête. « Ce n'était pas destiné à arriver. »

« Mais si ça l'était ? »

Avec un soupir, elle concéda, « Trop de choses se sont passées. Des choses qui ne peuvent être défaites. »

« Je ne le crois pas. Il est évident que vous tenez l'un à l'autre. N'abandonne pas. Vous vous devez de vous donner une chance. »

Pourquoi avait-elle l'impression qu'il parlait d'autre chose que de sa relation avec Ron ?

Sexy, dur à cuire, et compatissant. Sa sœur devrait vraiment tenter de le reconquérir ; ce type était le tiercé gagnant.

Un peu comme elle l'avait cru avec Ron.

On ne mélange pas les serviettes et les torchons, Brenna.

« Eh bien, j'ai appris à ne jamais dire jamais, mais je ne suis pas optimiste. » Honnêtement, si elle était honnête avec elle-même, une partie d'elle l'était. Au moins, elle avait l'espoir que peut-être un jour leurs chemins se croiseraient à nouveau. Si c'était le cas, qui sait ce qui pourrait se passer ?

****

Ron

Le coursier à la porte d'entrée de Ron semblait impatient, poussant pratiquement la feuille d'émargement dans le visage du général pour qu'il signe et prouve que le paquet avait été livré afin de pouvoir repartir.

Ron ramena à l'intérieur la petite boîte blanche avec des nœuds et des rubans aux couleurs du corps des Marines, l'or et l'écarlate, et s'assit à la table de la cuisine pour l'ouvrir. À l'intérieur, il y avait une enveloppe scellée avec l'adresse de l'un des grands studios d'Hollywood, et tout en haut, un morceau de carton ivoire de la taille d'une carte postale avec l'écriture de Brenna.

Cher Ron,

Je voulais que tu sois le premier à savoir qu'il semble que mon manuscrit va être porté sur grand écran.

Merci de m'avoir aidée à retrouver mon inspiration.

Je te suis reconnaissante au-delà des mots. (Ironique, hein ?)

Avec beaucoup d'affection,

Brenna

Il était tellement fier d'elle. Il savait que le simple fait de commencer son scénario avait été très difficile pour elle, mais le fait de le terminer et de le vendre prouvait à quel point elle était talentueuse. Lorsque Luke lui avait parlé en début de semaine de sa réunion à Los Angeles, il avait désespérément voulu lui tendre une main, mais il ne savait pas comment il serait reçu.

Alors il n'avait rien fait. Comme une poule mouillée.

Dans l'enveloppe scellée, il y avait un chèque du studio libellé à l'ordre de la Fondation des Blessés de Guerre avec la ligne mémo qui disait *Au nom de Brenna Roberts (avance)*. Il y avait beaucoup de zéros.

Il savait qu'elle gagnait beaucoup d'argent, mais il ne savait pas que c'était autant. Et c'était juste une avance. Sans compter qu'elle n'était plus dans le circuit depuis plus de dix ans.

Sa générosité était écrasante et le laissa sans voix. Pourquoi aurait-elle fait une telle chose ? Essayait-elle de lui dire quelque chose ? Qu'est-ce qu'il en pensait ?

Après qu'elle lui ait dit qu'elle était avec Kyle, il ne s'était plus autorisé à penser à elle. Enfin, il avait *essayé* de ne pas s'autoriser à penser à elle. Quand il était réveillé au milieu de la nuit, il admettait que son cœur était brisé. Cela ne lui était jamais arrivé auparavant et franchement, ça craignait.

Il se demandait si les choses se seraient passées différemment s'ils s'étaient rencontrés six mois plus tard, quand il n'était pas constamment à l'étranger. Ce qu'ils partageaient était spécial, elle pouvait essayer de le nier autant qu'elle voulait, mais il savait au fond de son cœur qu'elle le ressentait aussi. Comment avait-elle pu tout gâcher ?

Parce qu'elle ne te faisait pas confiance.
Parce que Kyle était là pour elle, et pas toi.

Une partie de lui voulait juste qu'elle soit heureuse, et si c'était avec Kyle, alors ainsi soit-il. Mais une partie de lui était énervée qu'elle ait renoncé à eux si facilement. Enfin, blessée et énervée.

Et une partie de lui voulait juste tenir son petit corps serré contre lui à nouveau. Il pouvait presque sentir sa peau soyeuse sous le bout de ses doigts et ses lèvres douces sur les siennes. En fermant les yeux, il pouvait imaginer comment ses tétons répondaient docilement à son toucher ou comment ses petites mains se comportaient lorsqu'elles agrippaient sa queue. Et son goût.

Putain.

Maintenant, il était triste et excité. Sans oublier qu'il ne savait pas ce que ce paquet signifiait.

Devrait-il l'appeler et la remercier ? Lui envoyer un message ? Passer chez elle ?

Sa cérémonie de promotion était prévue plus tard dans l'été et il s'était demandé s'il devait l'inviter. Peut-être était-ce un signe qu'il devait lui demander ?

Il opta pour un texto.

Ron : Je viens de recevoir ton paquet. Je suis tellement fier de toi. Je suis celui qui est reconnaissant au-delà des mots. Ta générosité me rend humble.

Il fut surpris quand elle répondit presque immédiatement.

Brenna : C'était vraiment un plaisir. Je suis honorée de pouvoir contribuer à une cause aussi merveilleuse.

Il hésita une seconde avant de répondre. Après tout, qu'avait-il à perdre ?

Ron : Puis-je t'inviter à déjeuner et te remercier en personne ?

Un déjeuner semblait assez inoffensif. Ce n'était pas comme si c'était un rendez-vous galant, et qu'il empiétait sur le territoire de Kyle. C'était juste une façon innocente de la remercier pour sa gentillesse.

Oh, qui est-ce que j'essaie de tromper ? Il laissait volontairement la question ouverte, de sorte qu'il pouvait la faire passer pour innocente si elle n'était pas intéressée, mais pouvait facilement intensifier les choses si elle était disponible. Il voulait regarder dans ses beaux yeux bleus et découvrir si le fait qu'elle lui tende la main signifiait plus qu'une simple contribution à une noble cause. Comme si

Kyle n'était plus dans le coup et que Ron avait une autre chance.

Elle mit du temps à répondre. Tellement longtemps, qu'il pensait qu'elle n'allait pas le faire. Quand son téléphone sonna pour indiquer qu'il avait un texto, il eut peur de regarder.

Brenna : Je suis allée à Tucson pour ramener Dee à la maison pour l'été. Peut-être à mon retour ?

Il accepterait.

Ron : Bien sûr. Fais-moi savoir quand tu seras en ville.

Brenna : Ça ne devrait plus durer que quelques jours. On remballe son appartement et on part en caravane pour SD dès que possible. Il fait déjà chaud ici ! ☺

Il fallut beaucoup de volonté pour ne pas demander qui « nous » incluait. Brenna et Danielle ? Ou Kyle faisait-il partie de cette équation ? Ron savait que s'il était toujours avec Brenna, il ne la laisserait certainement pas conduire seule. Et c'était quoi ce smiley ?

Bon sang, il avait l'impression d'avoir à nouveau seize ans et d'analyser tout ce que Kristine Casmar lui disait dans le bus scolaire.

Deux nuits plus tard, son téléphone sonna. Il était encore à la base, alors il faillit l'ignorer, mais il se souvint que Brenna était peut-être chez elle et l'appelait pour programmer le déjeuner.

Son cœur bondit dans sa gorge quand il regarda et vit que c'était vraiment elle qui l'appelait. Son cœur chuta dans son estomac quand il entendit la terreur dans sa voix.

Chapitre Trente-Huit

Brenna

Elle aida Danielle à déplacer le dernier meuble dans l'un des box de son garage, dans lequel on pouvait facilement ranger trois voitures. Elles entreposaient les plus grosses affaires de Dee dans la maison de Brenna à Tucson jusqu'à l'automne, lorsque sa fille reprendrait l'école. Brenna savait qu'elles ne passeraient pas de temps à Tucson cet été ; la chaleur caniculaire ne les enchantait pas. Entre les voitures de Brenna et de Dee, elles parvinrent à faire entrer toutes les petites affaires de Danielle. Brenna avait fait les six heures de route au lieu de prendre l'avion, d'une part parce qu'elle savait qu'elles auraient besoin des deux voitures pour ramener toutes les affaires de sa fille et d'autre part parce que le trajet lui donnerait le temps de réfléchir.

Elle était sur le point de se lancer à nouveau dans la folie d'Hollywood. Ce n'était pas son truc, mais elle savait qu'elle devait faire le tour des lieux pour s'assurer que son scénario était bien distribué et que le réalisateur resterait fidèle à l'histoire. Elle avait appris des choses en cours de route et le maintien du contrôle créatif faisait désormais partie de tous les contrats qu'elle signait.

La petite bribe d'information que Luke avait fournie sur le fait que Ron était fier d'elle et qu'il ne sortait avec personne avait également occupé beaucoup de ses pensées. Il lui manquait énormément. Peut-être que Luke avait raison. Deux personnes ne devraient pas abandonner si elles tiennent vraiment l'une à l'autre.

Et c'est là que résidait le problème. La définition de Ron de « tenir vraiment à l'autre » correspondait-elle à la sienne ? Parce que la dernière fois qu'elle avait vérifié, voir d'autres personnes ne faisait pas partie de sa définition.

Mais encore une fois, le mensonge non plus. Toutefois, elle n'aurait pas menti s'il ne l'avait pas trompée.

De plus, pour ce qu'elle en savait, il pouvait mentir sur le fait de ne voir personne.

Elle espérait qu'il comprenne que le chèque qu'elle avait envoyé était à cause de lui. Elle lui serait à jamais reconnaissante de lui avoir rendu cette partie de sa vie. Il n'y avait aucun doute dans son esprit qu'il était celui qui lui avait donné l'envie de recommencer à écrire. Faire don de son avance à la FBG semblait être une façon appropriée de le remercier.

Le texto qu'il lui envoya pour la remercier fit battre son cœur à tout rompre. Elle savait qu'elle aurait dû la jouer cool, mais elle ne put s'empêcher de répondre immédiatement. Lorsqu'il lui proposa de déjeuner, elle hésita, mais finalement, elle ne put résister à l'idée de le revoir. C'était juste un déjeuner, c'était inoffensif, pas vrai ?

Elle aurait souhaité qu'ils puissent continuer leur conversation par texto. Leurs échanges passés la faisaient toujours rire. Il ne répondit pas à son dernier message, ce qui mit fin à la conversation.

Pourtant, ils allaient déjeuner ensemble !

Rien que cela la poussait à presser Danielle de finir ses valises pour pouvoir rentrer à San Diego.

Enfin, elles commencèrent leur voyage vers la Californie. Le milieu du voyage était toujours le pire. C'était une route désolée et montagneuse avec beaucoup de virages. C'est dans cette partie que Brenna vit avec horreur un semi-remorque s'engager sur la voie de Danielle, heurter latéralement la voiture de sa fille qui fit un tête-à-queue jusqu'à ce qu'elle se retrouve sur le terre-plein central du désert et se renverse.

Il n'y avait pas le temps de paniquer. Elle devait rejoindre sa fille. C'était presque comme si elle n'était pas dans son corps lorsqu'elle se gara et courut vers la voiture détruite. Dee était couverte de sang et perdait conscience par intermittence. Brenna se pencha sur la vitre brisée du côté conducteur.

« Danielle, chérie, reste avec moi. »

Les gens sortirent de leurs voitures ; certains proposèrent leur aide, plusieurs étaient au téléphone avec les secours. Brenna pensa que Dieu devait veiller sur sa fille, car l'une des personnes qui proposa son aide était une infirmière. Elle s'appelait Pam, mais Brenna voulait l'appeler un ange.

Avec l'aide de bons samaritains, ils réussirent à faire sortir Danielle de la voiture et à l'installer sur une couverture que quelqu'un avait offerte. Pam commença immédiatement à la soigner du mieux qu'elle pouvait, relayant à la personne au téléphone avec les secours quel était l'état de Dee, et le fait qu'elle devait être transportée par avion.

Ils continuèrent à parler à Dee, essayant de la garder consciente et calme pour qu'elle ne soit pas en état de choc. La personne au téléphone avec les services d'urgence annonça au groupe que l'hélicoptère de Phoenix n'était pas disponible, et que ni San Diego ni Tucson ne voulaient en envoyer un, car c'était trop loin.

Un policier arriva, mais pas de personnel paramédical. Au bout de quinze minutes, l'officier leur annonça que l'ambulance était tombée en panne. Peut-être que Dieu n'était pas avec eux après tout. Le sentiment d'impuissance était presque insupportable.

Le policier proposa de mettre Dee dans sa voiture. Pam ne recommandait pas de la transporter comme ça mais c'était peut-être leur seul espoir.

Pam restait près de Danielle mais était au téléphone avec l'hôpital où elle travaillait. Brenna pouvait entendre le désespoir dans la voix de l'infirmière et savait que les choses allaient mal.

« Elle perd beaucoup de sang. Nous aurions dû être aux urgences il y a déjà cinq minutes. » Il y eut une pause avant que Pam ne craque. « Vous n'avez pas un autre putain d'hélicoptère disponible ? »

Brenna connaissait quelqu'un qui pourrait en avoir. Elle était sûre que ça allait enfreindre toutes les règles et elle ne savait pas si Ron serait d'accord, mais elle devait essayer ; la vie de sa fille en dépendait.

Pitié, faites en sorte que j'ai du réseau.

Il décrocha à la deuxième sonnerie et elle réussit tant bien que mal à lui faire comprendre ce qui se passait, que sa fille perdait beaucoup de sang et qu'il n'y avait pas d'hélicoptère pour la transporter.

Ron lui dit de ne pas utiliser son téléphone jusqu'à ce qu'il la rappelle et raccrocha brusquement.

Elle eut soudain le sentiment que tout allait bien se passer. Son Marine allait s'en assurer.

Brenna retourna auprès de Danielle et lui prit la main. « Tiens bon, chérie, les secours arrivent. »

L'infirmière la regarda d'un air inquisiteur. Brenna lui offrit un sourire réconfortant. « Un hélicoptère va peut-être arriver. »

« Comment ? Ni Yuma ni Blythe n'en ont, et celui de Phoenix est en service ailleurs. »

Avant que Brenna puisse répondre, son téléphone sonna. C'était le numéro de Ron, mais ce n'était pas lui qui était au bout du fil. Quelqu'un posa des questions sur l'état de Danielle, et Brenna passa le téléphone à Pam. Après un échange qui ne donnait aucun espoir à Brenna, Pam lui rendit le téléphone. Cette fois, c'est Ron qui lui parla.

« Bren, n'utilise pas le téléphone pendant au moins quinze minutes. Ils vont suivre son signal pour arriver jusqu'à toi, et si tu passes ou prends un appel, il sera perdu. »

« Merci... »

Il la coupa. « Ils sont en route. » Puis la ligne fut coupée.

Ce fut les quarante minutes les plus atroces de sa vie, mais elle essaya de rester optimiste pour sa fille. Brenna entendit l'hélico avant de le voir. Des médecins en sortirent et commencèrent immédiatement à s'occuper de Dee tandis que deux Marines en uniforme s'approchaient de Brenna.

L'un d'eux les présenta comme venant de la base de Phoenix. Elle ne retenu aucun de leurs noms.

« Mme Roberts, j'ai reçu l'ordre de vous accompagner, vous et votre fille, jusqu'à Phoenix », puis il fit un geste vers l'autre homme, également en tenue de camouflage beige. « Il restera sur place pour travailler avec les forces de l'ordre et ramener votre voiture à Phoenix. Le général Thompson vous retrouvera à l'hôpital. »

Elle sut alors que Ron avait dû demander de grandes faveurs. Comment pourrait-elle le remercier suffisamment ? La vérité, c'est qu'il n'y avait aucun moyen.

Ils avaient décollé avant que Brenna ne réalise qu'elle ne connaissait pas le nom de famille de Pam, ni celui des autres personnes qui s'étaient arrêtées pour l'aider. Des gens qu'elle ne pourrait jamais remercier assez dans cette vie.

Il y avait un autre hélicoptère à l'héliport quand ils atterrirent sur le toit de l'hôpital.

Pourquoi n'ont-ils pas pu envoyer celui-là pour nous aider ?

Le personnel de l'hôpital venait juste d'emmener Danielle quand Brenna remarqua Ron en treillis, debout sur le côté. Elle comprenait maintenant d'où venait l'autre hélicoptère. Le Marine qui était avec elle salua immédiatement Ron.

Ron répondit au salut et serra la main de l'homme.

« Merci de votre assistance, Capitaine. J'apprécie vraiment votre aide. »

Le capitaine sourit avec un clin d'oeil. « C'était une mission d'entraînement réussie, Monsieur. »

Ron prit la main de l'homme une seconde fois alors qu'ils se dirigeaient vers la porte. « Merci encore. Je vous suis redevable. »

L'autre homme acquiesça et dit « Je suis heureux d'avoir pu aider », puis salua avant de se diriger vers la porte.

Brenna empêcha le capitaine de partir et le serra fort dans ses bras.

« Merci pour tout », murmura-t-elle contre sa poitrine.

L'homme en uniforme se raidit, comme si l'étreinte le mettait mal à l'aise. « Tout le plaisir est pour moi, madame. »

Elle le relâcha, et il sortit rapidement du toit.

Les larmes aux yeux, elle serra ensuite Ron dans ses bras. Quand ses bras vinrent l'entourer, elle libéra enfin toute la peur et l'anxiété qu'elle avait retenues. S'affaissant contre lui, elle se mit à trembler en sanglotant silencieusement et en murmurant « Merci » encore et encore.

Il passa ses mains sur son dos et lissa ses cheveux avant d'embrasser sa tempe. C'était quelque chose qu'il avait souvent fait lorsqu'ils étaient ensemble. La familiarité de son odeur et de son toucher était apaisante, tout comme le fait d'être dans ses bras forts, sachant qu'il protégeait sa famille. Tout cela lui apportait un énorme réconfort.

« Elle va s'en sortir », murmura-t-il dans sa crinière blonde.

Étrangement, elle le croyait.

Il la tira vers la porte et dit doucement : « Descendons voir comment elle va. »

****

Ron

Putain, quelle nuit.

Ron était heureux que Brenna l'ait appelé quand elle avait eu besoin d'aide, et qu'il ait pu la lui fournir. Depuis le peu de temps qu'il connaissait Danielle, il avait appris à l'aimer. Il ne pouvait pas imaginer à quel point Brenna serait dévastée si elle la perdait, surtout dans un accident de voiture. Il savait que c'était comme ça que Danny était mort.

Heureusement, l'homme responsable de la base de Phoenix était quelqu'un avec qui il avait fait ses classes, et ils avaient gravi les échelons au même rythme. Il avait une dette envers son ami, et Ron ne doutait pas qu'une fois promu, il aurait à payer cette dette.

Les documents justifiant le vol étaient rédigés comme une opération d'entraînement. Il devinait que dans un sens, c'était le cas, sauf qu'ils utilisaient un scénario réel. Ron devrait faire une apparition en personne à la base de Phoenix pendant qu'il y était, puisque c'était la raison qu'il avait invoquée pour prendre un hélicoptère en Arizona. Il serait sûr d'arriver avec des cadeaux. Beaucoup d'hommes et de femmes avaient pris part au sauvetage de ce soir.

Pour l'instant, il devait porter son attention sur la magnifique blonde à ses côtés. Il resta avec elle pendant que le docteur expliquait l'état de Danielle, et l'opération qu'elle allait devoir subir. Se souvenant de l'inquiétude de Kyle concernant la protection de sa vie privée lors de sa dernière visite à l'hôpital, Ron fit en sorte qu'ils attendent dans un endroit isolé.

L'attente était angoissante. Mais c'était merveilleux de passer du temps seul avec Brenna. Il se sentait utile, et elle lui faisait savoir à quel point elle l'appréciait.

Et oui, il ne put s'empêcher de remarquer à quel point elle était sexy, même après tout ce qu'elle avait vécu cette nuit-là. Il était un mec après tout, et il avait eu ses jambes toniques enroulées autour de lui plus d'une fois. Personne ne pouvait le blâmer.

Il passa ses doigts dans ses cheveux pendant qu'elle dormait, la tête sur ses genoux. Le mouvement relaxant finit par l'endormir également.

Un soudain chaos et des voix excitées le réveillèrent.

Cassie et Kyle étaient arrivés.

Brenna releva la tête, et il lui fallut une minute pour se rendre compte de l'endroit où elle se trouvait. Se levant lentement, elle embrassa sa sœur avant de tourner son attention vers Kyle. À la décharge de l'homme, il avait l'air plutôt désemparé.

« Comment va-t-elle ? » demanda-t-il prudemment.

« Elle est finalement entrée en chirurgie. Elle a perdu beaucoup de sang, mais ils sont optimistes et pensent qu'elle ira bien une fois qu'elle sera stabilisée. Pour l'instant, nous attendons juste les prochaines nouvelles. »

Kyle était visiblement soulagé, il se laissa glisser sur une chaise en relâchant son souffle. Il saisit les mains de Brenna et scruta son visage.

« Comment tiens-tu le coup ? Cassie a dit que tu as tout vu. »

Le souvenir sembla réveiller certains sentiments chez Brenna, car sa lèvre inférieure frémit, et elle parut incapable de parler.

Kyle se leva d'un bond et la serra contre lui, embrassant ses cheveux tout en murmurant des mots apaisants.

C'était le signal de Ron.

Il toucha Brenna sur l'épaule.

« Hé, je vais y aller. Tiens-moi au courant de comment elle va, d'accord ? »

« Quoi ? Tu pars ? Maintenant ? »

Il hocha la tête juste au moment où le médecin fit son apparition.

Elle regarda le docteur, puis Ron et demanda : « Tu peux attendre quelques minutes ? »

« Bien sûr. »

Brenna et Cassie allèrent parler au docteur pendant que Ron et Kyle restaient en retrait. Ils étaient toujours capables d'entendre ce qui se disait : l'opération de Danielle s'était déroulée à merveille, elle était en salle de réveil et ils allaient bientôt pouvoir la voir.

Brenna ferma les yeux comme si elle offrait silencieusement une prière de remerciement.

Le médecin dit qu'une infirmière allait bientôt venir pour les emmener en salle de réveil.

Kyle la serra dans ses bras et garda son bras autour de son épaule pendant qu'elle parlait à Ron.

« Tu peux au moins rester pour la voir ? Je sais que Dee va vouloir te remercier elle-même. »

Il regarda comment elle s'appuyait contre Kyle. Ron avait été bête de penser qu'elle avait besoin de lui ici avec elle. Elle avait seulement besoin de lui jusqu'à ce que Kyle arrive.

« Non, je dois aller à la base de Phoenix et ensuite retourner à San Diego. »

« Tu dois partir ce soir ? » se plaignit-elle. « Tu ne peux pas rester jusqu'à demain ? »

Juste à ce moment-là, la préposée aux admissions entra dans la pièce et prit Brenna à part pour lui poser quelques questions liées à l'assurance. Alors que son attention était concentrée sur la femme au porte-bloc, Ron se dirigea vers la porte.

Kyle le regarda et secoua la tête d'un air dégoûté.

« Tu es un putain d'idiot. Tu t'en rends compte, non ? »

Ron pencha la tête mais ne dit rien.

Pourquoi tu m'insultes, bordel ? J'essaie d'être respectueux de votre relation, connard.

« Elle a besoin de toi ici, et tu vas partir comme ça ? »

Ron défendit sa conduite. « Je vais juste être dans le chemin. Elle vous a toi et Cassie avec elle maintenant. »

Kyle regarda Ron comme s'il avait deux têtes. « Ouais, mais elle te veut toi. »

Kyle ne devrait-il pas être énervé par ça ? Ron savait que si les rôles étaient inversés, il le serait certainement.

Brenna arriva à l'endroit où se tenaient les deux hommes et prit les mains de Ron dans les siennes. Cherchant son visage, elle murmura : « S'il te plaît, reste. »

Il hésita.

« S'il te plaît. »

Il n'avait jamais été capable de lui dire non. Il ne semblait pas que ce soir allait être différent. Il jeta un coup d'œil à Kyle, qui ne semblait pas menacé par la perspective qu'il reste.

« Ok », dit-il avec un petit sourire.

Son visage s'illumina et elle passa ses bras autour de sa taille pour le serrer contre elle. Il ferma brièvement les yeux et respira son parfum.

Une infirmière entra dans la pièce pour leur dire qu'ils pouvaient voir Danielle. Brenna saisit à nouveau ses mains et les serra rapidement avant de les relâcher pour suivre l'infirmière.

Kyle tapota le dos de Ron qui lui emboîta le pas.

« Peut-être que tu n'es pas aussi bête que je le pensais », dit-il en attrapant l'épaule de Ron avec un sourire.

Ron avait l'impression de rater quelque chose.

Chapitre Trente-Neuf

Ron

Il grimaça quand il regarda Danielle pour la première fois. Il avait vu des hommes blessés au combat qui avaient meilleure mine que la pauvre fille. Son visage était gonflé et meurtri, presque au point d'être méconnaissable. Elle était reliée à tellement de tubes et de fils qu'il ne pouvait pas tous les compter, et le tube respiratoire dans sa gorge l'empêchait de parler.

Ils se regardèrent et elle lui fit signe de venir à son chevet. Il toucha sa main et elle saisit faiblement ses doigts dans son poing. De son autre main, on aurait dit qu'elle essayait de lui envoyer un baiser.

« Elle dit *merci* », dit Brenna de l'autre côté du lit.

Ron dut paraître confus car Brenna fit le même mouvement que sa fille.

« C'est le signe pour dire *merci*. Elle dit *merci* en langage des signes. »

Il sourit et prit la main avec laquelle elle avait dit merci et l'embrassa.

« Pas besoin de me remercier, chérie. Concentre-toi sur ton rétablissement. »

Il regarda Brenna, qui avait les larmes aux yeux en regardant l'échange entre lui et Danielle. Elle signa à nouveau *merci* en lui murmurant les mots.

Ron voulait lui dire qu'il aurait fait n'importe quoi pour elle. Qu'il l'aimait et qu'il voulait la rendre heureuse chaque jour. Qu'elle n'aurait pas dû tirer un trait sur leur relation si facilement, qu'elle devait être avec lui, pas avec Kyle. Mais vu que Kyle était juste à côté de lui, ce n'était peut-être pas une bonne idée.

Au lieu de cela, il opta pour un clin d'œil et un sourire.

Jetant un coup d'œil à Cassie, il savait qu'elle avait surpris l'échange entre Brenna et lui par son regard, mais elle ne semblait pas en colère. C'était comme si la jeune sœur était plus confuse qu'autre chose.

« J'ai réservé des chambres à l'hôtel en haut de la rue. Ron, tu peux prendre Brenna et t'assurer qu'elle se repose ? »

Moi ? Ce n'est pas Kyle qui devrait l'emmener ?

Brenna commença à protester contre le fait de laisser sa fille, mais Cassie la fit taire. « Kyle et moi allons nous relayer auprès de DeeDee ce soir. Tu es épuisée, et tu ne seras utile à personne si tu ne prends pas le temps de te reposer. »

Brenna jeta un regard nerveux à Ron.

« Kyle, pourquoi ne la prendrais-tu pas, et je resterai ici avec Cassie », suggéra-t-il. Il ne voulait pas la mettre mal à l'aise ou rendre Kyle jaloux.

« Non, elle a besoin de quelqu'un qui s'assure qu'elle dorme un peu. Je pense que tu es le seul à être capable d'y arriver, » répondit l'autre homme.

Ron et Brenna échangèrent un regard. Il savait qu'elle pensait la même chose que lui - il était supposé s'assurer qu'elle dorme un peu quand il l'avait ramenée de l'hôpital après qu'elle soit tombée dans les escaliers. Elle n'avait pas vraiment obéit cette nuit-là, elle en avait au contraire profité pour le séduire. Maintenant qu'il y pensait, c'était la dernière fois qu'ils avaient fait l'amour.

« Ça n'a pas très bien marché la dernière fois qu'il était chargé de veiller à ce que je me repose », plaisanta Brenna avec un sourire en coin.

Kyle secoua la tête. « Je ne veux pas savoir. »

C'est quoi ce bordel ? C'est tout ? Il ne veut pas savoir ? Il devrait être en train de m'étrangler.

Peut-être que le sauvetage par hélicoptère avait apporté un peu de grâce à Ron.

Mais ça n'aurait pas dû lui apporter autant de grâce. Si elle était encore avec lui, il n'encouragerait jamais un autre homme à l'emmener seule dans une chambre d'hôtel. Surtout un homme qui avait vécu une histoire telle que celle de Ron avec elle.

Franchement, Ron n'était pas sûr de se faire confiance, seul dans un hôtel avec elle, et Kyle ne devrait pas non plus.

Elle avait besoin de se reposer, peut-être que Kyle ne se faisait pas confiance pour la laisser faire et pensait que Ron en serait capable. Après tout, Ron était un gars droit.

Souviens-toi de ça quand tu seras seul dans une chambre d'hôtel avec elle.

Tout semblait réglé quand Cassie lui tendit une clé d'hôtel. « Chambre 336. Je suis dans la 329, Kyle est dans la 333. Je n'ai pas pu nous mettre tous ensemble, mais nous sommes proches. Je n'ai pas pensé que c'était vraiment important, puisque nous serons probablement là à des heures différentes de toute façon. »

Pourquoi Brenna et Kyle ne partagent-ils pas une chambre ? Ont-ils rompu ? Ils n'agissent pas comme s'il y avait de l'animosité entre eux.

Bien sûr, lui et Brenna n'agissaient pas non plus avec animosité l'un envers l'autre.

Cassie fit un geste pour les renvoyer des deux mains.

« Allez. Reviens demain matin pour prendre la relève. Bren, je t'ai apporté des vêtements propres, ils sont dans ta chambre. Désolé, Ron, je n'ai rien pour toi, tu te débrouilles tout seul. » Elle ajouta avec un sourire en coin : « Lave tes sous-vêtements dans l'évier. »

Il lui rendit son sourire. C'était presque comme si Cassie lui donnait sa bénédiction. L'idée d'être seul avec Brenna à l'hôtel l'attirait de plus en plus. Il n'avait jamais eu l'occasion d'expliquer ce qui s'était passé avec Sarah.

« J'ai mon sac de voyage dans l'hélico. Je vais le prendre et appeler mon pilote pour lui dire ce qui se passe. »

« Putain, qu'est-ce qui se passe ? » Se murmura-t-il à voix haute en appuyant sur le bouton de l'ascenseur pour le toit. Il y avait beaucoup de scénarios sur la façon dont la soirée allait se dérouler qui lui passaient par la tête - tout de la version chaste à la version X.

Après avoir sorti son sac de l'hélicoptère, Ron appela son pilote pour lui dire qu'il pouvait rentrer à San Diego ce soir sans lui, ou qu'il pouvait attendre et partir demain matin, peut-être toujours sans lui. Ron ne fut pas surpris que l'homme choisissent de partir ce soir.

En approchant les portes pour quitter le toit, il vit Brenna au loin qui sortait de l'ascenseur.

« Ils l'ont installée dans sa propre chambre. Je ne voulais pas que tu penses qu'on t'avait laissé tomber. »

Il ricana. « Je pense que j'aurais compris, vu que Danielle ne va nulle part ce soir. »

Elle appuya sur le bouton « descente ». Ils restèrent silencieux en attendant que la cabine arrive, jusqu'à ce qu'elle tente de faire la conversation.

« Les médecins m'ont assurée qu'elle avait l'air bien plus mal en point qu'elle ne l'était. »

Ron hocha la tête. « Dieu merci, parce qu'elle a l'air vraiment très mal en point. »

« Ils lui ont donné beaucoup d'analgésiques, alors espérons qu'elle ne souffre pas. »

Les portes de l'ascenseur s'ouvrirent.

« La morphine peut faire des merveilles », sourit-il.

Ils prirent d'autres passagers au fur et à mesure de leur descente vers le hall, si bien que le silence entre eux ne fut pas inconfortable. Quand ils atteignirent le rez-de-chaussée, il s'arrêta au bureau de la réceptionniste. Elle ne lui demanda pas ce qu'il faisait, elle semblait émotionnellement épuisée.

Il agita les clés de sa voiture en marchant vers elle.

« C'est incroyable que tu aies fait ça pour moi. Une chose de moins dont je dois m'inquiéter. Merci beaucoup. »

Il acquiesça. « Tout le plaisir est pour moi. »

« Ça te dérange de conduire ? Je pense que je pourrais être un peu nerveuse ce soir sur la route. »

Prenant sa main, il compatit. « C'est compréhensible. »

Elle ne la retira pas, alors il entrelaça leurs doigts ensemble pendant qu'ils traversaient le parking, ne la lâchant que pour ouvrir la porte de sa voiture. Il posa son sac sur la banquette arrière avant de s'approcher de la porte côté conducteur.

Il se dit qu'il ne faisait que lui apporter du réconfort, qu'elle avait traversé une terrible épreuve. Il savait au fond de lui que c'était un mensonge, mais il s'en fichait.

Une fois qu'ils furent sur la route pour le court trajet vers l'hôtel, il retrouva sa main et porta le bout de ses doigts à ses lèvres. Il savait qu'il jouait avec le feu mais il ne pouvait pas s'en empêcher.

Elle sourit et ferma les yeux, mais ne le lâcha pas.

CHAPITRE QUARANTE

Brenna

Fidèle à sa parole, Cassie avait apporté un sac contenant quelques jours de vêtements propres. Brenna était reconnaissante car dans sa hâte de rentrer pour déjeuner avec Ron, elle avait négligé de faire la lessive à Tucson et était rentrée chez elle avec un sac de vêtements sales.

Elle prit une douche, laissant l'eau laver symboliquement les horribles événements de la nuit. Après s'être séchée, elle trouva sa nuisette verte dans le sac de week-end en tweed posé sur le comptoir. Elle avait pris sa trousse de toilette dans le coffre - elle avait vraiment besoin de sa lotion après avoir passé quelques jours dans le désert.

Ouvrant la porte de la salle de bain tout en s'enduisant les bras de lotion, elle sourit à Ron, qui était assis dans un fauteuil et regardait la télévision.

« La salle de bain est toute à toi. »

Il la fixa avec un regard étrange, mais tendre, et elle ne put s'empêcher de lâcher un « Quoi ? »

Ron continua à la regarder en se levant et en marchant vers elle. « J'adore cette nuisette sur toi. »

Elle sentit le rouge lui monter aux joues. La chemise de nuit était un peu décolletée, mais elle n'avait même pas pensé à être gênée devant lui. Elle réalisa qu'elle aurait peut-être dû.

« C'est ma préférée. C'est très confortable de dormir dedans. » Brenna croisa les bras devant elle et regarda le grand lit.

On aurait dit que son malaise l'avait arrêté dans son élan, mais il ne la quittait pas des yeux. C'était comme s'il contemplait quelque chose.

« Ça t'ennuie si j'emprunte ta voiture pour aller au supermarché en haut de la rue ? Il semble qu'il n'y ait pas de déodorant dans mon sac. »

Ça me dérange s'il emprunte ma voiture ? Sérieusement ? Dérange ?

« Ron, je pourrais te *donner* ma voiture. Et même dans ce cas, ce serait loin de suffire pour te remercier de ce que tu as fait pour Danielle. » Les larmes menaçaient de couler sur ses joues. « Je pourrais essayer toute ma vie, mais je ne pourrai jamais te rendre la pareille. Ni, d'ailleurs, envers tous ceux qui m'ont aidée ce soir. Tous les moyens auxquels je pense pour vous remercier semblent si insignifiants comparés à ce que chacun a fait. »

« Toi dans ce déshabillé, c'est tout le remerciement dont j'ai besoin. »

Malgré l'envie de détourner le regard, elle ne le fit pas. Il n'y avait aucun doute sur le regard qu'il venait de lui lancer, il lui faisait serrer le ventre. Elle se mordit la lèvre inférieure et finit par baisser les yeux.

Sainte petite culotte mouillée, Batman. Il fait chaud ici ?

« Je suis contente que ça te plaise », fut tout ce qu'elle répondit en lissant les plis invisibles du tissu.

Il se rapprocha et fit courir le bout de ses doigts le long de ses bras. Baissant les yeux vers elle, son visage à quelques centimètres du sien, il murmura : « Je l'aime vraiment. »

Elle eut le souffle coupé. Elle était sûre qu'il pouvait voir sa poitrine se soulever sous le tissu soyeux.

Elle recula d'un pas, essayant de rompre le charme qu'il venait de lui jeter. « Hum, ça te dérangerait de ramener des bouteilles d'eau ? J'ai oublié la mienne à San Diego. »

Il sourit et ramassa les clés de la voiture sur le bureau. « Bien sûr. Autre chose ? »

« Peut-être un Twix ? » demanda-t-elle avec espoir.

Il secoua la tête, le sourire en coin toujours présent sur son visage. « Tu n'as pas perdu ta dent sucrée, à ce que je vois. »

Brenna sourit avec éclat. « Merci. »

La porte se referma derrière lui, et elle se précipita. Il fallait qu'elle soit au lit et endormie avant son retour, sinon elle allait faire quelque chose qu'elle regretterait.

Ou pire, elle allait faire quelque chose et ne pas le regretter.

Ils ne pouvaient pas être ensemble à nouveau. Trop de choses avaient changé entre eux. Elle ne lui faisait pas confiance pour rester fidèle, et pour couronner le tout, elle lui avait menti. Elle savait qu'il n'accepterait pas ça. Le mieux qu'elle pouvait espérer était son amitié.

Mais, bon sang, il était si sexy.

Peut-être qu'ils pourraient être des « sex friends » ?

Pourtant, dès qu'elle y pensait, elle savait qu'elle ne serait jamais satisfaite de cet arrangement.

Ce soir allait être intéressant. Il n'y avait qu'un seul lit. Heureusement, c'était un très grand lit, donc ils pouvaient raisonnablement y dormir tous les deux sans craindre de se toucher.

À moins que l'un d'entre eux ne fasse un effort pour le faire.

Non ! Va dormir !

Elle avait besoin d'être bien reposée pour demain. Elle avait le sentiment d'avoir plusieurs longues journées devant elle. Elle ne se plaignait pas. Sa fille était en vie.

Grâce à Ron.

Le Marine super sexy qui avait, une fois de plus, sauvé la journée.

Chapitre Quarante Et Un

Ron

La chambre d'hôtel était sombre, alors il essaya d'être silencieux en rentrant. Il prit une douche et enfila son caleçon, puis se glissa dans le lit à côté de Brenna. Il pouvait dire à sa respiration qu'elle ne dormait pas. Mais ses yeux étaient fermés, et elle faisait une sacrée performance pour essayer de le convaincre du contraire.

« Les gens endormis n'ont pas l'habitude de sourire », la-taquina-t-il.

Il n'en fallut pas plus pour la faire craquer, et sa bouche se transforma en un rictus.

« Chut », dit-elle en portant son doigt à ses lèvres en signe universel de silence, le sourire toujours présent sur son visage et les yeux fermés.

Il ne put s'en empêcher, il l'embrassa.

Et cela, après s'être encouragé pendant le trajet à ne pas faire un geste. Il n'avait pas vraiment oublié son déodorant, il avait juste eu besoin de sortir de la chambre d'hôtel, ou il l'aurait prise contre le mur. Cette foutue nuisette qu'elle portait était comme de l'herbe à chat pour un félin, et il était un lion prêt à bondir.

Sauf qu'il ne pouvait pas bondir tant qu'il ne savait pas ce qui se passait avec Kyle. Pourtant, plus Ron analysait le comportement de l'homme ce soir, plus il arrivait à se convaincre que l'ancien arrêt-court n'était plus un acteur de sa vie amoureuse.

Il s'était calmé, ou du moins le pensait-il, mais en se glissant sous les couvertures, il avait aperçu son décolleté et ses lèvres s'étaient animées d'une volonté propre, tout comme sa bite qui avait fait un bond à la seconde où elle avait laissé échapper un petit gémissement lorsque sa bouche avait touché la sienne.

Ses lèvres s'ouvrirent et sa langue chercha la sienne. Elle accepta avidement l'exploration de sa bouche et leurs têtes basculèrent afin d'approfondir le baiser.

« Chérie, tu m'as tellement manqué », murmura-t-il lorsqu'il reprit son souffle et attira son corps contre le sien tout en caressant son cou.

Elle pressa l'arrière de sa tête contre elle. « Tu m'as manqué aussi. »

Ils restèrent allongés là un moment, se tenant l'un l'autre. Bientôt, il put sentir qu'elle tremblait, et pouvait dire qu'elle était sur le point de pleurer.

« Hey, pas de ça. Tout va bien », murmura-t-il en s'éloignant et en plaçant ses cheveux derrière son oreille.

Elle prit une profonde inspiration. « Tu es l'homme le plus incroyable que j'aie jamais rencontré. Tu es comme mon Superman, toujours là pour me sauver. Si tu n'avais pas été là ce soir, j'aurais très facilement pu perdre ma fille. »

Un sanglot lui échappa quand elle dit la dernière partie à voix haute.

« Bren, elle va s'en sortir. Elle est jeune et résistante. »
« Si tu n'avais pas été là... »
« Mais j'étais là. »

« Je sais, et je t'en suis très reconnaissante. Merci. Du fond du cœur. » Elle renifla.

Il la ramena contre lui.

« Je serai toujours là pour toi », dit-il en embrassant ses cheveux et en respirant l'odeur familière de son shampoing.

Son corps se détendit et se relaxa lorsqu'il l'enveloppa dans ses bras. Elle avait traversé une épreuve traumatisante, et il était là, à essayer de la séduire. Sans compter qu'il ne savait toujours pas ce qui se passait avec Kyle.

Quelle tentative de connard, Thompson.

****

Brenna

Quelque chose était différent quand elle se réveilla sur le côté au milieu de la nuit. Elle était confortable et au chaud et même contente ? Il y avait une odeur agréable dans ses narines.

Quand elle essaya de bouger, elle réalisa qu'il y avait une main sur son ventre qui la maintenait contre un corps dur. L'odeur était celle de Ron. La chaleur merveilleuse de sa poitrine était pressée contre son dos.

Et sa bite était dure contre son cul.

Se réveiller comme ça lui avait vraiment manqué.

Presque par instinct, elle se tortilla contre lui, très subtilement. Elle sentit sa bite bouger.

La main sur son ventre glissa jusqu'à son sein et l'attira encore plus près de lui tandis qu'il pressait sa bite plus fort contre elle.

« Et Kyle ? » lui chuchota-t-il à l'oreille.

Elle secoua la tête. « On n'est pas ensemble. »

Elle *aurait* dû ajouter, « Nous n'avons jamais été ensemble », mais elle négligea de le mentionner. Ou peut-être qu'elle ne voulait pas gâcher ce qui était en train de se passer. Elle savait qu'il allait être furieux qu'elle lui ait menti, mais elle ne voulait pas s'inquiéter de ça maintenant, elle pourrait s'en inquiéter plus tard.

Il la fit rouler sur le dos et la regarda dans les yeux avant de l'embrasser doucement.

« Tout ce qui s'est passé avec Sarah, c'était un malentendu. Tu es celle qu'il me faut, chérie. Tu l'es. »

Maintenant aurait définitivement été le moment de lui expliquer pour Kyle.

Au lieu de cela, la réponse de Brenna fut de passer ses doigts dans ses cheveux et de l'attirer plus près pour intensifier leur baiser.

Les choses accélérèrent en moins de trois secondes.

Arquant son dos, elle pressa sa poitrine contre la sienne, inclinant sa tête pour exposer sa gorge lorsqu'il embrassa son cou avec insistance. Une de ses mains passa sous elle et la tira plus étroitement contre lui. Elle pouvait sentir son érection parfaitement alignée là où elle devait être. La seule barrière entre eux était le tissu fin des sous-vêtements qu'ils portaient encore. Son autre main travaillait pour libérer ses seins de sa nuisette.

Une fois ses seins exposés, il se mit à les caresser de ses deux mains. Il pinça un téton et l'étira, puis pétrit rudement son orbite rond, il baissa la tête pour sucer l'autre crête rosée. Elle se cramponna à ses épaules et pressa ses hanches contre les siennes.

Brenna passa sa main derrière son cou, la fit glisser jusqu'à son entrejambe et la frotta par-dessus ses sous-vêtements. Elle avait besoin de cette bite dure comme de la pierre en elle - maintenant. À en juger par la frénésie avec laquelle il pressait et suçait ses seins, il ressentait la même chose. Sa main descendit et déplaça sa culotte sur le côté, plongeant un doigt profondément dans son sexe. C'était presque comme s'il vérifiait si elle était mouillée.

Pensait-il vraiment que cela était un sujet de discussion ? Sa culotte était sans aucun doute trempée. Elle le voulait désespérément.

Ron remonta sa chemise au-dessus de sa taille et tira d'urgence sur sa culotte, l'amenant juste sous ses fesses avant de baisser son boxer. Sa respiration était aussi irrégulière que la sienne. Brenna fléchit les genoux et finit de retirer sa culotte. Elle venait de l'amener à ses chevilles lorsqu'elle sentit sa bite chaude et lisse frotter sa fente de haut en bas. Il bascula ses hanches et la pénétra.

Ils émirent tous les deux un faible gémissement lorsqu'il la combla. Cela faisait bien trop longtemps qu'ils n'avaient pas fait ça, et il était parfait.

Il commença à la baiser avec des coups lents et durs. Son corps réagissait à chaque poussée.

Mon Dieu, comme il lui avait manqué.

Aussi génial que cela puisse être, elle avait besoin de lui plus profondément en elle. Accrochant ses bras autour de ses genoux, elle souleva ses jambes et les écarta comme une offrande pour lui, et il s'enfonça dans sa chatte, comme elle en avait besoin. Il s'enfonçait jusqu'aux couilles à chaque poussée, laissant échapper un grognement à chaque bruit de frottement de leur peau.

Elle ne pouvait pas en avoir assez de lui. Elle sentait sa chatte frémir tandis que son excitation augmentait.

Elle pensait qu'il était sur le point de jouir, car il se redressa sur ses talons, sortit sa verge dure comme de l'acier de sa chatte et commença à frotter son clitoris avec. Brenna souleva ses hanches et il plongea à nouveau en elle, puis il se retira et déplaça plus rapidement sa queue sur son clitoris, l'excitant encore plus avant de la pénétrer à nouveau.

Il recommença plusieurs fois, la rapprochant à chaque fois de son orgasme.

Elle s'agrippa à son épaule alors qu'il l'amenait à nouveau au bord de la jouissance, gémissant « S'il te plaît » avant qu'il ne la pénètre à nouveau.

Tous les muscles de son corps se tendirent. Lorsqu'il se mit à masser son clitoris avec sa queue recouverte de son nectar, elle courba le dos et atteignit son apogée, poussant un cri lorsqu'il plongea à nouveau en elle. Tout ce qui avait été serré se défit jusqu'à ce qu'elle ait l'impression que son corps était fait de gelée.

Ron plongea en elle à un rythme régulier jusqu'à ce qu'elle ressente sa libération. Il se laissa tomber sur elle et la tint dans ses bras tandis que sa respiration s'apaisait et que son sperme chaud dégoulinait sur ses cuisses. Quand il essaya de l'embrasser dans le cou, elle se retira et tint son visage entre ses mains.

Ils se regardèrent dans les yeux pendant un long moment.

« Toi et moi, Bren. »

« Parle-moi de Sarah. »

Il ne broncha pas. « Tu dois savoir que rien ne s'est jamais passé avec Sarah. Il n'y a eu personne d'autre depuis que tu es entrée dans ma vie le soir du Nouvel An. »

« Pourquoi je le *saurais* ? De mon point de vue, il semblait évident que tu étais avec elle. Tu as passé ton anniversaire avec elle. Elle était là pour t'accueillir quand tu es revenu avec ton équipe. Je ne peux pas te blâmer, elle est belle, et vous avez un passé commun. »

Elle pouvait voir sa colère monter.

« Je n'aime pas être accusé de choses qui vont à l'encontre de ma nature », grogna-t-il. « Oui, elle et moi avons une histoire, et c'est exactement ce que c'est, une histoire. Pas de présent, pas de futur. »

À la façon dont Ron lui disait qu'il n'y avait ni présent ni futur avec Sarah, Brenna savait.

Elle *savait*.

Il ne lui avait pas menti, il avait été tout à fait merveilleux. Mentir n'était pas son style.

Apparemment, c'était le sien.

Elle redoutait de lui dire la vérité sur Kyle. Elle ne pouvait qu'imaginer à quel point il allait être en colère contre elle pour ne pas avoir été honnête ce soir quand elle en avait l'occasion.

Comme pour réaffirmer que sa crainte était justifiée, il prit son menton dans sa main et inclina sa tête pour qu'elle le regarde.

« Je te l'ai dit le soir de notre première rencontre, je ne joue pas de jeu, et je pense tout ce que je dis. Ça n'a pas changé. »

Comprendrait-il qu'elle avait essayé de se protéger et que c'était pour ça qu'elle avait menti ? Ou serait-il encore plus furieux qu'elle ait pensé qu'elle devait se protéger de lui en premier lieu ?

C'était un homme intègre, comment aurait-elle pu en douter ?

Brenna était tellement absorbée par les péchés que Danny avait commis, qu'elle n'avait pas pu faire confiance à Ron. Elle se souvenait avoir été si désireuse de croire les mensonges de Danny au début et en être ressortie comme une idiote. Elle avait refusé de prendre le même risque avec Ron.

Alors elle lui avait menti à propos de Kyle, et n'avait pas arrangé les choses quand l'occasion s'était présentée plus tôt.

Elle savait une chose.

Elle devait parler à Kyle pour qu'il soit d'accord avec son histoire ou elle était baisée. Et pas dans le bon sens du terme.

CHAPITRE QUARANTE-DEUX

Ron

Il se rendormit après leur séance d'amour impromptue avec son bras autour de sa taille nue.

Plus tôt, quand il était rentré du magasin, Ron s'était contenté de la tenir dans ses bras. Ils avaient partagé un baiser, et bien que cela l'ait excité, cela l'avait aussi laissé plein d'espoir. Quand il s'était réveillé par le frottement de son cul contre sa bite dure, il n'avait pas eu besoin d'être convaincu d'intensifier les choses et de la baiser. Savoir que Kyle n'était plus dans le coup était un bonus. Il détestait l'admettre, mais il y avait une réelle possibilité qu'il n'aurait pas été capable de s'arrêter même si ça n'avait pas été le cas.

Cela le troublait.

Mais elle et Kyle, c'était fini, alors c'était un sujet sans importance.

En quelque sorte.

Le fait qu'elle et Kyle aient été ensemble au départ était un point sensible, mais il devrait s'en remettre.

Il avait récupéré Brenna dans ses bras et dans son lit, au moins pour ce soir. Ils avaient encore des choses à se dire. Il devait s'expliquer au sujet de Sarah pour qu'elle n'ait aucun doute sur le fait qu'il ne s'était rien passé et qu'elle puisse lui faire confiance. Ils devraient également discuter du fait qu'elle ait cherché du réconfort auprès de Kyle, mais il la respectait pour avoir été honnête une fois qu'elle avait franchi cette ligne. Il y avait aussi le fait qu'elle n'allait pas bien quand il partait à l'étranger, mais cela prendrait fin une fois qu'il serait promu. Enfin, cela s'atténuerait au moins, suffisamment pensait-il, pour que ce soit gérable.

À condition que sa promotion soit toujours là.

Espérons que ce sauvetage en hélicoptère ne reviendrait pas lui nuire. Même si cela lui coûtait une montée en grade. Il avait fait ce qu'il fallait et le referait.

Le soleil perçait les côtés des rideaux occultants, et il se pencha, avec l'intention de frotter doucement la hanche de Brenna pour la réveiller.

Le lit à côté de lui était vide.

La note sur le bureau expliquait qu'elle n'arrivait pas à dormir et qu'elle était allée à l'hôpital, et qu'il devait appeler pour qu'on l'emmène quand il se réveillerait.

Il prit un taxi pour l'hôpital. Avec un peu de chance, Danielle allait toujours bien et Brenna ne se rendait pas malade d'inquiétude. Il avait tellement de projets pour l'avenir maintenant qu'il pouvait se permettre de l'imaginer. Il avait voulu lui dire hier soir qu'elle était son présent et son avenir, mais il s'en était abstenu. Maintenant, il regrettait de ne pas l'avoir fait quand ils étaient seuls.

Il trouva Cassie et Danielle endormies dans la chambre de cette dernière, alors il partit à la recherche de Brenna. Elle était peut-être dans la petite salle d'attente à l'étage de l'hôpital qui contenait une télévision et un ordinateur. Il approcha de la porte et sourit lorsqu'il entendit sa voix, mais s'arrêta net lorsqu'il entendit ce qui ressemblait à une dispute. Il lui fallut une seconde pour réaliser que c'était avec Kyle qu'elle avait une discussion animée.

La voix de Kyle était en colère. « Tu as fait quoi ? ! C'est quoi ce bordel, Brenna. Je n'arrive pas à croire que tu aies fait ça. Je m'attendais à un coup pareil de la part de Danny, pas de toi. »

Ron entendit du repentir dans la voix de Brenna. « Je suis désolée ! J'étais bouleversée, et je n'ai pas réfléchi. Ça paraissait la seule chose logique à dire à ce moment-là. J'ai merdé, ok ? J'ai compris. »

« Merdé ? *Merdé* ? Ce n'est pas comme si tu avais acheté la mauvaise marque de bouteille d'eau ou payé une facture en retard. Tu as menti à Ron et tu m'as utilisé dans le processus. Je ne sais même pas quoi te dire en ce moment. »

Le remords dans sa voix avait fait place au désespoir. « Écoute, je comprends que tu sois en colère. Je comprends. Je n'ai même pas une bonne excuse, à part que j'étais vulnérable et que je ne savais pas quoi faire d'autre. Je suis vraiment désolée, Kyle. C'était mal, et je le sais. Dis-moi juste ce que je dois faire pour que tu me pardonnes, et je le ferai. »

Kyle laissa échapper un long soupir, sa voix plus douce, presque comme s'il souriait. « Mais à quoi tu pensais ? »

« Je pensais que tu m'aimais et que tu comprendrais, et que Ron ne verrait jamais la différence. Mauvais jugement je sais, et si je pouvais revenir en arrière, je le ferais. »

« Tu vas devoir lui dire la vérité sur nous. »

« Je sais, je... »

C'est pas vrai. C'est pas vrai, putain. Ils étaient encore ensemble ? Comment Kyle peut-il être aussi calme ?

Ron arriva au coin de la pièce et ne prit même pas la peine de déguiser qu'il avait entendu leur conversation.

Brenna sursauta quand il entra. Ses yeux s'agrandirent et elle ressemblait à une biche prise dans les phares. Habillée d'un jean et d'un tee-shirt, les cheveux relevés en une queue de cheval haute et un maquillage minimal, elle aurait pu être la petite sœur de Cassie.

Secouant la tête, il murmura avec dégoût, « Je ne peux pas y croire. »

« Je suis vraiment désolée », lâcha-t-elle dans un murmure.

Ron la regarda comme si elle le répugnait et sourit. « Désolée pour quoi ? »

Elle baissa les yeux puis se dirigea vers la fenêtre sans répondre. Il la saisit par le coude et la fit pivoter pour qu'elle lui fasse face.

« Désolée pour quoi ? » répéta-t-il.

Elle regarda les boutons de sa chemise avant de répondre : « Pour t'avoir menti au sujet de Kyle. »

« Menti à propos de quoi exactement ? » Il allait lui faire dire tout haut.

Un petit sanglot lui échappa quand elle répondit : « À propos d'être ensemble. »

Ron était stupéfait. Il ne l'aurait pas cru s'il ne l'avait pas entendu de ses propres oreilles. Qu'est-ce qu'il était censé faire maintenant ? Crier ? Compatir avec Kyle ? Frapper quelque chose ?

Il devait garder son calme.

Aussi vide de toute émotion qu'il le pouvait, il lui dit carrément : « Tu n'es pas croyable. Tu m'as vraiment bien eu. Pas étonnant que tu ne m'aies pas cru quand je t'ai dit que rien ne s'était passé avec Sarah. Ça doit être difficile de faire confiance à quelqu'un quand on est soi-même indigne de confiance. »

Il n'y avait rien d'autre à faire que de s'en aller. Ce n'était pas comme s'il allait la forcer à choisir. Il ne voulait plus rien avoir à faire avec elle.

Ron se sentit coupable en disant à Kyle : « Je n'en avais aucune idée, mec. Elle a dit que c'était fini entre vous. Je n'aurais jamais... » Il ne put terminer sa phrase. Il venait de s'avouer ce matin-là qu'il aurait peut-être encore couché avec elle s'il avait su. Ce que cette femme avait fait de lui le rendait malade.

Kyle semblait être à court de mots. Il n'était pas aussi énervé que Ron pensait qu'il devrait l'être. Kyle envisageait-il de lui pardonner ? Apparemment, Ron n'était pas le seul à qui elle avait fait du mal.

Il regarda fixement Brenna en disant à l'homme « Elle est toute à toi », puis il tourna le talon et sortit par la porte.

Il entendit Brenna protester : « Ce n'est pas ce que tu penses », et il avait presque envie de revenir en arrière et de donner à Kyle tous les détails cochons de la nuit précédente, juste au cas où Kyle envisagerait de lui donner une seconde chance. L'homme avait été tout autant un pigeon que Ron, mais apparemment il devait encore apprendre à la dure, alors Ron continua à marcher.

Il ne se rappelait pas s'être déjà senti aussi trahi auparavant. Ça faisait un mal de chien.

CHAPITRE QUARANTE-TROIS

Brenna

Elle avait tellement peur qu'il lui en veuille d'avoir menti sur sa relation avec Kyle, qu'elle n'avait pas pensé qu'il penserait qu'elle mentait la veille sur le fait que Kyle et elle n'étaient plus ensemble.

Qu'elle avait trompé Kyle avec lui.

Elle voulait le poursuivre et tout lui expliquer, mais elle savait qu'il était trop en colère pour écouter ce qu'elle avait à dire. Elle devait retourner auprès de Danielle et envoyer Cassie et Kyle à l'hôtel pour dormir. Elle essaierait d'envoyer des SMS à Ron après lui avoir laissé le temps de se calmer.

Au cours des cinq jours suivants, elle envoya texto après texto depuis la chambre d'hôpital de Dee, le suppliant de l'appeler, sans réponse.

Elle composa son numéro et son appel tomba immédiatement sur la messagerie vocale. Il l'avait bloquée.

Elle ne pouvait rien faire de plus depuis Phoenix, bien qu'elle ait envisagé de lui envoyer des fleurs, mais elle savait qu'elles finiraient sur le bureau de sa secrétaire ou dans la déchiqueteuse.

Elle devait aussi faire amende honorable auprès de Kyle. Il était furieux d'avoir été entraîné dans ses histoires, mais quand il avait vu à quel point elle avait le cœur brisé, il ne lui avait pas fallu longtemps avant de lui pardonner.

Une raison de plus pour laquelle elle l'aimait.

Bien sûr, la section « Cancans du moment », ainsi que la section « Nouvelles » du journal eurent vent de l'accident de Dee. Puisqu'elle était maintenant adulte, elle était considérée comme un gibier pour la presse. Les torchons à ragots lui consacrèrent une journée entière avec leurs spéculations. Dieu merci, sa fille n'avait pas accès à tout ça. Les paparazzis se mirent à surveiller l'hôpital, et les jours où Brenna pouvait se coiffer en chignon et porter un pantalon de yoga furent vite terminés.

Ils publièrent même une très belle photo d'elle et de Kyle prenant une pause dans le jardin de l'hôpital. Ils revivaient de vieux moments de la vie de Danny, et ils riaient tous les deux. C'était un moment authentique qu'elle détestait que la presse partage avec le monde entier, mais elle aimait quand même cette photo. Elle se demandait si Ron l'avait vue.

Elle était reconnaissante d'avoir été trop inquiète pour sa fille pour pleurer la perte de Ron, mais Danielle s'était remise suffisamment vite pour qu'elle puisse sortir de l'hôpital et qu'elles s'envolent pour San Diego. Brenna engagea un service pour ramener sa voiture pour elle.

Elle avait besoin de voir Ron et de faire en sorte qu'il l'écoute. Qu'il comprenne. Il avait dit qu'elle était faite pour lui. Ça devait compter pour quelque chose, non ? Il ne pouvait pas en avoir fini avec elle sans y réfléchir à deux fois.

Le pouvait-il ?

Peut-être, puisqu'il n'avait pas essayé de reprendre contact avec elle. Elle avait gardé cette crainte en tête depuis le jour où il était parti, mais elle ne s'était pas autorisée à y penser. Maintenant que sa fille était en voie de guérison et qu'elles étaient rentrées à San Diego, elle ne pensait plus qu'à lui.

Pourtant, elle ne trouvait pas le courage d'aller chez lui et de frapper à la porte. La peur qu'il lui claque la porte au nez était trop réelle.

Elles étaient de retour en Californie depuis une semaine quand Brenna demanda conseil à Cassie. Elle s'était confiée à sa soeur à l'hôpital sur tout ce qui s'était passé la nuit de l'accident de Danielle et le lendemain matin. Les choses intimes qu'il avait dites, ainsi que sa réaction de colère en pensant qu'elle avait trompé Kyle avec lui.

« Que vais-je faire ? » se lamenta-t-elle pendant qu'elles buvaient du vin sur son patio.

« Je ne sais pas ? Peut-être lui donner plus de temps pour se calmer et réessayer dans quelques semaines ? » proposa Cassie.

« Et s'il trouve quelqu'un d'autre ? »

Cassie fronça les sourcils. « Alors je suppose qu'il trouvera quelqu'un d'autre, et que vous n'étiez pas faits l'un pour l'autre. »

« Peut-être qu'il s'est remis avec Sarah. »

« Brenna, tu ne peux pas continuer à t'infliger ça. S'il trouve quelqu'un d'autre, s'il retourne avec Sarah, s'il décide de ne jamais te pardonner, ce sont ses décisions. S'il choisit l'une d'entre elles, alors c'est que ça devait arriver.

Ron est un type bien, je ne le nie pas. Il est très noble. Mais tu mérites quelqu'un qui va se battre pour toi. »

« Tu crois ? Tu crois vraiment ? Regarde ce que j'ai fait. »

« Tu as essayé de te protéger du mal. Oui, peut-être que tu t'y es prise de la mauvaise façon, mais quiconque connaît ton histoire ne peut pas te reprocher ce que tu as fait. »

Brenna hocha la tête. « C'est vrai. »

Puis le doute revint en force. « Mais ne lui devais-je pas de lui accorder le bénéfice du doute ? »

Cassie grogna. « Comme il l'a fait pour toi ? »

Elle soupira. « Tu as raison. Mais, et si il attendais que je me batte pour lui ? Et si, quand nous aurons quatre-vingt-dix ans, nous nous retrouvons et découvrons que nous attendions tous les deux l'autre ? »

Sa jeune sœur roula des yeux. « Tu n'écrirais pas pour Hollywood par hasard ? »

Brenna lui lança un regard réprobateur, puis s'adoucit lorsque Cassie se pencha vers elle et lui serra la main.

« Bren, ce n'est pas comme si tu n'avais pas essayé de lui tendre la main pour lui expliquer les choses. Peut-être que tu as juste besoin de laisser tomber pour un moment, de continuer ta vie. Si tu veux réessayer à l'avenir, tu sauras quand le moment sera venu. Mais peut-être que ton prince charmant est toujours là. As-tu pensé à ça ? »

« Oui, brièvement. Comme si tout ça était arrivé pour des raisons que je ne comprends toujours pas. Mais à chaque fois que j'y pense, il semble que tout ce qui s'est passé était destiné à nous réunir, Ron et moi. »

Cassie haussa les épaules. « Je sais que tu l'aimes et Dieu sait que je ne suis pas une experte en relations, regarde mon palmarès, mais il y a beaucoup de poissons dans la mer, et toi, ma belle sœur, tu es une sacrée prise. »

Brenna esquissa un demi-sourire. « Peut-être que j'ai couru après le mauvais appât. Les hommes beaux et bien foutus ne semblent pas me convenir. »

« Je pense que tu as besoin d'un jeune étalon, ou d'un homme plus âgé et distingué, une aventure pour te remettre en selle. »

Avec un long soupir, Brenna répliqua : « Peut-être que je dois rejoindre un couvent. »

Cassie fit un clin d'oeil. « Nan, tu ne porterais pas bien l'habit. »

« Passer mes journées à boire ? »

« Trop de calories vides. »

Brenna fit mine de grogner contre sa sœur. « Tu veux bien me laisser être malheureuse en paix ? »

Cassie se leva et ramassa leurs verres de vin vides. « Impossible, ma belle », puis elle se dirigea vers la maison.

Peut-être que Cassie avait raison ; elle devrait reprendre sa vie en main. Cela signifiait qu'elle devait admettre que Ron ne viendrait pas pour elle. Était-elle prête à l'admettre ?

Cette prise de conscience lui fit l'effet d'une douche froide. Quel choix avait-elle ?

****

Ron

Et dire que je pensais en avoir fini avec elle depuis le temps.

Ça faisait déjà un mois, mais chaque fois que Ron pensait à Brenna, il était toujours en colère. Pas seulement contre elle, mais contre lui-même. Il avait couché avec elle alors qu'elle était avec quelqu'un d'autre, et ce n'était pas quelque chose qu'il faisait. Le pire, c'est qu'à chaque fois qu'il se le repassait en mémoire, il se surprenait à essayer de le justifier.

Kyle les avait pratiquement mis ensemble.

Cassie, aussi.

Brenna lui avait dit qu'elle et Kyle n'étaient pas ensemble.

Comment avait-elle pu le mettre dans cette position ? Ron n'était pas le genre de type à tromper ou à aider quelqu'un d'autre à tromper. Semper Fi n'était pas qu'un slogan pour lui, c'était sa façon de vivre sa vie.

Et c'est ce qui lui restait en travers de la gorge : lorsqu'il se remémorait le matin suivant leur aventure, il se rappelait s'être avoué que même s'il avait su qu'elle était avec Kyle, il aurait probablement quand même couché avec elle.

Elle lui avait joué un sacré numéro. Il était tombé dans le piège de la pauvre veuve qui avait été trompée ; et il s'était fait avoir comme un bleu. Elle avait dû le voir venir à un kilomètre.

Qu'elle aille se faire foutre.

Et pourtant, elle hantait ses rêves. Quand il dormait, elle était toujours la femme qu'il aimait. Celle qui faisait bander sa bite d'un regard, et chanter son cœur d'un simple toucher ou d'un mot. Il se réveillait en souriant, puis la réalité s'insinuait, et il était de nouveau en colère.

Il avait besoin qu'elle sorte de son système, d'une manière ou d'une autre.

Chapitre Quarante-Quatre

Brenna

Cassie arriva, sans y être invitée, à la maison de la plage pour le petit-déjeuner un vendredi matin de la fin juin.

« Je suis un cas désespéré », dit-elle en faisant les cent pas autour de l'îlot de cuisine.

« Qu'est-ce qui ne va pas ? » demanda Danielle en versant des céréales dans des bols pour elle et sa tante.

Prenant le lait dans le réfrigérateur, Cassie soupira.

« Le travail veut que j'aille à la réception du calendrier des héros. »

Danielle répondit, « Oh ! Ça a l'air sympa ! »

Renfrognée, Cassie répondit, « Luke est l'un des participants. »

Brenna écoutait depuis son tabouret de bar, en buvant son thé. Elle avait vécu à San Diego assez longtemps pour savoir qu'en dehors de leur bal annuel, la plus grande source de revenus pour la Fondation des Blessés de Guerre était le calendrier des Héros de San Diego et tous les événements qui l'accompagnaient. La soirée de demain allait être une grande fête pleine d'énergie sexuelle ; un vote pour choisir les hommes qui seraient présentés dans le calendrier suivi d'une vente aux enchères pour des rendez-vous avec eux.

Elle savait que Luke faisait partie du comité de financement du calendrier et qu'il était célibataire ; il était logique qu'il participe, étant donné qu'il était en partie responsable de son succès.

Brenna gloussa. « Et alors ? »

« Alors, on ne s'est pas parlé depuis plus d'un mois ! Je vais devoir regarder toutes ces femmes se jeter sur un type avec lequel je n'en ai peut-être pas fini ! »

Cassie avait raison, il y aurait des femmes qui seraient prêtes à payer le prix fort pour un rendez-vous avec Monsieur Sexy à Croquer.

« Donc tu devrais enchérir sur lui ! Je pense que j'irais juste pour voir ça. » Elle ricana.

Cassie lui saisit le bras. « Oh, oui ! S'il te plaît, viens avec moi ! »

Comme Brenna hésitait, Cassie commença à lui tenir un discours commercial manifestement répété.

« J'ai un billet supplémentaire, ça va être sympa. Des mecs sexy, torse nu, qui sauvent le monde, de l'alcool, d'autres mecs sexy, que demander de plus ? »

Cassie se tourna vers Danielle. « Désolée, Dee, c'est vingt et un ans et plus. »

Sa fille finit de mâcher ses céréales avant de répondre. « C'est très bien comme ça. La dernière chose que j'ai besoin de graver dans mon esprit, c'est de voir ma mère et ma tante reluquer des hommes huilés et à moitié nus. »

Se tournant à nouveau vers Brenna, Cassie poursuivit. « Peut-être qu'il y aura quelqu'un aux enchères qui te plaira. »

« Peut-être », répondit Brenna, en essayant d'afficher un visage le plus neutre possible.

Il n'y avait qu'un seul héros sexy et torse nu qui lui plaisait, même si elle avait fini par admettre que c'était vraiment fini entre eux.

****

Brenna et Cassie arrivèrent assez tôt pour avoir un siège près de la scène. L'endroit rappelait à Brenna les clubs de strip-tease qu'elle avait vus dans les films, les poteaux en moins. Il faisait sombre, et la scène était placée plus haut que les tables.

Pour que le public ait suffisamment d'informations sur les candidats du calendrier, ils devaient se présenter et faire de leur mieux pour gagner le vote de la foule. Elle était certaine que les femmes allaient se déchaîner lorsque les secouristes et les militaires, torse nu, se pavaneraient sur la scène.

La vente aux enchères serait quelque peu différente. Il y avait un programme qui détaillait les hommes qui s'étaient portés volontaires pour participer à l'enchère - leurs mensurations, et ce qu'ils proposaient en ce qui concernait le rendez-vous. Vous pouviez reconnaître les hommes qui étaient de grands dragueurs en vous basant sur leurs offres de rendez-vous. Ils proposaient du vin, un dîner, une danse, et incluaient des extras comme *un pique-nique de minuit sur la plage*, ou certains étaient encore plus flagrants avec des suggestions comme un dîner.... et un petit-déjeuner. Les hommes qui semblaient avoir moins envie d'un coup d'un soir proposaient un déjeuner, suivi d'activités légères et moins romantiques comme une partie de tennis, une pièce de théâtre ou une visite de leur lieu de travail. L'un d'eux proposait même un tour en hélicoptère.

C'est là que son cœur s'arrêta.

Le général Ron Thompson était le célibataire numéro onze, et il offrait une visite de la base, suivie d'un déjeuner gastronomique, et d'un tour en hélicoptère comme cadeau.

« Oh mon Dieu, Cass. Ron est dans la vente aux enchères. »

Sa sœur se pencha et regarda où Brenna pointait dans le programme.

« Oh, c'est fou ça », répondit nonchalamment Cassie en se redressant.

« Cassandra Jo Sullivan, étais-tu au courant de cela quand tu m'as invitée ? »

Sa sœur ne répondit pas à la question, mais fit plutôt remarquer avec un sourire en coin : « Eh bien, si tu paies cher pour sortir avec lui, il devra te parler, n'est-ce pas ? »

Cassie avait peut-être raison.

« Je vois tes méninges qui tournent, ne nie pas que tu y penses ! » dit Cassie avec un ton taquin.

Brenna haussa les épaules. « Nous verrons bien. Qui sait, peut-être que quelqu'un d'autre suscitera mon intérêt à la place. Je veux dire, Craig Baxter est prêt à faire un massage complet du corps. »

Elle brandit le programme et montra une photo du très séduisant capitaine Baxter.

« En voila un qui a tout compris ! »

Elles savaient toutes deux que Brenna racontait des conneries, mais elle appréciait que sa sœur lui laisse ce moment pour au moins faire semblant de la jouer cool.

Elle se fichait du prix à payer, elle allait avoir ce rendez-vous avec Ron.

Maintenant, elle avait besoin d'un verre. *Le courage donné par l'alcool faisait des miracles.*

Une fois leurs cocktails en main, Brenna continua à regarder le programme.

« Ooh, comme c'est mignon. Le rendez-vous de Luke consiste à promener des chiens de refuge, à déjeuner et à visiter le poste du SWAT. »

Cassie roula des yeux, puis regarda les dames qui commençaient à remplir la salle.

« Ouais, les nanas vont n'en faire qu'une bouchée avec ces conneries. Une fois que ces salopes l'auront vu... Raah. »

Brenna se souvenait de ce sentiment d'avoir des femmes réclamant l'attention de son homme. Elle était curieuse de voir comment Luke et Ron allaient gérer ça ce soir.

Elles venaient de commander une autre tournée lorsque Luke et un superbe homme blond apparurent à leur table.

« Mesdames, je suis ravie que vous soyez venues ce soir ! »

Brenna sourit à Luke et répondit, puisque Cassie semblait avoir du mal à parler. « Nous n'aurions pas manqué ça ! Une si bonne cause. Ne voulez-vous pas vous joindre à nous, Messieurs ? »

Ils prirent place et Luke fit les présentations. « Cass, Bren, voici mon ami, Ryan Kennedy. Ryan, voici Brenna Roberts et sa sœur, Cassandra Sullivan. »

Brenna détecta un léger froncement de sourcils sur le visage de Luke quand Ryan fit un sourire coquet et porta la main de Cassie à ses lèvres.

« C'est *un vrai* plaisir de vous rencontrer. » Il inclina la tête quand il regarda Brenna et lui tendit la main. « Mme Roberts, enchanté. »

Les hommes disparurent au bar et lorsqu'ils revinrent, Brenna remarqua un net changement dans l'attitude de Ryan envers Cassie ; il avait considérablement baissé d'un cran. Ils firent la conversation et les filles apprirent que Ryan, capitaine des pompiers au sein du comité de collecte de fonds, était numéro huit dans la compétition de calendrier et numéro dix pour la vente aux enchères. Il était l'un des hommes fournissant un rendez-vous romantique.

Lorsque Brenna le taquina à ce sujet, il répondit : « Vous voyez la fille là-bas dans la robe rouge ? »

Il désignait subtilement une superbe brune aux longs cheveux ondulés.

« Après six mois de relation, elle a décidé il y a trois semaines que nous avions besoin d'être séparés. »

« C'est dur. Je suis désolée. »

Il haussa les épaules, essayant de faire semblant de ne pas être affecté, mais elle pouvait voir la douleur dans ses yeux et fit un sourire compatissant quand elle lança, « Tant pis pour elle. »

« Peut-être que vous pourriez faire une offre sur moi », dit-il à Brenna avec un sourire en coin.

Cassie intervint, « Je pense que ma sœur a des vues sur celui qui est juste après toi. »

Luke et Ryan échangèrent un regard complice, et un lent sourire apparut sur le visage de Ryan.

« Oh, *vous êtes* la scénariste ? »

C'est quoi ce bordel ?

« Ouais, je suis scénariste. Je ne sais pas si je suis *la* scénariste. »

Luke fit un sourire en coin. « Non, tu es absolument *la* scénariste, c'est sûr. »

Elle voulait le cuisiner pour savoir ce que ça voulait dire, mais la musique cessa, et l'endroit devint sombre. Un projecteur se mit à suivre un maître de cérémonie qui monta sur scène et salua la foule. Après les civilités habituelles, l'homme en smoking expliqua comment les choses allaient se dérouler ce soir, au cas où l'on n'aurait pas suivi le programme. Puis il présenta les membres du comité de l'événement, les projecteurs se braquant sur chacun d'eux alors qu'ils se tenaient debout et saluaient la foule. Brenna retint son souffle lorsque son Marine sexy au possible fut illuminé.

Il avait manifestement pris le soleil, car sa peau bronzée contrastait fortement avec la chemise blanche boutonnée qu'il n'avait pas rentré de son jean Levi's. Bien sûr, il portait des vêtements civils. Bien sûr, il portait la paire de jeans qu'elle préférait sur lui.

Bon sang, il était sexy. Elle n'aimait certainement pas les jolies femmes à sa table qui caressaient et tripotaient son dos et ses bras comme si elles le félicitaient pour un travail bien fait. À la façon dont elles poussaient leurs seins vers lui, Brenna savait qu'elles voulaient faire plus que le féliciter. Le sourire qu'il leur offrait était son meilleur faux sourire - elle en était au moins réconfortée. Pourtant, même faux, il avait le plus beau des sourires.

« On dirait que tu as de la concurrence », lui chuchota Ryan à l'oreille au moment où les projecteurs se braquèrent sur lui et Luke lors de leur présentation. Ils saluèrent tous les deux la foule avec décontraction, et Ryan passa son bras autour de l'épaule de Brenna.

« Un peu de jalousie ne fait jamais de mal », dit-il avec un clin d'œil.

Elle sourit et roula les yeux en secouant la tête. « Qui essaies-tu de rendre jaloux ? »

Il feignit d'être blessé. « Qui, le général Thompson, bien sûr. »

« Pas ton ex ? »

« Eh bien, si elle est jalouse au passage, » il sourit, « c'est un bonus. »

L'homme sur scène termina les présentations et demanda aux hommes du calendrier d'aller dans les coulisses.

Le capitaine des pompiers fit signe à Luke. « C'est nous. »

Luke se leva et fit un clin d'œil à Cassie.

Brenna la vit lui murmurer quelque chose à l'oreille, et il se retira avec un sourire.

« C'était quoi tout ça ? » demanda-t-elle à sa sœur après que les deux hommes se soient éloignés.

Cassie lui lança un sourire diabolique mais ne dit rien de plus.

CHAPITRE QUARANTE-CINQ

Ron

Il vit que Brenna était avec ce dragueur, Ryan Kennedy. Il devait être au moins de dix ans son cadet. Non pas qu'il puisse blâmer l'homme - elle était aussi sexy que n'importe quelle femme ici, y compris celles qui avaient la moitié de son âge.

Mais quand même. Où était Kyle ? Qu'est-ce qu'elle foutait avec ce pompier ?

La même chose que ce qu'elle faisait avec toi.

Ses tripes se serrèrent quand il répondit à sa propre question. La pensée de ses lèvres autour de la bite de Ryan, ou de Kyle, ou de n'importe qui d'autre, lui faisait voir rouge.

Il avait besoin de chasser ces pensées. C'était fini, elle pouvait mettre ses lèvres autour de la bite qu'elle voulait, ce n'était plus son problème. Elle semblait être passée à autre chose, peut-être était-il temps qu'il en fasse autant.

Peut-être qu'une femme sexy ferait une offre sur lui ce soir. Il savait qu'au moins une des femmes qui se pâmaient devant lui à sa table le ferait. Sauf que, malgré tous ses efforts, il n'était pas intéressé. Il semblait qu'une certaine scénariste l'avait ruiné pour n'importe qui d'autre. Logiquement, il savait que ce n'était qu'une question de temps avant qu'il ne soit prêt à se remettre en selle, mais de là où il était, il ne voyait pas ça arriver de sitôt.

Il avait besoin d'oublier Brenna une fois pour toutes. C'était une menteuse et une trompeuse, même si elle était très belle. Une fois sa promotion obtenue, il serait plus souvent dans le pays, et il pourrait consacrer plus de temps à quelqu'un. Maintenant, il s'agissait juste de trouver *la bonne.*

Qui sait, peut-être que *la bonne* était ici ce soir.

Ou peut-être que pour l'instant, il pourrait se contenter *d'un bon... coup d'un soir.*

L'énergie sexuelle de l'endroit était presque palpable alors que le concours de calendrier commençait. Il devait admettre que l'idée de Luke de procéder au vote avant la vente aux enchères était brillante, puisque la plupart des hommes actuellement sur scène proposaient également un rendez-vous au plus offrant. Les femmes étaient presque frénétiques et en redemandaient après qu'ils aient quitté la scène. Lorsqu'ils revenaient avec l'opportunité d'aller à un rendez-vous avec eux, les cordons de la bourse étaient complètement déliés.

C'était pour une cause fantastique, donc il ne se sentait pas mal à ce sujet.

Il jetait des regards furtifs à Brenna, ce qui l'agaçait. Ils en avaient fini, il se fichait de ce qu'elle faisait, ou d'avec qui elle le faisait. Pourtant, il remarqua qu'elle ne semblait pas aussi impressionnée par les mecs torse nu que les autres femmes. Chaque fois qu'il la regardait, elle regardait son téléphone, discutait avec sa sœur ou affichait un sourire poli en regardant les participants sur scène. C'était très différent de certaines des femmes autour de lui, qui sifflaient et qu'on pouvait pratiquement voir baver d'envie.

Probablement parce qu'elle avait déjà son agenda bien rempli.

Il s'en foutait. Elle pouvait jouer à ses putains de jeux avec un autre pauvre crétin.

Le maître de cérémonie annonça que la vente aux enchères allait commencer et Brenna avait le même regard poli, mais désintéressé, sur son visage. Depuis que Ryan et Luke étaient revenus après avoir posé pour le calendrier, toute leur tablée semblait s'être lancée dans une conversation amusante et animée. Lorsque le moment vint de mettre aux enchères le rendez-vous romantique de Ryan, le pompier se leva pour monter sur scène. Ron vit Brenna lui tapoter le dos et lui souhaiter *bonne chance* juste avant de quitter la table.

Elle donna l'enchère d'ouverture mais se retira rapidement lorsque les offres atteignirent cinq cents dollars. Il sourit. Elle avait donné beaucoup plus que ça à FBG quand elle lui avait envoyé un chèque de son studio de cinéma.

Une petite brune sexy dans une robe rouge et une autre rousse tout aussi belle étaient en guerre pour le beau capitaine des pompiers. Peut-être que Ron avait été trop sévère dans son évaluation du pompier. Il n'était peut-être pas avec Brenna après tout, et il semblait qu'il récoltait de l'argent pour l'avoir mise en avant comme sa cavalière.

Finalement, la rouquine céda face à la proposition gagnante de la brune, d'une valeur de neuf cents dollars. Il observa l'homme descendre les escaliers et, selon le protocole, escorter la gagnante jusqu'à l'endroit où elle pourrait payer. Il semblait que la coutume était de passer le reste de la soirée avec la dame qui avait donné l'argent pour sortir avec le gentleman dans le futur.

Ron était le suivant. Il n'avait pas été à moitié nu sur scène plus tôt, donc il ne s'attendait pas à ce que son rendez-vous lui rapporte beaucoup d'argent. Il serait impressionné s'il récoltait trois cents dollars.

L'une des brunes plantureuses de sa table, qui n'avait pas hésité à frotter ses seins contre lui, commença les enchères avec deux cents dollars.

Pas mal. Peut-être qu'il pourrait gagner plus qu'il ne le pensait.

Le commissaire-priseur n'arrivait pas à suivre la vitesse à laquelle les petites pancartes se levaient, alors il demanda à ce que les offres soient augmentées de cinquante dollars au lieu de vingt-cinq.

Comme le montant augmentait, la plupart des femmes se retirèrent. Il n'en restait plus que deux, la femme de sa table qui avait commencé l'enchère et...

Sarah.

Il soupira intérieurement. Il pensait qu'elle avait compris que les choses n'allaient pas marcher entre eux.

Les deux femmes semblaient aussi déterminées l'une que l'autre, et elles avaient fait monter les enchères jusqu'à 1 100 dollars. Il fut en quelque sorte soulagé quand il apparut que la femme de sa table était la gagnante. Elle était sexy, dans le genre salope. Peut-être qu'il était temps qu'il se lâche, et elle semblait être parfaite pour l'aider à le faire.

Le commissaire-priseur dit, « une fois », quand de nulle part, il entendit une voix dire, « Cinq mille dollars ».

Il connaissait cette voix. Elle venait d'une foutue blonde au premier rang portant une robe sans manches bleu layette qui faisait ressortir ses cheveux blonds et des yeux qui rappelaient à l'océan dans son jardin.

Celle à qui il avait dit qu'il ne voulait plus jamais la revoir.

Il n'y eut pas d'autres offres après ça et la salle éclata d'applaudissements quand le commissaire-priseur annonça « Vendu ! »

Qu'est-ce que Brenna fabriquait, putain ? Elle n'allait pas encore lui faire perdre la tête. Il lui ferait un chèque de cinq mille dollars pour couvrir ses frais, mais il ne sortirait *pas* avec elle.

Il savait que tout le monde regardait, alors il afficha son plus beau sourire lorsque les projecteurs le suivirent dans les escaliers jusqu'à l'endroit où Brenna était assise et lui offrit son bras. Une fois que les projecteurs les eurent quittés, il la poussa dans un bureau vide avant qu'ils n'arrivent à la caisse.

Sa peau était comme de la soie.

« Putain, à quoi est-ce que tu joues ? » grogna-t-il.

Elle joua l'idiote en le regardant avec ses grands yeux de biche. « J'achète une visite de la base et un tour d'hélicoptère. »

Il pouvait sentir son shampoing fleuri. L'effet qu'il produisit sur sa bite ne faisait que l'énerver encore plus.

« Tu aurais dû enchérir sur le rendez-vous de quelqu'un d'autre. Je ne sors pas avec toi. Je vais payer ta facture. »

« Ne serait-ce pas un titre intéressant. *Le général refuse l'argent d'une veuve pour la Fondation des Blessés de Guerre.* »

Il la regarda fixement. « Ils seront payés de toute façon. »

Elle sourit et il voulait effacer ce sourire de son visage - avec sa bite.

« Tu crois que la presse va se soucier de ce détail, surtout quand j'irai les voir insultée et blessée après avoir fait une si belle donation dans le passé ? Les gens réfléchiront à deux fois avant de donner plus d'argent à la Fondation, si c'est comme ça que vous traitez vos donateurs. Et tu n'as pas une grosse promotion à venir ? Cela ne va probablement pas se refléter très bien sur toi. »

Elle fit une grimace en s'imaginant à sa place.

Elle me fait du chantage, putain.

Au moins, elle eut la décence de reculer d'un pas quand il se mit à la dominer. Puis elle se lécha les lèvres, ce que sa bite remarqua.

Putain de femme.

Ron fit un autre pas menaçant vers elle, et elle continua à reculer jusqu'à ce qu'elle soit contre le mur.

Il était livide. Mais sa bite ne recevait pas le message. Peut-être qu'il pourrait la faire sortir de son système en la baisant.

Coinçant son corps avec le sien, il approcha son visage à quelques centimètres du sien et se pressa contre elle.

« C'est ça que tu veux, Brenna ? »

Elle ne lui répondit pas, mais il pouvait voir à la façon dont ses pupilles se dilataient que c'était exactement ce qu'elle voulait.

Ses lèvres s'agitèrent un instant avant de capturer les siennes, presque doucement au début, mais lorsqu'elle lui rendit le baiser, il prit une profonde inspiration puis enveloppa sa bouche de la sienne.

Il passa ses mains grossièrement sur ses seins et le long de ses côtés et remonta sa robe jusqu'à sa taille. Il passa la main entre ses jambes, et trouva sa culotte mouillée, comme il s'y attendait.

Ses mains vinrent sur sa poitrine dans une fausse tentative de le repousser. Attrapant ses deux poignets, il les coinça au-dessus de sa tête d'une main et repoussa sa culotte de l'autre.

« C'est ce que tu espérais obtenir pour tes cinq mille dollars ? » grogna-t-il à son oreille.

Il enfonça deux doigts dans sa chatte trempée, et elle cria, poussant ses hanches contre sa main. Sa bouche s'imposa à elle, et il continua à enfoncer ses doigts dans son corps, ne retirant ses lèvres que pour lui lancer d'autres offenses.

« Kyle ne peut pas te faire jouir alors tu dois acheter un rendez-vous avec moi ? »

Son pouce effleura son clito, et il la sentit sursauter.

« Est-ce que tu gémis mon nom quand il te baise ? »

Haletant fortement, elle ne disait toujours rien tout en bougeant ses hanches en rythme avec sa main, et il la sentait devenir plus humide.

Uh uh. Elle ne va pas jouir comme ça.

Il déboucla sa ceinture et baissa son pantalon juste assez pour faire sortir sa bite. Sans aucune plaisanterie, il se poussa à l'intérieur d'elle. Putain, elle était serrée.

Comme si elle avait attendu qu'il la baise à nouveau.

Il avait déjà goûté au sexe de réconciliation, mais ce n'était pas ça. C'était du sexe de colère. Il voulait la punir pour tout ce qu'elle lui avait fait subir - chaque nuit blanche, chaque sentiment de colère, chaque sentiment de culpabilité et de regret, et le fait que même en colère, son besoin d'elle le consumait. Sa bite allait se déchaîner sur sa chatte.

Il lui lâcha les poignets et lui tira les cheveux, lui tirant la tête en arrière et exposant son cou pour qu'il s'en délecte pendant qu'il s'enfouissait en elle. Son autre main pressait et pinçait brutalement son sein en même temps qu'il la punissait avec sa bite. Il voulait qu'elle sente chaque poussée jusqu'au coeur.

Enfoui dans son cou, il réalisa à quel point il avait encore envie de son odeur, de son goût, de son toucher... et cela lui donna envie de la baiser encore plus fort.

Poussée après poussée, il la pénétrait tandis qu'elle gémissait et gémissait. Ses seins bougeaient à chaque poussée.

« Putain, tu me donnes envie de toi », grogna-t-il en s'enfonçant dans son corps.

« Maudite sois-tu pour m'avoir fait t'aimer. » Un autre coup dur tandis qu'elle se tenait à lui de toutes ses forces.

« Et sois maudite pour m'avoir brisé le coeur », dit-il en serrant les dents, en répandant sa semence en elle.

Il continua à s'enfoncer en elle, et elle cria en s'accrochant à lui alors qu'elle jouissait sur sa queue. Il aimait comment sa chatte frémissait autour de lui alors qu'il était encore en elle. Il aimait toujours ça, mais il serait damné s'il l'admettait, même à lui-même.

Ron appuya son bras contre le mur à côté de son oreille et appuya son front sur le mur en reprenant son souffle.

Elle n'avait pas prononcé un mot depuis sa menace de chantage.

Quand il baissa les yeux vers elle, il eut honte de la voir le regarder avec une expression d'espoir.

Elle n'était pas censée le regarder comme ça. Elle était censée le détester. Ce n'était pas un nouveau départ, c'était une tentative d'exorciser son besoin d'elle.

Apparement, il avait échoué sur toute la ligne.

Putain, putain, putain.

Remettant correctement son pantalon, il évita tout contact visuel et grommela : « Appelle ma secrétaire et fixe un jour pour venir à la base », puis il se retourna et la laissa appuyée contre le mur, sa jupe toujours remontée autour de sa taille.

Il devait sortir de là avant de la prendre dans ses bras et de tomber à nouveau dans ses mensonges.

Chapitre Quarante-Six

Brenna

Elle toucha ses lèvres meurtries en regardant Ron sortir par la porte du bureau désert dans lequel il venait de la pousser.

Tu te fous de moi ?

Enchérir sur son rendez-vous avait été une erreur. Une énorme erreur. Elle aurait dû l'écouter quand il lui avait dit que c'était fini entre eux. Mais comme d'habitude, elle ne l'avait pas fait.

Elle savait qu'elle lui avait fait perdre le contrôle, et elle savait que c'était quelque chose qui n'arrivait pas souvent à son Marine. Mais elle pensait quand même qu'il lui devait plus qu'un « appelle ma secrétaire » pendant qu'il fermait sa braguette après leur baise rapide et brutale.

Elle baissa sa jupe ; les effets de l'orgasme de Ron s'échappèrent d'elle.

Cet enfoiré m'a baisée et est parti.

Elle s'en rendait compte petit à petit, et elle était de plus en plus énervée.

Brenna sortit du bureau en colère. Leur conversation n'était pas terminée, et elle n'était définitivement pas d'accord pour qu'il s'en aille après ce qui venait de se passer entre eux.

Et qu'est-ce qu'il a voulu dire par je lui ai brisé le cœur ? Je l'ai fait m'aimer ?

Elle rit à gorge déployée.

Regarde dans le miroir, connard. C'est toi qui m'as brisé le cœur, et je ne t'ai rien fait faire.

Elle n'allait pas se gêner pour lui dire ce qu'elle pensait de lui.

Elle regarda autour d'elle et ne le trouva pas.

Je parie que ce bâtard est parti.

Puis elle le repéra. Tout confortablement installé avec la femme de sa table sur laquelle Brenna avait surenchéri à la dernière seconde.

C'était un coup dur pour les tripes.

Elle avait une décision à prendre. Elle était sortie du bureau, armée, prête à passer à l'attaque et à ne pas se laisser faire, mais le voir avec cette femme moins de cinq minutes après qu'il ait été intime avec elle lui donnait l'impression d'être utilisée et méprisée.

Prenant une profonde inspiration, elle se dirigea vers la salle de bain pour se composer en privé.

Après s'être nettoyée, coiffée et maquillée tout en se parlant à elle-même, elle savait ce qu'elle avait à faire. Avec un peu de chance, ce fils de pute n'était pas encore parti avec la femme.

Non, ils étaient encore à table en train de flirter quand elle sortit des toilettes.

Brenna se dirigea vers eux sans un pas d'hésitation. Ron semblait surpris de la voir se tenir là.

Vraiment ? Tu es surpris ? Ça montre à quel point tu me connais mal, connard.

Avec un doux sourire, elle se tourna vers la femme dont il avait le bras sur la chaise.

« Le comité aimerait accepter votre offre de 1100 dollars pour un rendez-vous avec lui. » Elle tourna la tête vers Ron. « J'ai accepté de combler la différence de trois mille neuf cents dollars avec mon offre initiale. »

Sans prendre de pause pour attendre une réponse, Brenna concentra alors son attention sur Ron. Le regardant de haut en bas, elle dit avec dédain : « Ta performance ne valait même pas un dixième de cette somme, mais je me sens généreuse. » Elle n'attendit pas de voir sa réaction avant de revenir à la brune.

Avec un sourire en coin, elle dit à la jolie salope, « Profite. Tu devrais peut-être lui faire prendre une douche d'abord, tu sais, pour enlever mon odeur de lui », puis elle tourna les talons et retourna à sa table.

Va te faire foutre, Ron Thompson.

Elle passa un bras autour de Cassie et l'autre autour de Luke, et sourit aux nouveaux beaux inconnus qui étaient assis à leur table.

« Qui a envie de se soûler avec moi ? »

Dieu merci, elle obtint un « moi ! » unanime des participants.

« La première tournée est pour moi », déclara-t-elle bien plus joyeusement qu'elle ne le pensait.

Quand ils eurent leurs shots, Brenna proposa un toast. « Aux héros du calendrier ! »

« Aux héros du calendrier ! » répétèrent-ils tous en faisant tinter leurs verres ensemble. Elle jeta un coup d'œil et vit Ron qui la regardait. D'un regard froid, elle agita son verre à shot vers lui, puis prit un cul sec. Elle maintint son regard fixe, tout en suçant nonchalamment la rondelle de citron. Quelqu'un approcha de sa table, et il se détourna pour se concentrer sur la personne qui lui parlait.

Elle apprit que ses nouveaux compagnons de table se composaient d'un capitaine des Marines, Cooper Johnson, qui travaillait sur la même base que Ron, et les autres étaient tous des gars du SWAT qui travaillaient avec Luke. Craig Baxter, M. Massage complet du corps lui-même, faisait maintenant partie de leur groupe puisque la femme qui avait payé le prix fort pour un rendez-vous avec lui avait dû rentrer chez elle parce qu'elle devait travailler le lendemain matin.

Brenna découvrit également que pendant qu'elle se faisait baiser par Ron, Cassie avait enchéri sur le rendez-vous de Luke et s'en était tirée en ne payant que 500 dollars. Il s'était avéré que Luke avait fait un clin d'œil à sa sœur et lui avait envoyé un baiser pendant qu'il était sur scène, réduisant à néant les espoirs des autres filles d'avoir une chance avec lui, donc Cass n'avait pas eu beaucoup de concurrence.

« Je me demande si je vais avoir autre chose pour mes cinq cents dollars », chuchota Cassie à Brenna.

Le sourire de Luke leur fit comprendre qu'il avait entendu et qu'il avait hâte de lui montrer ce qu'elle allait obtenir pour son offre gagnante.

Ils enchaînaient les coups, et finalement la douleur dans le cœur de Brenna s'atténua, probablement parce qu'elle n'avait plus les idées claires, ce qui l'aidait à ne plus chercher Ron du regard. Le Capitaine Baxter devenait de plus en plus chaleureux au fur et à mesure qu'il buvait et lui proposa plus d'une fois de l'aider à rentrer chez elle.

À chaque fois, elle souriait et lui disait en peu de mots, *merci mais non merci*. Il était magnifique, mais elle ne le sentait pas. Brenna avait l'impression qu'on ne lui disait pas souvent non.

Lorsque l'heure des derniers verres arriva, elle se leva, vacillant un peu, et déclara qu'elle partait. Le capitaine du SWAT se leva pour la raccompagner et le reste du groupe fit de même. Ils restèrent tous debout sur le trottoir devant le bâtiment pour faire leurs adieux et attendre les taxis et les Ubers.

« Pourquoi ne pas partager un taxi ? » Craig proposa une fois de plus.

Brenna rit. « Je vais réussir à rentrer chez moi. Mon chauffeur Uber préféré travaille ce soir. »

« Tu es sûre ? »

Juste à ce moment-là, Ron apparut à ses côtés.

« Eh bien, eh bien, eh bien... si ce n'est pas Superman lui-même », ricana Brenna puis posa son index sur le côté de sa bouche dans un geste contemplatif. « Ou devrais-je dire, M. Une petite baise et puis s'en va ? Personnellement, j'aime bien le terme « trou du cul », il est plus facile à prononcer. »

Lui tenant le coude, il dit « Viens, je te ramène chez toi », à voix basse, comme s'il ne voulait pas attirer l'attention sur ce qui se passait.

Ha ha, aucune chance, connard.

Elle arracha son coude de son emprise et dit à voix haute : « Ne me touche pas ! Ne me touche plus jamais ! »

Ron regarda le groupe dont toute l'attention était maintenant tournée vers lui et Brenna. Craig semblait avoir redressé ses épaules, puis Cassie passa et lui tapota le dos en allant mettre son bras autour de Brenna.

« Chérie, laisse Ron te ramener à la maison. »

« Non, Greg va me ramener à la maison ! »

Le capitaine la corrigea : « Craig. »

« Désolée », lança-t-elle par-dessus son épaule.

Cassie prit sa voix apaisante, qui n'apaisait jamais vraiment Brenna et tendait généralement à l'énerver davantage. « Craig n'est pas en état de conduire, Ron l'est. Laisse-le te raccompagner. »

Brenna se retourna vers Ron, bredouillant ses mots pour le narguer.

« Est-ce que Monsieur Trois Secondes a changé d'avis ? C'est pour ça que tu veux me ramener chez moi ? Reprendre là où on s'est arrêté ? »

Ron semblait amusé. « Je veux juste m'assurer que tu rentres bien chez toi, et comme je sais où tu habites et que j'ai encore la clé de ta maison, je peux facilement le faire »

Brenna, ivre et agressive, sortit le grand jeu.

« Pourquoi tu te soucies de ce qui peut m'arriver ? C'est fini entre nous, tu te souviens ? Tu l'as dit toi-même. Sauf que tu as dû l'oublier quand tu m'as baisée ce soir. Mais bon sang, tout t'est revenu en mémoire une fois que tu as remonté ton pantalon et que tu es allé rejoindre ta nouvelle copine à gros seins ! »

Ron prit une profonde inspiration. Elle avait espéré le mettre dans l'embarras, mais il semblait plus agacé qu'autre chose.

N'ayant pas obtenu la réaction qu'elle espérait, elle cracha : « Et je n'en ai définitivement pas eu pour mon argent ! »

*****

Ron

Ron lança à Cassie un regard interrogateur et elle hocha légèrement la tête.

« Ok, miss bourrée, il est temps d'y aller. »

Ron hissa Brenna sur son épaule et l'emporta tandis qu'elle commençait à piquer une colère, à donner des coups de pied et à frapper son dos et ses fesses avec ses poings.

Slap !

« Tu viens de me donner une fessée ? », cria-t-elle.

Slap ! Slap !

« Tu m'as donné une fessée ! »

Ron ne manqua pas une étape en lui disant : « Si tu te comportes comme une enfant, je vais te traiter comme telle. »

Cela sembla la calmer.

« Pose-moi par terre. »

Il l'ignora et continua de marcher.

« Tu ferais mieux de me poser tout de suite ou je vais te vomir dessus. »

Cela attira son attention, et il la mit sur ses pieds, la stabilisant jusqu'à ce qu'elle retrouve ses repères.

La pauvre Brenna, pitoyablement ivre, décida de faire une scène et des larmes se mirent à couler sur ses joues.

« Je ne veux pas venir avec toi. »

« Eh bien, tu as trop bu, et je dois m'assurer que tu rentres bien chez toi. »

« Pourquoi ça t'intéresse que je rentre bien chez moi ? »

Avec un sourire et un ton amusé, il répondit : « Parce que je tiens à toi. »

Il se l'était avoué quelque part entre le moment où il avait joui en elle ce soir et celui où il l'avait regardée se soûler avec une table pleine de types qui faisaient tout leur possible pour la ramener chez elle, malgré son manque d'intérêt évident.

Elle bouda.

« Tu ne te soucies pas de moi, tu m'as utilisée. Tu penses que je suis infidèle. Tu aimes les gros seins maintenant. »

Il sourit et pensa à lui dire qu'aucuns seins au monde ne seraient jamais comparables aux siens, mais au lieu de cela, il l'encouragea à continuer de marcher.

« Je n'aime personne, sauf toi », lui souffla-t-il à l'oreille et il passa son bras autour de ses épaules pour guider la femme chancelante vers son F150 noir.

Après l'avoir poussée dans la voiture et l'avoir installée, il passa du côté du conducteur et démarra le moteur.

Brenna le regarda fixement pendant une minute avant de déclarer sans ambages : « Je ne t'aime plus. »

Il lui jeta un regard en conduisant. « Je suis désolé d'entendre ça. »

Elle poussa un soupir dramatique et s'adossa au siège.

« Moi aussi. Tu étais l'une de mes personnes préférées. »

L'apaisant, Ron répondit, « Eh bien, tu es toujours l'une de mes personnes préférées. »

« Non, je ne le suis pas. Tu penses que je suis une personne horrible », se lamenta-t-elle d'une manière unique aux filles ivres.

L'appâtant, il déclara : « Pourquoi est-ce que je penserais que tu es une personne horrible ? »

Elle ne répondit pas à la question en disant : « Tu me détestes maintenant. »

« Je ne te déteste pas, chérie. »

« Si, tu me détestes ! Je t'ai menti. Tu as sauvé la vie de ma fille, tu as toujours été là pour moi, et j'aurais dû te faire confiance et te dire la vérité. »

Elle laissa échapper une profonde inspiration qui fit battre ses lèvres comme elle le fit.

« Kyle est un type génial, mais je n'aurais jamais pu être avec lui. Je t'aimais trop. Tu aurais dû le savoir. »

Qu'est-ce qu'elle veut dire, j'aurais dû le savoir ? Savoir quoi, exactement ?

Il aimait ça et voulait qu'elle continue à parler.

« Tu as dit « aimer », au passé. Tu ne m'aimes plus ? »

Elle secoua furieusement la tête et fit des lèvres boudeuses. « Non. Je ne peux pas. »

« Tu ne peux pas ? Comment ça se fait ? »

« Parce que tu as brisé mon cœur en un million de petits morceaux. »

« Je l'ai brisé ? »

« Oui. Peut-être même un milliard », bafouilla-t-elle.

« Comment j'ai fait ça ? »

La belligérante Brenna était de retour, et elle le fixait. « Tu sais comment. »

« Non, je ne le sais pas. Pourquoi tu ne me le dis pas ? »

« Tu n'étais pas vraiment mon Superman, après tout. »

Il réprima un sourire. « Tu pensais que j'étais Superman ? Avec la cape, et tout ? »

Elle fit une grimace et l'imita. « Non, pas avec une cape et tout, crétin. »

Haussant les épaules, elle continua, « Juste comme... Juste comme quelqu'un qui ne pourrait jamais me laisser tomber ou me faire du mal. »

Il n'aimait pas la tournure que la conversation prenait, mais après la façon dont il s'était comporté ce soir, il le méritait.

« Comment t'ai-je laissée tomber, chérie ? »

« Tu t'es avéré être exactement comme Danny. »

Ce n'était pas la réponse à laquelle il s'attendait ; il s'attendait à ce qu'elle soit en colère parce qu'il l'avait baisée ce soir, et pour la façon dont il était parti après. Il avait du mal à suivre le fil de ses pensées, et il n'aimait pas du tout la comparaison avec Danny.

Ron agrippa un peu plus le volant de sa voiture, mais essaya de garder un ton léger. « Danny, hein ? »

Elle poussa un autre gros soupir. « La seule chose pour laquelle je pouvais compter sur lui, c'était pour coucher à droite et à gauche. »

« Mais tu sais que je ne l'ai pas fait. Je t'ai dit que c'était un gros malentendu. »

« Ouais, eh bien, je t'ai dit que j'ai menti uniquement parce que je pensais que tu étais un gros infidèle et que je savais que tu me laisserais tranquille si je disais que j'étais avec Kyle. Mais nooooonn... Je ne peux pas être pardonnée pour ça. »

Il quitta la route des yeux et la regarda.

« Tu ne m'as pas dit que tu n'avais jamais été avec Kyle. »

Elle fronça les sourcils et sembla être de plus en plus exaspérée par lui.

« Si, je l'ai dit. À l'hôpital. »

Il secoua la tête. « Non, tu ne l'as pas fait. »

Elle sembla ignorer ce petit détail avant de devenir plus bruyante. « Oh, c'est vrai ! Tu es parti et tu ne m'as pas laissée m'expliquer. Tu pensais que je trompais Kyle avec toi et... »

Il l'interrompit. « Donc tu n'as jamais été avec Kyle ? »

Elle était exaspérée par lui.

« Tu m'écoutes ? Non, je n'ai jamais été avec Kyle. Tu le saurais déjà si tu avais répondu à mes appels. »

« Je ne voyais pas l'intérêt. »

Putain, elle n'a jamais été avec Kyle.

« Eh bien, le but aurait été que tu puisses me parler, et que je puisse te le dire. C'était ça l'intérêt. »

L'expression de son visage indiquait, *Bahhh* ! Quand on est ivre, les réponses sont si évidentes.

« Alors pourquoi était-il en colère contre toi à l'hôpital ? »

« Parce que je voulais qu'il prétende que nous étions sortis ensemble. Je pensais que tu serais en colère contre moi pour avoir menti à ce sujet. »

Il grogna intérieurement. Oui, il aurait été contrarié, mais pas le cœur brisé comme il l'était depuis qu'il avait quitté l'hôpital.

Elle plissa les yeux. « Puis tu m'as baisée ce soir comme si je ne représentais rien pour toi et tu es parti avec ta nouvelle copine, Miss Gros Nichons. »

Oui, il avait fait ça, et il se sentait mal. Il savait qu'il ne pourrait pas justifier à sa passagère très ivre ce qui l'avait poussé à se comporter ainsi. Il le regrettait, et il avait ensuite dû la regarder se soûler à cause de lui.

Il avait pensé ignorer Cassie quand elle l'avait abordé au bar, pensant qu'elle allait continuer là où Brenna s'était arrêtée en l'engueulant, mais elle s'était contentée de lui dire qu'il pourrait y avoir plus à l'histoire de sa sœur, et qu'il serait probablement intéressé par ce qu'elle avait à dire. Puis, à brûle-pourpoint, elle lui avait suggéré de la raccompagner chez elle.

« Ça aiderait si je disais que j'étais désolé ? Que j'étais juste assis avec elle pour te mettre en colère ? »

« Ce n'était pas très gentil », elle faisait la moue. « Est-ce qu'elle sait que tu te servais d'elle ? »

Ouch. C'est le truc avec les ivrognes. Ils ne mâchent pas leurs mots.

« Eh bien, je ne pense pas qu'il lui ait fallu longtemps pour comprendre que je t'aime et qu'elle ne m'intéressait pas. »

Il se sentait à l'aise de lancer le mot en A puisqu'elle ne se souviendrait probablement de rien demain.

« Pfffft. » Brenna fit de nouveau frémir ses lèvres.

« Tu ne me crois pas ? »

« Non. » Elle ferma les yeux.

« Quelle partie ne crois-tu pas ? Que je t'aime ou qu'elle ne m'intéresse pas ? »

Elle ne prit même pas la peine d'ouvrir les yeux. « J'ai vu la façon dont tu la regardais. »

Il gloussa. « Comment je la regardais ? »

« Comme tu me regardais avant. Comme si tu voulais la baiser alors que tu venais de me baiser ! »

« Brenna, j'aurais pu la ramener chez moi ce soir si j'avais voulu. Ça ne m'intéressait pas. Tu es la seule femme que j'aime et que je veux ramener chez moi. »

« Tu ne m'aimes pas. Je ne suis pas *digne de confiance.* »

Elle lui avait renvoyé les mots qu'il lui avait dit à l'hôpital.

Il ouvrit la bouche pour répondre, mais elle continua.

« Je ne suis même pas digne de confiance au point de connaître ton putain d'anniversaire », grommela-t-elle.

« Tu connais mon anniversaire, chérie », la taquina-t-il. « C'est le premier mars. »

Elle se redressa et ouvrit les yeux pour lui adresser une grimace. « Eh bien, ce n'est pas parce que *tu* me l'as dit. C'est juste l'une des milliards de choses que tu as refusé de me dire. »

Fermant à nouveau les yeux, elle se colla contre la portière et murmura : « Tu n'aimes que ton stupide travail. »

Ça le fit rire aux éclats.

« Aah, Bren, je t'aime bien plus que mon travail. Je t'aime plus que tout. »

Il le pensait vraiment.

« Pfft » fut le seul son qu'elle fit avant de s'endormir rapidement.

Eh bien, ce fut un voyage très instructif.

Il appréciait Cassie pour l'avoir suggéré.

Chapitre Quarante-Sept

Ron

Il porta une Brenna endormie dans les escaliers jusqu'à son lit. En la regardant étalée sur le matelas, les cheveux en bataille contre l'oreiller, il envisagea de lui mettre sa nuisette, mais lorsque sa bite tressaillit à cette idée, il décida de ne pas le faire. Il la laissa dans sa robe et remonta les couvertures autour d'elle. En lui donnant un baiser, il lui murmura « Bonne nuit ma chérie » avant de redescendre.

Il se mit à table sur l'îlot de la cuisine et frotta sa main contre son menton poilu. Il avait un dilemme : devait-il rester ici ce soir ou rentrer chez lui ? Il semblait qu'il y avait beaucoup de choses dont ils devaient discuter, et il ne serait pas difficile de trouver une excuse pour rester dans la chambre d'amis.

Il entendit la porte d'entrée s'ouvrir, et Zona émettre un gémissement de bienvenue à celle qui venait d'entrer. Cassie apparut dans l'entrée de la cuisine.

Pourquoi est-elle ici ?

Son visage dut trahir ses pensées, car elle répondit à la question non exprimée. « Je ne savais pas si elle allait avoir besoin de moi après ton départ. »

Il grimaça en pensant au mal qu'il avait fait subir à Brenna, et se demanda ce que Cassie savait exactement.

« Comment va notre mademoiselle ? » demanda-t-elle.

« Elle est dans les vapes. »

Il y eut un silence gênant, puis Ron lui demanda : « Quand as-tu su qu'elle m'avait menti sur sa relation avec Kyle ? »

La mini-moi de Brenna eut l'air penaud. « La nuit où elle l'a fait. »

Il essaya de ne pas montrer sur son visage qu'il était en colère contre elle à ce sujet, mais il était certain qu'il ne faisait pas un très bon travail.

Cassie se défendit. « Tu dois comprendre qu'après tout ce que Danny lui a fait subir, elle n'avait pas la force de tout recommencer. Et franchement, je ne pouvais pas la regarder le faire à nouveau. »

« Je n'ai rien à voir avec Danny », répondit-il d'un ton irrité.

Elle ne lui répondit pas, son attention était portée sur ce qu'elle faisait sur son téléphone. Après quelques minutes, elle lui tendit l'appareil pour visionner un vieux clip vidéo sur Internet. Il semblait avoir été filmé dans le hall d'un hôtel et montrait un journaliste interviewant le manager des Padres sur leur victoire de l'après-midi. En arrière-plan, on voyait Danny Roberts, et la fille sur laquelle il était à fond n'était pas Brenna.

« Ce n'était qu'une des nombreuses fois au cours de leur mariage. »

Ron fixait d'un air absent Cassie qui avait allumé la télé pendant qu'il regardait son téléphone.

« C'était un connard qui la trompait. Qu'est-ce que ça a à voir avec moi, bordel ? »

Elle ne dit rien, se contentant d'appuyer sur *play*. Il lui fallut une seconde pour reconnaître que les images qu'il regardait avaient été prises à Miramar, le jour où il était rentré avec ses Marines. Il se vit enfin en arrière-plan, serré dans les bras de ses parents, et sa mâchoire se serra devant ce qu'il savait être la suite. Voir Sarah enrouler ses jambes autour de sa taille et l'embrasser partout lui retourna l'estomac.

« Je n'ai jamais été avec elle. Je ne savais même pas qu'elle allait venir. Si la caméra était restée sur moi cinq secondes de plus, vous m'auriez vu la repousser. »

« Mais elle n'était pas sur toi pendant cinq secondes de plus. »

« Elle aurait dû savoir qu'il y avait plus que ça », dit-il à voix basse.

« Elle aurait dû ? Pourquoi ? Parce que tu as été si franc avec elle ? Après tout ce que Danny lui a fait subir, tu ne peux pas lui en vouloir. »

Non, il ne pouvait pas. Pas en le voyant de ce point de vue.

« Elle n'aurait pas dû me mentir. »

Cassie haussa les épaules.

« Peut-être pas. Mais elle a essayé de s'expliquer, et tu ne l'as pas laissée faire. En utilisant ta logique, tu aurais dû savoir qu'il y avait plus que ça. »

Putain. Elle avait raison. Il aurait dû le savoir.

Zona sortit en courant de la pièce comme si elle avait entendu quelque chose. La porte menant au garage s'ouvrit et quelques instants plus tard, Danielle apparut dans la cuisine avec le chien à ses côtés. Elle avait bien cicatrisé.

La fille regarda Ron avec de grands yeux avant d'éclater dans le plus grand sourire qu'il ait jamais vu. Elle marcha jusqu'à lui et lui fit un câlin affectueux.

« Je savais que tu reviendrais », murmura-t-elle avant de le relâcher.

Ron n'eut pas le courage de la corriger. Probablement parce qu'il voulait que ce soit vrai. Mais après tout ce qu'il avait dit et fait à sa mère, il n'était plus sûr que ce soit possible.

Il sourit en touchant son menton. « Tu es superbe, petite. »

« J'espère te voir au petit déjeuner demain matin. » Elle sourit et lui dit bonne nuit. Zona la suivit jusqu'à sa chambre.

Cassie disparut momentanément en même temps que Danielle, mais revint en tenant un dossier relié en cuir de quelques centimètres d'épaisseur.

« Tiens », dit-elle, en le lui tendant. « Peut-être que cela va te donner un certain éclairage. »

« Qu'est-ce que c'est ? »

« C'est son scénario. »

Il fronça les sourcils. « Pourquoi cela me permettrait-il de comprendre ? »

« Parce que c'est à propos de toi. »

Oh putain.

Pourquoi Brenna n'avait-elle rien dit ?

Rétrospectivement, il se rendit compte qu'elle n'en avait pas vraiment eu l'occasion.

« C'est mauvais ? C'est pour ça qu'elle a donné son avance à la FBG ? »

« Elle a fait ça ? » Cassie demanda en levant les sourcils.

« Ouais. Une avance assez importante, d'ailleurs. J'espère qu'elle en tire au moins un peu d'argent. »

Cassie avait l'air suffisant en faisant un geste vers la pièce.

« Tu ne pensais quand même pas que ça venait de l'argent du base-ball ? Danny était trop vieux quand les joueurs ont commencé à gagner des millions de dollars. Brenna gagnait plus que lui, même après avoir arrêté d'écrire. Les studios savent de quoi ses scénarios sont capables. Crois-moi, il y en a plein d'autres là d'où ça vient. »

« C'est mauvais ? » répéta-t-il, et il fit un geste vers le document qu'il tenait dans sa main.

« Lis-le toi-même et découvre-le. » Cassie poursuivit en chuchotant sur scène : « Spoiler alerte, ça ne se termine définitivement pas bien pour le trader d'obligations. »

Ils rirent tous les deux aux éclats.

« Bien », dit-il en repensant à ce que cet enfoiré avait fait à Brenna, et à la tape sur les doigts qu'il avait reçue pour ça.

Ron se pencha et embrassa Cassie sur la joue.

« Merci de m'avoir parlé ce soir. J'apprécie ton honnêteté. »

Il se dirigea vers la porte d'entrée et s'arrêta.

« Assure-toi qu'elle ait un verre d'eau et deux ibuprofènes sur sa table de nuit pour quand elle se réveillera. J'ai l'impression qu'elle va avoir mal partout demain. »

Cassie fronça le nez. « J'ai l'impression que tu as raison. »

Il n'avait pas encore passé la porte qu'il entendit qu'elle l'appelait. Il se retourna et vit qu'elle l'avait suivi.

« Ne disparais pas. »

Il lui fit un clin d'œil et lui montra le scénario. « Ça dépend si elle me tue. »

Un côté de sa bouche se souleva. « Alors on se voit bientôt. »

Eh bien, c'était soulageant.

Il avait besoin de rentrer à la maison et de commencer à lire.

CHAPITRE QUARANTE-HUIT

Brenna

Sa tête battante la réveilla, et la lumière qui brillait à travers ses fenêtres n'aidait pas. Elle se redressa lentement et remarqua l'eau et les analgésiques sur sa commode. Quelqu'un pensait à elle.

Mais qui ?

Un sentiment d'effroi l'envahit lorsqu'elle se souvint avoir bu la nuit précédente et avoir flirté avec les hommes à sa table. Avait-elle ramené quelqu'un à la maison ? Cela ne lui ressemblait pas, mais vu la façon dont elle s'était comportée la veille, tout était possible.

Elle remarqua qu'elle portait toujours sa robe ; c'était plutôt bon signe.

Comment diable était-elle rentrée chez elle ?

Mon Dieu, j'espère que Danielle ne m'a pas vue comme ça.

Les événements de la nuit lui revinrent par bribes et la plupart semblaient tourner autour de Ron. Elle se souvenait qu'il était entouré d'une table pleine de femmes, et qu'elle avait surenchéri sur l'une d'entre elles pour sortir avec lui. Puis le souvenir de la façon dont il l'avait baisée et était parti sans rien dire de plus lui revint en mémoire. Elle soupira en se rappelant qu'elle l'avait engueulé alors qu'il était en train de s'acoquiner avec la brune cochonne... les choses étaient devenues floues après ça.

Elle semblait se rappeler avoir été dans son 4x4 avec lui. C'est comme ça qu'elle était rentrée chez elle ? Comment ça s'était passé, bordel ? Avaient-ils de nouveau fait l'amour ?

Toutes ces pensées n'aidaient pas sa tête à arrêter de lui faire mal.

Elle tira les couvertures sur sa tête et gémit. Peut-être que si elle dormait un peu plus longtemps, elle se sentirait mieux.

Mais allongée là, elle savait qu'elle n'allait pas se rendormir, son esprit s'emballait trop, alors elle se leva et enfila un short et un T-shirt avant de descendre pour aller chercher quelque chose à manger. Peut-être que la nourriture l'aiderait à se sentir mieux.

Cassie était assise sur l'îlot de la cuisine, une tasse de café dans une main tandis qu'elle faisait défiler son téléphone de l'autre.

« Bonjour », dit sa petite sœur, bien trop joyeuse au goût de Brenna.

Ignorant le salut amical, elle se dirigea directement vers la cafetière, puis elle grommela : « Tu m'as ramenée à la maison hier soir ? »

Cassie esquissa un sourire. « Non, c'est Ron. »

« Quoi ? Comment ? Pourquoi ? »

Brenna se glissa sur le tabouret de bar à côté de Cassie.

Sa sœur haussa les épaules avec un sourire narquois. « Tu étais ivre, il a proposé. »

« Alors pourquoi es-tu là ? Tu es venue avec nous ? »

« Non, mais je voulais m'assurer que tu ailles bien. Tu avais l'air assez bouleversée après qu'il *t'ait fait passer à la caisse.* » Elle leva les doigts pour mettre entre guillemets la dernière partie.

Brenna regarda Cassie avec méfiance. « Qu'est-ce que tu sais de ça ? »

« Ma chérie, tout le monde le sait. Tu l'as en quelque sorte annoncé sur le trottoir quand tu lui as crié dessus. »

Brenna posa sa tête sur le comptoir et gémit. « Oh, mon Dieu, tue-moi maintenant. »

Cassie se leva pour se servir un autre café.

« Presque tous les autres sauf Ron étaient bourrés, donc je doute qu'ils s'en souviennent. »

Elle releva la tête de quelques centimètres et demanda : « Qu'est-ce que j'ai dit d'autre ? »

« Pas grand-chose pendant que tu étais avec nous tous, mais tu as dû dire quelque chose pendant que Ron te ramenait chez toi parce qu'il m'a demandé depuis quand je savais que tu mentais sur ta relation avec Kyle. »

Cela lui fit relever la tête d'un coup sec, puis grimacer à cause de la douleur. « Donc il sait pour Kyle ? »

« Apparemment. »

Des morceaux de la nuit lui revenaient en mémoire. Cassie interrompit le cours de ses pensées.

« Je crois qu'il t'aime vraiment, Bren. »

Brenna secoua la tête avec une grimace. « Je pense qu'il m'aimait. Je ne suis pas sûre qu'il m'aime encore. »

« Il t'aime », dit sa sœur avec autorité.

« Qu'est-ce qui te fait dire ça ? »

« Il se souciait suffisamment de toi pour s'assurer que personne d'autre ne te ramène chez toi hier soir quand tu étais ivre. »

Brenna n'était pas convaincue. « Ce n'est pas parce qu'il veut que personne d'autre ne m'ait, qu'il me veut. »

« Il s'est assuré que tu avais de l'eau et des antalgiques sur ta table de nuit quand tu te réveillerais. »

Un petit sourire se dessina sur les lèvres de Brenna. « C'était lui ? »

« Eh bien, techniquement, c'était moi, mais c'est lui qui m'a demandé de le faire. »

Brenna se mit à réfléchir en silence. Sa sœur avait peut-être raison. Quelque chose dans le subconscient de Brenna lui disait qu'il l'aimait toujours.

Toujours ? Comment savoir s'il l'avait jamais aimée ? Il ne l'avait jamais dit.

Non, elle pouvait l'admettre, mais elle non plus. Pourtant, ils le savaient tous les deux. Au fond d'eux-mêmes, ils savaient.

« Tu crois qu'il va me parler ? »

Avec un grand sourire, tandis qu'elle portait la tasse à ses lèvres pour souffler sur son café, Cassie répondit : « Il n'y a qu'une seule façon de le savoir. »

****

Ron

Assis à son bureau, un scotch à la main, il fixait le manuscrit qu'il venait de finir de lire, en essayant de donner un sens à tout ça.

Elle n'avait jamais été avec Kyle.

Elle l'avait aimé.

D'après le document relié en cuir qu'il avait devant lui, plus qu'elle n'avait jamais aimé son mari. Plus qu'elle n'avait aimé aucun autre homme. Il sourit avec nostalgie en pensant à la fin de son histoire. Ça aurait dû être eux.

Peut-être que c'était encore possible.

Prenant une longue gorgée de son grand verre de liquide ambré, Ron se renfrogna. Elle pensait qu'il l'avait laissée tomber, qu'il n'était pas son Superman après tout.

Conneries. Il était son Superman.

Il posa son verre avec force.

Ce n'était pas fini. Loin de là.

À ce moment-là, on sonna à sa porte. Osait-il espérer que ce soit Brenna devant sa porte ?

C'était une belle femme qui se tenait sur son palier. Seulement la mauvaise belle femme.

« Sarah, pourquoi es-tu là ? »

« Heureuse de te revoir aussi, Ron », elle lui tapota la joue et entra, sans y être invitée.

Il resta devant la porte et regarda le soleil d'été qui commençait à se coucher, puis poussa un soupir résigné avant de la refermer et de se tourner pour la suivre.

« Alors, la blonde qui t'a fait une offre hier soir, c'est celle dont tu es amoureux ? » Sarah ne mâchait pas ses mots ce matin-là.

« Oui. » Il ne pensait pas qu'elle avait besoin de plus de détails.

« C'est la veuve de Danny Roberts. » Elle dit ça comme si elle savait quelque chose qu'il ignorait et qu'elle lui révélait le secret.

« Je sais. » Encore une fois, il ne lui dirait rien.

« J'ai remarqué que tu n'as pas passé plus de temps avec elle après la vente. En fait, elle avait l'air de bien s'amuser sans toi. »

Il sourit, il ne mordrait pas à l'hameçon. « Et pourtant, je suis quand même celui qui l'a ramenée à la maison. »

Ça la fit taire. Pendant une seconde.

« Et pourtant, tu es là, tout seul. »

Ron soupira. Elle avait vraiment besoin de partir. « Pourquoi es-tu là, Sarah ? »

« Parce que je tiens à toi et que je voulais m'assurer que tu ailles bien. »

« Eh bien, maintenant que tu as vu que je vais bien... » La sonnette de la porte l'interrompit.

Merde. S'il vous plaît, faites que ce ne soit pas elle.

Ce serait bien sa veine que Brenna soit *maintenant* à sa porte.

Il se tenait dans l'entrée et regardait la belle femme de l'autre côté du seuil. La bonne, cette fois.

Il n'était pas possible qu'il soit plus heureux de la voir, et pourtant, merde. Il savait de quoi ça avait l'air avec Sarah ici. La seule façon d'y faire face était de faire front.

Avec un grand sourire, il se pencha vers elle et l'embrassa sur la joue. « Salut ! » dit-il en la faisant entrer. « Je suis si heureux de te voir. »

Brenna eut un sourire timide. « Je ne savais pas si c'était correct que je vienne sans être invitée. »

« Tu es toujours la bienvenue quand tu veux. » *Y compris dans mon lit.*

Il était sur le point de la présenter, mais à l'expression de son visage, il comprit le moment précis où elle réalisa que Sarah était là.

Elle marmonna : « Je suis désolée, je n'aurais pas dû venir sans prévenir » et se dirigea vers la porte.

« Attends ! » Il attrapa son poignet et la serra dans ses bras par derrière. « Ne pars pas comme ça », grogna-t-il à son oreille.

« Laisse-moi partir ! » rugit-elle.

« Pas avant que tu m'écoutes. »

« Qu'y a-t-il à dire ? »

Il relâcha sa prise et la fit tourner sur elle-même, la tenant par les épaules.

« Elle vient d'arriver. Sans y être invitée. Je ne savais pas qu'elle venait. En fait, j'espérais que ce soit toi quand je suis allé à la porte. »

Sarah poussa un soupir indigné à sa révélation.

« Elle ne m'intéresse pas. Je ne suis pas intéressé par l'autre femme qui a fait une offre à mon rendez-vous hier soir. Je ne suis intéressé par personne d'autre que toi, chérie. Je te l'ai déjà dit, tu es tout pour moi. Et même si je ne me suis pas comporté comme tel, je le pense toujours. »

Brenna le fixa, sans un mot.

« Ne pars pas. S'il te plaît », murmura-t-il.

Sarah les dépassa en trombe. « Au revoir, Ron. Merci pour tout. » Sa voix était empreinte de sarcasme.

Il ne répondit même pas à ses paroles, et la porte se referma derrière elle. Au moins, elle avait finalement compris le message.

« Tu es tout pour moi, Bren », répéta-t-il, semblant presque désespéré qu'elle le croie.

Elle lui prit la mâchoire et caressa sa joue avec son pouce en cherchant ses yeux.

« Je t'aime. Plus que tu ne le crois. »

Un immense sourire se répandit sur son visage, et il l'attira contre lui. « Je t'aime aussi. Tellement. »

Avec des larmes dans les yeux, elle chuchota, « Il n'y a jamais eu personne d'autre. Je suis tellement désolée de t'avoir menti. J'ai essayé - à l'hôpital, après l'accident de Danielle, mais tu as mal compris et... »

Il ne s'en souvenait que trop bien. « Je suis désolé, Bren. Tellement désolé... »

Ils restèrent enlacés pendant plusieurs minutes. Ron fermait les yeux et la tenait serrée contre lui, s'imprégnant de son odeur et de la sensation qu'il avait en la tenant à nouveau dans ses bras. Il savait qu'elle pouvait sentir sa bite dure contre son ventre. Il ne cherchait même pas à le cacher.

« Tu m'as tellement manqué », marmonna-t-elle contre sa chemise en se frottant de tout son long contre son pantalon.

Ron sourit. « C'est pour ça que tu es là ? »

Elle hocha la tête puis se mit à rire en se corrigeant. « Attends, non ! Je suis venue te remercier de m'avoir ramenée chez moi hier soir. »

Ses doigts parcoururent son décolleté. « Tu es sûre que c'est la seule raison pour laquelle tu es venue ? »

Un petit sourire en coin apparut sur ses lèvres. « Eh bien, et pour te dire que je t'aime. »

Il se pencha et l'embrassa doucement. Quand il se dégagea, son expression était sérieuse.

« Je suis désolé, Brenna. Je suis désolé pour tout. De ne pas t'avoir écoutée, de ne pas avoir cru en nous, de m'être comporté comme je l'ai fait hier soir dans le bureau. »

« Je pense qu'on a tous les deux fait des erreurs. J'aurais dû savoir que tu ne me ferais jamais de mal comme ça, j'aurais dû te faire confiance. Et j'aurais dû t'expliquer quand j'en ai eu l'occasion au sujet de Kyle - ou au moins te faire écouter. »

Ron ricana à l'idée qu'elle l'oblige à faire quelque chose. Bien qu'elle soit probablement l'une des rares personnes à avoir une chance d'y parvenir.

Elle sourit timidement. « En ce qui concerne la nuit dernière, dans le bureau. Je pensais que c'était sexy, jusqu'à ce que tu partes. »

C'était bon à savoir.

« Ah oui ? » Ses sourcils se levèrent avec surprise.

Devenant un peu plus audacieuse, elle passa ses bras autour de son cou et répondit : « Oui. »

Leur baiser fut moins chaste cette fois, et elle se sépara finalement.

« Mais, il y a encore beaucoup de choses dont nous devons parler. »

Cherchant à nouveau sa bouche avec la sienne, Ron murmura contre ses lèvres : « Ça ne peut pas attendre plus tard ? » et caressa ses formes du bout des doigts.

La victoire était sienne quand elle concéda avec un souffle court, « D'accord, mais tu dois promettre qu'on parlera. »

Il souleva l'ourlet de sa chemise en guise d'accord. « Je te le promets. »

Il allait prendre son temps et se réhabituer à son corps. Toute la nuit.

Le gémissement qui lui échappa après qu'il eut dégrafé son soutien-gorge le fit sourire, et il passa sa langue sur ses seins, faisant perler ses tétons. Il était sur le point de prendre le droit entre ses dents quand il la sentit tirer sur sa chemise.

« S'il te plaît, je veux sentir ta peau contre la mienne. »

Il était plus qu'heureux de rendre service. Brenna fondit contre lui, Ron lui prit les fesses et la souleva. Les jambes autour de sa taille, ils se dirigèrent à l'aveuglette vers sa chambre, en s'embrassant tout le temps. Il la déposa sur le lit, puis se glissa sur elle, et ils recommencèrent à s'embrasser. Ron pressa son érection entre ses jambes tandis qu'elle se cambrait contre lui.

Putain, elle lui avait manqué.

Elle le tira plus près d'elle quand il se blottit dans son cou. Il ne pensait pas qu'il se lasserait un jour de son parfum. C'était enivrant.

Puis il l'entendit. La seule chose qui pouvait ruiner ces retrouvailles avant qu'elles ne commencent.

Son téléphone de travail sonnait.

C'est une putain de blague. L'univers devait leur jouer un tour cruel.

Pendant une fraction de seconde, il envisagea de ne pas répondre, mais son sens du devoir rejeta rapidement cette idée.

Il sentit son cœur se briser lorsqu'il s'éloigna d'elle.

Mon Dieu, il espérait qu'il ne lui en demandait pas trop. Il aurait presque préféré la voir avec quelqu'un d'autre si cela signifiait qu'elle serait heureuse et aimée.

Presque.

Pourtant, il n'y avait personne d'autre sur cette terre qui était capable de l'aimer comme il le faisait.

****

Brenna

Brenna savait ce que cette sonnerie signifiait et avait envie de pleurer. Ou de casser son foutu téléphone.

Elle savait qu'il ne fallait pas lui demander de ne pas répondre, mais le regard qu'elle lui lança ne laissait aucun doute sur ses pensées.

« N'importe quel autre appel, chérie », lui dit-il avant de lui bécoter les lèvres et de se lever pour aller chercher son téléphone.

Elle hocha la tête en signe de défaite et le regarda sortir de la pièce. Avec un soupir, elle rassembla son soutien-gorge et son chemisier et s'habilla, puis s'assit sur le lit pour attendre.

Pourrait-elle un jour apprendre à accepter qu'elle ne sera jamais plus importante pour lui que son travail ? Elle admettait qu'il l'avait fait passer en premier la nuit où Ray l'avait agressée, alors peut-être n'était-elle pas tout à fait juste quand elle disait qu'elle n'était pas plus importante. Mais c'était à l'époque. Maintenant, elle voulait être la chose la plus importante pour lui. Elle avait *besoin* de l'être.

Le regard sur son visage et les pas précipités quand il revint dans la pièce lui dirent tout ce qu'elle avait besoin de savoir. Il partait. Immédiatement.

« Nous n'avons pas eu le temps de parler », se lamenta-t-elle d'une voix douce.

Il fronça les sourcils en se dirigeant vers le placard. « Je sais, chérie. Je suis désolé. »

Je ne vais pas pleurer. Je ne vais pas pleurer. Je ne vais pas pleurer.

« Tu sais quand tu seras de retour ? »

Ron secoua la tête depuis le seuil de la porte. « Mais je pourrai envoyer des e-mails ou utiliser Skype cette fois-ci. »

Brenna haussa les épaules en signe de résignation et feignit un sourire en le suivant pour le regarder faire ses bagages.

« C'est déjà ça, au moins. »

Elle faisait de son mieux pour faire semblant de garder son calme, mais à en juger par les regards qu'il lui volait pendant qu'il rassemblait ses affaires, elle ne devait pas être très convaincante.

Son sac à moitié fait, il la ramena dans ses bras et murmura contre ses cheveux : « Je t'aime, Brenna. Ne me laisse pas tomber. »

La tête contre sa poitrine, elle murmura : « Aucune chance, *Devil Dog*. »

Ça le fit sourire. « *Devil Dog*, hein ? Où as-tu entendu ça ? »

« Quand je faisais des recherches pour mon scénario. » Elle leva les yeux vers lui et avoua : « C'est sur toi, enfin, sur nous. »

Il lui adressa un clin d'œil. « C'est vrai ? Pas étonnant qu'ils t'aient donné une si grosse avance. »

Après avoir fait son sac de voyage, ils restèrent dans son garage et il se pencha pour l'embrasser. « Reste aussi longtemps que tu veux. Bon sang, emménage pendant mon absence si tu en as envie. »

Sa lèvre inférieure frémit, et un petit sanglot s'échappa de ses lèvres. Ce n'était pas juste. Ils n'avaient pas eu le temps de se parler ou même d'être ensemble à nouveau.

Au moins, il sait que je l'aime.

« Putain, chérie, ne me fais pas ça. »

Elle étouffa : « Je suis désolée. »

Ron essuya ses larmes avec ses pouces. « Je t'aime, mon sucre. Je reviens dès que je peux. »

Quand elle esquissa son plus beau faux sourire, il embrassa de nouveau ses lèvres. « Ne me laisse pas tomber, Bren. »

« Je ne le ferai pas », elle chuchota.

Puis il partit. Qui sait pour combien de temps cette fois.

Chapitre Quarante-Neuf

Ron

Il se sentait plus léger qu'il ne l'avait été depuis un moment. Le moment où il avait été appelé à intervenir n'aurait pas pu être pire, mais au moins il l'avait quittée en bons termes. Sans oublier qu'il allait revenir vers elle. Il y avait tellement de choses qu'il allait faire à son petit corps chaud…

Il sentit sa bite bouger. *Du calme, mon grand. Sois patient.*

Quand il lui avait dit qu'elle pouvait emménager pendant son absence, il le pensait. Même s'il savait que les chances que ça arrive vraiment étaient nulles. Elle aimait sa maison sur la plage, et il ne lui en voulait pas. C'était un endroit génial. Mais après sa promotion, il allait lui demander de l'épouser, alors il fallait qu'ils s'arrangent pour vivre ensemble. Elle allait être dans son lit, il se fichait de savoir où.

Il fut surpris qu'elle ne réponde pas à son e-mail pour organiser un rendez-vous sur Skype. Avait-elle des doutes ?

Il commença à le penser quand elle ne répondit pas à ses deux autres e-mails.

Peut-être qu'ils n'avaient pas eu assez de temps pour rétablir leur relation avant qu'il ne doive partir ? Peut-être qu'elle avait réalisé qu'être une épouse de militaire n'était pas pour elle ? Il n'avait pas eu l'occasion de lui dire que ses longs voyages allaient bientôt prendre fin. Il serait capable d'être là pour elle quand ils iraient se coucher chaque soir. Peut-être qu'elle avait renoncé à lui, même s'il l'avait pratiquement suppliée de ne pas le faire.

Bon sang, n'avaient-ils jamais le droit à un peu de répit. Est-ce que l'univers essayait de leur dire quelque chose ? Tout arrive pour une raison et toutes ces conneries.

Et puis merde.

Dans trois jours, il se rendrait directement à D.C. et devait arriver la veille de sa cérémonie de promotion. Il lui envoya un dernier e-mail pour lui demander d'être là. Comme il n'avait toujours pas de réponse, il fit en sorte qu'une véritable invitation lui soit remise en main propre. Il aurait dû le faire plus tôt, bon sang. Il demanda à sa secrétaire d'inclure une note personnelle indiquant qu'il n'avait pas reçu de réponse à ses e-mails et qu'il voulait être sûr qu'elle recevrait son invitation. Il avait mis son nom sur la liste des invités approuvés au Pentagone. Il aimerait qu'elle soit là, et si elle ne l'était pas, il comprendrait.

C'est tout ce qu'il pouvait faire depuis la tente où il se trouvait. Espérons que c'était suffisant.

****

Brenna

Elle ne vit l'uniforme que lorsqu'elle se précipita pour ouvrir la porte. La déception que ce ne soit pas son Marine devait se lire sur son visage car l'homme gloussa. « Pas celui que tu attendais ? »

Elle le reconnut pourtant. Il s'était assis à sa table lors de l'événement du calendrier des héros.

« Cooper ? Qu'est-ce que tu fais ici ? »

« Que dirais-tu si je te disais que je suis venu te demander le numéro de téléphone de ta sœur ? »

Le sourire sur son visage rendait difficile pour elle de savoir s'il plaisantait ou non.

« Je dirais que tu fais partie d'une longue lignée d'hommes qui aimeraient l'avoir. »

Brenna crut voir un éclair de déception sur le visage du beau capitaine, mais il le masqua rapidement avec son sourire de jeune homme. « Heureusement que ce n'est pas pour ça que je suis venu. »

Elle lui rendit son sourire. « Alors, comment puis-je t'aider ? »

Avec des gants blancs, il lui présenta une enveloppe chic. « Je suis venu te la remettre en mains propres. »

Ses yeux s'agrandirent. « Qu'est-ce que c'est ? »

« Eh bien, madame, si je devais deviner, je dirais que c'est une invitation à la cérémonie de promotion du général Thompson. »

« Vraiment ? » Elle espérait que Ron l'inviterait, mais vu qu'elle n'avait pas eu de nouvelles de lui malgré le fait qu'il lui ait promis de la contacter, elle n'y comptait pas.

Devait-elle inviter Cooper à entrer et l'ouvrir devant lui ? Quelle était la procédure à suivre pour ce genre de chose ? Brenna n'en avait aucune idée.

« Veux-tu entrer ? »

« Merci, mais j'ai bien peur de devoir retourner à la base. De plus, si j'entrais, je pourrais être tenté de fouiner pour trouver le numéro de ta sœur. »

Il fit un signe de tête avec un clin d'œil diabolique, puis lui dit au revoir.

Brenna eut le sentiment qu'il ne plaisantait pas vraiment en disant qu'il voulait le numéro de Cassie. Cooper avait l'air d'un type bien, et il portait bien l'uniforme, mais Brenna était pour que sa sœur et Luke finissent ensemble. Elle reconnaissait cependant que Cooper serait un bon plan B, si cela s'avérait nécessaire.

Elle ouvrit l'enveloppe pour y trouver une magnifique invitation gravée pour la promotion de Ron, mais n'y jeta qu'un bref coup d'œil en faveur de la note manuscrite qui l'accompagnait. C'était manifestement l'écriture d'une femme.

Mme Roberts,

Le général Thompson m'a demandé de m'assurer que vous receviez cette invitation. Il n'est pas certain que vous ayez reçu ses e-mails vous demandant d'assister à sa promotion, car il n'a pas reçu de réponse de votre part. Il laissera votre nom en tant qu'invitée approuvée et autorisée à accéder au Pentagone, et il espère vous y voir, cependant, il comprendra si vous ne pouvez pas y assister.

Sincèrement,

Patricia McMahon
Assistante exécutive

Elle se demandait pourquoi elle n'avait reçu aucun des e-mails de Ron, mais cela expliquait pourquoi elle n'avait pas eu de nouvelles de lui. Elle n'avait pas laissé son imagination s'emballer cette fois-ci, sachant qu'il devait y avoir une explication au fait qu'il ne l'ait pas contactée quand il avait dit qu'il le ferait.

Elle apprenait. Peut-être qu'il y avait de l'espoir pour elle après tout. Peut-être qu'elle pouvait gérer le fait d'être la petite amie d'un Général.

Attends, *est-ce que le mot de son assistante disait le Pentagone ?*

Brenna parcourut rapidement l'invitation pour trouver toutes les informations pertinentes. Ouaip, la cérémonie avait lieu au Pentagone et... c'était le lendemain après-midi.

« Oh, bordel de merde », dit-elle à voix haute et elle se précipita sur son téléphone après avoir allumé son ordinateur.

Cela allait demander quelques manœuvres, mais elle allait être là pour le regarder demain, contre vents et marées. Elle devait lui montrer que même si elle n'aimait pas le voir partir, elle soutenait sa carrière. Mais plus important encore, elle le soutenait lui, quoi qu'il entreprenne.

Le seul vol disponible était un vol de nuit qui lui permettrait d'arriver à destination avec suffisamment de temps pour s'enregistrer à l'hôtel et se préparer.

Le choix de la tenue vestimentaire était une toute autre affaire. Comment s'habiller pour une cérémonie de promotion ? Évidemment pas un jean, mais chic à quel point ? Franchement, elle voulait être sexy pour lui. Sexy, pas dévergondée, et ce n'est pas en portant un costume qu'elle y parviendrait.

Elle avait envoyé un message à sa sœur : **Au secours !**

En un rien de temps, Cassie était debout dans sa cuisine.

« Tu as appelé ? »

« La cérémonie de promotion de Ron est demain – au Pentagone. Qu'est-ce que je suis censée porter ? Qu'est-ce que je vais bien pouvoir lui offrir comme cadeau ? Tu crois qu'il sera vexé que Dee ne puisse pas prendre congé ? » Brenna parlait à une vitesse folle.

« Respire. » Cassie prit une grande inspiration, comme pour illustrer comment faire.

« Je ne peux pas respirer ! Je dois prendre un vol dans cinq heures, et je n'ai aucune idée de ce qu'il faut emporter ! »

« Allons en haut et choisissons quelque chose. La bonne nouvelle, c'est que je sais que tu dois avoir quelque chose dans ton énorme armoire, donc nous n'aurons pas besoin d'aller faire du shopping. »

Elles fouillèrent dans les vêtements de Brenna pendant quinze minutes. Cassie sortait des robes tandis que Brenna fronçait le nez à chaque sélection. Finalement, Cassie sortit une robe rouge à manches courtes qui arrivait juste au-dessus du genou de Brenna. Le corsage était ajusté avec une encolure dégagée, et la jupe s'évasait avec de grands plis et des bords festonnés. Si elle ajoutait des talons et des bijoux dorés, ce serait parfait. Les couleurs du corps des Marines.

« Ok, passons à la partie suivante de ton dilemme. Non, je ne pense pas qu'il sera offensé que Dee n'ait pas pu obtenir de congés. Lui, plus que quiconque, devrait comprendre que les gens doivent travailler. Pour ce qui est du cadeau... »

Brenna interrompit. « Je sais déjà ce que je vais lui offrir. »

« Tu le sais ? »

« Oui, j'ai un appel à passer et ensuite je pense que je peux finir de faire mes valises. »

Cassie demanda, « Combien de temps vas-tu rester ? Tu as besoin d'aide ? »

« Peux-tu passer et t'assurer que Danielle ne travaille pas trop ? Pour le reste, je pense que ça va aller. Merci, tu arrives toujours à me sauver la mise. »

« Alors, je peux avoir cette robe bleue ? »

Brenna la regarda avec méfiance. « Quelle robe bleue ? »

« Celle qui est sexy et sans dos. Tu vas être la femme d'un général, pas d'un joueur de base-ball, il est hors de question que tu la portes à nouveau. »

Elle se mit à rire. « Premièrement, je ne vais pas me remarier, et deuxièmement... » Brenna soupira. « Ok, oui, je ne la porterai probablement plus jamais. Tu peux l'avoir. »

Cassie couina et courut dans la penderie. Une pile de robes attendait Brenna quand elle revint après avoir passé son coup de fil pour le cadeau de Ron.

« Tu ne vas probablement plus porter aucune de ces robes non plus. »

Brenna sourit et secoua la tête. « Tu peux les avoir. Mais seulement si tu promets de les porter. »

« Croix de bois, croix de fer. »

Puis, comme si elle craignait que Brenna ne change d'avis, Cassie prit les robes, embrassa sa sœur sur la joue et se dirigea vers la porte.

« Amuse-toi bien ! Prends plein de photos. Félicite Ron de ma part ! »

****

Brenna avait peur de ne pas pouvoir dormir dans l'avion. Heureusement, elle voyageait en première classe, ce qui lui permit de s'installer confortablement et de dormir un peu pendant le vol de nuit. Arrivée à l'aéroport international Reagan de Washington aux premières heures du jour, elle put se reposer quelques heures de plus à l'hôtel avant de devoir se préparer.

Elle décida de ne pas envoyer de SMS ou d'appeler Ron ; elle voulait lui faire la surprise. Après avoir vérifié ses e-mails dans son dossier de spam, elle trouva plusieurs de ses messages et se sentit mal à l'aise de ne pas les avoir reçus pour pouvoir y répondre. Mais cela rendrait son arrivée à l'improviste d'autant plus agréable.

Faisant glisser la robe rouge sur son nouveau soutien-gorge et sa nouvelle culotte sexy, Brenna vérifia son apparence dans le miroir. Son rouge à lèvres était la parfaite nuance de rouge, et elle adorait les Jimmy Choos dorées. Un pschitt de parfum et ses bijoux, et elle était prête à partir.

Après avoir commandé un Uber, elle mit un peu d'argent, sa carte d'identité, l'invitation, son rouge à lèvres et son téléphone dans une pochette dorée, puis se dirigea vers le hall pour attendre que la voiture vienne la chercher.

Une fois sur le siège arrière, elle devint nerveuse. Elle avait les mains moites. Elle n'était jamais allée au Pentagone auparavant et ne savait pas du tout à quoi s'attendre. Malheureusement, son chauffeur voulait discuter, alors que tout ce qu'elle voulait faire était de rassembler ses pensées.

Ron serait-il surpris ?

Serait-il contrarié qu'elle n'ait pas répondu à ses e-mails ?

Aimerait-il son apparence ?

Est-ce qu'il la ramènerait à l'hôtel pour la baiser à mort ?

Avait-il des soirées auxquelles il devait assister ce soir ? Voudrait-il l'amener ?

Devrait-elle se comporter comme si elle était sa petite amie ou juste une amie ?

Brenna voulait imaginer différentes versions de ses retrouvailles avec Ron, mais l'homme qui conduisait la voiture n'arrêtait pas de lui parler.

N'arrêtait pas.

De lui.

Parler.

Quand ils arrivèrent au Pentagone, Brenna le remercia et sauta pratiquement de la voiture sans se retourner. Jusqu'à ce qu'elle arrive à l'entrée principale et que l'agent lui demande sa carte d'identité et son invitation, qui étaient toujours dans sa pochette restée dans la voiture Uber.

Elle supplia l'homme qui montait la garde. Elle était sur la liste, Ron se porterait garant pour elle. Il appela la salle où se déroulait la cérémonie et personne ne répondit. Il dit que si Ron venait dans le hall et la raccompagnait, il la laisserait passer.

Super !

Sauf que.

Son téléphone était dans sa pochette.

Pas de problème, le policier mignon et serviable dit qu'il allait appeler Ron pour elle.

Mais elle n'avait aucune idée du numéro de Ron. Une fois qu'un numéro était programmé dans son téléphone, tout ce qu'elle avait à faire était de chercher le nom de la personne ; il n'y avait aucun sens à gaspiller un espace cérébral précieux à mémoriser les numéros de téléphone des gens.

Brenna fit de son mieux pour ne pas pleurer et ne pas salir son maquillage. Elle devait voir la cérémonie de promotion de Ron. *Il le fallait !*

Elle fit son plus beau sourire charmeur.

Elle flirta.

Elle alla même jusqu'à supplier.

Bien que l'homme au badge ait été sensible à sa situation et se soit senti mal pour elle, il ne la laissa pas passer. Pour la consoler, il lui proposa d'attendre sur le banc dehors et d'espérer voir Ron quand il sortirait.

Ce n'était pas vraiment en train d'arriver.

Sauf que ça l'était.

Elle avait fait tout ce chemin, pour être arrêtée à l'entrée du Pentagone. Si proche, et pourtant...

Une larme coula le long de sa joue. L'officier qui l'empêchait de voir la promotion de Ron lui offrit un mouchoir et ses sincères excuses.

C'était donc ça.

Brenna se tourna, dépitée, pour se diriger vers le banc quand elle entendit son nom. En regardant autour d'elle, elle ne vit personne qu'elle reconnaissait.

Elle entendit à nouveau son nom, et vit finalement Cooper Johnson, le capitaine des Marines qui lui avait apporté l'invitation, une fois de plus dans son uniforme.

« Cooper ! Qu'est-ce que tu fais ici ? »

Il sourit en s'approchant d'elle. « La même chose que toi. Je regarde mon patron obtenir une promotion. »

« Oh mon Dieu, tu peux te porter garant pour moi ? J'ai laissé ma carte d'identité dans mon Uber et ils ne me laissent pas entrer ! »

Son sourire de jeune homme devint malicieux. « Ça va te coûter cher. »

Avec un sourcil levé, Brenna lui dit, « Bien. Je vais te donner le numéro de Cassie. Mais ça devra attendre que le chauffeur d'Uber me rende mon sac à main. »

Cooper tourna la tête vers l'équipe d'agents de sécurité qui surveillait les détecteurs de métaux dans le hall.

« Est-ce qu'un de ces gars a proposé de contacter Uber pour voir s'ils pouvaient récupérer ton chauffeur ? »

« Non. » Elle n'avait pas vraiment pensé à ça.

Il secoua la tête, pas vraiment par dépit, plutôt par agacement, et commença à taper sur son téléphone. Bientôt, il parlait à quelqu'un, puis il couvrit l'embout pour lui demander : « Où est-ce qu'on t'a prise ? »

Elle lui dit le nom de son hôtel, qu'il répéta dans le combiné. Il acquiesça et parla à la personne sur l'autre ligne, puis raccrocha avec un sourire.

« Dix minutes. »

« Pardon ? » Brenna ne comprenait pas.

« Ton chauffeur sera de retour ici dans dix minutes avec ton sac à main. »

Elle était rayonnante et le serra dans ses bras. Oui, il était vraiment un bon plan B pour Cassie, si les choses avec Luke ne marchaient pas.

« Je vais attendre avec toi. Cet endroit est assez grand, et il est facile de s'y perdre si on ne sait pas où on va. »

Un très bon plan B, en effet.

Malheureusement, l'attente du chauffeur pour ramener son sac et la longue file d'attente à la sécurité les mirent en retard. Brenna était reconnaissante que Cooper sache où il allait et qu'il ait pu les faire entrer par une porte latérale de l'auditorium sans bruit, car la cérémonie était déjà en cours lorsqu'ils arrivèrent.

Elle et Cooper trouvèrent discrètement des sièges au fond d'une mer d'officiers dans leurs uniformes élégants, tandis que Brenna regardait avec admiration son Marine assis sur l'estrade. Il était tellement beau qu'il lui coupait le souffle.

Le général quatre étoiles qui supervisait la prestation de serment fut annoncé et tout le monde se mit au garde-à-vous. Il y eut beaucoup de cérémonie, puis le responsable commença à parler des nombreux accomplissements de Ron. *De nombreux* accomplissements.

Brenna ne pouvait pas être plus fière de lui.

Le général se stoppa, sourit, et commença à s'adresser directement à la famille de Ron au premier rang. Il les remercia pour leur soutien et les soins apportés à Ron, puis se tourna vers son Marine et lui demanda qui devait venir épingler son nouvel emblème de grade sur son uniforme.

Brenna fut surprise lorsque Ron la fixa et fit un geste de l'index qui signifiait « Viens ici ». Elle n'avait aucune idée qu'il l'avait vue et ne s'attendait certainement pas à ce qu'il veuille qu'elle lui mette son insigne, bien qu'elle en soit honorée. Il dit quelque chose au général, qui hocha la tête avec un sourire et annonça son nom dans le microphone.

En descendant l'allée, elle savait que tous les regards étaient tournés vers elle et fut, à ce moment-là, reconnaissante du temps passé sous les projecteurs, à la fois sur le tapis rouge et en tant qu'épouse de Danny. Autrement, ses genoux auraient pu se dérober lorsqu'elle atteignit les escaliers.

Le regard de Ron lui fit comprendre qu'il approuvait sa tenue et qu'il était heureux qu'elle soit là. Les yeux de Brenna étaient fixés sur les siens tandis qu'elle traversait la scène vers lui. Une fois arrivée à ses côtés, elle ne put s'en empêcher, elle prit son visage et lui donna un chaste baiser sur les lèvres.

Dans ses cheveux, il murmura : « Tu es à couper le souffle. »

Brenna sourit, puis murmura : « Je suis si fière de toi. »

Du moins, elle pensait que c'était un murmure, jusqu'à ce que tout le monde dans le public laisse échapper un « Oooh ».

Elle leva rapidement les yeux vers Ron, qui se pencha près de son oreille et dit : « Scène. Acoustique. »

Merde. Oh eh bien, c'était vrai.

Elle était fière de lui, et elle ne se souciait pas vraiment que tout le monde le sache.

Le général se tourna alors pour s'adresser directement à Brenna. « C'est un privilège pour moi de rencontrer la femme qui a gagné le cœur du général Thompson. Ce n'est pas une tâche facile. » L'audience laissa échapper un rire bas. « Il est clair que le sentiment est réciproque. Il m'a dit personnellement comment votre amour l'a aidé à traverser des moments difficiles, et le Corps entier vous remercie de le soutenir. »

Brenna leva les yeux pour voir que Ron la regardait avec un sourire. Quand elle croisa son regard, il lui fit un clin d'œil et son estomac se retourna.

Elle était honorée et un peu surprise de l'attention qu'on lui portait. Mais surtout, elle était fière. Fière non seulement d'être aux côtés de cet homme extraordinaire, mais aussi que tout l'auditoire sache qu'il l'aimait.

Il l'aimait.

Elle ne se lasserait jamais de ce fait parce que bon sang, elle l'aimait aussi.

Le reste de la cérémonie passa en un clin d'œil. Brenna était au comble du bonheur à côté du général trois étoiles. Son général trois étoiles, elle lui avait épinglé l'insigne elle-même. Des photos furent prises, des présentations faites. Elle avait enfin rencontré ses parents et son frère et attendait avec impatience le brunch avec sa famille le jour suivant. Il y avait encore le dîner officiel auquel ils devaient tous assister le soir même.

Ron les excusa, prétextant qu'ils devaient retourner à l'hôtel « pour se reposer et se préparer pour les événements de la soirée ».

Des regards complices furent échangés entre ceux qui se trouvaient en leur compagnie, mais Brenna n'en avait cure. L'idée qu'il soit nu et la touche l'emportait sur tout le reste.

Alors qu'ils se dirigeaient vers la porte, il lui murmura à l'oreille : « Nous allons faire tout *sauf* nous reposer, au cas où tu te demandais. »

Réprimant un sourire, Brenna répondit : « Le contraire me décevrait. »

Il ricana en plaçant sa main dans le bas de son dos. « Ça, c'est ma copine. »

Le simple fait d'être près de lui lui donnait envie de se blottir contre lui et de l'embrasser, mais elle était consciente de l'image publique qu'il devait maintenir. Ce qui était vraiment dommage parce qu'elle aurait aimé lui faire une pipe pendant qu'il portait cet uniforme.

Parce que... bon sang. Elle ne l'avait jamais vu en uniforme avant, et il était carrément craquant.

Maintenir une apparence de bienséance était quelque peu difficile pour elle quand il lui murmurait des choses sales à l'oreille, tout en continuant à avoir l'air digne ; comme s'il lui parlait du beau temps au lieu de ce qu'il allait lui faire quand il serait seul avec elle.

« Chérie, je vais te bouffer la chatte toute la nuit, j'en meurs de faim », grogna-t-il alors qu'ils marchaient dans les couloirs du Pentagone.

Il inclina la tête et sourit aux passants, puis continua : « Je vais lécher ce petit clito, puis te baiser avec la langue jusqu'à ce que tu jouisses sur mon visage. »

Il souriait à chaque fois qu'il la faisait haleter par les choses dégoûtantes qu'il disait.

Le fait de monter dans le taxi ne lui offrit aucun répit, puisqu'il continua son dialogue coquin par SMS pour que le chauffeur ne l'entende pas.

Ron : Mmm, ta chatte est-elle humide pour moi ?

Brenna : TIENS-TOI BIEN

Ron : Aucune chance.

Ron : J'ai hâte de voir tes lèvres entourer ma queue.

Elle croisa ses jambes et frotta ses cuisses humides l'une contre l'autre, et il laissa échapper un rire doux.

« Tout va bien, ma chérie ? »

Elle ne put s'empêcher de répondre à son sourire arrogant. Il méritait vraiment d'être arrogant, aujourd'hui plus que tout autre jour, et cela ne faisait qu'augmenter son sex-appeal. Ce n'était pas possible qu'il ne sache pas à quel point elle le voulait. S'il avait le moindre doute, le regard lubrique qu'elle lui lança aurait dû le dissiper.

La forte inspiration de son souffle lui assura que le message avait été bien reçu.

Chapitre Cinquante

Ron

Oh, bon sang. C'est ma future femme. Et elle est sacrément sexy.

C'était la première chose que Ron avait pensée en la voyant entrer dans l'auditorium avec Coop. Il s'était ensuite rendu compte que, techniquement, elle n'était pas encore sa future femme. Mais il avait prévu de rectifier cela ce week-end.

Il était persuadé qu'elle viendrait après avoir fait livrer l'invitation en main propre, mais quand il était resté sans nouvelles d'elle, et qu'elle n'était pas là au début de la cérémonie, il avait éprouvé un sentiment de panique.

Lorsqu'elle avait franchi les portes, il avait ressenti un soulagement immédiat et un petit frisson entre les jambes lorsqu'il l'avait mieux vue dans cette robe rouge. Puis elle s'était penchée en avant pour prendre sa place, il avait aperçu son décolleté et, eh bien, son corps n'était pas resté indifférent.

L'avoir sur scène avec lui avait complété sa journée. La seule chose qui pourrait la rendre parfaite serait qu'ils soient seuls et nus, ce qui serait bientôt le cas.

Ils se sourirent l'un à l'autre comme des adolescents à un premier rendez-vous pendant tout le trajet de retour à l'hôtel. Ron suggéra qu'ils aillent dans sa chambre à elle. Comme il avait l'intention de ruiner sa coiffure et son maquillage, elle aurait besoin de ses affaires de toilette. De plus, sa chambre était pour plus tard dans la soirée.

La meilleure façon de décrire leur rapport sexuel était *Fast and Furious*. Il ne pouvait pas y aller doucement, elle l'avait tenté tout l'après-midi. Elle sentait et était incroyablement bonne, et ses petites attentions l'avaient rendu fou. Dès que la porte de sa chambre d'hôtel fut fermée, ils s'embrassèrent comme s'ils rattrapaient le temps perdu.

Il faisait attention à sa robe car il ne savait pas si elle avait prévu de la porter plus tard. Mais quand il parvint à l'enlever et qu'elle se trouva devant lui dans son soutien-gorge et sa culotte rouges, tout ce qu'il put murmurer fut « Puuuutain », avant d'attraper une poignée de ses cheveux et de l'embrasser davantage.

En se dégageant, Brenna ronronna : « Ce n'est pas vraiment juste. Tu as beaucoup plus de vêtements sur toi que moi. »

Une seconde plus tard, Ron enlevait ses chaussures et déboutonnait sa veste. Elle ne dut pas le lui dire deux fois.

Lorsqu'il ne lui resta que son caleçon, elle passa ses mains sur sa poitrine et embrassa son cou. Si elle continuait comme ça, il n'allait pas tenir longtemps. Quand elle lui enleva et se mit à genoux, il réalisa qu'il n'y avait pas assez de statistiques de base-ball dans le monde pour l'aider à se calmer.

Il sentit sa langue sur son bout, tournant autour et le suçant, et il savait qu'il ne devait pas regarder, mais il ne pouvait pas s'en empêcher. Le fait de la voir le regarder, dans ce soutien-gorge rouge, avec sa bite entre ses lèvres rouges, le rendait encore plus dur, si c'était possible, et il laissa échapper un long gémissement.

Elle sourit et introduisit son sexe à moitié dans sa bouche avant de l'aspirer, puis elle alla plus loin avant de se retirer. Elle recommença jusqu'à ce qu'elle ait englouti toute sa bite.

Ne regarde pas, putain, ne regarde pas.

Il regarda.

Son rouge à lèvres rouge était barbouillé et sa bite avait presque disparu dans sa gorge, et ses yeux se fixèrent sur les siens.

« Oh putain, chérie », il gémit et ferma les yeux, enfonçant ses doigts dans ses cheveux.

Elle bougea sa tête de haut en bas tout en le caressant de la base jusqu'à sa bouche.

Putain, sa bouche est un vrai paradis.

« Brenna. Oh putain, mon sucre. »

Il la prit par les cheveux et l'écarta doucement de lui.

Avec une moue, elle demanda « Pourquoi as-tu fait ça ? »

Ron l'embrassa avant de répondre contre ses lèvres, « Parce que tu vas me faire jouir. »

« C'est une mauvaise chose ? »

Il gloussa en caressant son visage. « Ça l'est quand j'ai envie de te baiser, chérie. »

Le sourire sur ses lèvres lui dit qu'elle était d'accord avec ça.

Bien qu'il l'aimait dans ce soutien-gorge, il fut rapidement arraché, et ses mains s'approchèrent pour prendre ses seins. Faisant rouler les pointes de ses tétons dans ses doigts, il se pencha pour sucer son mamelon droit.

Ils respiraient tous les deux très fort, et Brenna s'agrippait de toute urgence à ses épaules. Il se baissa pour la saisir juste sous les fesses et la soulever. Instinctivement, elle enroula ses jambes autour de sa taille et ses bras autour de son cou tandis qu'il la portait sur le lit. C'était là où ils s'étaient arrêtés la dernière fois.

Sa culotte disparut rapidement comme son soutien-gorge, et il enveloppa son corps avec le sien.

Faisant glisser ses hanches contre lui tandis qu'il dévorait ses seins, elle supplia, « Ron. S'il te plaît. »

Il sourit en la regardant. « S'il te plaît quoi, chérie ? »

Il y avait du désespoir dans sa voix quand elle souffla : « S'il te plaît, baise-moi. » Puis comme pour faire bonne mesure, elle ajouta, « Général. »

Sa bite fut alignée avec son entrée, et avec une légère poussée, il était en elle. Ils gémirent tous les deux alors qu'il remplissait sa chatte jusqu'aux couilles.

« Tu es si mouillée, ma chérie », grogna Ron tandis qu'il plongeait rapidement et durement, touchant le fond avant de se retirer et d'enfoncer sa bite à nouveau.

Il avait besoin de ralentir, autrement il était évident qu'il finirait par jouir avant elle.

Non.

Hors de question.

Il se redressa sur ses genoux et frotta son clito dur en cercles avec son pouce tout en bougeant ses hanches en elle à l'unisson.

Brenna gémissait et soulevait son dos du lit tout en se propulsant en avant. Ses cris et ses respirations rapides lui firent comprendre qu'elle était sur le point de jouir.

Il augmenta le rythme et la pression de son pouce et de sa queue.

« Mmm, viens pour moi, mon sucre. »

Elle haleta, « Oh, oui. Oh, Ron. Oui, oui, oui ! »

Sa chatte se contracta autour de sa queue lorsque son orgasme la prit. En serrant les dents, Ron grogna et se jeta sur elle. Ses couilles battaient contre son cul tandis que les jus de son orgasme le stimulaient et avec un cri guttural, il libéra son sperme en elle.

Toujours à bout de souffle, il la serra dans ses bras et enfouit son visage dans son cou.

« Tu es tellement sexy », souffla-t-il sous le lobe de son oreille.

Les bras de Brenna l'entouraient et elle lui grattait doucement le dos de haut en bas.

« Toi aussi, bébé. Tu as de la chance que je ne t'aie pas sauté dessus devant tout le monde quand je t'ai vu dans ton uniforme », plaisanta-t-elle.

« L'engouement aurait été mutuel, chérie. Tu as failli te faire peloter sur scène devant des dizaines de Marines. »

Elle gloussa. « Je pense qu'ils auraient pu te retirer ton étoile si tu avais fait ça. »

Ron releva la tête de son cou. « Tu rigoles ? Ils m'en auraient probablement donné une autre. Tu es vraiment magnifique, et je te garantis que je ne suis pas le seul dans cette pièce à l'avoir remarqué. Je suis presque certain qu'il y avait plus de regards sur ton cul que sur moi pendant que tu épinglais mon étoile. »

Les mains dans ses cheveux, Brenna murmura : « Arrête. Ce n'est pas vrai. »

Il savait que ce n'était pas la première fois qu'elle se trouvait devant un public. Elle savait très bien qu'il avait raison, mais il l'aimait pour sa modestie.

Ron l'embrassa puis roula sur le côté. « Tu veux faire une petite sieste avant de te préparer ? »

Brenna remua ses fesses et se mit en position de petite cuillère. « Juste pour une heure. »

Il prit un de ses seins dans sa main et grogna : « Continue à bouger comme ça et tu ne feras pas de sieste. »

Quand elle mit sa main derrière sa tête et l'attira pour l'embrasser, il sut qu'elle se fichait de son avertissement.

Il la poussa à quatre pattes.

Le deuxième round était sur le point de commencer.

Chapitre Cinquante Et Un

Brenna

Elle sortit de la salle de bains, vêtue d'une de ses petites robes noires et de ses talons habituels, prête à aller dîner. Ron, de retour dans son costume bleu, se leva du lit à la seconde où elle apparut et poussa un petit sifflement.

« Bon sang, chérie. Tu es magnifique. »

Comment faisait-il pour qu'elle se sente toujours désirée et chérie ?

Elle n'en avait aucune idée, mais elle ne s'en plaignait pas.

« Général Thompson, vous êtes vous-même très sexy. »

Il se pencha pour l'embrasser sous l'oreille. « Tu es prête à partir ? »

« Plus prête que jamais ! Merci de m'inclure aujourd'hui dans, eh bien, tout. »

« Je t'aime, Brenna. Il n'y a personne d'autre que je voudrais avoir à mes côtés que toi. Merci d'être là. Je dois admettre que j'étais un peu nerveux à l'idée que tu ne viennes pas, car je n'avais pas de nouvelles de toi. »

« Oh mon Dieu, bébé ! Je suis vraiment désolée pour ça. Tous tes e-mails étaient dans mon dossier spam. J'ai reçu ton invitation hier et j'étais dans un avion sept heures plus tard. Je n'aurais manqué ça pour rien au monde. Mais si Cooper n'avait pas été là, j'aurais pu. »

Il haussa un sourcil et elle entreprit de lui raconter l'histoire de l'oubli de son sac à main dans le trajet en Uber, puis de la sécurité qui ne voulait pas la laisser passer, et elle ne connaissait pas son numéro de téléphone.

« On dirait que tu as vécu une sacrée aventure. Je suppose que je dois une fière chandelle à Cooper pour m'avoir ramené ma copine. »

Ses orteils se recroquevillèrent quand il l'appela sa copine. Elle aimait l'idée d'être sa petite amie.

« Eh bien, je lui ai donné le numéro de téléphone de Cassie. »

Il gloussa. « Pourquoi tu as fait ça ? »

« Parce que c'est ce qu'il voulait en retour pour m'avoir aidée. »

Cela lui fit hausser les deux sourcils. « Intéressant. »

Elle sentit un sentiment d'inquiétude dans sa poitrine. « Y a-t-il quelque chose qui ne va pas chez lui ? Je n'aurais pas dû lui donner son numéro ? »

« Non, non. Rien de tout cela. Je n'aurais simplement pas mis les deux ensemble. Mais maintenant que l'idée est là, je les vois bien sortir ensemble. »

« Eh bien, je suis toujours pour Luke, mais Cooper serait une alternative acceptable. »

« C'est un bon gars. Bon sang, ils le sont tous les deux. »

Ron offrit son bras à Brenna. « On y va ? »

****

Une voiture les attendait pour les emmener à l'hôtel de Ron. Le dîner de réception dont Ron était l'invité d'honneur s'y tenait. Brenna aimait le voir dans cet environnement. Il était dans son élément, et il était facile de voir à quel point il était un leader dynamique.

Brenna savait qu'il avait une présence imposante, mais elle ne savait pas à quel point. Pendant la majeure partie de la nuit, elle resta assise et l'observa en action.

C'était très sexy.

De temps en temps, il la surprenait en train de le regarder et lui faisait un clin d'œil et un sourire.

Ce qui mettait sa culotte en désordre.

Elle aima apprendre à mieux connaître sa famille et se mit presque à crier de joie lorsque sa mère entreprit de lui raconter des histoires sur sa jeunesse. Ron avait dit à Brenna lors de leur première rencontre qu'il avait toujours eu le goût du risque ; à en juger par les récits de sa mère, il ne mentait pas. Heureusement, Ron s'était excusé pour aller parler à quelqu'un, sinon Brenna était sûre qu'il aurait fait taire sa mère avant qu'elle n'ait eu le temps de commencer.

La femme âgée avait une lueur dans les yeux lorsqu'elle déclara à Brenna qu'elle ne l'avait jamais vu aussi heureux et fit allusion au fait que Brenna était la source de ce bonheur.

« Ce n'est pas pour autant que tu vas avoir des petits-enfants, maman », dit Ron avec un sourire en coin en s'asseyant. « Mais Brenna a une fille formidable, Danielle, que tu vas adorer, j'en suis sûr. »

Ceci mit fin à l'heure des histoires.

Heureusement, la soirée dansante débuta et Ron l'escorta sur la piste de danse pour une valse traditionnelle.

« Tu te rends compte que nous n'avons pas dansé depuis la première nuit où nous nous sommes rencontrés ? », demanda-t-il.

« Nous avons été occupés », répondit-elle avec un sourire.

Cela le fit rire. « On peut vraiment dire ça. »

Il décida de partir bien plus tôt qu'elle ne l'aurait voulu. Ils passaient un moment merveilleux, alors elle ne comprenait pas pourquoi il voulait l'écourter.

« Je pense qu'il pourrait être considéré comme mal vu que je fasse la fermeture », fut son explication.

Brenna ne connaissait pas grand-chose à l'étiquette militaire, mais c'était logique.

Ils firent leurs adieux, et il la surprit en lui tenant la main pendant qu'ils marchaient vers l'ascenseur. Son contact était réconfortant et rassurant. Elle réalisa à ce moment-là à quel point il lui avait manqué dans sa vie.

« S'il te plaît, ne disparais plus jamais », murmura-t-elle en étreignant son bras lorsqu'ils entrèrent dans l'ascenseur.

Il appuya sur le bouton de son étage puis glissa ses bras autour de sa taille par derrière une fois les portes fermées, murmurant à son oreille, « Tu as ma parole, je ne le ferai pas. »

Le reste du trajet se déroula dans un silence confortable, et il lui prit à nouveau la main une fois qu'ils furent sortis de l'ascenseur. Il avait un énorme sourire sur le visage alors qu'ils marchaient dans le hall vers sa suite.

« Quoi ? » demanda-t-elle avec un sourire suspicieux.

« Rien. Je pensais juste que j'étais l'homme le plus envié ce soir. »

« Eh bien, je l'espère bien. Tu étais l'invité d'honneur. »

Il secoua la tête. « Non, ça n'a rien à voir avec ça. C'est parce que je t'avais comme cavalière. »

Brenna sourit et lui fit un signe de tête. « Toujours aussi charmeur », railla-t-elle.

Il la stoppa dans le couloir. « Quand vais-je te faire comprendre que je ne joue pas à des jeux, et que je pense toujours ce que je dis, et ce que je te dis en ce moment, c'est que tu étais la femme la plus époustouflante de cette pièce. »

Brenna sourit. Elle savait qu'il valait mieux ne pas argumenter avec lui. « Merci, bébé. C'est très gentil de ta part. »

Ron posa sa main dans le bas de son dos pour indiquer qu'ils devaient recommencer à marcher. « Gentille fille », lui murmura-t-il à l'oreille.

Un frisson la parcourut. Elle ne devrait pas aimer qu'il l'appelle comme ça, mais bon sang, c'était le cas.

Une fois sa clé magnétique sortie, il marqua une pause avant de l'insérer dans la fente.

« J'ai besoin que tu saches que je t'aime, Brenna. Quoi qu'il arrive, et je veux être dans ta vie de toutes les façons possibles. »

Un petit sourire se dessina sur ses lèvres. « Je t'aime aussi, Ron. »

Ses sourcils étaient froncés. « Je le pense vraiment. Quoi qu'il arrive, tu dois savoir que je serai satisfait de ce que tu veux. Je t'aime et ça ne va pas changer. »

Ça la rendit nerveuse. Pourquoi lui disait-il cela ?

La nervosité remplaça son sourire. « D'accord. Je le sais. J'espère que tu sais que je t'aime aussi. »

Son visage se détendit, et il la serra autour des épaules puis embrassa sa tempe. « Je sais que tu m'aimes, ma chérie. »

La lumière verte se déclencha lorsqu'il inséra la carte, et il tint la porte ouverte, lui faisant signe de passer la première.

Elle laissa échapper un souffle quand elle entra. Il y avait des bougies et des roses partout, et des pétales de rose ornaient le sol comme un chemin menant au lit, lui aussi couvert de pétales de rose. Un seau à glace avec une bouteille de champagne se trouvait à côté du lit avec deux verres sur la table de nuit.

C'était la scène finale de son scénario, jusqu'à l'emplacement des bougies. La seule chose qui manquait était...

Ses yeux balayèrent rapidement le pied du lit.

Elle était là.

Une bague de fiançailles dans une boîte bleue de chez Tiffany.

Les larmes aux yeux, elle se retourna pour le regarder, appuyé contre le montant de la porte.

« Comment as-tu su ? » s'exclama-t-elle.

Il se dégagea du cadre en bois et s'avança lentement vers elle, sans la quitter des yeux.

Il essuya ses larmes avec ses pouces et sourit. « Cassie m'a donné une copie de ton scénario. »

Sa sœur savait très bien ce qu'elle faisait.

« Je n'arrive pas à croire que tu aies fait tout ça. »

Ron prit sa main et l'amena à sa bouche, l'embrassant doucement. « Je ne sais pas si tu as remarqué, chérie, mais il n'y a pas grand chose que je ne ferais pas pour toi. »

« J'ai remarqué, et j'espère que tu sais à quel point j'apprécie tout - *tout* - ce que tu fais. Pour moi, ma famille, et notre pays. Tu es un homme extraordinaire, et j'ai beaucoup de chance de t'avoir dans ma vie. »

Il resta là un moment, à la regarder, avant de la conduire à l'endroit où se trouvait la bague, et comme dans son histoire, il prit le diamant dans la boîte et s'agenouilla.

« Brenna Roberts, fais de moi l'homme le plus heureux de la terre et dis-moi que tu veux m'épouser. »

Elle caressa son visage du bout des doigts et regarda dans ses yeux bruns. « J'aimerais beaucoup t'épouser, Ron Thompson. »

Il semblait soulagé quand il se leva et glissa la bague à son doigt. Il se pencha pour l'embrasser doucement, et ses bras s'enroulèrent autour de son cou, le tirant plus près.

Son front posé contre le sien, il murmura : « Je t'aime, Bren. Pour toujours. Plus de malentendus, plus de fierté et d'ignorance, c'est fini. Je veux qu'il y ait quelque chose dans nos vœux de mariage sur la communication. J'ai failli te perdre parce que j'ai refusé de communiquer avec toi. Plus jamais. Je ne veux plus jamais être sans toi. »

Brenna prit une profonde inspiration. « Je ne veux plus jamais être sans toi non plus. Et tu as raison, nous devrions dire quelque chose dans nos vœux sur la communication. Pense à tous les moments que nous avons manqués, simplement parce que nous n'avons pas parlé. »

Ron défit lentement sa robe et embrassa son épaule une fois que celle-ci eut glissé.

« Je pense que nous devrions inclure la communication non verbale aussi. » En déplaçant ses mains le long de ses cuisses, il dit avec un sourire : « Je vais commencer. »

Les choses qu'il dit à son corps cette nuit-là étaient sales, coquines, et un incroyable aperçu de son avenir avec le lieutenant général Ron Thompson.

Il était vraiment son Superman. D'accord, un Superman cochon, mais elle n'aurait pas voulu qu'il soit autrement.

ÉPILOGUE

Ron

Brenna et Ron roulaient sur l'autoroute de la côte du Pacifique avec le toit ouvert dans sa Corvette rouge décapotable. C'était un cadeau de promotion de Brenna. Enfin, une promotion et un cadeau de fiançailles ; elle l'avait surpris en l'attendant dans son garage à leur retour de D.C. et lui avait expliqué que la voiture comptait pour les deux.

Après lui avoir dit qu'elle était le seul cadeau dont il aurait jamais besoin, il lui avait attaché les poignets avec le ruban doré du gros nœud qui se trouvait sur le pare-brise, l'avait allongée et baisée sur le capot.

Il ne dit rien quand il apprit qu'elle avait acheté la voiture à Travis Sterling. Il se trouvait qu'Ava était de nouveau enceinte et qu'elle avait insisté pour avoir un véhicule plus adapté aux familles, donc l'une des voitures de Travis devait partir pour faire de la place à sa nouvelle Cadillac dans le garage. Ron ne pensait pas que Brenna savait que lui et Ava étaient presque sortis ensemble et ne voyait pas l'intérêt de lui dire maintenant.

« *Mme Thompson*, avez-vous faim ? »

Brenna afficha un large sourire. « Redis-le. »

« Redis quoi ? As-tu faim ? » Il la taquina. Il savait ce qu'elle voulait qu'il dise.

Elle se pencha vers lui et l'embrassa sur la joue. « Non, idiot. Mme Thompson. Dis encore *Mme Thompson*. »

Il rétrograda en sortant de l'autoroute et grogna : « *Mme Thompson*, vous allez me rendre la tâche difficile pour arriver jusqu'au restaurant. »

Elle lui lança un regard perplexe.

« T'appeler Mme Thompson me fait bander, chérie. »

Avec un sourire timide, elle baissa les yeux et murmura, « Oh. »

Ron ne pensait pas qu'elle avait la moindre idée à quel point elle l'excitait, mais il avait hâte de l'aider à le découvrir. Il pensait que d'ici la fin de leur lune de miel, elle serait mieux informée.

Il allait certainement continuer à le lui rappeler.

Des années plus tard, lorsqu'ils se retirèrent en douce à son pot de départ pour qu'il puisse la peloter dans le vestiaire, il lui demanda : « Sais-tu à quel point tu m'excites encore ? Après tout ce temps. »

Elle tendit la main pour caresser son érection par-dessus son pantalon d'uniforme et sourit. « Je crois que j'ai une idée. »

Ron fit glisser sa robe le long de ses cuisses soyeuses tandis qu'il passait la main entre ses jambes et tirait sa culotte sur le côté. Tandis que son doigt caressait sa fente humide de haut en bas, il murmura à son oreille : « Mmm, heureux de voir que le sentiment est toujours réciproque. »

Avec une indignation simulée, elle protesta, « Tu ne t'en es pas rendu compte hier soir ? »

Le côté droit de sa bouche se souleva. « Je me fais vieux, chérie. Parfois, j'oublie des choses. »

Brenna se mit à genoux et défit sa ceinture. « Eh bien, laissez-moi vous rappeler, Général. Je veux vous sucer dans votre uniforme depuis la première fois que je vous ai vu dedans. »

C'était probablement une bonne chose qu'elle ait attendu qu'il parte à la retraite pour le faire.

Il la regarda et caressa sa joue avec son pouce. « Tu es à couper le souffle. »

Elle sourit timidement avant de lécher audacieusement toute la longueur de sa queue. « Merci », ronronna-t-elle avant de donner un autre coup de langue.

« Gentille fille », gémit-il, en lui tordant les cheveux alors qu'elle engloutissait toute sa longueur.

Tenant sa bite dans sa main, elle la sortit de sa bouche et sourit. « Général Thompson, je suis à genoux, en train de sucer votre bite dans le vestiaire lors de votre fête de départ à la retraite. J'ai du mal à classer ça comme étant une gentille fille. »

« Mmm, vous avez raison, Mme Thompson. Vous êtes une mauvaise fille. » Il ne put s'empêcher d'ajouter avec un sourire, « Mais vous êtes toujours à couper le souffle. »

****

Inscrivez-vous à ma newsletter pour recevoir des bonus et être le premier à être informé des nouvelles parutions, des couvertures, des ventes, et bien plus encore !

https://www.subscribepage.com/tesssummersfranaisenewsletter

Maintenant disponible !

Découvrez l'histoire de Cassie et Luke, *Tous les coups sont permis*, ici !

https://www.amazon.fr/dp/B0BWGKSMYZ

L'histoire d'Ava et Travis, *Opération Bête de Sexe*, se trouve ici : https://tesssummersauthor.com/scène-sociale-de-san-dieg

OPERATION BETE DE SEXE
Scène sociale de San Diego, Livre 1

Devenir une vraie bête de sexe était censé lui faire perdre ses inhibitions, pas son cœur.

Après avoir été larguée sans ménagement par son petit ami, Ava Ericson sait comment le reconquérir : en devenant une vraie bête de sexe. Elle rencontre l'avocat Travis Sterling et décide qu'il est l'homme idéal pour l'aider à mettre la théorie en pratique : l'opération bête de sexe est lancée.

Ava Ericson pensait avoir planifié sa vie : obtenir son doctorat, épouser Brad Miller à la fin de ses études de droit, avoir deux bébés et demi... et du sexe médiocre pour le reste de ses jours. Mais lorsque Brad la quitte en apprenant qu'il a passé le barreau, prétextant de nouvelles "opportunités", elle doit repenser son avenir. Convaincue que son manque d'expérience est la raison pour laquelle Brad a rompu avec elle, elle lance l'Opération Bête de Sexe (OBS), un plan pour devenir une véritable déesse au lit et récupérer Brad. Les choses risquent de déraper lorsqu'elle rencontre le célèbre avocat Travis Sterling, un célibataire qui, elle en est sûre, peut lui apprendre une chose ou deux dans la chambre à coucher. Alors qu'elle s'amuse à mettre en pratique les théories de l'OBS, elle se rend compte que la véritable "opération" sera de faire en sorte que les deux ne tombent pas amoureux.

Amusant et romantique, Operation Bête de Sexe fait monter la température avec des scènes explicites tout en encourageant l'amour à tout conquérir.

https://tesssummersauthor.com/scène-sociale-de-san-dieg

Prêt à Tout

Scène Sociale de San Diego, Livre 3

Être prêt à tout n'a jamais été aussi amusant.

Cassie

Je suis une femme à la carrière fulgurante. Le succès me colle à la peau et je suis rarement satisfaite par autre chose que ce qui se fait de mieux – y compris dans ma vie amoureuse. Si tu me veux, tu as intérêt à venir préparé, car je ne suis pas une adepte des séries B.

La seule chose qui m'intéresse, c'est ma carrière. Aucun homme n'est assez fort pour me dompter. Ni assez courageux pour secouer mon univers. Ni assez confiant pour gagner mon cœur. Mais je n'ai jamais rencontré un homme comme Luke Rivas.

Luke

Cassie est une femme fougueuse, explosive et exigeante qui dispose d'assez d'assurance pour intimider les hommes les plus aguerris. Elle est passionnée, ambitieuse et n'est clairement pas intéressée par l'idée d'une relation à long-terme.

Mais voilà le hic, je la veux, et une fois en ma possession, elle ne pourra plus résister à mon charme.

Je vais briser cette carapace rugueuse qu'elle porte si bien autour d'elle et la soumettre à ma volonté. Pour moi, elle fera une entorse à chacune de ses règles. Et pour arriver à mes fins...

Je suis prêt à tout.

https://www.amazon.fr/dp/B0BWGKSMYZ

Cendrillon et le Marine
Scène Sociale de San Diego, Livre 4

Une nuit. Pas d'attaches. Qu'est-ce qui pourrait mal tourner ?
Cooper

J'étais plutôt heureux de vivre la vie insouciante d'un célibataire prospère. De l'argent à dépenser, des femmes à n'en plus finir, aucun engagement, aucun problème – la belle vie. Du moins, c'est ce que je pensais jusqu'à ce que je tienne la petite fille d'un ami dans mes bras et qu'elle me sourie.

C'est à ce moment-là que j'ai réalisé ce qu'était la vie, la vraie. C'est aussi à ce moment-là que je me suis rendu compte que j'avais besoin de trouver une femme avec qui avoir un enfant.

La chasse à la parfaite candidate peut commencer, mais... d'abord, je devrais peut-être avoir une dernière aventure - vous savez, un dernier coup d'éclat.

Kate

Grâce à quelques mauvaises décisions, je suis serveuse pour me payer l'université. Ce n'est pas toujours facile, mais je suis déterminée à m'en sortir et à assumer mes responsabilités.

Néanmoins, je reste une femme. J'ai des besoins. Je n'ai tout simplement pas le temps pour quelque chose de sérieux. Naturellement, quand un Marine chaud comme la braise me propose une aventure d'un soir, je suis tout à fait d'accord.

Hélas... il s'avère qu'il désire plus que ce que je suis prête à donner.

https://www.amazon.fr/dp/B0CBCXRNBX

Le Mécano et L'Héritière
Scène sociale de San Diego, Livre 5

Des tatouages, des muscles et une barbe ? Oh là là.

Ben McCallister ne ressemblait à aucun homme avec lequel l'avocate Harper Finch était sortie. Premièrement, ses mains étaient rugueuses et calleuses à force de travailler toute la journée dans son garage. Deuxièmement, ses bras, son dos et son torse musclés étaient couverts de tatouages. Troisièmement, il conduisait une Harley. Les hommes avec qui Harper sortaient étaient de ceux que son père accepterait : des cols blancs, des mains aussi douces que les siennes, et avec peut-être un minuscule tatouage caché sur l'épaule.

Mais quelque chose chez cet homme viril lui plaisait... sa douceur et sa générosité – en dehors de la chambre à coucher, bien sûr. À l'intérieur ? Disons simplement qu'il ne se contrôlait plus, ce qui convenait parfaitement à Harper.

Ben était un rêve devenu réalité. Seulement, sa famille et son lourd secret rendait tout rêve impossible... Elle devrait se contenter d'une amourette d'été.

Elle aurait pourtant dû se douter que Ben McCallister ne se contenterait pas de si peu.

https://www.amazon.fr/dp/B0CJ4XXXCS

Le Playboy et la Princesse du SWAT
Scène sociale de San Diego, Livre 6

Elle, c'est une nouvelle recrue coriace du SWAT et lui, un playboy capitaine du SWAT... qui va dompter qui ?

Maddie Monroe

Trois choses qu'on ne devrait pas faire quand on est une bleue, et la seule femme de l'équipe du SWAT des services de police de San Diego : 1) prendre son bizutage personnellement, 2) leur montrer qu'on en bave trop, et 3) craquer pour son capitaine.

Surtout quand le capitaine en question est le plus gros playboy de toute la police.

J'ai réussi à suivre les règles numéro un et deux sans problème... mais j'ai un peu plus de mal avec la troisième. Chaque fois qu'il fait ce sourire à se damner, qu'il croise ses bras musclés en expliquant une nouvelle technique ou qu'il traverse le poste de police en roulant des mécaniques...

Tout ce qui me vient à l'esprit, c'est à quel point j'aimerais lui offrir ma virginité, emballée dans un paquet-cadeau avec un gros nœud rouge dessus, ce qui est une très mauvaise idée en raison des règles numéros un, deux et trois. Enfreindre la troisième est un moyen infaillible de me faire virer de l'équipe et de passer le reste de ma carrière à donner des contraventions.

Apparemment, mon cœur — et d'autres parties de mon corps — n'ont pas reçu le mémo.

Craig Baxter

La première fois que j'ai remarqué Maddie Monroe, elle était mouillée et couverte de mousse alors qu'elle lavait le fourgon blindé du SWAT dans le cadre de son bizutage. Depuis, j'ai la trique pour elle.

Je ne peux pas coucher avec une subordonnée — ce serait un suicide professionnel, et j'ai travaillé bien trop dur pour arriver là où je suis aujourd'hui. Maintenant que j'y pense, elle aussi, et elle aurait probablement beaucoup plus à perdre.

Donc, non, pas d'aventure avec Maddie Monroe. Il y a beaucoup de femmes parmi lesquelles je peux choisir et qui ne travaillent pas pour moi.

Apparemment, mon cœur — et d'autres parties de mon corps — n'ont pas reçu le mémo.

Deux cœurs — et d'autres parties du corps — peuvent-ils surmonter le fait de ne pas avoir reçu ces mémos et trouver un moyen d'être ensemble sans entacher leurs carrières ?

https://www.amazon.fr/dp/B0CNPLG3MW

Autres œuvres de Tess Summers :

L'élite de Boston :

Liam et Utah—*Une Voleuse Méchamment Espiègle*
 Disponible en 2024
Aiden et Dakota—*Un Cardiologue Méchamment Mal Luné*
 https://www.amazon.fr/dp/B0CQR689KF
Maverick et Olivia—*Un Secret Méchamment Vilain:*
 https://www.amazon.fr/dp/B0C47JZC39
Zach et Zoé—*Décisions Méchamment Mauvaises*
 https://www.amazon.fr/dp/B0BNFMNCPZ
James et Yvette—*Un Père Méchamment Canon*
 https://www.amazon.fr/dp/B0BC6RT2VD
Hope et Evan—Prescription Méchamment Canon
 https://www.amazon.fr/dp/B0B668YD5M
Steven et Whitney—Docteur et Méchamment Canon
 https://www.amazon.fr/dp/B09YNKLPGP
Parker et Xandra—Mûr et Méchamment Canon
 https://www.amazon.fr/dp/B09SBXF6KZ

Les Agents d'Ensenada

Étincelle - Préquel de la série Les Agents d'Ensenada
   https://tesssummersauthor.com/les-agents-d'ensenada

Brasier
   https://tesssummersauthor.com/les-agents-d'ensenada

Combustion
   https://www.amazon.fr/dp/B0BKR199TW

Ravivée
   https://www.amazon.fr/dp/B0BSP5DJ7M

Poudrière
   https://www.amazon.fr/dp/B0C7SFX8HF

DÉDICACE

À toutes les personnes qui m'ont aidée à m'orienter dans le monde de l'écriture lorsque *Opération Bête de Sexe* a été publié et que je n'avais pas la moindre idée de comment faire en sorte qu'il trouve ses lecteurs.

UNE NOTE DE TESS

Merci d'avoir lu mon deuxième roman. Je suis tombée amoureuse de Ron dans *Opération Bête de Sexe*, il était donc important que je lui écrive une belle histoire d'amour. Je pense que Brenna était le choix parfait pour lui. N'oubliez pas de lire l'histoire de Cassie dans *Tous les Coups sont Permis*, et celle de Cooper dans *Cendrillon et le Marine*.

Pourriez-vous me laisser une critique pour *Le Désir du Général* là où vous avez acheté ce livre ? Les critiques sont si importantes pour les auteurs, surtout pour les nouveaux comme moi.

Remerciements

Mr. Summers : Merci d'être si bon joueur compte tenu de toutes les anecdotes que je raconte sur toi sur les réseaux sociaux. Tu seras toujours mon Superman dans la vie réelle.

Capucine Dornois : Merci d'aimer mes personnages et de leur donner vie dans la langue française. Je te suis très reconnaissante pour tout ce que tu fais.

Elle Debeauvais : Merci pour tes étonnantes compétences en matière d'édition. Et pour ta patience. Tu es unique en ton genre et je suis si reconnaissante que nos chemins se soient croisés.

Mes enfants, alias « fils aîné », « fils cadet » et « fille » : Vous êtes vraiment supers, et le fait que vous souteniez autant l'écriture de votre mère montre à quel point vous êtes cools. Ou à quel point je vous ai détraqués. Ou les deux. Heureusement que vous bénéficiez toujours de la couverture sociale de votre père pour voir un psy.

Le Club des Bad Girls - version longue : Vous êtes les meilleurs bêta-lecteurs que je pourrais avoir. Merci de m'avoir aidée à améliorer ce livre, même si cela signifiait me blesser au passage. Mon ego s'en est remis.

L'incroyable communauté des écrivains - auteurs, blogueurs, lecteurs et homologues du secteur : Il n'y a aucune chance que j'aie eu le courage d'auto-publier ce livre sans la sagesse et les conseils que vous avez généreusement donnés à la débutante que je suis. Un "merci" semble si insuffisant mais je ne sais pas quoi dire d'autre. Je promets d'en faire profiter les autres.

Tous mes amis sur les réseaux sociaux : Vous me faites rire tous les jours. Je suis si heureuse que vous fassiez partie de cette aventure avec moi.

Mes amis dans la vie réelle : Merci d'être fiers de moi et de soutenir ce nouveau parcours professionnel. La sclérose en plaques, ça craint, mais il y a eu beaucoup de bons côtés, et l'écriture est certainement en tête de liste.

Ma famille élargie : Merci d'acheter mes livres, même si vous ne les lirez jamais. C'est plutôt cool que vous fassiez ça et je vous aime pour ça.

Enfin, merci à mes lecteurs. C'est un honneur pour moi que vous me laissiez partager mon travail avec vous. Je vous remercie tout particulièrement si vous m'avez laissé une critique. Je ne peux même pas vous dire à quel point elles sont importantes !

À PROPOS DE L'AUTEURE

Tess Summers est une ancienne femme d'affaires et professeure qui a toujours aimé l'écriture mais qui n'avait jamais le temps de s'asseoir et de se plonger dans la rédaction d'une nouvelle, et encore moins d'un roman. Luttant désormais contre la sclérose en plaques, sa vie a subi des changements drastiques, et elle a enfin le temps d'écrire toutes les histoires qu'elle avait voulu partager avec le reste du monde – y compris celles avec une touche d'humour et de sensualité !

Mariée depuis plus de vingt-six ans et mère de trois enfants désormais adultes, Tess jouait le rôle de famille d'accueil pour chiens mais elle finit par échouer et les adopta. Elle et son mari (et leurs trois chiens) passent le plus clair de leur temps entre le désert d'Arizona et les lacs du Michigan ; elle vit donc toujours dans un climat ni trop chaud ni trop froid, mais juste comme il faut !

CONTACTEZ-MOI !

Inscrivez-vous à ma newsletter :
https://www.subscribepage.com/tesssummersfranaisenewsletter

E-mail : TessSummersAuthor@yahoo.com

Visitez mon site web : www.TessSummersAuthor.com

Facebook : http://facebook.com/TessSummersAuthor

Mon groupe Facebook : Tess Summers Sizzling Playhouse

TikTok : https://www.tiktok.com/@tesssummersauthor

Instagram : https://www.instagram.com/tesssummers/

Amazon : https://www.amazon.fr/Tess-Summers/e/B01LZFU30C

Goodreads : https://www.goodreads.com/TessSummers

Twitter : http://twitter.com/@mmmTess

Printed in France by Amazon
Brétigny-sur-Orge, FR